北美枫情

他乡故乡
回首如梦
绽放在美国的青春
我们的芳华

牧童歌谣 著

Northern Maple
by Jessica Zhang

新华出版社

图书在版编目（CIP）数据

北美枫情：一代留美学生的故事 / 牧童歌谣著.
--北京：新华出版社，2018.8
ISBN 978-7-5166-4280-1

Ⅰ.①北… Ⅱ.①牧… Ⅲ.①长篇小说－中国－当代
Ⅳ.①I247.5

中国版本图书馆CIP数据核字（2018）第172593号

北美枫情：一代留美学生的故事

作　　者：牧童歌谣	
选题策划：要力石	责任印制：廖成华
责任编辑：王金英	封面设计：李尘工作室

出版发行：新华出版社
地　　址：北京石景山区京原路8号　邮　编：100040
网　　址：http://www.xinhuapub.com
经　　销：新华书店、新华出版社天猫旗舰店、京东旗舰店及各大网店
购书热线：010－63077122　中国新闻书店购书热线：010－63072012

照　　排：臻美书装	
印　　刷：三河市君旺印务有限公司	
成品尺寸：145mm×210mm　1/32	
印　　张：11.125	字　　数：240千字
版　　次：2018年9月第一版	印　　次：2018年9月第一次印刷
书　　号：ISBN 978-7-5166-4280-1	
定　　价：56.00元	

版权专有，侵权必究。如有质量问题，请与出版社联系调换：010-63077101

序言

无悔人生

海 云
海外文轩作家协会主席、美国华裔作家

都说二十世纪八十年代留洋出国的这一辈是最优秀的一群人，我也常以此自居而沾沾自喜。读完牧童歌谣的长篇小说《北美枫情》，我忽然有了一个接一个的疑问：是什么让我们这群人不远万里离开故土，在异乡扎下了根？是什么让我们这群人中的女性一个个不让须眉，成了比男人还强的"女强人"？而所有的坚强、要强和顽强的意志和追求，在岁月面前最终都成了什么？当几十年过去，我们青春不再，在长大的新一代面前，我们都是日渐老去的父母，回首走过的人生之路，目送生命的延续在路途上继续，怎样的脚印才能让我们淡定和不悔？

小说写的是八十年代中后期随留学潮出来的一群人，十九岁的大学生雨嘉，置身在一群读硕士和读博士的中国留学生中。他们群居在北月和枫园两处学生公寓里，他们当中有国内名牌大学毕业的天才型凤凰男，有嫁给凤凰男的孔雀女，有过不了语言关读不下去的人，也有还没毕业就可以看到辉煌前途的学对了专业的人。雨嘉涉世不深，情窦初开，我觉得她是嫁给了一个爱上她的男人，她只是在那个需要呵护的人生阶段，正好碰见了这样一个人。说她爱他，不如说她更爱他爱她的那种感觉。其实，这是我们这一代很多人恋爱和婚姻的缩影，我们都没能真正认识到什么是爱情，就匆匆忙忙把自己放进了婚姻里，把爱情和婚姻看成是天堂般没有烟火的纯净真空，一旦生活经历了真实的人性丑陋，就给自己冠上"爱清洁癖"的称号，要知道"洁癖"本是精神和心理不正常的一种疾病，说到底，我们都没能看清人性！

所以雨嘉的爱情结局便也是可以预料的事情，如果我们能在青春期多经历几场爱情的冲击，可能在婚姻的道路上反而会走得更加宽容和从容，因为我们都理解了人性的复杂和多变，便不会有所谓的"洁癖"之辩了。故而雨嘉婚姻上的挫折，与留学无关，即便她留在国内，若带着爱情的洁癖幻想，一样会面临婚姻颠簸的遭遇。

或许我想说的是，这一群人，无论当年多么优秀，自我感觉多么良好，回过头来看，他们的性格和从小经受的教育和家庭影响，即便留洋几十年，依然该经历的都经历了，也许痛苦的遭遇不一样，但痛苦是一样的，也许快乐的境地不一样，但快乐是一样的！

当然这么说也不能一概而论，拿小说中的另一家打比方——燕妮和陆克俭一家，是给我印象最深刻的。这一家女的忍辱负重，男的貌似孝顺老实，却把分不清界限的父母那里的窝囊怨气撒在妻子身上，造成两个孩子成长中的扭曲和妻子长年的压抑和痛苦，差一点就酿成家破人亡的悲剧，可能作者于心不忍，最终手下留情了。事实上，这种两种文化冲突造成的悲剧，在我们身边层出不穷，常常是悲剧发生了，剧中人依然死不醒悟，毕竟文化和生长环境的不同造成的巨大差距，很多时候是需要悟性和努力去消除的，可惜悟性并非每个人都有。

类似的悲剧在中国也时常耳闻，只不过中外文化差异变成城乡和地域差异罢了，记得有部电视剧讲的就是东北男人找了上海女人，最终造成男人挥刀、女人魂断的悲剧。说到底还是人性，人性和个性（及性格）造就了我们各自的命运，正如托尔斯泰说的，幸福的家庭都是相似的，不幸的家庭各有各的不幸。也可以说幸福在中国和在海外也都是相似的，你留洋也罢，留守也罢，幸福起来都是差不多的样子，但一旦不幸，便各有各的不幸的故事了。

我们从小受的教育和养育，以及社会环境和家庭环境的影响，也是造成我们争强好胜、不能安于现状的一个个推手。我们的父母，尤其是母亲们，很少是待在家里相夫教子的传统女性。她们个个飒爽英姿，干革命事业，一个顶俩，妇女能顶半边天。到我们这一辈，尤其是出国留洋的女人，谁也不甘心在家生孩子做家务，男人有高学历，我们学历也不低，出来辛辛苦苦留学，怎么能甘心做家庭主妇，就是这种不甘心，造成了家庭里的失衡，女强男就弱，一失衡事情就多了。

可是争强好胜的结果往往并不是甜果子，大部分男人都不会愿意长久地做一个弱者，至少在他的女人面前，他得有大树的感觉，否则这种男女关系是很难天长地久的，这也是人性决定的。

当有一天我们垂垂老矣，靠着回忆度日，肯定不会希望回想太多当年年轻气盛时那青筋劲爆的嘴脸，我们可能更加愿意回想春心萌动时的甜蜜，或者那最初的亲吻，那怦然心动的爱人的美好……

能执子之手与子偕老是一种运气也是一种福气，但若是不能，只要最终找到那个愿意携手之人，哪怕只是相携在人生之路上走了一段，那也是缘分，也是值得珍惜的。

陶渊明诗云：人生无根蒂，飘如陌上尘。分散逐风转，此已非常身。他的意思是：人生在世没有根蒂，漂泊如路上的尘土。生命随风飘转，此身历尽了艰难，已经不是原来的样子了。人生一世几十年，在宇宙中不过一瞬间，爱恨情仇终将是过眼云烟。英文里有句：

Life is a journey that must be traveled no matter how bad the roads and accommodations. 人生说到底就是经历，不管你在哪里经历，只要我们曾经都真实并用心地活过，就不悔这一生。

说来这是牧童歌谣的第二部长篇小说，她的第一部长篇小说《一粟浮沉》可以说是这部小说的前传，讲的是她的家族和前辈在中国近现代发生的事情，《北美枫情》写到了她这一代，虽说书中并没提及太多家庭的影响，但因为几次与她聊起写作和创作的初衷，我还是能够联系起这两部小说中的丝丝缕缕。对于她提起笔就可以写了两部这样大历史跨度、几十万字的大部头，肯定地说她是极有写作天赋的。书中她对以自己为原型的女主角之外的人物的描写，也很生动并各具特色，可以看出她观察生活的细致和几十年的东西方世界的生活阅历，相信她以后会写出更多更好的文学作品。

连着读了这两部小说，让我原本就有的想法更加清晰，那就是人生回头看，我们似乎总是在与命运较劲儿。青春年少时，我们总认为自己是自己的主人，我们能掌握自己的命运，到了人生之路走了过半再看，原来一切都已命定，人的个性决定了自己的命运，无论经历过甜酸还是苦辣，都是命运赐给我们的礼物，还是那句话：只要用心活过，我们便不悔此生。

作为牧童歌谣的同辈人、同龄人，更同为留学的一代人，谢谢她为我们这些"优秀"也"平凡"的一代写出这样的人生篇章，祝福她也祝福我们这一辈人，无论在家乡还是在异乡，都能找到心安的温柔乡。

（2018年5月15日于美国新泽西山湖镇）

目 录 / contents

序 言 • 无悔人生（海云）/ 1

01 • 新梦起航 / 1
02 • 黎姐 / 12
03 • 北月枫园 / 22
04 • 咬住子弹 / 33
05 • 恋爱的季节 / 49
06 • 会有那么一天 / 61
07 • 二十华年 / 71
08 • 初吻 / 82
09 • 你像一道闪电 / 92
10 • 新北月枫园 / 102
11 • 护理学院 / 117
12 • 毕业季 / 129

- **13** 牵手异国情 / 140
- **14** 纽约！纽约！/ 152
- **15** 橡胶的噩梦 / 166
- **16** 舒亚和莉亚 / 177
- **17** 几家欢喜几家愁 / 192
- **18** 哭泣的曼哈顿 / 207
- **19** 金融街的冬季 / 218
- **20** 峰回路转 / 229
- **21** 鹏鹏 / 239
- **22** 佳佳 / 251
- **23** 爱是恒久忍耐 / 260
- **24** 青花瓷丝巾 / 270
- **25** 如花散落 / 279
- **26** 两颗星星的轨道 / 288
- **27** 前世今生 / 300
- **28** 双刃剑 / 312
- **29** 波士顿 / 322
- **30** 重逢 / 335

01 新梦起航

飞机划破云层，冲入天空。刘雨嘉在轰隆隆的声音中一阵晕眩，这是她十九岁的人生中第一次乘飞机。机窗外短暂的阴暗之后，她突然感到一道强光从椭圆的小窗户射进来，她往机舱外望去。北京本是阴沉沉的天气，但飞机穿破云层之后，竟然是艳阳高照！密密的云层在机翼下铺开，像一望无际的闪着银光的白毯，太奇妙了！

雨嘉初次独自出远门的忐忑心情一下就随着这样的光亮而灿烂起来，谁能想到，乌云压顶貌似不可抗拒，但是一旦冲破，就会天外有天啊！雨嘉把脸对着阳光，悄悄笑起来。云层很快又散开了，雨嘉看着一望无际的华北大地，心里轻轻道了一声：再见了，生我养我的地方！

八十年代末，出国留学还只是一个"别人家的孩子"做的事。像刘雨嘉这样，十九岁就到美国留学的小留学生更是凤毛麟角。但她并不觉得有什么特别，也不觉得有什么害怕，心里有的是远走离家、独立生活、天高任鸟飞的兴奋和期待。

过了一会儿，漂亮的空姐推着饮料车来送饮料。雨嘉口渴了，但是她有点不敢要饮料，心想，饮料是不是要付钱的？离家的时候，爸爸妈妈把给雨嘉买飞机票剩下的积蓄都拿出来，兑换了一千美元，妈妈给她细细地缝在了内衣口袋里。这一千美元，在八十年代简直就是爸爸妈妈的全部财产呀！当时的留学生非常清苦，揣着五十美元闯美国的人也大有人在，出国身上带一二百美元已经是属于很富裕的了，一个留学生带一千美元出国，是没有听说过的事情。但是雨嘉知道她跟那些拿着助教助研工作奖学金的研究生们不一样，他们到了学校短暂过度之后，不但不用交一分钱学费，而且每个月会有八百到一千美元的工资用来做生活费。自己呢，不但有一年六七千美元的学费没有着落，而且生活费也要自己想办法。这一千美元是杯水车薪啊，她一分也不敢乱花。

空姐问："请问您喝点什么？"

雨嘉小声说："饮料收费吗？"

空姐给了一个美丽的微笑："饮料都是免费的。"

雨嘉松了一口气，说："我要一杯可乐。"

可能是那杯可乐的作用，在近二十小时的行程中，雨嘉都没有合一下眼。美国中西部的一个农业大州，那个遥远又陌生的地方，那里的一所未知而庞大的学府，将是她的目的地。而陪伴她的，只有两只装满日用品和衣服的箱子，和一张写着接机人姓名和电话号码的纸条。

刘雨嘉买了去美国的机票之后，曾写信给学校的国际学生部，希望联系到人去机场接她。信件来往美国大概需要二十天的时间，雨嘉等了二十几天，等回来的竟然是一个电话号码，学校国际学生部回信让雨嘉给他们打电话联系接机事宜。雨嘉一下把那封信甩到桌子上。打国际长途那么容易的吗？家附近的电话都不能打长途，需要到北京电报大楼去打，而且费用很高的。不过没办法，雨嘉只好骑自行车去了北京电报大楼。还好学校帮她联系到了中国学生学者联谊会，他们给了雨嘉一个名字和电话，说那个人会去机场接她。

经过将近二十小时的飞行和转机，夜幕中，飞机又一次俯身穿过云层，远处好像有一盘璀璨的珠翠铺洒在大地上，城市的灯火莹莹闪闪，晶莹美丽，雨嘉第一次见到如此的高空夜景，看得着迷。飞机一闪，就融入了这一盘珠翠之中，雨嘉第一次踏上了美国大地。

二十几小时没合眼的雨嘉匆匆办了入关手续，取了行李，走进接机大厅。远远的，看到一个高个子中国男生举着一个写有"刘雨家"字样的牌子。雨嘉想：自己名字被写错了，而且，大半夜的，怎么一个男生来接我啊？

雨嘉只好走过去："你好。"

那个男生笑了："你好你好，我叫杨劲松，联谊会派我来接你，你就是刘雨家是吧？"

雨嘉点点头说："是嘉奖的嘉，不是家庭的家。"

杨劲松拍拍脑袋："哎呀，对不起，对不起，他们就给我一个英文的名字，我也搞不清楚。我，我，语文不好……"说着就傻笑起来。

雨嘉也被逗笑了，说："我以为会派一个女生来接我呢。"

"女生？开玩笑吧？女生本来就没多少，有车的更少，有车也开不了这么远。"雨嘉没有说话，杨劲松推起行李车，把雨嘉带到停车场一辆半新的丰田凯美瑞（Camry）旁边："车在这儿，你先坐进去，我装行李。"雨嘉心想，穷学生都能开丰田凯美瑞小轿车，简直是中央首长待遇，美国真是个神奇的地方！雨嘉不好意思自己先坐下，她帮着杨劲松把行李抬进了后备厢。

开起车来，杨劲松打开了话匣子。原来他是北京工业学院毕业的，现在来美国这所大学读电机工程博士研究生。"我们电机工程系博士生基本都是中国人，上课讨论急了就上中文，没人说英文，经常把教授一人晾在那儿傻站着，逼得我们系教授都要学中文！"

"中国学生那么多啊？我以为没什么人出国呢？"雨嘉问。

"咱大学现在是全美中国学生最多的一个大学，而且都集中在那么三五个专业，垄断了！不过大部分都是男生，女生太少了！"杨劲松一边开车，一边笑着看看雨嘉。

这个接新生的机会，在中国学生学者联谊会的成员中，是很抢手的。每到开学，学校国际学生部会给他们一个名单，请他们接中国来的新生。一群小伙子们就对着一串汉语拼音的名字猜测哪些是女生名字，然后抢着去接这些学生。和他们年龄相当的女留学生太少了，如果能够接到新来的女生，近水楼台，捷足先登，说不定女朋友问题就解决了，多么令人向往啊！想着这些，杨劲松侧头看了看雨嘉。

雨嘉有点尴尬，问道："现在是送我去学校宿舍吗？"

杨劲松说："学校宿舍很贵，你先到我住的地方凑合凑合，明天我带你找房子。"

"啊？"雨嘉差点跳起来。

"我搬到哥们儿那儿去住几天。"杨劲松说。

"那，那多不合适，我还是去住学校宿舍吧。"雨嘉说。

"中国学生来了没有住学校宿舍的，你这样临时去住，60美元一晚上呢，还不管饭，而且要提前预订。现在开学来的人多，你今天晚上就算花钱也住不进去。"

雨嘉束手无策，低头不说话了。

杨劲松和其他四个中国学生一起合租了一套五个卧室的两层别墅。和雨嘉北京家里破旧拥挤的两小间胡同平房比起来，这个大别墅太奢华了。宽敞的门厅、客厅、起居室，大小餐厅，漂亮的厨房，整洁宽敞的台面，一应俱全的冰箱彩电等电器，打蜡的硬木地板，挂着壁画涂着淡色彩漆的四壁，垂曳的窗纱，美丽的壁炉，晶莹的吊灯……雨嘉简直惊呆了，这是她想都不敢想，只有在文学作品里见到过，自己父母苦苦辛劳几辈子也达不到的生活环境啊，难道在美国，穷学生的居住条件都能这么奢侈吗？

更让雨嘉吃惊的是，这个房子里居然有三个卫生间，五六个水龙头，随时冷热水供应，而且杨劲松说美国的自来水都是可以直接喝的！原来在北京胡同平房，四排五十多户人家共用一个臭气熏天、蚊蝇逼人的公共厕所，一排十几户人家共用一个水龙头，生水喝下去就闹肚子，热水都要靠自己家炉子烧，洗澡都要去拥挤不堪、水温时冷时热的公共澡堂。眼前这五个学生所拥有的生活资源，比起自己胡同五十家，将近二百人加起来都丰富啊！

杨劲松说："我们这条街叫 North Moon，我们就管这房子叫北月。"夜已经深了，北月里其他人都已经就寝。杨劲松把雨嘉安排到自己的房间，说："我跟隔壁钟铭一块儿睡去，他也是这儿的学生，是金融系的。你就睡这屋吧，把门插好了，卫生间就在门口，毛巾和洗浴用品都是新的，你随便用，明天早晨我敲门叫你。赶紧休息吧。"说完就到隔壁去了。

雨嘉看看屋子里陈设很简单，只有一个低矮的床垫子放在地毯上，一个书桌，一把椅子和一盏灯。床垫子上有简单的枕头和被子。雨嘉冲了澡，她把杨劲松的枕头和被子收进壁橱，打开自己的箱子，把自己带来的被子拿出来，又把自己的衣服折叠了当枕头。忙完这些，她已是筋疲力尽，于是和衣躺下。但是她半天睡不着，虽然用自己的被子，但是这床上怎么都有一股男人的味道。雨嘉把鼻子捏上，还是睡不着，最后她干脆一翻身躺到地毯上，才昏昏沉沉睡了。

醒来的时候，房子里飘着一股炒鸡蛋的香味和一缕焦糊的味道。雨嘉迅速换了衣服，洗漱了，轻轻走到楼梯口。听到下边有个男生在说话："哎呀，你装也要装得像一点嘛，怎么煎糊了？"

接着咣当一声，什么东西掉在地上，接着是杨劲松的声音："我×！烫死我了！"雨嘉捂着嘴笑了，杨劲松一听就是北京人。

雨嘉轻轻走下楼，那个男生先看见了她，说："早，你是新生吧？杨劲松给你烧早餐呢。"只见杨劲松手忙脚乱地把扣在地上的炒鸡蛋收起来，和两片焦黑的面包一起扔进垃圾桶，不好意思地说："你起来啦？"

那个学生斜着眼睛，坏笑着看着杨劲松："不给介绍介绍？"正说着，前门开了，一个身材微胖、戴着眼镜的男生走进来。

杨劲松和那个学生一起说："王溜子，你又一夜没睡？"那个姓王的学生一边瞟着雨嘉，一边说："给人连夜修车，晚了就睡人家那儿了。"

杨劲松给雨嘉倒了一碗麦片，加上牛奶，让雨嘉在桌边坐下，然后指着第一个男生给她介绍："这是计算机系的姜同凯，英文名叫 Kevin Jiang；这是王留存，经济系的博士生，我们都叫他王溜子，英文名叫 Larry Wang。"

雨嘉对他们点点头:"你们好,我叫刘雨嘉,刚来的。"王溜子说:"那你英文名叫什么?"

雨嘉愣住了:"你们都有英文名是吗?我没有英文名啊。"

杨劲松说:"老美又傻又笨,没有英文名他们就对着你两眼发直,你起个英文名呗。"

雨嘉说:"那叫什么呀?我的名字没法翻译成英文。哦,对了,小时候姥姥叫我茉莉,就是 jasmine,这个可以当名字吗?"

王溜子一听就叫起来:"这名字好的咧!东方味道的呀,还跟你小名一个意思,没有更好的啦!"

雨嘉高兴地说:"那好,那我就叫 Jasmine 吧。"

几个人又七嘴八舌地问雨嘉学什么专业。雨嘉说:"我还没选专业呢,我来读本科的,入校后才选专业。"

这下轮到几个男生愣住了,竟然有人来美国读本科!

那时的留学生,都是来读硕士或者博士研究生,而且都是拿到助教或者助研奖学金才能来美国的。本科生基本拿不到奖学金,天文数字的学费没有中国学生能交得起,怎么可能有人来读本科呢?

他们问:"你多大了?在国内上什么学?"

雨嘉说:"我在国内大一上完就出来了,我十九岁,快二十了。"

几个男生面面相觑,简直不能相信这是真的:"你家什么背景啊?你这样的少见啊!"

雨嘉觉得他们太大惊小怪了:"没什么呀,我申请到一部分免学费,然后剩下的我准备自己打工挣钱呢。我得先找个便宜房子住,这两天打扰你们了。"

正说着，雨嘉突然觉得身后有人，她猛地一转身，看见一个清瘦的高个子男生站在楼梯口，正看着自己。雨嘉不好意思地笑一下，点点头。那个男生猛地把目光挪开了，走进厨房拿出一块面包，一下塞进嘴里。

杨劲松说："哎，这是新来的刘雨嘉。这是钟铭，是金融系的博士生。"

雨嘉说："钟铭你好，不好意思我打扰你们了，我一来你们就要挤房间，谢谢了。"

钟铭眼光也不看雨嘉，就用低沉的嗓音说："哦，没事。"说完就拎起书包，三步两步出了房门。

雨嘉有点尴尬。心想，难怪人家不高兴，自己来了占一间房，让两个大男人挤一间，肯定睡不好。自己还是赶紧去找住处吧。

早饭后，雨嘉跟杨劲松说："能不能麻烦你带我去学校的住房办公室？我想赶紧找房子。"

杨劲松说："你想找什么样的？"

雨嘉说："我没有什么要求，就是能坐车或者走路到学校，便宜的，就行。"

"那你别去住房办公室，直接找咱们中国学生会。中国人都在那儿找房，比学校的便宜。我带你看看去，顺利的话，今天就能定下来。"

雨嘉突然想起杨劲松说过他们是五个男生一起住这个房子，就问："那你们这房子，叫北月？不是还有一个同学一起住吗？怎么没看见？"

杨劲松、王溜子和姜同凯一起笑着说："另外那个是个农民，起得比鸡还早，这会儿早都去学校了。他叫马化鹏，数学系的，下午能看见。"

这是雨嘉第一次走进大学城的校园。一切都那么美丽，又那么新奇。学校竟然没有围墙，没有大门。街这边还是闹市，过一个马路就是教学楼了。大片大片的草坪和花圃，威武的红砖建筑，高耸的大理石石柱，两人都抱不过来的参天古树，弯曲的小径，这一切都是幽静中有繁华，温馨中有威严，活泼中有肃穆，现代中又有历史，自己原来的大学真的是没法比啊，这所大学真是太大了，太美了！

雨嘉发现美国原来并不是自己想象的摩天大楼林立的样子。整个学校和学校周边没有一座高楼，都是二层，三层，最多不过五层的低层建筑，掩映在郁郁葱葱的树林里，好一幅田园风光。路上跑的，也并不是雨嘉想象的全部都是豪华轿车，而是各种各样的车辆。

学校的校车穿梭在美丽的校园里，各个族裔的年轻学子们，背着大书包，穿着五花八门的衣服，在校园里乘车，走路，晒太阳，在长椅上看书。雨嘉四处张望，眼睛都不够用了。校车是免费乘坐的，车厢一点儿都不拥挤，也没有抢座位的，大家都很礼让。但是雨嘉被北京的拥挤公共汽车训练出习惯来了，看到校车进站，习惯性地抢先一步把住车门，第一个上车，但她发现后来上车的人都是互相让着，秩序井然地从容上车，上车后每个人还跟司机点下头或者说声"Hello, Good morning"问好。杨劲松竟然也慢吞吞地跟在大家后边上车。原来上车是没人抢的呀，雨嘉觉得真是不好意思。

她还发现对面过来的金发碧眼的美国人，会和自己点头微笑致意。她不知所措，这些人并不认识啊，不但完全是陌生人，而且完全是异族人，怎么会跟自己打招呼？更让她不知所措的是，每次走到一个门口，前边的人，有时甚至是后边的男士，都会抢先一步，雨嘉很自然地认为对方是想抢先进门，就赶紧让开。但是人家却是抢先一步给她拉开门，然后为她撑着门微笑示意让她走进去。天哪，美国人怎么都这么客气呀？雨嘉觉得手足无措。

中国学生学者联谊会在学校的学生中心里占有一个小小的房间。里边三三两两地坐着几个学生，雨嘉走进去，竟然发现其中的一个人就是在早餐的时候脸色阴沉的那个钟铭！雨嘉心想，糟糕，怎么又碰上他？

杨劲松说："哎，钟铭，刘雨嘉找房呢，把房东本给她看看。"

钟铭也不看雨嘉，就从抽屉里拿出一个本子，翻开放到雨嘉面前。杨劲松过来给雨嘉讲："你看，这些都是新贴出来的出租房广告，你自己看看。"

雨嘉也不看别的，就看价钱，挑了两个最便宜的，说："我想看看这两处房子。"

钟铭突然抬头说："别就找便宜的，那两个房子的地段不安全。你看看这个吧。"说着就指了一间价格在二百美元一个月的房子。

"太贵了，我住不起。"雨嘉说。杨劲松也说："二百有点贵吧？"

"这是黎姐的房子，你带她去，跟黎姐说说，看能不能便宜点？"

"黎姐的房子呀？"杨劲松突然来了劲，"那去看看吧。黎姐人特好，你去了肯定喜欢。"

钟铭又说："黎姐现在结婚了，不过她房子大，多一个人住没问题。"

"结婚也不请咱北月的哥们儿喝喜酒？"杨劲松抓起桌边的电话，拨了一串号码："黎姐！我 Jim 呀，黎姐你不够意思啊，结婚不言声儿？喜酒也没喝上你的。啊？你说什么？一年前就结婚了？你瞒得够紧的呀！我现在还给你找个好房客，你说怎么谢我吧！"

一阵说笑之后，杨劲松带着雨嘉起身离开。雨嘉跟钟铭说："谢谢你。"钟铭仍旧没有看她，只是嗯了一声。雨嘉心想，自己可真是把这个钟铭得罪苦了，赶紧找房搬走，别再给人家添麻烦了。

02 黎姐

校车上,雨嘉和杨劲松碰上了从山东农村考出来的数学尖子马化鹏,他是北月的第五个住户。寒暄之后,马化鹏用感慨的目光看着车窗外说:"你看美国这地肥的!土都是黑的,都冒油,插根棍子都能发芽啊!唉,可惜的,都不种粮食……"杨劲松笑着冲雨嘉一挤眼:"他一坐校车就这句话,真是一辈子没见过地。"马化鹏说:"我见的地比你多,就是没见过这么宽这么肥还不种庄稼的地,真应该从中国移民过来一亿农民!"

坐了几站校车,杨劲松带着雨嘉拐进了一条小街。雨嘉一下就被这条街迷住了!一栋栋精致的别墅,掩映在郁郁葱葱的树木和花丛里,小街上落叶飘飘,静谧安详,各家门口都是精致的别具匠心的庭院,松柏枫树翠绿喜人,明黄亮紫的菊花簇簇争艳,这就是雨嘉在小说里看到的西方国家的街道,是雨嘉梦中向往的街道!雨嘉心想,我如果什么时候能够在这样的街上拥有一套这样的房子,那该是多么好多么美的事情啊!

杨劲松告诉雨嘉,黎姐名叫李黎,是早年来留学的留学生,学的是财会专业，现在已经毕业工作多年，不但是大公司的财会专家，而且已经拿到了美国公民身份，买了这栋漂亮的房子。黎姐在当时的留学生中是一个传奇，大家追求的学位、工作、金钱、绿卡、车子、房子，在黎姐这里都齐全了，黎姐就是大家的奋斗目标！

黎姐是一个三十出头的中国女人，身材中等，眉目柔和，说不上漂亮，但很亲切。她热情地给雨嘉介绍了自己家："我家就我和我先生两个人，我们住主卧室，你可以住离主卧最远的这一间，这个卫生间给你专用，厨房客厅餐厅你都可以用，但是请不要进我们的卧室和办公室。另外，地下室是我先生锻炼身体的地方，请你也不要进去。"雨嘉已经觉得太好太奢侈了，她自己一间这么大的房子，比起原来和妹妹挤在一起的小屋要大很多，而且再也不用走路去污秽不堪的公共厕所了，现在不但在房子里有这么美丽的铺着瓷砖的卫生间，而且是她一个人专用啊！雨嘉真的不能相信自己能够住在这里。

雨嘉不好意思地说："黎姐，我太喜欢你的房子了，可是我需要打工挣学费和生活费，真的付不起这样的房租。"

黎姐说："你不是拿奖学金的？"

杨劲松赶紧说："黎姐，她跟你一样，是来读本科的，自己解决学费和生活费。这么多年我就听说过你和刘雨嘉这两个本科留学生！"

黎姐一下走过来拉住雨嘉："那你给我一百五就行了。一个姑娘独自在这儿，我知道有多不容易！"说着，黎姐的眼睛都湿润了。

雨嘉一个劲儿地点头说谢谢！她真高兴遇到黎姐，不仅是因为她亲和善良，她的房子美丽舒适，更因为李黎实实在在给自己展示了自己的美国梦——过硬的文凭，优秀的工作，美国公民身份，高雅的社区，漂亮的房子。如果以前雨嘉只是想到美国奋斗，那么来美第一天见到黎姐，雨嘉就切切实实地看清了自己奋斗的目标是什么！

雨嘉的卧室里边只有一张小床，还需要一张书桌、一把椅子和一盏灯。杨劲松说："这些东西好办，都不用花钱，经常有人扔不要的家具，捡来用就行了。"雨嘉真是不能相信自己的耳朵，家具还有人扔？还能捡来用？后来事实证明，当天下午，雨嘉在王溜子、姜同凯、马化鹏几个男生的帮助下，在路边不但捡到了一套漂亮的桌椅，还捡到了几乎全新的床头柜、台灯、穿衣镜和一台电视机，雨嘉的小屋很快就布置好了！雨嘉真的不能想象美国竟然是这个样子的，在路边捡东西都能捡到自己想也不敢想、买也买不起的。记得当年爸爸妈妈为了买一台彩色电视机，省吃俭用好久好久，如今自己竟然在大街上捡彩电！雨嘉不能相信自己一来美国就能有爸爸妈妈工作一辈子都达不到的生活环境！

晚上，黎姐热情地开车带雨嘉去超市买东西，她知道雨嘉刚来，需要节省，还特意带雨嘉去了一元店。雨嘉什么都不敢买，即使到了一元店，雨嘉也说："所有的东西都要八块钱啊！"李黎笑道："哈哈，乘以八的一代来了！"

原来，早年李黎来美国的时候，人民币和美元的汇率是一美元兑换六元人民币，那时的留学生买什么都下意识地在美元价格上乘以六，觉得什么都贵得要死，久而久之，他们心算任何数字乘以六的速度都飞快，只要瞥见小数点以后有两位的数字，立刻条件反射地在脑子里蹦出它乘以六得几，自称"乘以六的一代"。汇率变化，后边的留学生买东西都乘以七，现在雨嘉第一天进美国的商店就在乘以八，可不就是"乘以八的一代"嘛。

再舍不得花钱，还是要吃饭的。雨嘉走遍了整个超市，最后买了一袋米、一盒 55 美分十二个的鸡蛋、一桶 1.79 美元的牛奶、一袋 89 美分二十四片的面包、一包 79 美分一磅的鸡腿、一颗 29 美分一磅的圆白菜和四个 59 美分一磅的西红柿，又买了一小瓶油、一小瓶酱油和一盒盐，总共花了大概 25 美元。雨嘉想，这样下来，下边一个星期都可以吃西红柿炒鸡蛋和鸡腿炖圆白菜，再加上白米饭，早餐还有牛奶和面包，营养十分周全了。雨嘉想，爸爸妈妈和妹妹在北京家里，吃一顿鸡腿也是很奢侈的事情，自己一来就买这么一大包鸡腿吃，是不是太过分了？可是她又实在找不到比鸡腿更便宜的肉类，而黎姐说上学需要很棒的身体，一定要每天吃一些肉。

晚上，雨嘉躺在小床上，心里算着自己每月的开销——房租 150，伙食费大约 75，电话费 20，其他花销算 30——这样，一个月怎么也要 270 美元的生活费。学校给了一部分助学金，但是还需要雨嘉一年交 6000 美元的学费，算在每个月也就是 500 美元，再加上书费和意外开销，也就是说，雨嘉需要最少每月挣到 800 美元，才能够抵挡这一切花销。到哪里去挣一个月 800 美元啊？雨嘉想得头直疼，再加上时差，她就怎么也睡不着觉。

安静的夜晚里，楼下车库门的响声吓了雨嘉一大跳，她不知道是什么响，蹑手蹑脚下了楼去看。刚刚走到一楼，客厅的大吊灯突然亮起来，一个中等个子、三十岁左右的男人走了进来，他看见愣在那里的雨嘉，问："你是房客？"

这时黎姐下楼了，说："这是新来的学生刘雨嘉，租咱们的房子，刚住进来。雨嘉，这是我先生周文轩，你以后叫他周先生就可以了。"

雨嘉说:"周先生好。"

那个姓周的男人也没理雨嘉,就对李黎说:"吃什么?"

李黎赶紧冲进厨房忙活起来,一边把一盘盘菜从冰箱里拿出来热,一边说:"不知道你几点回来,我做好了也没敢放在外边,怕你回来的时候不新鲜了。我也没吃饭呢,等着你回来一块儿吃。"

雨嘉赶紧上楼了,心想黎姐对先生真好啊,自己饿着肚子等他到这么晚。楼下黎姐和周文轩说话的声音隐约传来,雨嘉听不清也不想听他们在说什么。突然,周文轩以雨嘉不想听也能听到的大嗓门说:"不是说好二百吗?怎么变一百五了?!"后边黎姐说的什么雨嘉听不清楚,但是她有如坐针毡的感觉,周先生看来不满意自己只交一百五的房租!

因为时差,雨嘉四点就起床了,她今天有好多好多事情要去做。她需要把自己手里余下的八百多美元存进银行,需要去学校拿一张校车的路线图,熟悉路线,需要去见学业指导(Academic Advisor)来决定这学期选什么课程,最重要的是,她要去学校的学生打工办公室找工作!她心里盘算的就是如何才能挣到一个月八百美元的钱,她蹑手蹑脚下楼的脚步都踩在自己心里默念的节奏上:"一月,八百,一月,八百,一月……"

一缕灯光止住了她的脚步,莫非自己起床洗漱把黎姐和周先生吵醒了?雨嘉袜子蹭着地面轻轻转过楼梯拐角,往厨房走,看到那缕灯光是通往地下室的虚掩着的门内发出来的。黎姐说过,地下室是周先生锻炼身体的地方,她不能去。突然她听到周先生压低嗓子讲电话的声音:"我知道我知道,委屈你了,再坚持一下吧,孩子好吗……"雨嘉有点发懵,周先生在跟谁说话啊?

正进也不是退也不是的时候，黎姐下楼了，轻声说："雨嘉，你起得这么早啊？"黎姐的声音一下子终止了周先生的声音，他蹬蹬蹬几步从地下室走上来，看看黎姐，又看看雨嘉，没好气地说："大早晨起来，也不让人清净一下！都起这么早干什么！"说完就走了。

雨嘉很是尴尬，对黎姐说："对不起，黎姐，我有时差，起得太早了，把你们吵醒了。周先生好像在打电话，我打扰他了，他肯定生气了。"

黎姐说："没事，他肯定又是给他嫂子打电话呢。他哥去世了，他嫂子一个人带着孩子，挺不容易的，他替他哥照应嫂子，经常打电话。"雨嘉想问，那为什么躲在地下室，凌晨打电话，但是把话咽下去了。

雨嘉不知道自己来美国要学什么专业。她在国内学的是英文专业，一个外国人在美国拿着这个专业是不能谋生的，自己必须从零开始，另外找专业。雨嘉听说，财会专业好找工作好办绿卡，本来打算学财会，但是昨晚跟黎姐说这个想法，黎姐说财会现在比较饱和了，尤其是新出来的没有工作经验的本科毕业生，不太好找工作了。雨嘉一下子就没了主意，那学什么好呢？

学业指导是一个瘦小的金发碧眼的和蔼老太太，她热情地迎接雨嘉，仔细询问了Yujia这个名字怎么念。雨嘉说，其实我英文名字叫Jasmine。老太太一下就笑开了花："多好的名字啊！你的名字像你的人一样漂亮！你从我这里出去后，到对面办公室，把Jasmine这个名字写进你的学生记录，以后你的所有文件和成绩单就都有这个美丽的名字啦。"雨嘉被夸得简直太不好意思了！美国人真能夸人啊！

然后老太太热情地说:"亲爱的Jasmine,你还没有选定专业,你告诉我,你喜欢什么学科?"

说实在的,雨嘉真的不知道自己喜欢什么学科。经过国内严酷的高考洗礼,题海战术,死记硬背,雨嘉觉得数理化生、历史地理、政治英语,没有一科是自己真正喜欢的。她只好摇摇头说:"我不知道喜欢什么,但我什么都能学,我想学一个一毕业就能找到好工作的专业。你能告诉我什么专业好找工作吗?"

"哦,亲爱的,你这个问题,恐怕只有上帝才能回答。"老太太说,"我还是要帮你找到你的兴趣。你好好想想,你是更喜欢跟数字打交道,还是跟文字打交道?是更喜欢动手做东西,还是抽象搞设计?是更喜欢独立做事,还是喜欢跟人一起联合做事?是更喜欢组织计划,还是更喜欢实施计划?"

老太太循循善诱,却怎么也不能让心急火燎的雨嘉明白这些跟选课选专业有什么关系。雨嘉简直被这个和蔼的,一口一个亲爱的,满面善意的白人老太太搞疯了。她想,"我就想问她一个简单问题:什么专业能让我在美国立住脚,让我在美国找到工作,生存下去,为什么这么简单直接的问题她就是不肯回答我?为什么一定要搞清楚我喜欢什么?难道我喜欢什么重要吗?我喜欢小说,我喜欢京剧,能当饭吃吗?"

最后,老太太和雨嘉都有很大的挫败感,老太太说:"孩子,这样吧,你这个学期先选几门基础课,无论学什么专业都用得上的基础课,给你自己一点时间吧,以后再决定专业。My dear child, follow your heart!(我亲爱的孩子,跟着你的心走!)"

这样,雨嘉注册了生物、化学、微积分、艺术史和心理学五门基础课，并把自己 Jasmine 的名字记入了学校的电脑系统。注册了课，下一步就是买教科书。学校的书店里人头攒动，雨嘉先找到了生物课的教科书。雨嘉没有见过印刷这么精美、色彩这么明快、纸张这么厚实这么有光泽的书，真是爱不释手！但是一看价钱她就傻眼了：43.87 美元一本！化学、数学、艺术史教科书都是五十多美元一本，心理学教科书竟然 65.52 美元一本！这简直是明抢啊，伤天害理，这书是金子做的吗？这么贵！这每一本书就是爸爸一个月的工资！雨嘉都快急哭了。

这时，北月的两个男生杨劲松和钟铭突然出现在书店里，杨劲松一眼看到雨嘉，走过来说："买书呢？怎么样，黎姐那儿住得不错吧？"钟铭却低着头不说话。

雨嘉说："嗯，黎姐那儿特别好。这书怎么都这么贵啊？真没想到！"

杨劲松说："咳，美国书就是贵！我都不真买书，我先买了，然后到 Kinko's 复印店复印，印完了再回来把书退了。省钱。你要是想复印，我带你去，复印便宜多了！"

"买了的东西还能退？"雨嘉不敢相信。

"当然能了，太能了！"杨劲松说，"美国什么都能退，我们系一个人买了婴儿床，小孩都给人家尿上尿了，他还给退了呢！"

雨嘉扑哧一下笑了，说："真能复印呀？"

这时一旁的钟铭说："别复印，那是侵犯版权的事儿，Kinko's 的人都斜眼看你，这样让人看不起中国人。而且在课堂上拿出复印的教科书来，让教授看见，都不给你好成绩，教授们最恨侵犯版权了。"

雨嘉说："那怎么办啊？"

"你到图书馆地下室，有个旧书陈列室，好多旧的教科书，便宜很多。"钟铭说，"就是有时候是老版本，上课的时候跟老师说的页数可能对不上，不过没关系，大概的东西都在那儿。"

雨嘉觉得这个钟铭很奇怪，他就低头说话，都不看雨嘉一眼，似乎很讨厌雨嘉的样子，但是从昨天推荐黎姐的房子，到今天推荐旧书室，又似乎一直在给她出好主意。雨嘉真不知道自己到底是不是得罪了这个钟铭，真让人搞不懂。

这所美丽的大学校园实在太大了，雨嘉背着砖头一样沉的刚买的几本旧书，在夏末秋初的校园阳光下飞快地走着。美丽的密西西比河从校园中间穿过，过河的步行桥真长啊，需要走十分钟才能过河到学生打工办公室。算算时间，现在已经是北京时间凌晨一点半了，雨嘉非常疲惫，但是她必须找到工作！刚才，杨劲松说要帮雨嘉背包，送她去学生打工办公室，但是雨嘉拒绝了。从昨天到今天，杨劲松已经帮了自己太多忙，雨嘉看得出来杨劲松的意思，她不想再在任何事情上欠他的人情了。

让雨嘉一下子就爱上美国的，就是这个学生打工办公室！自己一个英文磕磕巴巴、衣着土气、素面朝天、一头清汤挂面黑色直发的中国女孩，竟然一下子就顺利找到了校内打工的工作！一个名叫Paula的中年女人正在为校医院注册处和前台招聘帮手。

她问雨嘉："会用电脑吗？"雨嘉只在北京爸爸的单位里边摸过几下电脑，但是她当时申请美国大学用的是机械打字机，对自己的打字速度有自信，就对Paula说："我用过电脑，而且打字速度非常快。"

Paula问："你一周能工作几个小时？"雨嘉说："我是国际学

生，按规定我一周只允许校内工作 20 小时。其实我真想干 40 小时，我需要挣出自己的学费。但是这是不可能的，我就做满 20 小时吧。"

Paula 说："你遇到考试或者学习忙了，会请假吗？"

"不会！"雨嘉立刻说，"我对每一个工作时都非常珍惜，绝对不会请假的！我一定会安排好自己的学习。我说做 20 小时就保证 20 小时。"

"好，电脑我可以教，但是工作守时，珍惜工作机会的品质教不来。你下周来上班吧。一小时 8.65 美元，周一到周五，每天晚上 8 点到午夜 12 点，可以吗？"Paula 说。

雨嘉一下子眼泪就涌上来了！一小时 8.65 美元，一周 20 小时，那么一个月就有大约 700 美元啊！这么好的事情，怎么就砸到了自己头上？雨嘉高兴得除了"Thank you！ Thank you！"就不会说别的了。

美国真是一个神奇的国度，自己一个刚刚来的、一文不名、一技不精、二十岁不到、英语都说不利索的中国女孩，竟然一来了就有这样的好机会，就能够一个月挣到爸爸辛辛苦苦一年的工资！雨嘉在松柏覆郁、雏菊盛开、秋风习习的校园路上，笑着跑啊跳啊！她觉得全身有使不完的劲儿，胸膛里有憋不住的笑。雨嘉没有坐校车，一路跑回了黎姐的家。她要立刻开始行动，今晚要挑灯夜读，把教科书大概翻一遍，要给自己制定一个时间表，把一周七天上课、做作业和工作的时间全部列出来，贴在墙上，坚决执行！

雨嘉跑到黎姐家，看到车库门开着，黎姐的车在里边停着。黎姐这么早就下班了吗？雨嘉赶紧推开门，她要跟黎姐分享她今天的喜悦！

03 北月枫园

"黎姐!我回来了!"

一楼没有人,雨嘉上了二楼,却听见黎姐的卧室内隐约有哭声。雨嘉吓了一跳,轻轻走到黎姐卧室门口,小声说:"黎姐,是你吗?你怎么了?我可以进来吗?"没有回答。雨嘉轻轻推了一下门,门开了,宽敞的主卧室有着非常高的尖顶、大吊灯、巨大的床、壁炉、沙发、挂毯,这是雨嘉第一次看到黎姐和周先生的卧室。黎姐披头散发坐在地下,背靠床沿,正在哭泣。

雨嘉着急地跑过去:"黎姐!你怎么啦?你不舒服吗?我送你去医院吧?我帮你给周先生打电话吧?"李黎抬起头来,雨嘉一看李黎的脸,就大叫了一声!李黎眼眶和嘴角都是淤青,嘴角还在流血!

"黎姐!你被打了?是不是有坏人?咱们报警吧!周先生在哪儿?快叫他回来!"雨嘉急了。

李黎挣扎着起来,爬到了沙发上,把雨嘉也拉到沙发上坐下:"不用报警,是周文轩打的。"雨嘉用双手捂住自己的嘴,才没有喊出声来!

李黎断断续续地说:"你也看见了,这日子我也过够了。他骗我说是他嫂子,是他侄子,骗我说他哥死了。他根本就没有哥,那个女人是他在国内的老婆,那个孩子是他儿子!我算什么?我算什么?给他办绿卡挣钱伺候他的机器!我就不是人!他就不把我当人!跟我结婚,等到结婚三年就能成美国公民,然后跟我离了就能把他国内老婆孩子办出来!被揭穿了,瞒不住了,就翻脸,就打我。"

雨嘉到底是二十岁不到的小女孩,吓得直哭:"黎姐,怎么办?那你怎么办啊?"

李黎哼了一声,脸上出现了一个比哭还难看的笑:"能怎么办?雨嘉啊,你以后找男人可得小心,男人怎么甜言蜜语都靠不住,男人混蛋起来,真能要你的命啊。我早该想到,他对别人都那么自私,就对我好,我早该想到,自私的人到什么时候都自私,不瞒你说,我们结婚一年了,就连在床上,他也是自私透顶的!"雨嘉也不明白黎姐说的是什么意思,只是陪着黎姐干哭。

黎姐说:"唉,我们俩肯定得闹,我看这儿也不适合你一个小姑娘住了,我也不要你这几天的房租,麻烦你赶紧再找个地方住吧。今天晚上你把自己的门锁好了别出来,明天赶紧找房子啊,我的事儿求你别跟别人说。"

那天晚上,雨嘉根本没有心思吃饭,也没有心思看书,一天下来情绪的大起大落,校园来回奔波的劳累和时差积攒下来的疲惫,让她昏昏沉沉早早就睡着了。深夜,雨嘉被一阵奇怪的声音惊醒,好像是黎姐在呻吟。雨嘉一下坐起来,是不是那个姓周的又在打黎姐?她一下拉开自己的门,可是她止住了脚步。对面的卧室里传出了呻吟声，喘息声，仿佛整个房子都在晃动。雨嘉从来没有听到过这样的声音，她赶紧关了自己的门，双手捂住耳朵，心怦怦地跳着，脑子里一片糊涂。雨嘉虽然只是个懵懵懂懂的小姑娘，但她能猜出这是什么声音！黎姐这是怎么了？不是刚刚打完吗？难道她还在跟那个姓周的做什么事情？雨嘉想也想不明白，唯一的念头是：不能再住在这里了，必须搬家！

搬家谈何容易呢！雨嘉想到又要找房安顿，又不知要花多少钱，她头疼得很。而且她再也不想麻烦杨劲松了，世上没有免费的午餐，雨嘉不想依靠任何一个男生，尤其是杨劲松这样，雨嘉并不喜欢，而且还一目了然就是想追自己的男生。可是这是她到美国的第三天，就只认识一个杨劲松，怎么办呀？

好在现在是开学前，学校周围的房子正是大规模更换住户的时候，新房层出不穷，像杨劲松他们住的北月那样的房子有不少，新学生也纷纷来报道。雨嘉自己到学校住房办公室，正好碰上另外三个中国女生也在找房子，几个女孩一拍即合，合租下来一个四居室的独立房，每人房租是150美元一个月。虽然房子不如黎姐家漂亮温馨，房子的空间也比黎姐家小，而且楼上只有两个卫生间，需要两人合用，但是雨嘉已经很满意了。四个女孩很快就熟络起来。

雨嘉说："我刚到时借宿的那个房子，街名是 North Moon，他们就管那个房子叫北月。多难听的名字！咱们女生住的房，起个好听的名字吧，我们的街名叫 Maple 呢。"最后几个女孩商量把这个房子命名"枫园"。

李可欣是北京大学英文系毕业的，现在是这所大学的社会学系硕士生。沈燕妮来自华东师范大学，现在是这里教育系的博士生。

于思聪在国内是清华大学应用数学专业，现在是经济系的博士二年级学生，来美已经一年多了。雨嘉跟她们在一起，是名副其实的小妹妹，小本科一年级学生，雨嘉对她们非常敬仰！

几个人来到枫园，各自选了房间，教育系的沈燕妮和社会学系的李可欣都是刚刚从国内来，除了自己的两只硕大的箱子，就没有别的东西了。但是经济系的于思聪已经来了一年了，有家具和用品需要从旧家搬过来，雨嘉也刚刚置备(捡来)了一屋子东西在黎姐家，需要搬来。

雨嘉说："我现在住的地方离咱们枫园就一条街，小的东西我自己可以拿过来。可是，床垫子桌子什么的，能不能麻烦你们帮我抬过来？咱们谁有什么大件，四个人都帮着抬抬，就解决了。"

于思聪一下就笑了："真是个傻丫头，到了这儿，女生都是被供着的，哪有自己搬家具的？叫男生帮忙呗。"

"不合适吧。"雨嘉又想起了那个她再也不愿意麻烦的杨劲松。

于思聪看出了她的心思，说："没事儿，我们系有个大好人，叫王溜子，也是住北月的，雷锋一样的人物。他绝不会有任何不良企图，他有辆大车，我已经跟他说好了帮我搬家，顺路把你的那点东西一块儿搬过来呗。然后咱大家合伙请他吃顿冰糖肘子，全齐了！"

雨嘉想：王溜子不就是那个 Larry Wang，王留存，跟杨劲松一起住在北月的那个人吗？好像杨劲松介绍他的时候的确说他是经济系的，跟于思聪一个系的博士生。那个人晚上彻夜帮人修车，看来真是个热心人。雨嘉就说："好吧，思聪姐，那我听你的！"

跟黎姐告别的时候，雨嘉不知说什么好，她注意观察黎姐的脸色，发现虽然她脸上的淤青还在，嘴角的血口子也刚刚结了痂，但却有一股说不出来的光泽和温柔,她的眼睛也是雾蒙蒙的,她整个人像是在梦中一样飘飘的感觉。雨嘉说:"黎姐,我今天下午就搬走了,谢谢你,你好好保重,我以后还会回来看你。"

李黎叹口气说:"好吧,你跟几个小女孩一起住的确比在我们这儿合适。你以后有什么事就找我和文轩啊,我们都可以帮你的。"

雨嘉一愣:"黎姐,你不要离开他吗?"

李黎摇了摇头。看着雨嘉不解的表情,她说:"昨晚他回来之前,我想好了要跟他坚决离婚。可是,后来……唉,你是个小女孩,你不会懂,昨晚你是不是听到声音了?他昨晚,真的跟以前不一样了,真的,从来没有过的感觉,我真的第一次知道了当女人的滋味。你现在不懂,以后长大就知道了,一个女人,在那样的一夜之后,是怎么也放不下这个男人的。"

"黎姐你在说什么呀!他打你呀!他有老婆孩子呀!"雨嘉都替李黎着急了。

"他说他以后不会再动手,而且他说跟那个女人已经离婚了。"李黎说。

"那你就信呀?"雨嘉说。

李黎苦笑一下:"别想那么多了,好好学习啊,下礼拜就开学,够你忙的!中国是高考难,大学混日子。美国是高考时候可以混日子,上了大学才见真功夫。好好努力吧。别人要是问你为什么搬走,你就说我改主意了,不愿意租了,记住了吗?黎姐以后还得在咱中国人圈子里做人呢,拜托你别跟别人说我家的事儿。"

雨嘉明白,黎姐还是要做那个大家心目中神一样的人物,那个家庭幸福、事业成功、身份搞定,那个车子、房子、票子在握,那个每天活在别人的美国梦里的女人,那个一提起来大家都羡慕的女人,那个大家都当作奋斗目标的女人。好吧,这么绚丽的一个肥皂泡,雨嘉一定不把它捅破。

"刘雨嘉呀,你怎么不找杨劲松帮你搬家嘞?"王溜子见面第一句话就是这个。雨嘉说:"已经很麻烦他了,不好意思再找他了。谢谢你来帮我。"

王溜子坏笑着说:"他好愿意被你麻烦的,而且麻烦我,我也要找他去要账的啦。"

"王溜子你少在这儿毒害青少年啊。刘雨嘉是十几岁的小孩,祖国花朵,知道不知道?快装车去!"于思聪及时出现了。

王留存和另外一个被可欣叫来的男生一起,帮助四个女孩把东西搬到了枫园,就开车走了。四个女孩一通打扫收拾,然后谁也没劲儿做晚饭了。沈燕妮就到旁边的麦当劳买了四个巨无霸回来,那天正好促销,买四个 1.50 美元一个的巨无霸可以送一大桶可乐。大家把自己那份钱都付给了沈燕妮,一人拿着一个巨无霸,倒了一杯可乐,吃起来。

雨嘉有点心疼那一块五美元,但是想到自己来美三天,时差还没倒过来的情况下,已经完成了课程注册,开了银行账户,找到了工作,搬了两次家,初步熟悉了环境,认识了这么多新朋友,也该庆祝一下了。这个巨无霸,是雨嘉从来没有吃过的味道,雨嘉吃得津津有味。雨嘉一边吃一边想,真可惜,这么好吃的东西,爸爸妈妈和妹妹从来没有吃过,他们也从来没有喝过可乐。以前在北京家里生活的时候,雨嘉跟妈妈和爸爸有很多矛盾,他们太粗暴了,管得太多了。雨嘉恨不得早一天离开家,再也不回去,再也不听到父母的叫骂和争吵，但是现在远隔万里，雨嘉发现自己还是惦念他们的，雨嘉真想找机会多挣一点钱，给爸爸妈妈和妹妹寄去。

"雨嘉，过来坐吧。"李可欣招呼她。雨嘉走过去，刚刚张口："可欣姐。"就被于思聪打断了："你一张口就是可欣姐、思聪姐、燕妮姐，把我们都叫老了。你叫我们名字就行了啊。"

雨嘉有点不好意思。于思聪笑道："在美国，亲姐妹都不叫姐，都是直呼名字，岳父岳母公公婆婆都不叫爸妈，都直呼名字。好家伙，你哪天见到谁再冲口而出一个'阿姨'，还让不让人活了？"这么说，雨嘉只好改口直呼几个女孩的名字了。

李可欣一边吃一边问："你们几个怎么出来的？交培养费了吗？怎么办的侨属关系？"

于思聪说："什么培养费？什么侨属关系？没听说啊。"

雨嘉说："我也没听说有培养费啊？"

沈燕妮和李可欣差点噎着："你们没赶上侨属和培养费啊？新规定，直系侨属可以随便出国，旁系侨属要交每年两千五培养费，交五年的，没有侨属关系的要给国家服务五年才能出国。我们当时都扒了几层皮才办下来的护照啊。"

"那叫什么，直系的你走，旁系的交钱，没系的没戏。"燕妮说。

"还有这事儿？"雨嘉和思聪都问。

"就今年开始的，去年还没有呢。"可欣说，"我们全奖都拿到手了，突然出来这么个规定，急死人了。那会儿，有奖学金的公开找侨属征婚，有侨属但自己学习不灵拿不到奖学金的，就公开找有奖学金的人征婚。侨属婚姻，认识一星期就结婚，一块儿出国，多的是！"

燕妮说:"你看思聪早一年出国就没咱们那么多事儿。什么事儿都得赶早啊。"

于思聪摇摇头:"我出国的时候也是一笔血泪账,单位不放人啊!我一个大姑娘,天天到人事科长家坐地泡,赖着不走,每次去给钱给东西,赖了一个月,才拿到单位介绍信!把我急得都落下毛病了,来美国好久了,还老做一个梦,梦见这边美国教授发考卷期末考试了,我那边人事科长还不给我开介绍信,不放我走!醒了一身汗。打死我也不回国,真怕了我!"

燕妮说:"有什么比教育口更难放人的?我们师大,毕业都分到教育口,开个出国介绍信,那才难呢!那帮管介绍信的,看见别人要出国,自己眼里冒出来的是一种宫女看见别人出宫得自由的哀怨啊。我们一个同学,没办法,实在开不出介绍信来,只好套教育局局长女儿,套上了,假装要结婚,把介绍信开了,婚也没结,出来了。吓死他也不敢回国,教育局局长说跟公安局局长联系好了,这小子一回国就废了他!"

雨嘉像听天书一样:"我就在学校开的介绍信,学校痛痛快快给我开了。"

几个女孩都感叹:"真是个还没进入社会的小孩啊。你一脚踏进社会试试?不处处把你整死难死才怪呢。除非你爸是大官儿!"

周末,北月的杨劲松和王溜子一人开一辆车,坚持要带枫园的四个女孩去逛跳蚤市场(flea market)。一下午逛下来,几个女孩只花了极少的钱,把锅碗瓢盆、家具电视、窗帘自行车等物品连买带拿全都搞齐了。很多都是别人处理的八成新的东西,免费拿来的。四个女孩太高兴了!

雨嘉看到旧货摊里竟然有一个美丽的水晶花瓶，在太阳光下璀璨发光，她走过去爱不释手地拿起来，问了问摊主，要十美元，赶紧放回去了。杨劲松一步抢过来说："我来买这个花瓶！"雨嘉赶紧说："我不要我不要，你如果喜欢的话自己买给自己好了，我不喜欢。"说完就走去别的摊位了。杨劲松也不说话，掏出钱买了那个花瓶抱在手里。过了一会儿，他对从别处走来的李可欣说："我刚才看上了个花瓶，没想到这么沉，我不想要了。你们女孩子用得上，要不放你们枫园客厅吧。"李可欣说："外行了吧？沉的才是好水晶呢。不过也是，你们男生买什么花瓶啊。多少钱？我给你钱。"杨劲松说："那摊主说不要钱，白给我的。"李可欣一边把花瓶接过来一边高兴地说："真是运气！这么好的花瓶都能白给你啊！"

逛完 flea market，杨劲松说："我们北月男生们租了录像带，是那个特别好看的 *When Harry Met Sally*（《当哈利遇到莎莉》），Meg Ryan（梅格·瑞恩）和 Billy Crystal（比利·克里斯托）演的，你们一块儿来看吧，可以在我们北月吃晚饭。周一就开学了，现在赶紧最后放松放松。"几个女孩互相看了看，都说，好吧。雨嘉看到杨劲松是请全体枫园室友一起去，不是请自己单独去，也就痛快地答应了。路上，她们到超市停留了一下，一起买了好多饮料和熟食，拿到北月去跟他们一起吃。雨嘉就更觉得心安了，要不然四个女生到人家那里去白白蹭饭看电影，人家也都是穷学生，录像带也是花钱租来的，总归是不好。临出国的时候，雨嘉的爸爸妈妈嘱咐过她，不要占男人的便宜，女孩子要自立自尊，雨嘉牢牢记住了爸爸妈妈的嘱咐。

简单的晚餐之后，四个女生五个男生一起来到北月的客厅里，女生都坐在沙发上，男生都席地而坐，每人喝着饮料，吃着爆米花。在一屋子热热闹闹的年轻人中，雨嘉突然觉得美国的生活真的好开心，来了不到一周，就有北月五位男生和枫园四位女生这样一个朋友圈子。突然间，感觉国内的生活恍若隔世。

杨劲松和姜同凯忙着给女生们一人拿一个靠垫，钟铭找个不起眼的灯光很暗的角落靠墙坐下，马化鹏和王溜子一边趴在地毯上一边说："是什么电影啊？磨磨叽叽的可不爱看，最好是枪战的。"姜同凯踹了他俩一脚。

When Harry Met Sally 这部电影，看似轻松逗笑，实际上唯美抒情。这是雨嘉看的第一部美国电影，雨嘉深深被 Harry 和 Sally 的爱情打动了。电影中机智的语言，让雨嘉第一次认识了可爱的美国式幽默。最后 Harry 新年夜对 Sally 表白的时候，坐在沙发一角的李可欣竟然被感动哭了。靠在沙发边席地而坐的杨劲松赶紧给她递上了面巾纸。

电影结束的时候，大家都坐着不动，似乎都不愿意打破这部电影营造的美好氛围。杨劲松说："这段话说得多好啊：And it's not because I'm lonely, and it's not because it's New Year's Eve..."李可欣轻声加入进来，和杨劲松同声说道："I came here tonight because when you realize you want to spend the rest of your life with somebody you want the rest of your life to start as soon as possible."

大家都特别感动的时候，突然发现马化鹏还有王溜子两个人竟然已经趴在地上睡着了！姜同凯把他俩推醒。马化鹏不好意思地说："唉，我这数学脑子，他们叽里咕噜的英语我都听不懂，太没意思了，要是到我们农村演这样的电影，根本没人看！"王溜子也说："不如我们的武侠片嘛,看金庸有意思多啦!"

　　大家又走到厨房吃东西,雨嘉看到客厅里有一架旧钢琴,就轻轻打开琴盖,美丽的黑白相间的琴键,让雨嘉欣喜。她自学过两年钢琴,对钢琴有一种特殊的敬仰和喜爱。雨嘉按下几个和弦,发现这架旧钢琴竟然音度精准音色纯美,雨嘉高兴地坐下,一曲《致爱丽丝》从她的指尖流出。众人听到琴声都回到客厅,雨嘉接着又弹了一曲《土耳其进行曲》,明快的节奏回荡在客厅里,给这个夜晚画上了一个完美的句号。

04 咬住子弹

庞大而忙碌的校园，在开学的第一天早晨突然有了一种更加肃穆紧张却又更加朝气蓬勃的气氛。各个教学楼都一下子生龙活虎起来，校园小径上到处都是年轻的、迈着有活力的步伐的肤色各异的学生们。

雨嘉已经学会了走路靠右，礼让，不要随便赶超别人，跟别人保持礼貌的距离，对迎面过来的人微笑致意，以及为身后的人扶门等基本礼节。她发现一旦这样做了，不但不觉得麻烦，而且自己的心情也轻松愉快很多，觉得跟周围环境融为一体了。

雨嘉太爱这所大学了，下定决心一定成为最好的最优秀的学生。第一堂课是细胞生物课（Cell Biology）。这样的基础课，在如此庞大的学府，是有几百学生选修的。上课的地点在一个巨大的阶梯教室里，老师站在讲台上，一边用麦克风讲课，一边用遥控器控制着大屏幕的幻灯片。在老师旁边，有一个面对所有学生打手语的助教，是专门为聋哑学生配备的手语服务人员，跟老师同步，用手语讲解。

在这样的大教室里，雨嘉毫不犹豫坐到前排，她知道坐在后排的同学,走神、打瞌睡、叽叽喳喳聊天都在所难免,自己要好好听课,也要让老师认识自己,必须坐前排!

风度优雅,有一双碧蓝的眼睛,一头金发整齐地盘在脑后的 Swanson 教授热情地跟学生们问好。简单介绍了自己和课程概况之后,Swanson 教授直接进入了第一课。幻灯片一张一张唰唰地过,雨嘉能够看得懂幻灯片上展示的是细胞结构图,但是所有的单词都是晦涩难懂的,托福考试里边绝对不会有的,雨嘉从来没有见过的。再加上 Swanson 教授可爱的美国中西部口音,和她敏捷思维催始下飞快的语速,雨嘉完全傻了,五分钟下来就云里雾里,完全跟不上 Swanson 教授讲的内容了!

没有出国的时候,雨嘉对自己的英语水平是很骄傲的,自己的托福成绩也是出类拔萃的。到美国这几天,跟美国人交流仅限于和学业指导的那次谈话,以及在银行、超市与服务人员的简单对话,雨嘉并没有觉得有什么问题。但是现在,她真的领教了美式英语的灵活多变,以及这种逆天的变幻和专业词汇搭配在一起,又以惊人的速度灌进她耳朵的疯狂。她完全没办法听懂任何东西,唰唰而过的幻灯片也如同天书,她甚至觉得自己还不如那些聋哑学生,他们起码能够看得懂手语。雨嘉想记笔记也无从记起,也不知道什么是要点,什么会考到,她完全傻了。

雨嘉听着这该死的天书,仿佛看着一辆疾驰的列车,呼啸着飞驰而去,而她像一个被遗落在站台的孩子,绝望而无助。那一刻心底的恐慌、担忧、焦急和无助让雨嘉终生难忘!看着面前价格不菲的教科书,想到天文数字的学费,雨嘉控制不住泪如雨下!

两小时生物课的折磨之后,雨嘉抹抹眼泪,走进了化学课的课堂。

又是几百人的大课，又是大阶梯教室，又是在放幻灯片，雨嘉这次仍然鼓起勇气坐在了前排。好在白发苍苍的化学教授打上来的第一张幻灯片是元素周期表。雨嘉立刻松了一口气，中国出来的学生，虽然是文科出身，但是元素周期表是很熟悉的呀！而且雨嘉发现，化学英文词汇学起来比较容易，比如氦就是 Helium，化学元素代码是 He，正好是 Helium 的前两个字母，氮就是 Nitrogen，化学元素代码是 N，正好是 Nitrogen 的第一个字母。基本上知道化学元素代码就知道了英文单词的前一两个字母，这比那些来自拉丁文希腊文的生物词汇要好学多了。

有一个美国男生，一头栗色的头发和一双灰蓝色的眼睛，他正好坐在雨嘉的旁边。化学课后他突然问雨嘉："Are you all right（你还好吗）？"雨嘉奇怪地说："我没事啊，你为什么这么问？"那男生说："哦，抱歉，我是看到你刚才生物课的时候哭了，所以问问你，不过你现在看起来心情不错。我叫 Jason。"雨嘉轻轻握了一下他伸过来的手说："我叫 Jasmine。我刚才生物课没听懂，有点着急，现在没事了。"

Jason 说："If it makes you feel any better, I just want to tell you, I didn't understand a word in that biology class either. And this chemistry class was no better for me！（如果能让你感觉好些的话，我想告诉你，刚才生物课我也一个字都没听懂。而且这节化学课也差不多！）"说完，雨嘉和 Jason 一起笑起来。

中午，雨嘉找了一张校园长椅，一边把自己带的面包拿出来吃，一边把下午的微积分课本拿出来，准备先预习一下。中国的高中课程，当时是没有学微积分的，而且雨嘉是文科生，就更没有接触过微积分。

她利用中午时间，把课本的前三章都看了一遍，课后习题也做了一下，发现一点都不难。太好了，这说明，即使微积分老师说话自己听不懂也没问题，只要知道他讲哪章，自己回家看书做题就好了。以前雨嘉一直喜欢文科，但她发现，到了英语环境，还是数学好搞啊，一就是一，二就是二，多简单。

下午一点前，雨嘉提前到了数学课堂，这次是一个小教室，没有多少学生，那个叫Jason的男生竟然也在这里。他一看雨嘉进来，就挥手招呼道："Jasmine, Come sit here.（雨嘉，来坐这儿。）"雨嘉奇怪地说："怎么你跟我的课选的都是一样的？你明早第一节课是什么？别告诉我是艺术史。"Jason一拍大腿："还真是艺术史！我明天还有一门心理学，我的Academic Advisor让我这么选的，她说我专业还没定，先选这几门基础课，以后什么专业都用得上。"雨嘉说："咱们肯定是同一个Advisor。"Jason冲着门口一扬下巴说："老师来了，我最怕数学老师了。"

雨嘉抬头一看，一下子愣了，原来站在讲台上的不是别人，正是住在北月的那个一看电影就睡觉，山东农村出来的数学尖子马化鹏！雨嘉才想起来别人告诉过她，学校有很多本科的课程，尤其简单的、低年级的基础课，不是由正式教授教的，而是由博士生兼助教教的，学校通过这种方式节约教授资源，也给研究生一些工作和奖学金机会，这样才能够招收那些一穷二白的优秀博士生学子们。很多中国来的研究生都是这样为学校教课的。没想到自己的微积分课竟然是马化鹏教！

马化鹏也扶着眼镜对着雨嘉的方向看了一下，然后傻笑起来。他清清嗓子，转向全班，开始用正宗的山东英语来做自我介绍："来特咪，英戳丢死……"

雨嘉一下笑趴在桌子上！她使劲捂着自己的嘴，让自己别笑出声来。马化鹏还在台上继续着他的山东英语，过一会儿就冒出来一个雷人的词，比如他说"呆特满"，雨嘉愣了一秒才明白他说的是 determine！雨嘉想忍住不笑都不行，简直要憋出内伤来了！

Jason 傻乎乎地在旁边问："你没事儿吧？你认识他呀？什么呀这么好笑？"雨嘉冲 Jason 点点头，又摇摇头，只顾趴在桌子上一手捂着嘴，一手捂着自己要岔气的肚子。

马化鹏也不理雨嘉，接着讲课。他知道自己长项是数学，短板是英文，于是扬长避短，就用在黑板上做题来讲课，尽量少说话。他写一个式子在黑板上，转头说："Look. This."然后画一个箭头说"Then"，然后就推下一步，每一步回头说一个"then"，最后全推完了，转身说一句："荡。安得斯旦得？"把那帮老美晕的呀，目瞪口呆。雨嘉在下边听得明明白白，真是拍案叫绝。

终于，一个美国学生忍不住了，问道："你从这步是怎么到这步的？不是应该先简化（simplify）吗？为什么你这步没有简化就直接往下走了？"

马化鹏一着急，英文和中文一起上了："If simplify 的话，你……"

雨嘉一下就笑喷了，再也憋不住了！马化鹏意识到了自己在说中文，也拍拍后脑勺傻笑起来。全班呆在那里，不解地看看老师，又看看雨嘉。Jason 更是晕菜了。雨嘉赶紧一边擦着笑出来的眼泪，一边对大家说 对不起。

Jason 说："Whatever it is, something tells me I should hang out with you if I want to pass this class.（我不知道怎么回事，可是我感觉

我这门课必须跟你混才能过关。)"

马化鹏课后跟雨嘉说:"刘雨嘉,以后上我课别笑!"他越说雨嘉笑得越厉害,把马化鹏自己也逗笑了。出了教学楼,马化鹏跟雨嘉一起坐校车,说自己的英语本来就是哑巴英语,农村实在没有条件学英语,当时他考上科大的时候,县长亲自送录取通知书到他家所在的公社,父老乡亲扭秧歌敲锣鼓,庆贺村里出了一个新科状元。在科大,也没有条件好好学英语,就这么稀里糊涂到美国了,没想到被安排教课,只好赶鸭子上架。"你们城里人不知道我们农村人的苦啊,几辈子出来一个,然后一看,还是个土包子。"

"你别这么说,我以后保证上课不笑了!"雨嘉赶紧说,"其实我很佩服你的,你真的很不容易,我听说你是数学天才。"

马化鹏说:"唉,什么天才,也就会这点东西,别的除了种地就啥也不会了。"然后他想起什么似的说:"你那教科书是不是挺贵的,退了吧,我这课不用,你把我上课做的题都会了就行了。而且如果你忙,不用来上课也没事儿,我一个月发一次讲义,都是课上做的题,你把讲义搞明白了就行,不会就问我,不用来回赶校车跑路耗时间了。"

雨嘉心里感激,嘴上却说:"不上你的课我舍不得呀,为什么呢?你的课能治忧郁症啊。"说完又哈哈大笑。马化鹏摇摇头也笑了。

雨嘉下午匆匆回到枫园,准备随便弄点吃的然后就赶紧学习,因为晚上八点到午夜十二点她需要去医院前台打工,只有下午和傍晚这一点时间把今天学的功课搞定。

这个时间,枫园只有李可欣在家。李可欣是一个钟灵毓秀的四川姑娘,她身材窈窕,面容可人,还透着一股四川妹子的泼辣。当年在北大英文系，李可欣可是一枝花呢。可是可欣的男朋友竟然跟一个加拿大到北大做交换学生的华裔女孩好上了，并一起去了加拿大。可欣本来没有出国的打算，但是就算赌气，她也要出来，怎么也不要比原来那个男朋友差！而且，可欣下决心要在来美国之后迅速找到男朋友，气死原来那个负心男！

本科英文专业的李可欣，只能申请人文学科的研究生，还好拿到了这所大学社会学系的助研奖学金。她还非常幸运地遇到一位特别好的研究生导师，对亚洲人文课题非常感兴趣。鉴于这所大学庞大的中国留学生群体，这位导师把李可欣招来，可谓是弄来了一把打开中国留学生社会学研究的金钥匙。这个学期，导师给李可欣安排的课程很少，主要是构思、设计和规划中国留学生的研究课题。所以别人都去上课的时候，可欣却可以有很多时间在家。

雨嘉走进枫园，看到可欣正在摆弄杨劲松给的那个水晶花瓶。雨嘉说："哟，可欣，这花瓶你买来啦？十美元呢，不便宜啊！"李可欣说："我没买啊，是杨劲松给的，他说不要钱，不是免费的吗？"然后可欣低头笑了一下说："你说这个杨劲松，是不是想送我个花瓶还不好意思说啊？"

雨嘉过了两秒才反应过来："是的是的，他肯定是想送你，还不好意思，故意说不要钱的。哎，看完 *When Harry Met Sally* 之后，你俩可是同声念台词呢，很感人的哟。"雨嘉不知为什么就想给可欣和杨劲松起哄，她突然觉得可欣和杨劲松其实蛮般配的！

雨嘉算算时间，离到校医院打工的时间还有四个小时，这是她今天唯一能学习的时间。每周一三五她都有生物化学和数学三门课，每天四小时学习时间，每周的二四她有艺术史和心理学两门课，会有每天五小时的学习时间。雨嘉觉得这么多小时,应该能够应付,但是一打开生物书她就头大了,铺天盖地的生词,各种正式英文学术书面表达法,根本就是她没有见过的。雨嘉抱着一本英汉词典,一个一个词地查中文。后来她发现这招根本不灵,不能老抱着中文这根拐棍不放,要用英文学生词!干脆就换成一本英文词典,不会的词就直接找英文解释。一个一个的句子,雨嘉都断开来读,哪怕有一点不清楚也不放过。往往一个句子要读十几遍,以雨嘉倔强的性格,非要把每个句子完全吃透,完全理解,而且每个句子的句法要学会,并且能够自己造句应用,雨嘉才会挪到下一句。

与其说是在学生物,不如说雨嘉是在用生物书学英文。这样精神高度集中下来一个小时,雨嘉才读了两页书!可是生物老师今天讲了两章的内容,足足五十多页啊!雨嘉还想把下一节课的内容预习一下呢,这怎么读得完?还有化学和微积分呢!每门课都是两个星期后就要小考的,而且每一次小考都要记入总成绩!雨嘉手心冒汗,心里全乱了!她翻翻化学书,翻翻微积分,又回到生物书,然后看看桌边砖头一样的艺术史和心理学书,简直要崩溃了!

不争气的眼泪又涌上来了。雨嘉一把擦掉泪,咬着牙想:"不就是读书吗?大不了今晚不睡了!我就不信我还能一辈子都这么慢?一辈子都是一小时就读两页书?"雨嘉知道,自己崩溃担忧的每一分钟都是一个时间上、情绪上的浪费,都是给自己造成更大压力和负能量的源泉,现在只有什么都不想,就像农民一寸一寸锄地一样,坚持一个单词一个单词,一行一行,一页一页读下去,才能有希望。

第二个小时,她读了三页,第三个小时,她读了五页。这十页书,已经被雨嘉用各种颜色的笔划线注释，标点断句，记笔记，自己造句，书面简直面目全非，纸都快给吃烂了。三个小时，十页书读下来，雨嘉筋疲力尽，但是也看到了自己的进步，看到了希望。第四个小时，雨嘉转到了化学和微积分，她发现微积分今天基本不用学，她中午在学校长椅上预习的东西已经远远超过今天课堂马化鹏用山东英语讲的进度了。化学也还算简单，凭着自己在中国高中期间的化学底子，完全可以应付，她需要做的仅仅是读懂而且能够熟练应用英文的化学表达法。四个小时学下来，雨嘉明白了，课业内容虽然繁重，但对自己最难的还是英文和英文阅读速度，而要攻克这个难关，没有别的办法，只有读，读，读！

  雨嘉的聪明在于，她十分清楚，如果贪多嚼不烂，走马观花地读，可能一下能读很多页，但是永远不会有质的飞跃，必须精耕细作，即使再慢，也是读一页懂一页，读到的每一句话都能够变成自己的话说出来，用出来，表达出来，只有这样才能真正提高。每读一小段之后，雨嘉就站起来，在自己房间里来回走着，大声用英文对自己讲解刚才读的这一段，一定要把英文说得通顺自如，完全运用书里的语言，把这段的概念自己给自己讲顺了，讲明白了，说话不打磕巴了，那些生词和句法都能顺顺当当从自己嘴里灵活运用出来了，才算读完了这一段。雨嘉心里就是有这样一股倔强，遇到挑战，她一定会这样应战。她非常喜欢英文里的一个说法叫做：bite the bullet（咬住子弹），当危机到来的时候，不跑不躲，不怕不愁，死死地咬住它，征服它！

  这所大学的附属医院是美国非常有名望的一所综合性大医院，在器官移植等方面处于世界领先地位。医院占地庞大，每天接待无数来自世界各地的患者。雨嘉按照老板 Paula 提供的路线，一路找到医院前台登记处。这将是雨嘉打工的地方，将是她学费和生活费的来源。

Paula 先把雨嘉安排在后台办公室，让雨嘉做文件工作，并熟悉医院电脑注册系统。这对雨嘉来说，又是一轮崭新的学习。从来没有操作过电脑应用系统，而且英文磕磕巴巴的雨嘉，全神贯注，头脑高度紧张，飞快地一个页面一个页面地看系统。她发现在这里不能像在家读课本一样精读，在这里就是要快，要用眼睛飞快捕捉关键信息，飞快抓住总体概念，细节以后再说。医院各个科室的名字，对于雨嘉来说也是天书。Paula 说，那份文件是 Gynecology 的，这份是 Psychiatry，这份是 Oncology 的，放过去收好。雨嘉不知道 Gynecology 就是妇科，Psychiatry 就是精神病科，Oncology 就是肿瘤科，傻在那里，Paula 摇摇头说："按字母顺序找！"

Paula 说："你先熟悉一下，我们前台的 Lisa 马上要离职了，你把系统搞熟了，过一段到前台接替 Lisa。"雨嘉一听，吓坏了，Lisa 是有四条电话线在手上的，她戴着耳机，一边轮流接四条线，一边手里飞快地用电脑系统查找着来电话的人所需要的信息。还要时常抬头接待前台的来访者。雨嘉要接替她的工作吗？自己的臭英文，四条电话线怎么转换都不知道，电脑系统也不熟，人家问哪个科都搞不明白，怎么办啊？Paula 却说："没事，过几天你就会了。"

四个小时的班上下来，雨嘉简直是晕头转向人仰马翻。午夜十二点了，雨嘉拖着疲惫的步子，上了去枫园方向的最后一班校车。回到枫园，已经夜里十二点半。李可欣已经睡了，沈燕妮在沙发上给现在还在国内没出来的丈夫打电话，于思聪还没有回来。

燕妮挂了电话站起来："雨嘉回来了？你说我怎么办啊？我丈夫就是不愿意来美国！我儿子一直跟着奶奶，也离不开奶奶，不愿意来！他奶奶也说离了儿子孙子就不活了，不放他们走！"

沈燕妮是枫园的大姐，已经二十六岁了，丈夫在中国做研究工作，有个两岁的儿子也在国内。燕妮来美国读教育学博士，本来一到了美国就要把丈夫和儿子办出来，但是燕妮的丈夫完全不会英文，在国内那么好的研究员职务也不愿意放弃，孩子又离不开奶奶，都不愿意来，非常难办！

雨嘉说："唉，真是人人有本难念的经，你再劝劝他，多少人想出来都出不来呢，就算为了孩子，为了你，你丈夫也应该出来呀，要不然你们俩这么分着怎么办？他会出来的，就是需要点时间罢了。你别太着急了啊！"

这时，于思聪回来了。雨嘉说："思聪，我刚才在末班车上没看到你，你怎么回来的？大半夜你走回来的呀？"

思聪说："没事儿，王溜子开车送我回来的。奶奶的，这经济系真不是好读的！国内经济系都是属于文科专业，怎么到了美国经济系都是数学啊，我们经济系的愣跟马化鹏他们混，你能信吗？上的是数学系八字头的课！"雨嘉一吐舌头，自己的课都是一字头的基础课，八字头是最高级别的课，都是各系博士生读的，怎么经济系去上数学系八字头的课呀？

"老美数学笨蛋多，可是天才也不少，他们数学系八字头的课真不是好混的！只有马化鹏这号的才行啊！幸亏我清华应用数学系的底子"，思聪接着说，"可怜王溜子，文科出身的，遭罪呢。我都学到半夜十二点，你想想王溜子怎么办？唉，什么都别说了。各位，保存实力,革命本钱,睡觉!"

雨嘉这一天折腾下来,她多想睡觉啊,可是还有多少事等着呢:换下来的衣服要洗,还有很多书没看呢,还要冲个澡,自己中午就啃了一个面包,然后晚饭忘记吃了,现在已经饿得要命,而且,明天中饭和晚饭都不能回枫园,都要带饭,有什么可以带的呢?雨嘉拉开冰箱,琢磨了半天,只有面包片抹花生酱能吃,其余的都需要现做现炒,她实在没时间。学校其实有很多个食堂,里边各式各样诱人的食品,但是雨嘉不能在学校买吃的,她嫌太贵了,一个三明治就要两块五美元,一份意大利面竟然要五美元,就连一瓶水都要一美元。太贵了,自己花不起那个钱。那好吧,就面包片抹花生酱打发今晚和明天吧,如果渴了,在学校自动饮水机那里喝水就行了。

其实枫园的几个女孩,整天就是面包片夹香肠,面包片抹果酱,面包片抹花生酱,最多煮一包方便面,谁也不愿意花时间做饭。只有李可欣,一会儿蒸鸡蛋羹,一会儿糯米排骨,一会儿醋熘藕片,一会儿清炒虾仁,多忙也忘不了吃!大家都是穷学生,除了最便宜的基本生活用品之外,不买任何别的东西,也根本不可能买鲜花,李可欣就从路边采来一把一把的野花,每天插在杨劲松送的水晶花瓶里,为枫园增添很多色彩。枫园的女生们都说:"谁娶了可欣可真是赚到了,这么有情趣,这么热爱生活。哪像我们,黄脸婆一样的,就知道奔命!"

雨嘉就着凉水,吃了两片面包抹花生酱,然后匆匆换洗了衣服,冲了澡,已经半夜一点半了。是睡觉呢,还是学习呢?雨嘉咬咬牙,又读了一个多小时的化学,凌晨快三点,才实在忍不住,睡着了。

梦里,生物教授、细胞结构图、元素周期表、马化鹏的山东英语、

Jason、Paula、医院的电脑系统和电话线轮流在她脑子里过电影，还梦到了在北京吃过的鱼香肉丝和咕咾肉，然后脑子里就出现了艺术史课本和心理学课堂。天哪，艺术史！心理学！怎么办！雨嘉一下惊醒了，天已经大亮，该起床了。

雨嘉怎么也想不到自己哪天能够堕落到不叠被子的地步，但是现在，她真的看不到叠被子的必要性，觉得自己能起来把牙刷了，把脸洗了，头发梳了，坐上校车，已经是用洪荒之力才能完成的一系列动作了。

如果生物课能让雨嘉落泪的话，那么艺术史（Art History）能让雨嘉直接发疯。一个优雅的、操着法语口音的绅士在台上侃侃而谈，没有幻灯片，没有讲义，黑板上没有一个字，就是听这老先生不停地说，说，说！可以看得出，老先生对自己说的内容非常热爱，也对于能够把这些信息传递给学生非常高兴，但问题是，雨嘉听不懂他说的是什么！还好Jason坐在雨嘉旁边，雨嘉想，大不了我问清楚了老师讲课本上哪一章哪一节呢，我回家自己读课本去。她问Jason："他是讲第一章呢吗？"Jason给了一个让雨嘉崩溃的答复："他不按课本讲，说课本就是个参考书，他自己讲自己的一套。"雨嘉愣了一会儿，说："Jason，你不是说数学课指望我吗？我跟你说，艺术史我就指望你了！"Jason笑得像个大男孩："没问题，我爸爸是艺术史专家、博物馆馆长，我从小听了不少。"

下课后，雨嘉堵着气蹬蹬蹬地往心理学课堂走。雨嘉情绪糟糕透了，这叫上的什么学啊，上课听不懂，回家看书贼慢，然后老师还不按照书讲，自己还要打工到半夜，这不是要整死自己吗？爸爸妈妈的积蓄全都被自己带来了美国，这么贵的学费交出去，是爸爸妈妈一辈子想都不敢想的天文数字，最后自己就这样吗？雨嘉突然想到自己会门门不及格亮红灯，然后被学校开除，然后在花光父母心血，愧对亲朋好友期待的情况下，颜面尽失地回国，潦倒一生，受人嘲笑……雨嘉突然扶着墙喘不过气来！

Jason 过来扶住雨嘉："Jasmine, are you OK？"雨嘉突然觉得好烦好烦，这个 Jason，怎么也跟杨劲松一样，老跟着我呀？我没精力周旋你们！雨嘉不理他径直往前走，过了一会儿，Jason 追上来，手里拿着一个汉堡，要塞给雨嘉："Here, eat something. I bet you skipped breakfast.（你吃点东西吧，我敢打赌你没吃早饭。）"雨嘉烦躁地抬起头刚要拒绝，Jason 说："It's OK. I'm gay. I'm not hitting on you.（没事的，我是同性恋。我不是在追你。）"

雨嘉没听说过这样的说法，糊涂了："Gay？"她问。Jason 说："Yes, I like men. I don't date women.（是的，我喜欢男人。我不追女人。）"雨嘉听了这话，才松了一口气。她说："Jason，对不起。我特别感谢你关心我，我不是躲着你，我就是事情太多了，脑子太乱了，我不知道怎么办，我需要安静。"Jason 说："我知道，你就把这个汉堡吃了吧。我就想跟你说，你已经很棒了，如果我一个人去一个不说我母语的国家上大学，再选这么几门吃人的课，我早就死了。你很棒。进去上课吧，有事找我，没事我不烦你。"

不知是 Jason 的汉堡起了作用，还是 Jason 的鼓励让雨嘉找回了自信，或者是心理学老师教学高明，这堂心理学雨嘉竟然听得津津有味，她第一次在美国体会到了能听懂老师，能体会老师的乐趣。心理学也成了雨嘉第一学期最喜欢的课程。

周二只有两堂课，下课比较早，Jason 说："你要不要一起学习？

我帮你讲一下艺术史,你帮我弄弄那该死的微积分?"雨嘉说:"好吧,不过我需要先学艺术史和心理学,微积分放在最后,我八点去医院上班,去之前我教你微积分好吗?"Jason一口答应。

Jason带雨嘉到电脑室,找了一台电脑,把今天艺术史课上那位老绅士讲的内容全部以提纲的方式打了出来,一边打字,一边给雨嘉讲解。雨嘉说:"你应该当艺术史老师,比那个老头强多了!"Jason说:"你不认识他吗?他是我爸爸的老朋友,学校花了大价钱从欧洲请来的,艺术史的泰斗啊!他坚持要教本科一年级学生,否则咱们这样的新生,根本就见不到他的面!你看看艺术史的课本,是谁写的?"雨嘉一看课本,就是那位老绅士的名字。原来是他写的课本啊!原来是这么大腕级别的老师!Jason说:"只能说我们很幸运,一般这样的老师不会来教本科生的。"

雨嘉心里多了几分敬畏,也对Jason非常感激。Jason说:"你好好看看我写的提纲,然后根据这些题目找相关的书来读。这位老先生从来不出卷子考试,他只让学生写文章,他的课全靠文章评分。你看书多了,才能写出好文章。"

可是,雨嘉心想,这个不是更要命吗?还不如有一本教科书,然后考试就考这本书,把这本书吃透了,记住了就能考好成绩,那样更简单啊。这种老师是让我们读多少书都不够的学法。看来这个艺术史真是个重头戏。Jason一个题目一个题目给雨嘉讲,不愧是博物馆馆长的儿子,世界艺术史已经都在他的脑子里了。雨嘉无限感激出国前父母给买了一台机械打字机,让她练就了飞快的打字速度。她把Jason讲的内容打字记录下来。雨嘉太感激Jason了,如果没有他,这门艺术史她不知道怎么办。

做化学作业的时候，Jason 就明显在劣势上。有一点不服不行的是，中国学生知道前 36 位元素的原子量，做题的时候不用查，原子量都在脑子里。Jason 的蓝灰色眼睛瞪得溜圆："你怎么什么元素的原子量都知道？你简直是个机器！"雨嘉说："我不是什么原子量都知道，我只知道前 36 位元素的，37 位以后我就不知道了。""那就够了。我的上帝！你们中国人吃什么长大的？"

雨嘉突然明白了为什么美国人记不住原子量，因为他们的化学元素名称都不是单音节，中国高中背的口诀"氢氦锂铍硼，碳氮氧氟氖，钠镁铝硅磷，硫氯氩钾钙"在英语里都不灵，所以他们记不住。雨嘉就把英文元素名称的第一个音节抽出来，给 Jason 编了一个类似的口诀，Jason 马上就学会记住了："This is pure magic（这简直是在变魔术）！"Jason 高兴得到处嘚瑟，见人在做化学题他就往上凑，专门享受别人对他"怎么什么原子量都知道"的赞叹。

然后就该给 Jason 讲微积分了。雨嘉发现，Jason 根本就不具备学习微积分需要的基本代数知识，就想从基本代数讲起，一讲代数又发现其实他连基本运算能力也没有，开根号都不会做，就叹口气给他讲根号。Jason 怎么也不相信根号 1 就得 1："That's not possible. I don't believe it.（这不可能，我不信。）"雨嘉简直气得挠墙："真的就是 1，不信你用你的计算器按一下，看看根号 1 是不是就得 1？"Jason 一本正经掏出计算器，按下了根号 1，计算器上明明白白地显示：1。Jason 对着计算器愣了半天，然后说："This calculator is broken.（这个计算器坏了。）"雨嘉真恨不得踹他一脚："是你脑子坏了！"

05
恋爱的季节

　　终于盼到了周末，枫园的女孩儿们不是补觉就是学习，但李可欣周末要做的第一件大事就是买菜。枫园的另外三个女生，整天吃的简直比猪食都不如，也没有心思搭车出去买菜，就在附近的便利店买面包牛奶凑合过日子。可欣坚决不这样过。

　　可欣是四川女孩，从小到大家里虽不富裕，可是妈妈的巧手和爸爸的创意，总让她家里的饭桌香气四溢。爸爸是钓鱼高手，妈妈自己在家制作豆瓣酱，自己种辣子和川花椒，做出的豆瓣全鱼、水煮鱼、干锅鱼、砂锅鱼头都是香辣辛鲜。每年冬天，爸爸杀猪，妈妈做腊肉腊肠，全家一年都有砂锅腊肉、腊肠炒蒜薹吃。还有妈妈做的一碗一碗的小面，足足的调料，红红的辣子，绿绿的香菜，美得呀，做梦都会馋醒！妈妈还会给可欣零花钱，她就上街买香辣兔头。啊……现在想起来都会流口水！到了北京，可欣就吃不上家乡的美食了，然后到了美国，简直就是直接进了旧社会，什么也吃不到了。穷学生没钱下馆子，而且这里的中餐馆只会做甜酸肉、炒面条、炸鸡块这些在中国白给都没人吃的东西！可欣学会了在各种超市买便宜实用的食材，然后学着妈妈的样子自己烧菜。几样诱人的食材下锅，翻炒几下就是一个菜，可欣喜欢这样的艺术。学习越忙，她越要在美食中找到小憩的乐趣。

周五傍晚回枫园的时候，可欣一上校车，就看到杨劲松坐在车后排，正在用一把剪子全神贯注地剪东西。可欣走过去问："杨劲松，你剪什么呢？"杨劲松赶紧划拉划拉自己摊在座位上的各色报纸画刊，给可欣让座。

"我看看有什么好的折扣券（coupon），剪下来买菜的时候能少花点钱。"杨劲松说着拿了一张折扣券给可欣看："Cub Foods 的牛肉这礼拜减价，你看多便宜。"

可欣看了看说："要是有牛筋牛肺牛百叶什么的就好了。"

杨劲松说："你别说，还真有！老美不会吃，牛筋牛肺牛百叶都不要钱，到屠宰场随便拿！还有鸡爪子，也不要钱。"

可欣说："真的？太神了！那我自己做泡椒，炸辣子，我跟我妈学过，然后可以做泡椒凤爪、麻辣牛筋、夫妻肺片、蒜泥百叶啦！"

杨劲松说："你会做啊？我做梦都想这些东西啊！我哪天去屠宰场，给你拿一大袋子回来？"

可欣说："不是拿一袋子，是扛一大麻袋回来啊！"

两个人翻着一摞一摞的报纸和广告画报，像淘宝一样，找出一张张 coupon 剪下来。可欣突然想起来："杨劲松你坐过站了，车刚过了北月！"杨劲松一看，北月街已经飞快地从车后窗闪过。他笑笑说："你看我一说起吃来连下车都忘了，北京爷们儿，就好吃！"可欣笑着说："那也没有我们四川人爱吃啊！"

可欣低了一下头，说："谢谢你给我的水晶花瓶，我很喜欢。"

杨劲松诧异地扭头看着可欣,过了一会儿才说:"喜欢就留着吧。"

可欣说:"又到站了,你下车坐反方向的车回去吧。"

"我今天想兜风,反正已经过站了。"杨劲松说,然后他突然问可欣:"你是不是觉得我特没出息特不够爷们儿,为了省点钱剪coupon,还要去拿不要钱的牛下水和鸡爪子?"

可欣说:"唉,那你今天碰上好心人了。为了让你够爷们儿,我把这一摞coupon全拿走,牛下水和鸡爪子我也全要,把助人为乐的美名让给你。怎么样?我是不是比你们北京妞还仗义?"说完俩人一起笑起来。

周六,杨劲松开车带着李可欣,把他们一起剪了折扣券的那些商店一个一个走遍,把折扣商品一件一件买下来。然后可欣的房间里就出现了精巧的小书架和储物柜,杨劲松周一的午餐饭盒里就出现了可欣做的糖醋丸子和油焖大虾。

周一傍晚,枫园的厨房里,雨嘉正在飞快地往嘴里塞一片面包,她准备赶紧到校医院前台上班。仰头喝下一杯牛奶的一刹那,她看到了杨劲松和可欣踩着落叶从街上走来。雨嘉愣住了,他俩互相注视的目光那样温柔快乐,他俩在夕阳下说笑走路的画面那样美好和谐,雨嘉简直看得着迷了,他俩真是天造地设的一对儿!

落叶缤纷的初秋,心潮涌动的青春,相遇他乡的缘分,生活点滴的共鸣,这已经足够了,不需要更多的理由,杨劲松和李可欣陷入了热恋。枫园里的气氛大变。可欣一边在厨房做菜,一边脖子上夹着电话,用腻腻的声音说:"劲——松——,我明天课题讨论,一直要到下午三点呢,你自己吃午饭吧……"现在厨房基本是可欣专用了,雨嘉、思聪和燕妮听到门铃响也从来不去开门,因为肯定是杨劲松又给可欣搞来了红枣、牛筋、台灯、穿衣镜之类的玩意儿。他俩在厨房桌边你喂我一口、我喂你一勺的甜腻腻的把戏隔三差五就上演。

大家都为可欣高兴,同时自己心里也有点闹闹的。思聪说:"唉,我觉得我不找个男朋友都没法在这儿混了!雨嘉还小,燕妮有老公,现在可欣有男朋友,就剩我,困难户!"

燕妮说:"你还困难?追你的有多少啊!你不都看不上吗?你跟我说说,想找什么样的,我帮你留心!"

"嗯,我也帮你介绍!"雨嘉也拉把椅子坐在思聪旁边。

思聪说:"我要求最低了,就是别让我受不了就行。我真的没什么要求。"

可欣走过来说:"你啊!就好比我做饭问人家想吃什么,人家告诉我随便。什么叫随便?随便这个菜怎么做?哪里有菜谱让我做出随便的?你说别让你受不了就行。小姐,你受不了的事情太多啦!"

说实在的,于思聪可不是一般的女孩。她来美国一年,英文已经地道纯正,基本可以乱真,而且思聪对美国文化的吸收和认同真的不是一般中国留学生能做到的,从餐饮礼仪到交谈习惯,从着装配饰到肢体语言,她都非常美国化。一般人做到 bilingual(双语)就不容易了,思聪不但 bilingual,而且她还是 bicultural(双文化)。所以在这种情况下,英文磕磕巴巴的男生她受不了;说话声音大,喜欢打断别人抢话的,她受不了;头发凌乱,衣服不整洁的,她受不了;对女士没有绅士风度的,她受不了;餐桌上吃相不雅,吧嗒嘴,刀叉餐具拎不清的,她受不了;整天把老娘挂嘴边,一看就是以后老娘比老婆重要的,她受不了……搞来搞去,真的没有男生能入得了她的法眼。

燕妮说:"那个银行工作的 Mark 不是一直追你吗?我看他很绅士,你受不了的这些事他一样都没有啊。"

Mark Willis 是当地银行的一个部门经理。一天,于思聪到银行取钱,碰到机器故障,银行卡被机器吃进去吐不出来了。银行职员一边请思聪到里边坐下,一边赶紧找人解决机器问题。这时,Mark 从大厅窗前走过,扭头看到思聪,他整个人凝固在那里。这个面色沉静、长发垂肩的东方女子,是一个他从来没有见过的尤物。她的美不张扬,不夸张,就那么耐人寻味地静静地在那里。这时,一个职员走过来跟思聪说话,思聪抬头莞尔一笑,那一刹那,Mark Willis 觉得自己掉进了一个他不能掌控的漩涡。他推开玻璃门,径直向思聪走去:"Excuse me, Miss, may I help you?"思聪一回眸,清澈的目光直接穿入了 Mark 的心底,Mark 整个人都融化了。从那时起,追求于思聪,就成了 Mark Willis 的头等重要的事业。

Mark 出身于银行世家,家里往上数三代都是银行家。到了他这辈,也没有脱离银行,父亲让他从前台小职员做起,现在二十六岁的 Mark,已经凭自己的努力做到了部门经理,非常不容易。大学期间和工作之中,Mark 碰到的女孩子不少,也走马灯一样换了好多个女朋友。以他的英俊、青春、才华和家世,他追女孩子从没失过手。但是,让他发疯的是,尽管使出全身解数,就是搞不定于思聪。

"思聪,我看那个 Mark 挺好的,你怎么就不考虑他呀?他多帅呀,那张脸跟一雕塑似的,那高个,都快一米九了!"雨嘉问。

"他就是一副好皮囊,除了这副皮囊他有什么?"思聪说。

"哎,人家有你要的绅士风度啊!整天小头儿抹得锃亮,吃饭那叫一个讲究,我看他吃碗热汤面外加一个脆苹果都能悄没声儿的,你坐他旁边都听不见。那功夫!你不就好这口吗?"燕妮说。

"可他是个笨蛋!数学不灵。我得为长远考虑,嫁给他以后不得生笨蛋啊?"

雨嘉说:"智商随妈,你聪明就行!而且人家 Mark 也不傻呀,你说人家数学不灵就不灵啊?你清华应用数学系出身,在你眼里,除了马化鹏,谁的数学灵?和尚老道,各走一经,人家会的咱还不会呢。"

可欣也说:"陈景润数学好,你嫁他吗?数学顶什么用?人家 Mark 为了你,学中文、学中国歌、学用筷子、穿唐装,连鸡爪子鱼头都敢吃,家里还专门为你摆中国家具,我看就差家里给你搭一天安门了!就这份心,你到哪儿找去?"

"哎呀!你们是不是都被 Mark 买通了?给你们多少钱啊,这么为他说话?行了我走了,还一堆数学要啃呢。"于思聪站起来走了。

燕妮笑着说:"都怪可欣,交个男朋友,那么甜蜜,瞧把咱们给闹腾的。说实在的我这心里也不消停。昨晚刚打电话又跟我丈夫软磨硬泡,你们猜怎么着?他答应了,说把手头的两个研究生带毕业了,课题弄完,明年秋天就带儿子来美国!我婆婆也同意了!所以明年我就不住枫园了,到时候我们住学校已婚学生宿舍去。"

"明年我和劲松也打算结婚了,也不住枫园了。"可欣说。

"啊?你们团圆的团圆,结婚的结婚,要是思聪再跟 Mark 成了,那就剩我一个人在枫园啊!"雨嘉着急地说。

"哎哟!小姑娘马上就二十岁了,这是着急想嫁人了吧?"可欣和燕妮一边大笑起来,一边围着桌子躲着雨嘉的追捉。

如果说杨劲松和李可欣的热恋改变了枫园的气氛的话，那么他们这场恋爱更是彻底打破了北月男生们心底的平静。他们当中最寝食难安的，要数平时沉默独行的钟铭。

一天，雨嘉想起来，周一是收垃圾的时间，应该把垃圾桶拖出去，就到后院拖着沉沉的垃圾桶往前院走，一转身，竟然看见北月的钟铭从街对面小跑过来，钟铭帮雨嘉把垃圾桶拖到了街边。雨嘉说："你怎么来我们枫园了？"钟铭说："我正好路过。"雨嘉说："哦，那谢谢你，我还有好多功课要做，就不请你进去了。"说实在的，雨嘉有点怕这个钟铭，他总是让人摸不透，怪怪的。

雨嘉不知道的是，钟铭经常在枫园附近徘徊，不为别的，就为能远远地看雨嘉一眼。

那天，雨嘉深夜来到美国，借住在北月，第二天早晨正在早餐桌上和杨劲松、姜同凯、王溜子说话的时候，钟铭见到她第一面，就已经被她深深地迷住了。

那天清晨，钟铭一醒来就觉得北月有一种与往日不同的气氛。他站在楼梯口，听着雨嘉说话的声音从楼下传来，听到她取了Jasmine这个清丽馨香的名字。他轻轻走进早餐室，默默看着雨嘉的背影。

突然，雨嘉一回头，那对闪亮的眸子像跳跃的小鹿，一下撞进了他的胸口，钟铭的头嗡的一声，他唯一能做的就是赶紧回身，把自己埋进厨房的冰箱里，随便抓了一片面包，塞进嘴里。他随便敷衍了一下雨嘉的问候，就落荒而逃了。

钟铭是国内经贸大学金融专业毕业的，来美国读金融博士。在经贸大学的时候，学业并不太累，大家都在忙着谈恋爱，尤其在初春,整个校园好像都罩在一层浪漫和不安的纱幔之下,让人情愫满怀。钟铭在这样一个初春,遇到了一个女孩,后来才知道她是经贸大学副校长的女儿。对于从黄土高坡的小县城出来的钟铭来说,那段恋爱很美也很压抑。最终,在钟铭来美国之前,两个人分手了。钟铭落下个"见到校长女儿就攀高枝,出国用不到人家了就甩掉"的臭名声。但钟铭知道,分手的真正原因是他男人的自尊在这个女孩面前总也得不到满足,而且他拿到美国大学奖学金的之前和之后,副校长夫妇对他判若两人的态度,让他彻底对这个女孩和她的家庭没有了半点兴趣。有人劝他:"这个女孩其实也不错,你到了美国女生少,不好找,还得回来找。到时候,通过别人介绍认识的女孩,还不是看上跟你出国? 更没意思。"钟铭想,自己出去读博士这五年,不会喜欢什么女孩了,就安心读书吧。但是,这一天,他遇到了刘雨嘉。

钟铭默默地对自己说:刘雨嘉不过是一个十九岁的小孩子,真的是个小孩子,还是别惦记她了吧。谁知过了几天,杨劲松和王溜子竟然把枫园所有女孩儿请到北月来吃晚饭看电影! 钟铭尽量少说话,坐在角落,但是那电影他怎么也看不进去,忍不住从暗处细细地观察雨嘉。她清纯的面容,透着一种柔韧和坚强,又有涉世不深的小女孩的稚嫩和顾盼。钟铭一边看着她,一边想到雨嘉十九岁的柔弱肩膀要背负她自己的学费和一切花销,心中升起无限的怜惜。

当电影结束,大家都到厨房吃东西,客厅里响起了雨嘉的钢琴曲的时候,钟铭从厨房梦游一般走回客厅,那一刻,看着雨嘉弹钢琴的背影,一个坚定的信念在钟铭心里升起:"我爱她! 我要守护她! 我要等她长大!"

杨劲松和李可欣恋爱的消息,给了钟铭一种莫名的希望和一种冥冥中的预感，不知为什么，他看着杨劲松和李可欣，突然觉得自己和刘雨嘉一定会有在一起的那一天，他不知那将是什么时候，但是他一定会等她。

雨嘉对此一无所知，钟铭只不过是一个住在北月、曾经因为自己来借宿而给自己甩过脸色的男生，一个说话都不正眼看自己，却奇怪地总是给自己出好主意的男生。而且雨嘉这么忙碌，学习压力这么大，根本就没有任何多余的精力来注意男生们。

开学一个月后，雨嘉迎来了三件大事。

第一件大事，是雨嘉选定了专业！在校医院前台工作的这段时间，雨嘉有机会接触到各类医护人员。她发现，医生们有一股天生的傲气，而且年轻的医生往往照本宣科，还觉得自己不可一世，让人很不喜欢。她注意到，美国医院里真正当家的是值班的注册护士（RN，Registered Nurse）。他们不是雨嘉原来印象中的那种只管打针换药的护士，而是全面负责病人的领导者，大部分时间医生不在，一切决定是由护士们做。他们独立操作，运筹帷幄，机敏应变；他们医学知识面广，融会贯通，热情谦和，把医生、患者、家属、医院服务人员连接在一起；他们是医院的灵魂。雨嘉爱上了护士这一行，她不再踌躇自己的专业了，她要学护理医学！

雨嘉感谢 Academic Advisor 帮自己选定这五门基础课，每一门都是护理医学专业预科要求的课程，一点儿也不浪费。回想自己当时曾对那位学业指导白人老太太那么不满，其实人家说得是对的！

雨嘉选定了护理医学才发现，这所大学的护理医学专业当年是在全美排前十名的优秀科系。护理医学的学士学位需要至少四年时间，大一和大二是读护理预科，大三和大四才进入护理学院，完成全部课程。而大二升大三是一个坎儿，要淘汰掉三分之二的学生，只有三分之一的学生能够被录取到护理学院上大三。其他学生只能转专业或者次年再试！

雨嘉立刻就有了无与伦比的压力，自己是外国学生，话还说不利索呢，又是英文专业出身，还一天那么长时间在医院前台工作，能顺利进入三年级吗？如果进不去，该怎么办啊？一想起那对于她来说天文数字的学费，想起自己身体透支拼命工作省吃俭用而得来的学费有可能两年后付之东流，雨嘉就头晕目眩，梦中惊醒！

如果说刚开学时只是一门课一门课、一页书一页书具体的压力的话，那么现在雨嘉则有了一种深渊在不远处，或者跳过去，或者栽进黑暗，冲刺般的紧迫感。

开学一个月的第二件大事，是各个科目的第一次考试或者第一篇论文的交稿日期都来临了。通过一个月夜以继日、精益求精的英语学习，雨嘉的阅读速度、理解能力、听说能力都已经有了质的飞跃。即便如此，当几门考试同时来临的时候，雨嘉还是紧张到一天只能睡三四个小时。

尤其是艺术史这门课，要想得好成绩，就需要写出锦绣文章。写文章这事儿，跟做数学题不一样，不是一时半刻熬夜下功夫就能见效的，需要大量的阅读、积累和沉淀，才能下笔有神。对于英文是母语的学生来说，都是一个硬功夫，对于雨嘉来讲更是困难。雨嘉一本一本地读艺术史方面的书籍，而且抓住 Jason 不放，恨不得从他的大脑直接连根管子到自己大脑里。但是怎么搞，雨嘉写出的文章就是跟 Jason 写的不在一个水平。以前在国内，大家普遍认为理科拼的是硬功夫，文科就是混混算了。但是在美国，雨嘉真是服了文科课程，那才叫硬功夫啊，不是单单靠努力靠逻辑靠推理就能弄出来的，也跟你聪明不聪明没什么大关系，真的是需要有那根筋，再有博学，有积累，有熏陶，还能够像海绵一样吸收知识和灵性，然后在最恰当的时候能够释放这些知识和灵性，才有可能成功。

各科小考下来，微积分和化学没有悬念，都是 A，生物和心理学在雨嘉的鼎力猛攻下也都拿了 A，唯有艺术史，雨嘉呕心沥血写出来的论文，却结结实实拿了一个 B，理由是过多地罗列历史事实，自己的分析和见解不够。雨嘉拿到成绩气哭了。Jason 说："没关系，只是一个小成绩，下次写好了，期末还是可以扳回来得 A 的。而且 B 也是好成绩啊。不理解你们中国人为什么不得 A 就活不了。"雨嘉气得一边哭一边狠狠地用笔记本在 Jason 胳膊上敲了一下！

第三件大事，是校医院前台的 Lisa 离职，转去医院一个实验室当秘书了，雨嘉被推上了医院前台！别小看医院前台这个职位，虽然不是什么专业人士，却是患者、家属、来访人员、医护人员进医院门后的第一窗口。问路的，找人的，急诊的，注册的，核对医疗卡的，需要填表的，需要联系保险公司或者社保部门的，渴了要水喝的，流鼻涕要面巾纸的，学生实习来打卡的，医生护士来催患者注册文件的，救护车上冲进来的救护人员冲雨嘉大喊的……五花八门，全要笑脸相迎，迅速接待并迅速电脑查询、电话查询帮人解决问题。

然后前台还有四条电话线，Paula 不敢一下子让雨嘉接四条电话线，开始的一周，她让雨嘉接待来者，自己接四条线。第二周，她和雨嘉一起带上双人耳机，共同接电话。

雨嘉的英文简直不够用啊！医院科室和各实验室名称、职位名称、病症名称，各个保险公司的名字代码和投保种类，世界各地患者和来访者各种奇怪的英语口音，五花八门一起朝雨嘉涌来。最要命的是嘴上说着，耳朵听着，手里还要飞快地操作电脑，无论如何要找到各种逆天问题的答案！每天上班的那四个小时，真是要把雨嘉的脑仁都抽空了。

雨嘉想起相声演员说过：演员的肚，杂货铺。演员什么都得知道，什么都得会。现在她觉得自己才是个杂货铺，只有对医院和医院的电脑系统完全熟悉，对医院的根根节节都了然，她才能做好这份工作！

这份工作给雨嘉的，不但是经济来源，还是一个"扔进深水学游泳"的锻炼和成长机会。雨嘉没有被淹死，她勇敢地一点一点奋力前行。

06 会有那么一天

秋高气爽中，一股寒流悄然而至。落叶缤纷，秋风宜人的街头顷刻间变得不能驻足。雨嘉不能相信才十月二十几号，就要穿上从北京带来的羽绒服，这也太过分了！可是美国中西部的冬天就是这么过分。

十月三十一号万圣节的那天，一夜寒风暴雪袭来。第二天一早去上学，雨嘉就发了愁，自己没有雪地靴子，最厚的鞋就是旅游鞋，这下可怎么办呀？从来没见过这么大的雪。

雨嘉穿上两层袜子，又穿上旅游鞋和羽绒服，咬咬牙往校车站走去。走了几步才发现，自己的这套行头，根本就不合格！薄薄的羽绒服顷刻间就被寒风吹透，自己连围巾手套都没有，冷风直往脖子里灌，双手放在口袋里还冻得不行。旅游鞋一步一滑，鞋帮那么低，脚腕被冻得生疼，而且走路扬起来的雪灌进鞋里，袜子很快就湿了！

好不容易在刺骨的寒风中到了学校，雨嘉一头钻进离校车站最近的一栋楼里。好在学校很多建筑有室内通道，只要进了一栋楼，就能四通八达到校园各个大楼去。雨嘉心想，我今天不回家了，一直在学校,到午夜上完班再回去,要不然来回再跑一趟,非得被冻死不可!

雨嘉发愁地想:如果冬天都是这样的话,那自己需要买帽子、手套、围巾、靴子和厚实的加长羽绒服。可是到哪里去买呢?这得花多少钱啊?而且即使周末出去买也来不及,这几天自己还正在生理周期中,女孩子在这个时候非常怕冷,怎么办呢?担心是担心,雨嘉上起课来一紧张,也就把缺衣服少帽子的事抛到脑后了。

下午,雨嘉穿过地下通道往图书馆走,迎面看到了王溜子。雨嘉不好意思像别人一样叫他王溜子,就客气地说:"王留存,你怎么在这里?你们经济系不是在河对面上课吗?"王溜子手里大包小包地拎着一堆东西说:"学校在发别人不要的冬衣和靴子,谁都可以拿,都是别人捐的,我赶过来领了一套,谁知道那帮人稀里糊涂的,给我一套女式的!你看,我怎么穿呀?哎,正好碰到你,要不然给你吧,你需要吗?"

雨嘉一看,有一件紫色的加长羽绒服,一套象牙白毛绒的帽子围巾手套,还有一双棕色的高到膝盖的翻毛雪地靴。雨嘉看了一眼王溜子,突然哈哈大笑:"我真不能想象这一身穿在你身上是什么效果!"

"那些人乱弹琴的啦,抓到什么给我什么!我不要,你拿去穿吧。"

雨嘉说:"你要不然回去跟他们换成男式的,这衣服都是不错的,你去换了吧。在哪里?我跟你一起去,他们要是还有富余的,我也要一件去。真没想到还有人给学生捐赠冬天的衣服!"

王溜子说:"他们早都发完了,都散了,没人了。你就拿着吧,我嫌丢人，一个大男人，抱着一堆花花绿绿的女人衣服，像什么样子！你快拿着，我走了。"然后不由分说，把东西塞给雨嘉就走了。

这真是来自上帝的礼物。这一身衣服竟然非常合身，就连靴子也正好是雨嘉的尺码，简直就像给她准备的！这时 Jason 走了过来。雨嘉高兴地对 Jason 说："Jason！你看，那边发衣服呢，别人拿到一身，又不想要，给我了，你看多好！"

Jason 皱着眉头看了雨嘉半天："Are you sure？这衣服和靴子的样式好像今年的新款呀，怎么会有人发这么好的东西？"

"哼，你还真是跟一般的男生不一样，对女式衣服的款式都有研究啊？我运气好呗，挡都挡不住。Better believe it。"雨嘉说罢就拎着大包小包，马尾巴辫子一跳一跳地，高兴地去图书馆了。

拐角处，钟铭站在一个储物柜后边，看着雨嘉的背影，心里说："小姑娘，让这身衣服代替我，陪你好好过冬吧。"雨嘉的身影让他着迷，雨嘉的自强让他敬佩，雨嘉要独自面对的这一切，又让他心碎。

前几天预报要来寒流暴风雪，钟铭就担心雨嘉了。这身冬装，是钟铭花了将近四百美金买来的。他决心不打扰雨嘉，自己就暗暗守护她，静静地等她长大。钟铭觉得这样很幸福，虽然他没有拥有雨嘉，但是他知道，自己拥有的，是爱情。

在读金融博士学位的钟铭，这学期有两门经济系的课程和王留存在一起上，一门是产业组织学（Industrial Organization），另一门是计量经济学（Econometrics），这使他跟王留存迅速熟悉起来。钟铭对雨嘉的心思很快就被王留存看破了。男人之间的默契，让钟铭知道王留存是靠得住的朋友。他不会对任何人说这件事情，也不主动跟钟铭提起雨嘉，更不会问钟铭最不爱听的那个问题："喜欢她为什么不直接去追她?"王留存只会在钟铭一个人发愣的时候,好像安慰他似的,捶一下他的肩膀。那天,钟铭突然冒出一句:"溜子,我有点东西要给她。"王留存也不多问,就漂漂亮亮把事情办妥了。

钟铭发现,王留存对周围所有的人都十分仗义,不但对周围的女生们呵护有加,对北月的哥们儿有求必应,就连不是特别熟悉的人,如果有事情找到他,他也不吝惜搭时间帮人家。他的时间好像可以给其他人随便用似的。

中国学生来到这里都要面临学开车、考驾照。钟铭简直数不过来多少人开车是王留存教的。尤其有刚刚从国内来的留学生太太想学开车,老公们怕自己教太太开车容易吵架闹意见,就都找王留存教,车坏了大家找王留存修,需要买车的找王留存帮着把关。王留存的人缘简直好得不得了,大家都轮流请王留存吃饭。

可是所有这一切都是要花时间的,而时间这个东西,对于压力山大的留学生来说,是比金钱更稀缺的资源。钟铭怎么也想不明白王留存哪里来的那么多时间?他的学业怎么办的?

跟王留存一起上课,钟铭才看出来,王留存的学业根本就荒废了,他根本就是在混日子。中国来的留学生们,别的不见得行,但是提起学习来,个个不含糊,毕竟那时候的留学生都是经过了多少层考试,过五关斩六将来到美国的人尖儿,无论学什么专业,无论英文多难,大家都是背水一战也会把学习弄好。王留存这样的,钟铭还是第一次见到。

如果产业组织学王留存还能稍微混个四五十分的话,那计量经济学课程,王留存简直一点办法都没有,直接就交白卷拿零蛋了。于思聪也是经济系的博士生,她和钟铭、王留存都在同一堂计量经济学课上，有时思聪和钟铭拉住王留存："咱们一块做作业吧。"王留存就会以各种借口躲避，谁谁谁今天考驾照，让我去送一下，谁谁谁今天让我去跑趟机场接人……

思聪和钟铭看着王留存走远的背影，都替他发愁。于思聪说："也不怪他，他文科出身，这逆天的数学，他也真是没办法。"钟铭不这么想："我大学是经贸大学的，数学也没怎么学啊，这不是熬夜发奋，也这么撑着呢吗？就别发愁，哪儿跌倒哪儿爬起来，哪儿不行补哪儿呗。他这样下去，系里不得把他开除了？一旦开除，连学生签证都没了，在美国就待不下去了！"

思聪说："人各有命，他在美国有自己的路要走，不见得非得戴这顶博士帽。"

钟铭说："别跟别人说，咱给溜子保密吧。"

很快，第一学期就结束了。雨嘉经过炼狱般的期末各科大考和医院里圣诞节前的患者高峰的紧张工作，体重足足降了十磅，小脸儿都尖了。今天是发成绩的日子，雨嘉听说数学和化学两门课的成绩已经出来了，正要去看，突然犹太裔女同学 Nina 飞跑过来，张开双臂一下抱住雨嘉，大笑着说："我化学和数学得了两个 C！"

雨嘉一下就傻在那里了，不知说什么好，Nina 一拍雨嘉的肩膀说："你还不祝贺我吗？你还指望我能得 B 吗？"雨嘉才恍然大悟，也笑着抱住 Nina 说："C is heaven！Thank God for C's！（C 就是天堂！为 C 感谢上帝！）"真是的，对于 Nina 来说，化学和数学得 C 就是天堂。

Nina 是个来自以色列的犹太美女，雨嘉第一次见到 Nina 时心想，天哪，天下竟然有这样的美人！我如果是男人，肯定被迷倒了。

Nina身材窈窕，蓝灰色的眼睛在浓密的睫毛下像两潭春水一样美丽柔和，金色柔软的卷发飘在瘦削的两颊边，把她的微笑衬托得更加迷人。Nina记忆力超强，但脑子里一盎司的逻辑都没有。数学课和化学课，Nina像一个无助的孩子，做着作业眼泪就要掉下来。Nina每天就缠着雨嘉和Jason帮她讲解。其实，Nina的老公是这所大学数学系的教授。雨嘉说你老公可以帮你啊，Nina却说，他讲的我听不懂，只有靠你！

雨嘉开始的时候还给她讲解，后来发现不灵，越讲她越糊涂，干脆就把在中国的考试功夫搬出来，告诉Nina你看见这样的题就套这个公式，那样的题就套这个公式，经过百般锤炼，终于，Nina连滚带爬勉强通过了那两门要了她小命儿的课程。

Jason也兴高采烈地发现自己化学竟然拿了A，微积分竟然拿了B-，这是他想都不敢想的成绩。雨嘉不但生物、微积分、化学和心理学全部拿了A，而且在Jason的帮助下，艺术史期末论文让老教授大为赞叹，竟然最后也拿了一个A！这样，雨嘉就有了第一学期全A的成绩，荣登学校的Dean's List（院长名录）。作为一个英文不是母语，还要自己挣学费和生活费的女孩来说，能够在第一学期就拿到这样的成绩，是多么大的付出、多么坚韧的毅力才换来的呀。雨嘉为自己骄傲和欣慰。她第一次觉得，自己在美国一定会立住脚，一定会成功！

短暂又宝贵的两周寒假来了，枫园的四个女生终于可以睡个懒觉，吃顿踏实饭，整理一下自己的小窝了。但是这个珍贵的休息放松时间不能超过一天——燕妮有教育系的论文要写，全指望寒假突飞猛进呢；可欣社会学研究项目已经有了雏形，问卷设计已经完成，要在寒假期间写冗长烦琐的报告，一开学就必须拿到 IRB（Institutional Review Board）许可文件；思聪已经读博士第二年了，必须要准备博士生资格考试，那可是个鬼门关啊，寒假坚决不能松懈！看着她们，个个都是学霸，还这么努力，雨嘉明白了原来听到的一句话："不怕学霸威力大，就怕学霸放寒假。"是啊，这样一个寒假下来，她们领先普通学生的距离会越拉越大！

　　雨嘉的本科学业，跟燕妮可欣思聪的研究生学业比起来，就是有这么一点优越性——平时再累再苦，考完试就完事儿，放假的时候不用惦记。雨嘉假期不需要惦记学业，但她需要惦记生计。其他三个女生都有奖学金，不用交学费，每月固定还有一千美元的生活费。但是自己一无所有，在大学附属医院挣的钱还是不够全部的学费和生活费花销，假期是最好的挣钱机会。

　　从大学城坐七八站公交车，有一家名叫东方楼的中餐馆。雨嘉在打电话和面试多家中餐馆之后，终于在东方楼找了一个洗碗打杂的打工机会。这份兼职一小时三美元，比医院的工资低很多，但因为是打黑工，不限制时间，雨嘉想干多少小时就干多少小时，而且以后熟悉了，还可以端盘子挣小费呢！

　　雨嘉太需要钱了，东方楼每天营业十二小时，雨嘉就做满十二小时，这样一天可以挣三十六美元。雨嘉第一天餐馆打工下来，就深切体会到什么叫做血汗钱！这三十六美元的每一分都是不折不扣的血汗钱啊！

　　雨嘉和另外一个叫 Joy 的中国女孩一起工作。老板怕多付她们工资，所以只允许她们在餐馆开门前十五分钟进店工作。十五分钟之内，雨嘉和 Joy 要以飞快的速度烧茶，打扫，布桌，准备 40 杯半满的水（这样客人来了直接加冰就可以上桌，不用一杯一杯现接水），灌满各桌的酱油、盐和胡椒小瓶，炸春卷，炸鸡翅，摆好沙拉台上的十几样沙拉，还有其他数不清的杂事。雨嘉和 Joy 只恨没长三头六臂，手脚并用地飞速忙活着。

每天一开张，全餐馆的员工都进入战斗状态。雨嘉和 Joy 推着小车，收着源源不断的盘子、碗、杯子和其他各类餐具，然后一批一批地把它们清理干净，稍微冲刷，然后罗列到大型洗碗机内清洗。这个机器洗上了，那个机器已经洗完了，她们俩飞快地把餐具拿出来归类摆放。不洗碗的时候，两个人要面对切不完的洋葱，削不完的土豆和胡萝卜，搬不完的纸箱子，还有永远擦不完的台面。

垃圾桶满了，雨嘉和 Joy 要一起去倒垃圾，硕大的沉重无比的垃圾桶，被两个女孩举起来，奋力倒进垃圾回收站的大铁门。有一次眼看垃圾桶就要举到大铁门边缘了，两个女孩突然手一滑，一桶垃圾扣在了地上！她们没有办法，只好飞快把垃圾重新收起来。两个青春少女，本该在享受花季年华，可她们却在用自己白皙的双手一捧一捧地收酸臭的垃圾。

这样高强度的工作，让雨嘉的肚子很快就饿了。但是她没有一秒钟可以闲下来吃东西，也没有任何东西可以让她吃。雨嘉饿得恨不得抓起客人剩下的半截香肠吃掉。从早晨 9:45 上班，雨嘉要忙到下午三点才能吃一顿老板给摆出来的饭，一般是客人点了菜又改主意了，或者厨师做错了的菜，到下午三点，老板就拿出来热热给员工吃。雨嘉顾不上斯文，飞快地吃着。她知道，下午三点的这一顿饭，要支撑她到晚上 10:15 下班，中间再累再饿，也是没有可能再吃上一口东西的！

干活又脏又累，不管饱饭也就罢了，老板还动不动跟她俩发脾气。有一次，雨嘉在繁忙中忘了打开餐馆的音响，老板来了，听到餐馆没有背景音乐，就把雨嘉狠狠骂了一顿！雨嘉只好赶紧把那个每天无数次循环播放、她耳朵都听出茧子的歌曲磁带播放起来。杨庆煌的歌声响起来："会有那么一天，会有那么一天，我们会飞向天外的天……"雨嘉听了太多遍了，已经麻木了。老板又是一声大喝："你们俩赶紧切洋葱去！"

切着洋葱，雨嘉突然听到Joy在用自己的词跟着杨庆煌的音乐唱：

会有那么一天，会有那么一天，
我们不再一天就挣三十六块钱。
会有那么一天，会有那么一天，
我们也能坐在餐馆里吃顿饭。
会有那么一天，会有那么一天，
再也不用给老板洗碗。

堆积如山的洋葱中，雨嘉和Joy一起唱了起来：

会有那么一天，会有那么一天，
我们不再一天就挣三十六块钱。
会有那么一天，会有那么一天，
我们也能……

不知是不是被洋葱辣的，两个女孩突然泪流满面。

雨嘉和 Joy 在经过一段时间的洗碗打杂之后，终于可以端盘子当服务生了。这时雨嘉的寒假已经结束，新的学期已经开始了。但是雨嘉舍不得这份工资和小费，她周六和周日还是赶到东方楼打工。

端盘子这个看似简单的工作，其实是一个对体力、脑力和情商的巨大考验。每天在餐厅和厨房间来回穿梭的脚步绝对不下万步，而且永远不是空手的，永远手里有很重的托盘。所以雨嘉是每天负重快走十小时，而且脑子飞转，记住所有客人点的菜和入座顺序，还要琢磨什么东西放在哪里最方便，最能够优化自己的取和放的动作以便争取时间，同时还要对所有餐厅顾客笑脸相迎，谈笑风生，碰到小孩捣蛋还要忍住心里的不满夸人家孩子可爱，碰到色迷迷的顾客还要妥善周旋，快速摆脱。小费倒是挣了不少，可那份辛苦真的让雨嘉觉得，还是洗碗打杂简单多了！

雨嘉和 Joy 是东方楼员工中仅有的两个大学生，其余员工都是专门做餐馆的。雨嘉有时看着他们，四五十岁的年纪，还在做餐馆洗碗端盘子的工作，心里想：如果我的人生是这样的，我绝对要疯掉了。她可以一时端盘子，但绝对不能一世端盘子。雨嘉心底知道，同样在端盘子，自己是不一样的，自己早晚会从这里走出去，会有不同的人生。其实，雨嘉这时不知道的是，在十几年之后，当她已经拥有几百万美元资产的时候，回首餐馆岁月，竟然觉得弥足珍贵，餐馆打工的经历，是她人生的巨大财富。

07 二十华年

新学期，雨嘉选了全新的课程，有统计学、生物化学、临床心理学和人际交流学。学校还要求所有本科生必修一门体育课，雨嘉恨得牙根痒痒！自己从小最痛恨的就是体育课——跑八百米、跳高、跳远、扔铅球、上双杠、跑跨栏——这些把戏雨嘉没有一样不痛恨的，她原来在国内什么成绩都不错，就是体育不及格。现在到了美国还要必修体育课，而且是要交出自己打工挣来的血汗钱当学费，修自己痛恨的体育。什么叫花钱买不痛快？这就是啊！注册截止日期都快到了，雨嘉就是下不去手交钱选任何一门体育课。

正在注册办公室的电脑前愁眉苦脸的时候，李可欣走过来了："是不是还发愁你那宝贝体育课呢？你说你也是，这么高的个子，怎么体育不灵啊？我给你出个主意吧，反正你也是要捏着鼻子选一门体育，反正你花钱买罪受的命运已经板上钉钉了，反正你也必须得接受这个现实……"

"可欣你是专门来气我的吗？"雨嘉苦着脸说。

"不是，不是，"可欣说，"劲松跟我说了个好主意，我来告诉你，你不是不会游泳吗？就选游泳课呗。游泳有用啊，这是基本生存技能，必须会，万一哪天掉水里呢？你说是不是？反正花钱，干脆学个真本事。"

雨嘉想了想说："你家杨劲松还真是挺聪明的，他怎么想出来的？"

"不是他想的，他说昨天晚上北月全体男生讨论了你这个老大难的体育课问题，钟铭出的主意。"

第一次游泳课，雨嘉穿着从国内带来的泳衣，站在水里。在一群同学中，雨嘉是唯一的一个亚裔，也是唯一的一个旱鸭子，那份丢人啊，雨嘉简直都抬不起头来，觉得给中国人丢脸丢大了。

上完课冲了澡，垂头丧气地出来，雨嘉看见王溜子在游泳馆门口等她。"刘雨嘉，我今天带着任务来等你，我得把你带到北月。"

"去北月干什么？"

"不晓得呢，我只晓得绑也要把你绑去的。你还是跟我走吧。"王溜子说。

雨嘉想，反正今天的课也都上完了，晚上医院前台有别人盯班，用不上自己，去就去吧，看看王溜子搞什么把戏，然后从北月再坐几站公交车回枫园就是了。

进了北月的门，静悄悄的没一点声音，人影也不见一个。雨嘉回头说："王留存，你该不是把我骗来要谋杀我吧？"

突然，所有的灯一齐亮起来，北月的男生们和枫园的女生们一起从沙发后边、柜子后边、楼梯后边冒出来："生日快乐，刘雨嘉！"

雨嘉瞬间石化。天哪，今天是自己二十岁生日，被自己忘得干干净净！雨嘉感激地看着一张张笑脸和大家捧出来的点着蜡烛的蛋糕,激动得不知说什么好。在吹灭蜡烛的一瞬间,几个月美国生活的甜酸苦辣一起涌上雨嘉的心头,学习的压力、医院的疯狂、东方楼的劳苦、游泳课的尴尬,瞬间都变成了眼泪,汹涌而出,雨嘉捂着脸泣不成声。

思聪、可欣和燕妮赶紧过来抱住雨嘉。可欣说:"哎呀,怎么啦?谁把我们的小妹妹惹哭了?是不是想家了?"

思聪赶紧制止住可欣:"什么呀,我知道雨嘉为什么哭,是嫌蛋糕太小不够吃!谁买的?这么小气。谁都不许吃啊,都留给雨嘉!"燕妮也明白过来了,这个时候不能提伤心事,只能逗笑:"我看雨嘉不是嫌蛋糕小,是看自己二十岁了,还没找男朋友,着急了吧?"

雨嘉被逗笑了,边擦着眼泪边说:"谢谢你们,谢谢你们!我真不知道说什么好了,我会永远记着这一天,和,这个蛋糕。"

大家哄堂大笑:"都不说记着我们,就记着蛋糕,好好好,赶紧切开吃吧。"雨嘉被逗得也笑起来:"当然记得你们,想忘了你们也忘不了啊!"

大家吃蛋糕、说笑的时候,钟铭轻轻走到雨嘉身边,把一杯果汁放到她面前说:"生日快乐。"雨嘉抬起眼睛,正好撞上钟铭的目光,那半秒钟目光的碰撞,瞬间让雨嘉心头撞鹿。她低下头,用自己都听不见的声音说:"谢谢。"然后就握紧了那杯果汁,赶紧转身走开。

雨嘉不知道自己是怎么了,平时跟男生说话开玩笑,都是大大方方,不躲不闪。可是钟铭的眼睛里,有那么一股雨嘉从未见过的灼热和温柔,让雨嘉不敢直视,让雨嘉仓皇而逃。

这个生日惊喜,是钟铭安排的,王溜子、杨劲松、李可欣都配合钟铭招呼大家过来给雨嘉庆祝生日。雨嘉惊愕欣喜的一刹那，失声痛哭的那一刻，和对钟铭轻轻一瞥就低眉转身的一瞬间，钟铭不知用了多大的自控力，才压下了要冲过去把雨嘉紧紧抱在怀里的冲动。恍惚中，他甚至觉得自己已经冲过去抱起了她，已经在用自己的怀抱温暖她。幻觉之后，他庆幸地发现，还好自己仍站在原地没有动。

几个女孩回到枫园，看到门口有一大束玫瑰花，于思聪哈哈笑着说："看，雨嘉过生日，有白马王子给送花来了！"可是玫瑰上的卡片，却明明写着 Sicong，下边手写着：Just because I love you.

思聪叹口气说："不过年不过节的，这个 Mark，又搞这套！"

其他三个女孩都感叹："真是日月可鉴呀。Mark 这么痴情，这样的人哪里找去！思聪你就收了他吧。"

思聪说："这样吧，如果雨嘉有男朋友了，到那时候我还没有别的合适的，就把 Mark 收了。"

燕妮和可欣都对雨嘉做了个"加油"的手势。雨嘉说："思聪你等我？那不等成老姑娘了？"

当客厅里就剩下思聪和可欣的时候，可欣注视了思聪一会儿，然后说："你到底为什么呀？Mark 对你这么好，我也知道你其实是喜欢他的。"

思聪说："可欣，你是明白人，你看，我喜欢西餐，红酒牛排，我特喜欢！可是如果告诉我这辈子以后就红酒牛排了，再也不能吃卤煮火烧熘肝尖儿了，你说我难受不难受？他千好万好，毕竟不是同族啊。"

"那谁不一样啊？我跟杨劲松不也是就吃这一口吗？你以为他

是满汉全席呢。"可欣说。

"你俩，那是王八看绿豆，对眼儿对的，严丝合缝的。没有比你俩更一把钥匙一把锁的了！"思聪接着又叹口气说："你看到钟铭了吗？我现在才明白，他在等雨嘉。你看中国男人和美国男人表达爱的方式完全是不一样的，Mark整天除了送花买东西学一些中国文化的皮毛，再耍耍嘴皮子，做不出一件深沉的事儿来，你看钟铭对雨嘉，那才叫有深度呢！"

可欣摇摇头说："可我觉得钟铭这样过于迂腐，没有闯劲儿，雨嘉不见得喜欢。你在旁边看着觉得他深沉，真轮到你了你就会觉得他没劲。我看你呢，是夹在中西方文化中找不到北了，你得靠一头，甘蔗没有两头甜的！"

第二个学期，似乎日子过得特别快。枫园的四个女生，各自在自己的轨道上，夜以继日超负荷地运转着，忙碌着。雨嘉有了第一学期全A的成绩，建立了自信，英文突飞猛进，也掌握了很多学习方法。燕妮和可欣也都在自己的课题上有了长足的进展。思聪更是在博士第二年彻底恢复了清华学霸的风采，在系里独领风骚。这更让Mark无怨无悔、死心塌地追求她，Mark说："这样的女子，娶来比中彩票都好，子孙后代受益无穷！"

然而雨嘉却感觉到自己的英文还有很明显的中文口音，一听就是外国人。她羡慕思聪一口纯正美式英语，就问思聪怎么练出来的。思聪说："努力和金钱，缺一不可。"思聪给了雨嘉一个名字，Russell Peters，是一位语言教练（speech coach）。他自称是speech janitor（语言清洁工），没有他矫正不了的口音，经他手的外国人，出来都是一口漂亮的美国英语。

思聪说:"我一来美国就找他学,学了六个月,那六个月课程刚刚结束的时候,我的英语发音绝对可以以假乱真,大家都以为我是在这里出生的华裔美国人。后来我逐渐对自己放松了,尤其累了的时候就胡说八道,现在退步了,可是如果打起精神来,还是能说不错的美国英语。只是这个 Russell Peters 不便宜,六千美元。"思聪看着雨嘉瞪得溜圆的眼睛说:"矫正口音要趁早,过了一定年龄就难了。这六千美元能跟你一辈子,是你一辈子的招牌,绝对值!"

雨嘉特别想矫正自己的发音,也深信思聪说的对,可是她到哪儿搞六千美元呀?自己起早贪黑地打工,省吃俭用,也就存下来三千美元左右,还要留着交下一年的学费呢!雨嘉想了好几天,还是给 Russell Peters 打了一个电话。Russell 一听雨嘉说话,就说:"我完全有信心让你的英文 squeaky clean,你的基础很好,你放心吧,一定能矫正过来。"Russell 还给雨嘉制订了一个分期付款计划,这样雨嘉之后一年慢慢把钱付给他就行了。雨嘉横下心来,六千美元以后可以再挣,但是年轻时学语言的机会将一去不复返,干!

Russell 真的是专家,他与各种口音的人交谈十几分钟之后就能总结出对方的问题和教学方法。对于雨嘉的发音,Russell 说,存在的是中文母语的人说英语时的普遍问题。第一是元音口型不到位,第二是长短音的倒置和口型不到位,第三是 V 和 W 发音的混淆。这三大问题一旦解决了,口音就矫正了大半,其他小问题再攻克一下就全好了。

第一次上课,Russell 拿出一套奇形怪状的塑料球,有椭圆的、圆形的、长的、扁的、大的、小的、薄的、厚。这都是什么呀?Russell 说,发音是一个肌肉记忆,这些塑料球都是用来训练面部和嘴部的肌肉记忆的。每一个元音都有一个不同的口型，一定要让肌肉记住这些口型。Russell 让雨嘉先从 [e] 和 [æ] 练起，他挑了两个不同型号的塑料球，一个让雨嘉咬住发 [e] 的音，另一个咬住发 [æ] 的音。Bet/Bat，Bed/Bad，Led/Lad，Ted/Tad，Set/Sat，一组一组练下来，每一个词都要把嘴张到正好跟正确的塑料球一样的形状。而且单元音绝对不能发成双元音，不能把 Ted 念得像 Tide。就这样简单的两个音，把雨嘉练得面部肌肉都快抽筋儿了。咬球发音，是 Russell 的一个法宝。接下来的日子，雨嘉不知花了多少小时，一个球一个球地咬，一个音一个音地练，那些塑料球都快被雨嘉咬烂了，直到不用咬球也能把所有单元音和双元音的口型做得准确到位。

然后，像 speed、limit 这样的词，Russell 不知让雨嘉练了多少。中文母语的人容易把"ee"和"i"混淆，念成 spid、leemeet。还有 V 和 W 也是一个重灾区，中文母语的人不习惯在 V 音咬下唇发音，voice 容易念成 woice，van 容易念成 wan，而 wake 却容易念成 vake。Russell 用"interviewer，overweight，overwhelm"这样的词来反复练雨嘉，几百遍几百遍地练，雨嘉到底是年轻，又遇到 Russell 这样有方法有经验的好老师，进展神速。

奇怪的是，到了约定好交学费的日子，雨嘉带了钱去，Russell 却不要，说第一个月的学费可以免费。雨嘉觉得好奇怪，一个月足足上了二十小时的课，怎么会免费呢？第二个月，又是二十小时的课，到了月底，Russell 仍然不要钱，说以后再算。第三个月底，Russell 又说以后再算的时候，雨嘉坚决把课停掉了。她写了一张三个月学费的支票，给 Russell 寄去，并告诉他自己专业课太忙，以后不能跟他上课了。Russell 毕竟是个年纪不大的男老师，这样免费给自己上课，雨嘉不能接受。但是这张支票，Russell 一直也没有兑现。

思聪找到钟铭："我早就跟你说吧，你不能这样直接给 Russell 付钱，雨嘉不会接受的。你看现在倒好，她上了一半的课，停掉了。不过她的口音真的矫正得差不多了，基本是一口纯正美国英语了，如果坚持把六个月的课上完，那才棒呢。"

钟铭笑笑说："谢谢你。"是啊，钟铭想，我早该知道的，这就是我爱的雨嘉。

转眼，年终大考的季节来了，枫园的几个女生，进进出出忙里忙外，互相都碰不到面。雨嘉觉得自己除了跟一同选课的死党 Jason 还有犹太闺蜜 Nina 能有些交流之外，其他人理都没有时间理会了。

一天，在学生中心的临街的大厅里，Jason 和 Nina 正在一同抱怨统计课的图表怎么那么难做，实际上他们觉得难，就是因为正态分布、标准差、散布图法这些最基本的东西他们从开学到现在还没有搞明白，雨嘉真是服了，怎么一起开始学的东西，这俩能落下这么远。雨嘉正在给他们讲解，突然一抬头，看到一个熟悉的身影从玻璃窗前走过。雨嘉扔下书本，站起来推门走到街上："黎姐！"

是的，那个正在走过的女人，正是黎姐！她看起来那么熟悉，又那么陌生。李黎拎着公文包，面色有点憔悴，而且她已经变成一个大腹便便的孕妇！"黎姐，你要生宝宝了？"雨嘉问。

"是雨嘉啊？好长时间没见了。是啊，你看我都快要生孩子了。"李黎说。

"你过得好吗？"雨嘉关切地问。李黎不像以前那样跟学校里的中国学生圈子有很多联系了，最近半年多，李黎似乎已经从中国人圈子里销声匿迹。雨嘉初到美国时，黎姐挨丈夫周文轩打的情景，似乎历历在目，又似乎恍若隔世。

"嗯，凑合吧。我都快三十好几了，有这么个孩子真是不容易，我终于要当妈妈了。"李黎闭口不谈周文轩，雨嘉也不好问，只好说："恭喜你，黎姐，你好好保重，我过几天去你家看你。"雨嘉想给黎姐送一些小宝宝的礼物。

李黎说："不用不用，现在期末，你忙你的，我也快生了，说不准什么时候就去医院，你不用来我家了。"说完就匆匆告别走了。雨嘉觉得黎姐怪怪的，她看了黎姐的背影一会儿，自己也就回去学习了。

Jason 和 Nina 两个人都受了雨嘉的影响，也选定了护理专业，准备一起考护理学院（Nursing School）。Jason 选护理专业，是因为真的喜欢，而 Nina 选护理专业，是因为除了今年的微积分和统计学之外，护理专业再也不用学数学了！她对数学的痛恨，跟雨嘉对体育课的痛恨有一拼。

雨嘉就奇怪了，Nina 这么厌恶数学，为什么偏偏要嫁一个数学教授啊！而且 Nina 的丈夫 Rene 可不是什么随随便便的数学教授，三十八岁的年纪，已经是正教授了，不是一般的数学达人啊。这俩正负极怎么走到一起的？雨嘉从来没有见过 Rene，心想可能 Rene 是了不起的才俊，玉树临风，让 Nina 这个刚刚二十岁的大美女一见倾心吧。雨嘉也不好问 Nina，但心里总是存着这么个疑惑。

回到枫园，雨嘉觉得心里空落落的。枫园的几个女生，在这个暑假各奔东西。

沈燕妮的丈夫陆克俭和儿子陆鹏已经拿到了来美国探亲的签证。燕妮一边准备博士生第一年的年末考试，一边联系好了学校学生家庭宿舍，准备筑新巢、建新家了。燕妮和丈夫儿子分开已经整整一年，她有一个箱子，里边专门放她平时给陆克俭和陆鹏买的东西，有四季衣物、玩具卡车、玩具飞机、变形金刚，平时燕妮不敢打开那个箱子，看一次哭一次。这下好了，陆克俭和儿子鹏鹏马上要来团聚，燕妮恨不得今天就考试结束，然后可以搬到学生家庭宿舍，把新家好好布置起来，等候丈夫和儿子。

李可欣和杨劲松已经到市政府办好了结婚手续。本来，杨劲松说要找个教堂办一个美式婚礼，可是可欣说："我不要讲那个排场，还不是花自己的钱？有那个钱，还不如把以后的生活安排得好一点，我才不要花钱买虚热闹。"他们请枫园和北月的所有朋友一起吃了一顿饭，就算结婚了。他俩已经打点好了所有的东西，准备下星期就搬到学生家庭宿舍了，他们的一室一厅的宿舍，还跟沈燕妮申请到的宿舍在一个楼里呢！

于思聪在博士生资格考试论文答辩的当天下午突然接到父亲病危的电话，思聪本来就吃不下睡不着，被资格考试答辩搞得身体极为虚弱，突然系里秘书叫她接电话，她听了电话就直接倒在地上了。来听思聪答辩的 Mark Willis 大叫一声："Sicong！"冲上来抱起她，一边对秘书说："Call an ambulance！"救护车来的时候，思聪已经醒来，并哭出声来，抓住 Mark 笔挺的衬衫前襟，鼻涕眼泪一通擦。Mark 像哄一个婴儿一样抱着思聪，拍着，摇着，安慰着。思聪哭着说："我不要上救护车，我要去机场！"

"OK baby, I know, I know. Whatever you want. I'll take you to the airport. But let's get you checked up first, and we need to go get your passport.（好的宝贝，我知道我知道。你想怎样都行，我带

你去机场。可是我们得先让医护人员检查一下,然后拿上你的护照。)"Mark 安慰着思聪。

王溜子和钟铭拿了思聪的钥匙,飞车到枫园,按照思聪说的,拿来了思聪的护照、换洗衣服和简单的行李。在医院里吊了一瓶水之后,Mark 就带着思聪去机场了。思聪吊水期间 Mark 让妈妈把自己的护照和行李也送到了医院,并用自己家的航空优惠卡搞定了两个当天飞北京的座位,Mark 说:"I will go with you. I can't leave you.(我跟你去,我不能让你一个人。)"思聪说:"你没有签证进不了中国!你就别给我添事儿了!到了中国你能帮我做什么?我还得操心你吃什么住哪儿,还得给你翻译,还得跟人解释你是谁。我不许你去!"

"可我需要去见你的父亲!"Mark 说。

"关你什么事!"思聪气得口不择言。Mark 抱住思聪说:"没关系,没关系,我听你的,我不去,在这里等你回来。但是你一定要答应我好好照顾自己,好好回来!你是最棒的,你一定能渡过这个难关。我爱你!"思聪登上了去往芝加哥,然后转机北京的飞机。

燕妮和可欣已经把屋子退了,思聪回国看父亲,房子还没有退。枫园的业主一时也找不到新的租户,这样,枫园里只剩下了雨嘉。独自一个人住一栋房子,是雨嘉从来没有过的经历。尤其夜里淅淅沥沥下雨的时候,雨嘉吓得把所有的灯都打开还不敢睡觉。

08 初吻

　　本科生的考试时间段和研究生是错开的，雨嘉还有三四天才能考完试。年末考试期间，雨嘉并没有停止东方楼的打工，因为一旦她不去，这个打工位置就会马上被别人占上，她暑假就需要重新找地方打工，如果咬牙坚持下来，一旦放假，雨嘉就可以踏踏实实继续在东方楼打工，挣下一年的学费。

　　长期以来，雨嘉白天上课，下午和傍晚学习，晚上到医院前台工作到午夜，夜里睡不了多少觉，一大早又起来学习，然后周末连续两天到东方楼打工，每天十二小时。这种透支体力连轴转，再加上长期饮食不规律，睡眠极为不足，雨嘉虽然是二十岁的身体正旺盛的年轻人，也渐渐顶不住了。她迅速消瘦下来，而且荷尔蒙紊乱，月经开始失调。原来每个月四五天就结束的月经周期，渐渐变成了七天，十天，十五天，这一次竟然持续两个月都没有结束的迹象。

　　雨嘉知道，这样长期失血早晚要出事的，不能这样下去。可是她能怎么办呢？雨嘉和那些读研究生有着助教助研职位的留学生不一样，他们有学校的医疗保险，可以在大学附属医院看病。雨嘉没有医疗保险，看病一律需要自费，她怎么病得起呢！雨嘉想，把这三四天考试坚持过去，然后就休息一个星期，再到东方楼打工吧，给自己好好放一个星期的假。

各科考试都考完的那天，雨嘉从教学楼出来，她需要到密西西比河对面校园的图书馆旧书回收站去一趟，把自己这学期的课本都折价卖掉，这样可以抵一部分下一年的书费。雨嘉觉得头轻飘飘的，慢慢地在步行桥上往河对面走，正午的阳光晃得雨嘉有点头晕，她突然一边走一边有昏昏欲睡的感觉，好像腿一软就能倒在地下睡去一样。她感到下身有一股股的热流涌出来，她记得自己最后一个念头是："流太多的血了。"然后雨嘉失去了知觉，一头栽倒在大桥上。

醒来的时候，有几个过路的美国学生正围着雨嘉，雨嘉听到其中一个说："叫救护车吧！"雨嘉赶紧挣扎着说："No，不要，不要叫救护车。"雨嘉不知道救护车要花多少钱，医院要花多少钱，她不敢惊动救护车，也不敢去医院。雨嘉不知道，在这种紧急情况下，学校的医疗系统是不会收她一分钱的。她以为全要自己承担，她怎么也不敢叫救护车！

她让几个过路的人扶着她到旁边的长椅上坐下，然后跟他们说："谢谢你们，我没事了，真的没事了，你们走吧。我坐一会儿就好了。"其中一个棕色头发的女生，给雨嘉手边放了一瓶果汁，大家就走了。雨嘉躺在了长椅上，晕晕沉沉，又失去了知觉。

雨嘉觉得自己似乎睡去了，可是她不是靠在金属的长椅上，而是靠在一个温暖的胸膛上，一副坚实的臂膀把她稳稳地抱住，正在往前走，她能听到男人有力的心跳和呼吸，也能闻到一股男人的味道。恍惚中，雨嘉好想就这样蜷缩在这个怀抱里，永远不醒来。

钟铭把雨嘉轻轻放在自己的车里，给她系好安全带，然后飞车往大学附属医院急诊室开去。雨嘉睁开眼睛看看周围："我，怎么在这里？钟铭，这是去哪儿？"

钟铭说："你坚持一下，我带你去医院。"

"我不去！我没有医疗保险，你送我回枫园吧，我休息休息就好了。"雨嘉急了。

钟铭一手握方向盘，一手伸过来握住雨嘉冰冷的手，看了一眼雨嘉说："听我的。"

雨嘉不说话了。她知道，休息休息就好了，这完全是自欺欺人，她的情况，早已经过了休息休息就好了的阶段了。雨嘉突然觉得好害怕，忍不住哭了。这时正好钟铭把车停在了急诊室门口，他一下拉开车门，要抱雨嘉下车。雨嘉抹着眼泪说："我自己走。"

"告诉你听我的！"钟铭抱起雨嘉，用脚关上了车门，往急诊室走去。钟铭的一句"听我的"，给了雨嘉莫大的安慰和依靠。雨嘉突然想，一切都放手不管吧，不管什么学校、医院、医疗保险、救护车……就这样让他抱着自己一直往前走。

雨嘉是压力过度、缺乏睡眠和营养不良造成的荷尔蒙紊乱，现在已经中度贫血。医生在全面检查时又发现，雨嘉不但有心律不齐和心脏早搏的现象，而且雨嘉的心电图上出现了频繁的后心室收缩，在这个年龄，是非常少见的。

雨嘉在病床上挂着点滴，睡着了。钟铭轻轻握着她的手，又帮她把额头的一缕头发拨开，他真的恨自己为什么没有早来照顾雨嘉。可欣就说过："钟铭你磨叽什么呢？法定最低结婚年龄不是十八岁吗？"是啊，自己等什么呢？真是太傻了！回想突然看到躺在过河桥长椅上的雨嘉，怎么叫她都不醒，看着雨嘉苍白的脸，那一刻的恐惧和疯狂，钟铭简直无法面对自己的愚蠢！

而且钟铭想到，雨嘉这个小傻丫头，学费里是包括紧急医疗保险的，像她这种失血晕倒需要急诊的情况，根本就不用自己花钱。雨嘉太要强太自立了，这些门道她肯定想都没有想过。

这时医生来了，问："Are you related to the patient（你是患者家属吗）？"

钟铭毫不犹豫地说："I'm her fiance（我是她未婚夫）。"

医生做了一个跟我来的手势，到病房外把雨嘉的病情详细跟钟铭讲了，并且强调除了药物调节荷尔蒙之外，最重要的是减压、保证睡眠、增加营养。医生还把一个补铁的食品清单交给了钟铭。钟铭一看单子，都是些什么鬼东西，没有一样好吃的，还是要按中餐的方法来补。

钟铭回到病房，看了看熟睡的雨嘉，转身回北月做饭去了。钟铭的厨艺在留学生男生中还算是不错的，晚饭时间，他拎着一个保温桶回到了雨嘉的病区。路过护士站的时候，下午那个医生拦住他说："Jasmine 的未婚夫？可惜 Jasmine 好像不知道自己有未婚夫呀？"

钟铭笑一下说："没关系，她马上就会知道了。"医生做了一个"加油"的手势，笑着走了。

刚刚转过护士站，钟铭看到雨嘉穿着病号服，从楼道的另一头扶着墙走过来。钟铭赶紧跑过去扶住她："你怎么起来了？还出屋了？有事叫护士啊！"

雨嘉醒来后，惦记自己的期末成绩，就到楼道那一头的电脑上去查，当她看到一串五个 A 出现在屏幕上的时候，真的是什么病痛都不在乎，什么都忘了。就连那气人的游泳课竟然都拿了 A 的成绩，真是太好了！雨嘉还想到护士站去问问自己这趟来医院总共多少钱，她真的不敢想这件事，她就想早一分钟离开医院，否则就是把自己卖给医院也不够付账单的呀。没想到正往护士站走，就遇到钟铭。

说实在的，今天一切发生得太突然，雨嘉都没有来得及仔细想。现在看到拎着保温桶的钟铭，雨嘉说："我没事了，我可以出院了。"

"赶紧给我回去躺着！"

雨嘉愣了，心想："天哪，他怎么这么跟我说话？"雨嘉突然想起来，下午医生说什么"你未婚夫"，雨嘉以为医生把她和别的患者搞混了，也没有放在心上，现在看着钟铭，雨嘉突然慌乱了：医生该不会指的是……他？

钟铭让雨嘉坐靠在床上，给她盖好毯子，面前放一个小桌，然后打开三层的保温桶，一样一样端到雨嘉面前——红糖大枣糯米粥、菠菜豆腐、绿菜花炒肝。钟铭说："趁热吃吧，这些都是含铁量高的东西，你需要好好补养补养。"说罢自己就坐在了床边的椅子上。

雨嘉低着头不敢看钟铭："谢谢你送我来医院，还给我送饭。可是你真的不用这样，我也得出院了，我打听了，住一天要几千美元的，我真不能在这儿了。"

钟铭说："你别着急，先吃饭。我都问好了，学费里包括基本医疗，你这算紧急情况，不用自己掏钱。你就什么都别想，乖乖的，把这些都吃了啊！"

钟铭目光中的爱意、话语中的亲近和温柔让雨嘉手足无措，而且雨嘉一想到自己这回是女孩子的病症，让钟铭一个男人这么跑前跑后的，真是恨不得找个地缝钻进去！

钟铭看雨嘉就只顾低着头不说话，也不吃饭，就说："吃吧，要不然我喂你？"说着就拿起勺子。

雨嘉实在受不了了："钟铭，是你吗？跟医生冒充我未婚夫？"

钟铭放下勺子，从椅子上站起来，挪开雨嘉面前的小桌子，坐到床边，双手握住雨嘉的手说："刘雨嘉，你看着我。我不是冒充，我是认真的。我从第一次见到你就爱上你了，我一直在想，等你到二十一岁，成年了，我就跟你求婚，可是现在我不想等了。我要娶你，我要保护你照顾你，再也不让你吃一天的苦了。"

雨嘉万万没想到钟铭会说这样的话，她懵了，愣了半天，然后说："可是，可是你还是冒充的，因为，我没答应你。"

钟铭被逗笑了："好好好，我是冒充的。你现在身体虚弱，也不适合想太多，其实我不该说这些。你就让我先冒充一下，等你恢复了，要接受我，要拒绝我都听你的，好吗？"说着，钟铭轻轻抱住雨嘉，在她的额头上轻吻了一下："现在你可以吃饭了吗？"

"你这么看着我，我吃不下。"雨嘉说。

"那好，我出去买点水果，你先吃吧。"钟铭把小餐桌摆好，然后出去了。

雨嘉机械地吃着粥，心全是乱的。她觉得额头刚刚被钟铭吻过的皮肤有一种灼烧的感觉。雨嘉在中学的时候，暗恋过一个从没说过话的小男生，也有同班的男生喜欢过她。但都是很朦胧很青涩的。她离男生最近的距离，就是坐在男同学的自行车后座上，即使在坐不稳快掉下去的时候也不好意思抓一下前边男生的衣服。今天却被钟铭这样抱来抱去，还在额头上吻了一下，雨嘉简直都晕了。

雨嘉想，钟铭应该有二十六七岁的年纪了吧？他不像雨嘉认识的那些同龄的男同学。那些小男生在雨嘉面前好像很怕,显得很紧张。钟铭有一种沉稳和笃定,也有一种霸道和权威,他的目光能瞬间让雨嘉大脑一片空白,他的臂膀让雨嘉觉得安全,他温暖的大手轻轻一握就能让雨嘉的心战栗。

雨嘉不喜欢这种自己不能掌控的感觉。她有点赌气地想:"哼,他凭什么?我都不怎么认识他,怎么就能凭空冒出来说要娶我?恋爱都没有恋就说要娶我,哪有那么容易。还跟医生冒充我未婚夫,胆子太大了!"雨嘉赌气放下勺子不吃了。"等他回来我一定好好教训他一下,随随便便就可以说要娶人家的吗?"

这时,钟铭敲敲门进来了,他拿着一袋桃子和樱桃,他看着雨嘉说:"大部分夏天的水果都是寒性的,我就买了樱桃和桃子,这两样是温性的,你喜欢吗?"雨嘉发现,只要钟铭一注视她,她就没出息地脑子发懵,前边想好的要教训钟铭,一下子就忘到爪哇国去了。钟铭即使什么都不说,就坐在那里,也像一块巨大的磁铁,把雨嘉深深地吸引着。

雨嘉莫名其妙地冒出来一句话:"我这学期拿了全 A。"说完雨嘉自己都愣了,怎么会突然冒出这么一句话?然后她补上一句:"我在走廊电脑上查的。"

钟铭拍拍她的头说:"好,真有本事。得不得 A 我都喜欢。"雨嘉小嘴一撇又生气了:怎么明明想教训他,却说出一句似乎在讨他喜欢的话?真是脑子坏掉了!

第二天,雨嘉出院了。她已经被止了血,医生开了调节荷尔蒙的药,只需回家增加营养,保证睡眠,减缓压力,就可以完全恢复。

燕妮和可欣听说雨嘉住了一天的院,都要回来陪雨嘉。雨嘉想到可欣和杨劲松是新婚，怎么能回来陪自己住呢？而且燕妮的丈夫和儿子马上就要到了，也不好把燕妮叫过来。如果思聪在该多好啊，也不知思聪父亲的病情怎么样了。

钟铭说："不用别人，我来照顾你。"雨嘉说："现在放假了，我这礼拜又不打工，完全休息，不用人照顾，已经很好了。我下礼拜肯定去东方楼没问题了。"

"我再也不许你去东方楼！"钟铭说，"我再也不会看着你去餐馆打工了。"钟铭从包里掏出了一张表格，递给雨嘉："我本来以为国际学生在本科的时候都没有奖学金可以申请，可是今天早晨我想试试看，到资助办公室、国际学生部和护理学院都问了，发现有一个免学费的奖学金专门给国际学生。你赶紧把这表填了，你成绩好，本科国际学生少，大部分可能还不知道有这么个奖学金。我觉得你只要申请就一定能拿到免学费。"

雨嘉真的不能相信这是真的！有这样的好事吗？雨嘉飞快地填了申请交上，过几天接到了面试通知。面试过后的几天，竟然接到了免学费的通知书！雨嘉太激动了，真是感激学校，感激热情的美国纳税人民！雨嘉觉得一个千斤重担从自己肩上放下了，真是前所未有的解脱和轻松！

钟铭拎着大包小包来到枫园："庆祝一下！"钟铭上来就要抱雨嘉，被雨嘉一把推开了。钟铭跷着二郎腿坐下说："本来应该请我出去吃饭，可是这我不敢奢求，让你在家给我做顿好吃的吧，你身体又没完全恢复，只好我带了好吃的过来给你庆祝啦。"

钟铭还带来了一个录音机，一边吃饭，一边放起了流行歌曲。那顿饭吃的，雨嘉和钟铭高兴地笑啊，唱啊，俩人扯着脖子一起吼：

"我是一匹来自北方的狼,走在无垠的旷野中……"钟铭恰到好处地学了一声狼叫,"凄厉的北风吹过……漫漫的黄沙掠过……"

然后,钟铭又唱起赵传的《我很丑,可是我很温柔》。雨嘉笑着说:"丑很明显,温柔没看见!"钟铭一下扑过来抱住雨嘉:"好啊,你这小丫头,那我温柔一个给你看看!"雨嘉笑着把他推回到椅子上。

录音机里突然响起了:"会有那么一天,会有那么一天,我们会飞向天外的天……"

雨嘉跳起来就给关了:"不行不行,我听这歌要吐,东方楼一天放多少遍,我听了就胃疼!"然后雨嘉告诉钟铭她和Joy唱的版本:

会有那么一天,会有那么一天,

我们不再一天就挣三十六块钱。

会有那么一天,会有那么一天,

我们也能坐在餐馆吃顿饭。

会有那么一天,会有那么一天,

再也不用给老板洗碗。

"你说我和Joy多能篡改呀?"雨嘉哈哈大笑。

钟铭心酸地看着为了学费受尽了苦的雨嘉。其实,钟铭拿的是金额非常高的奖学金,给雨嘉交一年六千美元的学费完全没有问题,而且他是学校正式雇员,如果他和雨嘉结婚,那么雨嘉作为雇员配偶,学费是全免的。但是钟铭知道,这两个方法,他提都不敢跟雨嘉提,雨嘉会把他直接轰出去。他唯有庆幸帮雨嘉找到这个鲜为人知的奖学金,这是他最自豪的事情。

在音乐中，钟铭站起来走到雨嘉身旁，欠身伸出一只手，笑着看着雨嘉。雨嘉说："我不会跳舞。"

钟铭把雨嘉拉到怀里说："没关系，我也不会。"他一手轻拥着雨嘉的腰，一手轻抚着她的后背，把脸靠在雨嘉的头发上，两人在歌声中像一叶小舟一样轻轻摆荡：

……今天，我们，没有财富，
但至少可以，相互拥有，
今天，我们没有遥远的承诺，
可是你我，都已知道……

雨嘉迷失在这歌声中，迷失在钟铭的怀抱里，眼前钟铭的肩头和胸膛有一种说不出的力量，他轻轻抚在自己后背的双手竟让雨嘉感到千斤之重，他的气息充满了男人的味道。雨嘉以前不喜欢闻到任何男人的味道，但是今天，她却第一次觉得这个味道如此不可抗拒。

钟铭突然抱紧了雨嘉，手伸到雨嘉的头发里，把雨嘉的脸扬起，低头一下吻住了雨嘉的嘴唇。雨嘉瞬间晕眩，感觉自己灵魂出窍！她想推开他，但是又想抱紧他，她觉得自己已经晕得倒下去了，但是他强劲的手臂却让她像藤蔓一样，紧紧地依附在他大树般的身躯上，仿佛过了一个世纪，又仿佛只有一刹那。

缠绵和温柔中，钟铭的唇舌间和手臂上突然有了一股狂热和欲望，一下把雨嘉吓醒了。雨嘉奋力地推开钟铭说："你该走了。"钟铭喘着气，半天才回过神来。他用手指摩挲着雨嘉的脸，说："嫁给我吧，咱们结婚吧。"

09 你像一道闪电

这个暑假,是雨嘉人生最美好的一个暑假。她没有工作的压力,没有学习的压力,只有和钟铭在一起的快乐。来美国一年了,雨嘉从学校到枫园两点一线,除了偶尔买个菜,从来没有去过别的地方。

和钟铭在一起,雨嘉才知道原来美国有这么多好玩的地方。钟铭带她去特色冰激凌店,看 antique 车展,去博物馆,听音乐会,爬山,骑车,把周围都玩遍了。

钟铭还教雨嘉打高尔夫球。雨嘉没想到钟铭竟然打得一手好高尔夫!钟铭在雨嘉眼里,似乎就是那种什么事情只要他想做,就没有做不成的人。雨嘉的球杆抡下去都碰不到球,每次一抡杆就铲起一片草坪,球却纹丝不动。钟铭笑得直在草地上打滚:"你不用给他们锄草,有人修草坪,用不着你下这么大力气。"每次一叫雨嘉去打高尔夫,钟铭就说:"走,锄草去?"雨嘉气得一把把他推开。

雨嘉坚决不让钟铭花太多的钱,稍微贵一点的地方她就不去。钟铭带她去逛商城,雨嘉也就是高高兴兴地看啊看啊,一家店一家店流着口水看下来,什么都不买,也不许钟铭给她买任何东西。钟铭总是从架子上拿起衣服或者鞋子说:"你试试这个。"雨嘉一件都不试,她知道每一件都是好的,也都是她买不起的,干脆就一件都不试。但是她好喜欢在商城里逛啊逛,真是太享受了。

大学城开车出去,郊外有很多美丽的大湖,钟铭经常租了小船和渔具,带雨嘉去钓鱼。他俩一人手里一把鱼竿,把线投进水里,就依偎着在小船中间坐下,或者漫无目的地看着远方,说着悄悄话,或者在洒满夕阳的湖中间忘情亲吻。整个暑假,他俩从来没有钓上来一条鱼,有一次钟铭亲吻雨嘉的时候,一撒手把鱼竿都丢到湖里去了,但是他们总是来钓鱼,来享受湖面上静谧和漂荡中的二人世界。

一个周末,钟铭带着雨嘉开车北上三个多小时,去领略美加交界的湖光山色。奇异的植被,清凉的气温,宽广如海的大湖,急流直下的瀑布,处处让雨嘉惊喜。在鸟啼蝉鸣的山间,在淼淼碧波的湖边,钟铭不止一次抱着雨嘉在她耳边问:"为什么还不嫁给我?为什么还不让我做你的丈夫?"

雨嘉觉得有了钟铭,才开启了自己的人生。他的学识、阅历、才华、幽默,还有他给雨嘉的安全感和依靠感,都是雨嘉的同龄男生们不可能做到的。雨嘉跟他在一起,觉得什么都那么新奇有趣,而且什么都不用担心,像开车、找路、办事、找人、学校的事情、医院的事情以及任何紧急情况,这些事情只要有钟铭在身边,一切都迎刃而解。可是二十岁的雨嘉,却怎么也下不了决心嫁给他。这一切太突然了,本来不太熟悉的钟铭,突然间铺天盖地出现在雨嘉生活里,他好像骑着一匹飞奔的骏马,从天边奔来,在经过雨嘉身边的一刹那,一把将她抱上马背,雨嘉就不可控制地和他一起疾驰。

钟铭每天都会来枫园。他对雨嘉说:"我有枫园大门钥匙,以后我进你的房间会敲门,但是进枫园我就自己拿钥匙开门进来了啊。"

"你怎么有我们枫园的钥匙?"雨嘉奇怪地问。

"于思聪临走的那天让我来给她拿护照,给了我钥匙,她临去机场也忘了还给她了。"

"不行!"雨嘉说,"你得把钥匙给我,你怎么能拿枫园钥匙呢!"

"思聪回来我自然会还给她。现在嘛,就放在我这吧。"钟铭笑着逗雨嘉。他和雨嘉的亲密关系,就停留在拥抱亲吻上,雨嘉防线守得紧,把钟铭折磨得发疯,但这种折磨人的等待,也让钟铭很甜蜜很珍惜,他最喜欢逗雨嘉,专门要看她气急败坏的样子。

暑假里还发生了一件大事,就是期末成绩一出来,王留存门门亮了红灯,这已经是王留存连续四个学期门门不及格,他被学校劝退了。王留存在美国拿的是学生签证和助研奖学金,一旦不上学了,学生签证就会失效,助研奖学金就没有了,他在美国也就没有了合法身份和收入来源。

王留存精神萎靡地在北月把自己关在屋里几天没有出门,钟铭怕他出事,也就几天没有离开北月,一直守着他。他也不想把王留存的事情透露给任何人,甚至连雨嘉也不想告诉。暑假期间马化鹏回国了,姜同凯到外州去做项目,杨劲松结婚搬进了新家,北月只剩下了钟铭和王留存。钟铭这个时候不敢把王留存一个人留在家里,可是他又实在惦记两天没见面的雨嘉,就给雨嘉打电话:"我的小雨伞,你在家干什么呢?我这两天遇到点事儿,不能过来看你,你吃饭了吗?要不要到北月来?我给你做好吃的。"

门铃一响,钟铭一步冲过去打开门,一把把雨嘉拉进来抱在怀里。这时王留存却突然下楼来了,雨嘉听到声音猛地把钟铭推开,钟铭也回头一看，王留存已经站在了楼梯口。

"我请你俩吃顿饭吧。"王留存说。

钟铭一看，王留存的脸也刮了，头发也梳了，人看上去精神了许多。钟铭走过去问："溜子，你没事吧？"然后他小声说，"我没告诉她。"

王留存说："瞒了初一瞒不了十五，雨嘉也不是外人。走吧，你们俩选馆子。"

雨嘉稀里糊涂地跟着钟铭和王留存到了一家中餐馆："王留存，你今天怎么了？你看着有点不对劲啊，为什么要到餐馆吃饭？"

"庆祝啦，"王留存说，"庆祝我王溜子终于不用再读那倒霉的学位了，我下边想干什么就干什么了！你还不知道，我挂科被学校开除了，现在是身份绿卡收入工作什么都没有，可是我想明白了，我有自由呀，这个比什么都好的呀。"

雨嘉一下愣在那儿了，她看了看钟铭，钟铭冲她苦笑一下。王留存说："这两天我想明白了，我不是走博士路的，学校对的嘞，帮我做了决断，让我少在走不通的路上浪费时间。"

"溜子，你下边有什么打算？"钟铭问。

王留存在纽约有一个在上海和他从小一起长大的朋友，王留存准备先到他那里落一下脚："纽约跟上海是一样的，只要做，就饿不死，我上海人，到纽约去就像回家一样。我到那边闯闯。"

"可是你没有绿卡，去了不是要打黑工吗？"雨嘉担心地说。

"黑工也需要有人打啊。以后的事情说不清楚的，说不定绿卡会从天上掉下来也不一定的啦。"王留存回答，"我忘记从哪里听过这样一句话：所谓无底深渊，下去，也是前程万里。这说的就是我，晓得哇?"

菜上来了,雨嘉都不敢吃。一方面她对王溜子的处境太震惊了,另一方面她看着跟自己一样端盘子挣小费的服务生,实在是下不去筷子吃这么贵的菜。钟铭不断地把各种菜夹到雨嘉面前,简直就差给她喂到嘴里了。

王溜子笑说:"我早就看好你俩了。从上次钟铭让我去送羽绒服和靴子给你,我就知道你俩铁定跑不掉的。"

雨嘉一口菜噎在嘴里,她瞪着眼睛看着钟铭:"那身衣服,是你?真的?"钟铭笑着点点头。

最后这顿饭是钟铭抢着付的账,王溜子说:"你们以后到纽约包在我身上。"

王留存第二天就卖掉了自己的车,简单打了个行囊,上了去纽约的灰狗汽车。钟铭和雨嘉都去送他了,看着汽车走远,雨嘉说:"他没身份也没钱,在纽约可怎么活啊?"钟铭说:"相信溜子吧,他肯定能混出来。"

这样,雨嘉独自住在枫园,而北月,也就只剩下了钟铭一个人。

夏天的雨说来就来,一天晚上,钟铭带雨嘉去看了场电影,从影院出来就赶上了雨。钟铭把雨嘉送回枫园。雨嘉其实心里是害怕的,下雨天她一个人在偌大的枫园,楼上楼下地下室三层,那么多房间,那么多窗户,刚刚看的电影又有点凶杀的情节。钟铭把她送到家的时候问了一下:"要不要我陪你进去?害怕吗?"

已经晚上十点多了,雨嘉不想让钟铭进枫园,就说:"不怕,没什么,你走吧。"看着钟铭开起车来走了,雨嘉心里扑通扑通跳得厉害。她锁好了门窗,躲进自己的小屋。突然,硕大的雨点随着强劲的风一波一波地打在窗户上，好像有人在猛敲窗户一样，偶尔还会有被风刮下来的小树枝猛地打在窗户上，把雨嘉吓得尖叫起来。电闪雷鸣中，雨嘉不敢开灯，在黑暗中她裹着毯子蜷缩在墙角，双手捂住耳朵。风刮得越来越厉害，雨嘉觉得窗棂都在晃动，门似乎也在摇动。雨嘉吓得哭了起来。

这时，楼下突然传来奇怪的响声，像是厨房的水龙头在流水。可是水龙头关得好好的呀，难道……难道……房子里进来人了吗？难道有人进来开了水龙头？雨嘉只觉得全身冰冷，所有的血液都凝固了。她爬到自己的房门口，听到了越来越大的厨房水池的声音，这个恐怖的声音伴随着电闪雷鸣，雨嘉吓得彻底瘫在地上。

这时，雨嘉房间的电话铃突然响了，那一声铃响，把雨嘉惊得大叫一声跳起来，哭着拿起了听筒。"宝贝，雨下大了，你害怕吗？你没事吧？"钟铭的声音从听筒里传来。雨嘉话都说不出来，就放声大哭。钟铭说了一声"我马上过来"。

雨嘉觉得过了好久好久，楼下有了灯光和脚步声，钟铭大叫："雨嘉，雨嘉，我来了！"雨嘉一下拉开自己的门，看见钟铭在弄厨房的水管。雨嘉冲下楼去，正要跑到钟铭面前，突然踩到了一摊水，钟铭往前一扑没有来得及抓住雨嘉，雨嘉一下滑倒在地上，立刻半边身子都湿了，原来一楼的地板上都是水！

钟铭扶起雨嘉："你怎么样？摔疼了吗？厨房水龙头爆了，喷得整个一楼都是水，我刚把水闸关了。没事了，明天找房东来修吧。"

雨嘉哭着说："我以为，我以为，进来坏人了……"说着就抱住钟铭大哭起来。钟铭心疼地抱起雨嘉，一边往楼上走一边说："赶紧把湿衣服湿袜子换了，别病了。我早就说陪你进来吧，你还说不害怕,你看你把自己吓的!"

雨嘉换好衣服,钟铭说:"好了,你睡吧,我守着你。"钟铭搂着雨嘉在床上躺下。窗外还是暴雨交加,雨嘉用被子把头整个蒙起来。钟铭把她拉出来说:"我在这儿你还怕什么?藏在被子里还能喘气吗?"在钟铭怀里,雨嘉渐渐不哭了。钟铭拍拍她的头和肩膀说:"睡吧。"

雨嘉迷迷糊糊睡去又醒来的时候,窗外安静了,雨停了,夜色如水,静谧幽然。雨嘉抬头看看身边的钟铭:"你怎么睁着那么大的眼睛,你没睡吗?几点了?"

"我不睡,我守着你呢。现在大概一点半左右吧。"

"雨停了,你回去吧。"雨嘉说。

钟铭一把抱紧雨嘉:"你这小坏蛋,雨停了就赶我走?我不走,我以后再也不让你一个人过夜了。"

钟铭的亲吻和抚摸带着一股前所未有的坚决和急切,雨嘉想推开他,却没有半丝力气,她慌乱惶恐,却又甜蜜激动。雨嘉觉得刚刚过去的暴风雨似乎转瞬又回来了,带着狂风巨浪,让她顷刻间被一股强大的洪流卷走,她一切的堡垒都瞬间瓦解,她的身体和灵魂都别无选择地在她未知的、陌生的、无可控制的惊涛骇浪中跌宕沉浮,雨嘉努力浮出水面,但立刻会有更大的浪头将她吞没,她紧紧抱住他,因为只有那样,她才在被他带过风口浪尖,惊心动魄的时候,不至于沉入海底。当暴风雨再次平息,钟铭亲吻着雨嘉说:"我要你嫁给我,我不许你说一个不字。天亮了咱们就去办结婚手续!"

从雨嘉晕倒在密西西比河大桥上,到她和钟铭结婚,一共只有两个月的时间。雨嘉每每回想起这两个月,恍然如梦,这两个月在她的人生中像一道闪电一样瞬间光华，在她还懵懵懂懂、涉世未深的时候，改变了她人生的轨迹。

雨嘉没有想到美国的结婚手续这样简单，有两个证人，然后新郎新娘一宣誓，然后就有人给签发了结婚证书，像过家家一样。雨嘉和钟铭各自拿着一份结婚证书走出市政厅，雨嘉说："这个是真的吗？"钟铭笑道："当然是真的，你以为咱俩是非法同居啊？"雨嘉咬着嘴唇，狠狠地在他胸口捶了一拳。

两人笑着回到车里坐下，钟铭拉着雨嘉的手说："我的小雨伞，你这么小的年纪，嫁给我，你放心，我不会让你受委屈，婚礼、鲜花、钻石戒指，我都会给你，以后等我毕业挣钱了，咱们买漂亮的大房子，漂亮的汽车，一样都不会少。"

雨嘉说："我不要办婚礼，也不要钻石戒指，大家结婚都不办婚礼，就咱们办，太难为情了。而且钻石戒指我也带不出去啊，留学生没有戴那东西的。"

"真是个省钱的小太太。"钟铭被逗笑了，"我说会给你就会给你，你现在不想要，以后我会加倍给你。"

最后他俩商量好，再过两周，北月和枫园的人都回来了，就像杨劲松和李可欣那样，请大家吃一顿饭，权当婚礼了。

"可惜王留存来不了，也不知道他在纽约怎么样了。"雨嘉说。

岂止是王留存来不了，于思聪也差点没赶上雨嘉和钟铭的婚宴。

于思聪从机场到了医院时，父亲的情况已经到了做决定的关口，医生跟家属分析利弊，商量要不要动手术，思聪母亲已经六神无主，听这个说点什么也有理，那个说点什么也有理。七大姑八大姨每人有自己的说法，还有让试偏方的，让做气功疗法的，说让保守治疗的，思聪妈妈怎么也做不了决定。这时思聪来了，母亲一下有了主心骨，像小孩一样趴在思聪怀里哭了。

思聪抱着母亲，看了看那些七嘴八舌的亲戚，说："姑姑叔叔们，让你们操心了，我妈现在情绪不好，你们先到走廊坐会儿，我去见一下医生，回来咱们再商量。"

思聪跟医生谈下来，当机立断，决定手术，在家属授权书上签了字。回到病房，母亲告诉他："你叔叔他们不让手术，手术得好多钱，报销不了，咱得卖房子，你叔叔他们说是你爷爷留下的房子，不让卖。而且他们说手术也不见得能救人，到时候人财两空。咱们快想想办法吧，说什么也得把你爸救过来啊！"

"我找他们评理去！"思聪站起来，却被母亲按住了。母亲一边哭一边摆着手说："没用，没用，白惹一肚子气，你姑姑趁我不在家，把咱家房产证已经拿走了。"

思聪当时跳起来就要冲到走廊去骂街，真是杀人的心都有。母亲又按住她："别跟他们闹，毕竟是你爸亲弟弟亲妹妹们啊，你爸也不愿意你跟他们闹翻。"

母亲的积蓄已经尽数拿出，思聪身上有临上飞机 Mark 塞给她的一万美元现金，思聪要去兑换人民币。母亲却说："你一个穷学生，别动那钱，我这点钱先把押金垫上，然后咱们再想办法。"

父亲手术顺利，恢复也不错，捡了一条命。思聪一边伺候父亲，一边四处奔波，把手术费报销的事情搞定了，母亲的积蓄大部分拿了回来。

正在一切都往好的方向发展的时候，思聪却遇到了麻烦，还有两周就开学了，思聪准备返校的时候，她回美国的签证竟然被拒签了！思聪一下急得茶饭不思。

这边 Mark Willis 听说此事简直疯了。在 Mark 的努力下，学校国际学生办公室和经济系办公室轮流给北京的美国领馆发传真询问思聪的签证，最后 Mark 找到州里的参议员，参议员办公室又给北京美国领馆发传真，思聪才终于拿到了签证。

临行的前一晚，思聪伺候父亲就寝之后，跟母亲坐在一起话别。思聪母亲问："妈这些日子看着，有个美国人老给你打电话，帮你签证，而且你一个穷学生，一下拿回来那么多钱，都怎么回事啊？你可不许瞒着妈。"

思聪大概跟母亲说了一下 Mark 的情况，又说："我不想找美国人，跟他不会有什么的。"

思聪母亲说："中国人美国人，都有好人有坏人，我看这个马克对你的这份心倒是没得说的。同根同族是好，可也得分人啊。这回你爸生病，我算看出来了，别说都是中国人，就算都是一家人，亲哥热弟，又怎么样？你也老大不小了，遇到好的自己拿主意吧，一个女孩子在外，没个人照顾你，妈也不放心啊。"

思聪临走要把那一万美元给母亲留下，母亲坚决给她塞了回来："咱人穷志不短，不拿人家的钱，给人家还回去！"

回国的时候，思聪说"我回家了"，但是当 Mark 在机场一下抱住风尘仆仆归来的思聪的时候，他说："Welcome home, Baby！"思聪第一次觉得，也许这里才是她真正的家。

10 新北月枫园

雨嘉的长发挽起，露出白皙的脖颈，一条细细的项链，衬托着一袭玫瑰红的美丽长裙。钟铭穿着一身做工考究、面料一流的西服，和雨嘉站在迎宾楼包间门口等待大家的到来。雨嘉本来想不用买这么贵的衣服，但是钟铭说："买就买好的，以后用得上，买不好的才是浪费呢。"穿上这身玫瑰红的长裙，雨嘉真的有了当新娘的感觉。

杨劲松和李可欣，于思聪和 Mark，姜同凯，马化鹏，一下子全到了。大家围着雨嘉和钟铭叽叽喳喳地炸了锅：

"爆炸性新闻啊，你们俩结婚！把我们炸出心脏病，你们要负责任的知道不知道？"

"钟铭你交代吧，给我们小雨嘉下了什么迷药了？这么快嫁给你？"

"两个月不见，雨嘉漂亮得都不敢认了！"

"哎，跟你们说，我早就看出来了，比你们谁知道的都早。"

"钟铭你得给我们全体男生开讲座，你不声不响的，这骗术也太高明啦！"

……

钟铭一反平时沉默的性格,一手搂着雨嘉的腰,一手比划着,跟大家一起插科打诨,谈笑风生。

思聪偷偷跟可欣说:"你还说人家钟铭迂腐,没闯劲儿?我看是会咬的狗不叫,这简直是雷霆手段啊!我看雨嘉怕是连北都没找到,就被人家掳了去了。"

可欣说:"哎,可有个人说过,如果雨嘉有男朋友了,她就把 Mark 收了。那现在雨嘉都结婚了,你打算拿 Mark 作何处理啊?"

"谁想到她这么神速!"思聪说。

思聪扭头看了看 Mark,周围大家都在热热闹闹地说中文,没一个人招呼他,他就傻傻地面带微笑在那儿坐着。钟铭反应过来了,赶紧拉着雨嘉走到 Mark 旁边:"Hey Mark, good to see you. So nice of you to come."

Mark 听到一句英文如同听到天籁,立刻站起来跟钟铭又握手又拍肩拥抱:"Congratulations, man, so happy for you!"然后转向雨嘉:"Jasmine, you look amazing!"说罢就伸开双臂拥抱雨嘉,并在雨嘉脸颊上亲了一下。雨嘉躲闪不及,吓了一大跳,眼睛都瞪大了。钟铭赶紧一侧身横在雨嘉和 Mark 中间,笑着打圆场。思聪把 Mark 拽回座位上,用中文说:"猪脑子!"

Mark 傻乎乎地说:"I must have done something wrong, 'cause I know Zhu is not a good word.(我肯定做错事了,因为我知道猪不是什么好词。)"

这时,沈燕妮出现了,她尖叫着跑过来抱住雨嘉,然后上下摇晃着右手食指,指着钟铭的鼻子:"好啊你,一会儿我不看着,你就把我们小雨嘉拐跑，太能了你！"

钟铭看着燕妮身后，打岔道："哎哟，这是姐夫吧？"

"少来！"燕妮说，"你比我还大两个月呢，什么姐夫！"

"妹夫，妹夫！"钟铭赶紧说。

燕妮给大家介绍了她的丈夫陆克俭，还有儿子鹏鹏。陆克俭个子中等，面容儒雅，戴着眼镜，一副学者模样。大家纷纷跟陆克俭握手，打招呼。Mark 不甘寂寞地跟陆克俭也来了一通握手拥抱拍肩膀："Hey, welcome to America. Your wife is an awesome friend to Sicong. Your son is adorable.（欢迎来美国，你太太是思聪的好朋友，你儿子也非常可爱。）"没想到陆克俭一个字没听懂，尴尬地笑了笑，Mark 又一次被思聪拉回座位。Mark 小心地看着思聪的脸色说："Did I Zhu Nao Zi again（我是不是又猪脑子了）？"

思聪用中文说："驴脑子！"Mark 看着思聪，眨巴眨吧蓝眼睛说："Can't be good.（肯定不是好话。）"思聪直翻白眼儿，转过来跟可欣说："你说我怎么找这么个二货？"

燕妮的儿子鹏鹏很可爱，大大方方跟叔叔阿姨们说话。燕妮丈夫陆克俭话不多，每次张嘴说话就是告诉儿子不要淘气。燕妮还试图让陆克俭加入大家的聊天里来，她说："哎，杨劲松，我先生也是搞电机的，在国内带研究生呢，你俩是同行。"

杨劲松赶紧说："是吗？幸会幸会！以后一定向你请教。"

"咳，别听她瞎说，咱们这行里边有很多分支，每一支之间也是隔行如隔山。而且国外的电机工程和国内的也不一样。再说我现在也不做了。"陆克俭说罢又不说话了。燕妮也没办法了，丈夫真的是跟大家说不到一块去。

大家起哄让钟铭站起来坦白交代怎么这么快把雨嘉骗到手的。钟铭说:"说快也不快,我从第一眼看到雨嘉就喜欢她,到现在也一年多了。咱们这个暑假真是硕果累累,劲松和可欣新婚,燕妮和丈夫儿子团聚,我和雨嘉结婚,还有 Sicong and Mark。干杯吧!"

Mark 别的没听懂,Sicong and Mark 这句听得真真儿的,立刻笑得像个孩子一样,兴奋地跟大家一起举起酒杯。

大家都说,现在就剩姜同凯和马化鹏了,得赶紧给他俩加油。马化鹏扶扶眼镜,清清嗓子说:"嗯,其实呢,我这次回国,科大我导师给我介绍了。"

大家一阵欢呼!纷纷问怎么样,发展到哪一步了。马化鹏不好意思地笑了:"已经领结婚证了,下个月就来。"大家轰的一下炸了锅!

马化鹏在一片"照片!照片!"的叫声中从钱夹里掏出一张照片,姜同凯一把抢过去:"哇塞!马化鹏你真是交了狗屎运了!"

一个温婉清丽的女子,在一片赞叹中,从照片里向大家微笑着,马化鹏加上了一句:"是我导师的女儿。"大家又哇的一声叫:"科大教授女儿,书香门第,大家闺秀啊!马化鹏你太牛了你!"

本来觉得今天的爆炸性新闻是雨嘉和钟铭结婚,没想到还有个"闷声发大财"的马化鹏,不声不响的,已经和一个大美人领了结婚证。那时的留学生们,无论是在美国相识的,还是短期回国探亲时在国内介绍认识的,基本上都是一确定关系就立刻结婚,认识一两个星期就闪婚的也不罕见。

这下,姜同凯成了众矢之的,大家七嘴八舌逼问他有没有什么新闻。姜同凯说:"我的新闻就是,暑假我的系统安全软件取得突破性的重大进展,我的最高纪录是 36 小时连续编程不睡觉,其他的新闻没了!"大家一片嘘声。

姜同凯说:"一夏天我周围都是戴着眼镜、吃着泡面汉堡、白天黑夜写程序的男生,偶尔办公室见到个女的,除了头发长点,根本看不出来是个女的,稍微能看一眼的,就是个清洁工。你们让我怎么办?"

大家都说:"我们就以你的婚姻事业为己任了,全体总动员,给你物色女朋友。"

席间,杨劲松偷偷地问钟铭:"王溜子走了?"

钟铭点点头说:"人各有志,溜子会混出来的。"

别人听到了他俩的声音,也都问起王留存,钟铭尽量轻松愉快地说:"要说难受嘛,溜子倒是难受了两天,不过,溜子是什么人?大侠啊!人家不稀罕咱这苦哈哈的博士帽,人家精神抖擞,一身轻松,进发纽约了。以后咱们在纽约有根据地了啊。谁去纽约都别忘了看溜子。"

可欣说:"原来咱们这么热热闹闹的北月和枫园,就这么人都走了,散了?"

大家一起大叫:"谁说散了?不都在这儿呢吗?"

可欣说:"学校新盖的两栋学生家庭宿舍楼,正接受申请呢,你们赶紧都交申请去,我们现在和燕妮家就在一个楼里住。雨嘉钟铭,马化鹏,你们赶紧申请,到时候咱们几家都在这两栋楼里住,多好啊!姜同凯你也赶紧找个老婆搬过来呗。"

雨嘉突然想起来:"Mark,你和思聪以后结婚也到这边来住吧。我知道你自己有房子,可是 don't take Sicong away from us(别让我们失去思聪)。"Mark 一听"思聪"和"结婚"这两个字出现在同一个句子里,简直感激涕零,他跟思聪求婚被拒绝已经不知多少次了。

思聪说:"哎,小雨嘉,谁说要跟他结婚了?"

"你说的,你说我有男朋友你就收他,现在我都结婚了,那你当然要嫁他。你就当自己是齐天大圣,他就是王母娘娘的蟠桃,你就把他装到袋子里收走吧!"

"这小丫头跟着钟铭不学好啊!"思聪假装生气,"不过我跟大家保证,Mark 怎么着我不管,我肯定不会搬离校园。"Mark 听到自己的名字一抬头:"Yes,Baby?"

思聪用英语说:"我告诉他们我不跟你走,你要是想跟我在一起,你就得跟我走。"

Mark 毫不犹豫:"For sure! Wherever you are is my home.(当然!你在哪儿,哪儿就是我的家。)"

大家都说,那就说好了,大家都尽快搬到学校已婚学生宿舍新盖的两栋楼,然后把路北边的那一栋楼叫北月,对面的一栋楼叫枫园,继续北月枫园的美好。

从迎宾楼餐厅出来,陆克俭就脸色不对。燕妮知道,丈夫见到周围的男人们都在读博士,女生们也都在读硕士或者博士研究生,就连才二十岁的雨嘉也是优秀的大学生,而自己在美国什么都不是,话都不能说,心里一定不好受。燕妮赔着小心,看着陆克俭眼色说话,哄他高兴。

"以后这种事我不跟你去,有什么意思!在美国留个学就不可一世了,我就看不上这嘚瑟劲儿!"燕妮赔笑道:"咳,这不是雨嘉结婚吗?要不然我也不去。其实他们也就是一般聊天,也没嘚瑟,而且我看得出来大家都很尊重你。"

和妻子团聚的亲昵和喜悦以及让孩子再见到母亲的高兴,一共只撑了两个星期,陆克俭就开始心里发慌了。全家花销都靠燕妮的奖学金,自己明明会开车,但也因不会英文而过不了驾照的笔试一关,拿不到驾照,出门买菜见人办事都靠燕妮,连孩子现在都是有什么事问妈妈,不问爸爸。而且,让陆克俭恐惧的是,孩子开始越来越多地说英文,你跟他用中文说话,他经常也用英文回答。陆克俭一想到有一天自己儿子会跟自己鸡同鸭讲,就全身发冷,拼命跟鹏鹏发脾气:"说中文!别跟我放洋屁!再说外国话我把你嘴撕烂了!"

燕妮心疼地抱着儿子,脸上还得给陆克俭赔着笑:"克俭,鹏鹏还小呢,你慢慢说,别吓着他。鹏鹏,以后跟爸爸要说中文啊!"陆克俭摔摔打打,一晚上过不去这个坎,燕妮和鹏鹏都小心翼翼地不惹他。陆克俭动不动就扬言要回国,燕妮苦恼极了,家里的气氛整天剑拔弩张。

这时,燕妮却意外地发现,自己竟然又怀孕了。看来丈夫初到美国,两人小别胜新婚的那段亲密开花结果了!陆克俭听到这个消息也欣喜若狂,国内只允许生一胎,生了鹏鹏之后,陆克俭一直做梦都想有个女儿,这下到了美国,终于可以再生一个孩子了!陆克俭高兴得抱着燕妮直转圈。燕妮一边笑一边叫:"快放下,快放下,晕死我了。"

钟铭和雨嘉搬进了燕妮家对面的、现在被称为新北月的学生家庭宿舍楼。他们一室一厅的小家布置得简单而温馨,两人每天沉浸在新婚的温柔乡里。

无论钟铭怎么劝,雨嘉都不愿意放弃大学附属医院前台的晚班工作，因为那不但是雨嘉的收入，也是雨嘉积累工作经验，尤其医院经验的途径，以后升三年级护理学院的时候，医院经验也是很重要的一个环节。所以雨嘉坚持每天晚上八点到午夜十二点在医院前台上班。每天半夜钟铭把雨嘉接回家，雨嘉稍微吃点东西，洗漱一下，倒头就睡。钟铭苦着脸说："我真是世界上最惨最惨的丈夫了，可怜可怜我吧！"

每周六，钟铭带雨嘉到她从来没有去过的秋季农夫市场，诱人的苹果、桃子、草莓、樱桃都那么新鲜，那么漂亮，一排排农夫自家种的新鲜蔬菜，让人看了都神清气爽。而且有时候一大篮子才要两美元！雨嘉高兴地买啊买啊，把家里的冰箱塞得严丝合缝，然后两个人回家对着菜谱，一起做菜煮饭，饭后一人一个书桌，做作业写论文。繁忙的学业仍然让雨嘉喘不过气来，但是，她有了这个小家，有了钟铭，就一切都是那么美好。

又一个周末他们到农夫市场的时候，碰到了燕妮陆克俭带着鹏鹏也来了。雨嘉一看，是陆克俭在开车。钟铭过去打招呼："克俭，拿驾照了？"陆克俭笑着说："是啊，不吃不睡两个星期，把那驾照笔试的英文给攻下来了，这下好了，燕妮不用那么辛苦了。你们还不知道吧，我们马上要生老二了！"

雨嘉一下抱住燕妮："燕妮！真的？太好了！"雨嘉真心为燕妮高兴，不但是为她的新胎儿，而且为了这个胎儿给陆克俭带来的变化。大家都知道陆克俭和燕妮别着劲儿，现在看到他们这样和美，陆克俭开朗了许多，也能尝试着融入美国的生活了，雨嘉和钟铭都特别高兴。

"但愿燕妮这算是熬出头了吧。"钟铭说。

雨嘉想起来："我给燕妮的新 baby 买点礼物吧，给鹏鹏也买个礼物，要当小哥哥了。"然后雨嘉突然又说："唉，我现在是不是太能花钱了？"

"你还能花钱？我就没见过你这么省的。你得上个花钱培训班才行。"钟铭说。

雨嘉和钟铭把各自所有的钱都放在一起，开了一个联合账户，两个人的工资和奖学金收入也都每两周自动打到这个账户里。雨嘉说："你是学金融的，本宫封你为金融大臣，全是你管吧。"钟铭说："遵旨谢恩。你明天跟我去公证一个 POA（Power of Attorney，授权委托书），这样我就可以管咱们两个人的账了。"

雨嘉说："什么是 POA？"

"就是你公证一份文件，表明我可以代替你在财务文件上签字。"

"哈！那不是把本宫的凤印交给你啦？"雨嘉说。

"我总得有个尚方宝剑才能威震四方啊。"钟铭说。

雨嘉第二天一早就跟钟铭去公证了一份 POA 文件。有了这个文件，钟铭全权管理财务，雨嘉从此乐得轻松，不闻不问了。

偶尔一次，雨嘉打开了银行寄来的本月账户明细，吓了一大跳。她知道钟铭的奖学金金额是一般博士生的两倍，但是也不至于这么邪乎啊，雨嘉难以置信地盯着那个陌生的、巨大的数字，不能相信自己的眼睛。钟铭不在家，雨嘉想问也问不到，就赶紧把前几个月的账户明细从文件柜里找出来，发现这几个月他们的账户余额真是跳着级地往上涨。

那天，钟铭跟雨嘉讲："我的小雨伞，小傻瓜，这钱是我从股市上赚的。我早告诉过你，钱不是省出来的，是挣出来的。不过话又说回来，咱们现在是属于原始积累阶段，这时候的每十块钱，以后都会是成百上千。人家说'搂钱的耙子，盛钱的匣子'，有了这两样，才能富足。咱俩正好，我当搂钱的耙子，你当盛钱的匣子，好不好？"

雨嘉说："那如果……耙子没齿儿，匣子没底儿，怎么办？"

钟铭大笑起来："我知道我有齿儿，你也有底儿，咱俩是黄金搭配。你放心，我一定让你过上好日子。"

又过了两周，马化鹏带着新婚妻子许月莹搬进了新北月楼，跟钟铭雨嘉是邻居。许月莹目光清澈，面容典雅，站在那里真是像一个清雅脱俗的画中人。她抿着嘴笑着，跟雨嘉和钟铭问好。钟铭拍了拍马化鹏肩膀："你小子福气不小啊！"

雨嘉说："月莹真漂亮，是个书香门第的大小姐！马化鹏你得好好宠着月莹！"

钟铭加上一句："得像我宠雨嘉一样，你得向我学习！"大家都笑了。

许月莹是一个在科大院子里长大的女孩，爸爸妈妈都是科大教授。她却从小喜欢文学，对科学不感兴趣。早在初中时期，她写的小小说就颇受老师的好评，到了高中，她的文笔更加隽永，思路更加精巧，文风更加洒脱。不幸的是，她以几分之差没有考上大学。父母也不舍得女儿离开自己，就安排她在科大做了一个小职员。

马化鹏在科大上研究生时，去过导师家，和许月莹见过面，但是两人彼此印象都很淡。这次他回国，又去看望导师，导师竟然把女儿介绍给了他。马化鹏一下就被许月莹迷住了，许月莹清丽脱俗，像一缕清风吹进马化鹏心里，两人在简单的交往后闪电结婚了。

接月莹来美国的那天，马化鹏特意买了一身新衣服，刮了脸，理了发，洗了澡（他平时嫌麻烦，不每天洗澡），又把自己的车里里外外清理了一遍，把猪窝一样脏的家打扫了一番，床单被罩也都换了新的。月莹张着好奇的大眼睛，略显疲惫地出现在机场出口的时候，她看到了马化鹏，轻轻一笑，马化鹏立刻魂飞天外，整个人都呆了。他不能相信，自己一个地地道道的农民，能娶这么一个画上走下来的人物似的大小姐。

最初的几夜，许月莹身体深处自己从来不知道存在的某种感觉被猛烈地触碰了，唤醒了。她好像一朵含苞的兰花，绽放开来，月莹的清雅气质中，从此平添了一份活力和馨香。她对马化鹏有一种仰望的爱恋。马化鹏对她，是一种捧在手里还不能相信的晕眩感，又是一种爱却不知怎么爱才好的不安。

沈燕妮和陆克俭的小女儿陆佳是在又一个暑假到来的时候出生的。这个散发着奶香的小婴儿，让陆克俭一下就有了上有老下有小的紧迫感。燕妮的父母身体不好，不能来照顾月子，把陆克俭的父母请来帮忙。这一下子，家里就有了老少三代六口人。燕妮的家是一个上下两层的公寓房，楼下是厨房餐厅和客厅，楼上有两间卧室。陆克俭和燕妮带着新生儿住一间卧室，公公婆婆带着鹏鹏住另一间。

六口人的生活支出，如果全部靠燕妮一个月一千美元的奖学金，就会捉襟见肘。陆克俭必须出去挣钱了。可是他做什么呢？他是F-2学生配偶签证，是没有工作许可的，如果去挣钱，只能到餐馆打黑工。看着可爱的一双儿女和年迈的父母，陆克俭咬咬牙到一家餐馆去当了帮厨工。

陆克俭打工的餐馆名叫粤香园。其实这家餐馆的菜也不是什么粤菜，而是糊弄美国人的美式中餐。陆克俭的任务是给大厨打下手。那个大厨是福建人，年轻的时候花了大价钱托人蛇把他偷渡到美国，在餐馆里像奴隶一样做工十几年，终于把人蛇的债务还清了，也申请到了政治避难绿卡，把十几年没见面的老婆和从出生就没见过面的儿子移民过来了。这样混了大半辈子餐馆后厨的人，那干活的利索和强度根本就不是陆克俭一个知识分子能比的，而且这个大厨的脾气也是陆克俭没见过的。

每当陆克俭抓菜码数量不对或者递盘子手慢的时候，大厨就大声吼："活该饿死你啊！你这样蠢的怎么活到今天？"有时看到陆克俭切胡萝卜或者切洋葱，大厨就一肩膀把他拱到一边，自己拿起大刀，用陆克俭目瞪口呆的速度和让他眼花缭乱的刀法，刷刷刷地顷刻间切出半个案板的胡萝卜洋葱，然后大喝一声："磨蹭什么！照这个样子切！你要是打工还债，早就腿都被打断了！"陆克俭稍微跟那个大厨理论一下，大厨就瞪起眼睛吼："还不服气吗？有本事别做，到前边端盘子挣小费去，有空调，有音乐，还有前台的妞陪着，你不是跟我一样不会英文吗？就老老实实在这里做！"陆克俭气得哐当一下扔下菜刀，扭头就找老板辞工去了。

就这样，陆克俭接连换了几家餐馆，每一家都打工不到两周就受不了了。燕妮在家里小心地哄着陆克俭："没事没事，不想干这家，就换下家呗，餐馆有的是。原来雨嘉也在餐馆打工，听说也是天天挨老板骂。她说不理他们，不往心里去，就当歌儿听。"

可是燕妮也知道，陆克俭打餐馆跟雨嘉打餐馆完全不是一回事，雨嘉心里有盼望，知道自己在餐馆打工是暂时的，而陆克俭一眼望不到头，看不到自己的出路。

一天，当一家老少六口人坐在一起吃饭的时候，燕妮手里抱着几个月的陆佳，腾不出手来，就说："克俭，你帮我把鹏鹏的鸡蛋羹端过来吧。"陆克俭本来端起了鸡蛋羹，但是他转身之际突然停顿了一下，然后啪的一声，把鸡蛋羹狠狠摔在了地上："我在外边伺候人，家里还要被你呼来喝去当仆人使唤吗？在家里你还要我端盘子伺候人吗？"

燕妮一边搂着吓哭了的两个孩子，一边说："克俭！你干吗发这么大脾气？我不也是整天累死累活？让你给孩子端个碗就不行了？这不是你亲儿子吗？"

克俭爸和克俭妈赶紧站起来收拾碎碗碴，哄孩子，一边跟陆克俭说："儿子，爹妈知道你心里憋屈，知道你不爱来美国，谁愿意呀，你以为我们愿意在这儿？咱们一家这不没办法吗？"然后克俭妈侧过头来，冲着燕妮的方向，沉着脸说："安分的日子不过，让一家子跟着遭罪！我们克俭从小人见人夸，研究所内外就没见过这么聪明的孩子！研究员里就数他年轻！现在倒好，落得这步田地！"克俭爸也大声地叹了一口气，脸色无比难看。

燕妮抱着大哭的女儿，眼泪在眼睛里打转，被噎得说不出话来。陆鹏带着哭声说："我不吃鸡蛋羹了，我再也不吃鸡蛋羹了……"

陆克俭餐馆打工的钱拿回来之后，燕妮赶紧给他买了一身新衣服，给公公婆婆也买了鱼油等补养品，换来的仍然是唉声叹气。原来神采飞扬的燕妮，几个月间就变得沉默忧郁。思聪、可欣和雨嘉结伴来看燕妮，也没有得到陆克俭和他父母的什么好脸色。燕妮充满歉意地说："谢谢你们来看我，下次我约你们一起出去玩。"是啊，在这个家，她已经成了罪魁祸首。在公婆面前，不管她如何辛苦，如何付出，也抵不了她毁了他们儿子前程的罪。

思聪、可欣和雨嘉从燕妮家出来，思聪说："我看燕妮别让陆克俭去打工了，挣的钱还不够抚平他和他爸妈的脆弱小心灵的呢！"可欣说："不让他去打工也不行啊，他觉得他大男人不挣钱，没法过呢。燕妮真是左右不是人，怎么着都不行了！"

雨嘉说："陆克俭怎么这样啊？就好好学英文呗，有什么难的？他妈不是说他聪明绝顶，是旷世奇才吗？那还怕什么英文，连希腊文一块儿学了也没问题啊。"

可欣说："雨嘉你还小，你不知道，男人受不了你比他强。"

"Mark 就受得了，不但受得了，还特别为我骄傲。他就本科毕业，可是到处跟人炫耀找了个博士，美得什么似的。"思聪说。

"我指的是中国男人，无一例外，都受不了女的比他强。"可欣补充道。

回家后，雨嘉开玩笑地问钟铭："如果有一天，我比你赚钱赚得多，比你懂得还多，我养着你，你还什么事情都需要向我请教，你会不高兴吗？"

钟铭抱住雨嘉哈哈大笑："哎哟我的小雨伞，来，快让我好好亲亲。"

雨嘉推开他说："我怎么觉得你像是会不高兴的啊？"

钟铭说："好，以后你比我赚钱赚得多，比我懂得多，我向你学习，向你致敬。我就四体不勤五谷不分，在家享清福，怎么会不高兴啊？再说了，你再有本事，开车不还得找我吗？"

他说的这个是真的，雨嘉再怎么聪明，也是个彻头彻尾的路痴。钟铭已经教会了雨嘉开车，但是雨嘉一到路口需要决定往左转还是往右转的时候,就会犹豫再三,然后准确无误地选择那个错误的方向,没有一次例外。而且雨嘉一旦开错了路,是绝对找不到家的,好几次哭着给钟铭打电话,钟铭只好开别人的车去接她。钟铭说:"两个方向二选一,这么多次,你就是撞大运也撞上一次对的方向吧?次次错,也真是天才。这条路我不是带你来过好几次吗?"

"你是晚上带我来的,白天看起来不一样了。"雨嘉说。钟铭简直哭笑不得。

有时候钟铭开车开多了也会疲劳,雨嘉就说:"我最喜欢你握着方向盘开车时候的样子,特别男人。"钟铭一听,从此就二话不说,无怨无悔地当司机。雨嘉也就被照顾得更加路痴。

"好吧,算你说对了,我再有本事,开车还是要找你的。"雨嘉说。

11 护理学院

钟铭、于思聪、杨劲松、姜同凯、马化鹏都已经出色地完成了第三年博士学位的各种课程和项目。沈燕妮也顺利通过第二年末的博士生资格考试,进入第三年博士学习。李可欣在社会学系读了一年硕士之后,觉得这个专业没有前途,在杨劲松的建议下,转行去学计算机硕士了,现在已经完成了计算机硕士第一年的课程。

大家都惊诧于可欣的文理科一百八十度大转弯。可欣说:"那算什么?现在信息革命,计算机专业特别热门,我温哥华的朋友跟我说,他们那里排球运动员都去学计算机了!我总不至于连排球运动员都学不过吧?还有劲松帮我呢。"

雨嘉说:"那杨劲松你既然这么推崇学计算机,你自己也要转到计算机系吗?"

"我不转,"杨劲松说,"再好的事情也不能把所有的鸡蛋都放到一个篮子里。我们俩人得在不同行业,才能东边不亮西边亮啊。"

钟铭赞叹说:"你俩真是无师自通的投资高手啊,你们现在是 asset rebalance(资产重新平衡),还有 diversification(投资多样化),

肯定成功！"

雨嘉以全 A 的成绩完成了前两年本科学习，并顺利地被护理学院录取，开始上大学三年级了。雨嘉在大学前两年的好朋友 Jason 和 Nina 也被护理学院录取了。

开学后雨嘉发现护理学院的同学真是非常多样化，有火辣的吸引眼球的美女，也有淳朴的土生土长的美国中西部姑娘，有雄心勃勃以后要成就一番事业的年轻人，也有独自抚养三个孩子只想过普通人日子的单身妈妈，有受过残忍虐待的妇女，也有同性恋的男生，有打工挣钱交学费的同学，也有不愿显露家境的富家子女。护理学院的一百位同学，是一个小小的社会，像一个多棱镜，太阳照过来，就显出了自己不同的色彩。

雨嘉觉得护理专业非常有挑战性和趣味性。人体结构课让她看到上帝造人的奇妙；世界护理史让她学到护理专业和前辈护士们对人类健康的贡献；临床诊断课让她学会体验患者，走近患者；各个专科护理课又让她在医学面前完全谦卑和敬仰。

雨嘉非常喜欢的是，护理学院不但教授"硬件"专科知识，而且注重"软件"。学院的人际交流课程，从如何见面打招呼、如何握手、如何眼睛看着对方教起，到进一步如何聆听、如何让对方知道自己理解了他说的话，进一步到如何表达自己、如何表达正面情绪和负面情绪、如何做演讲。这是雨嘉最喜欢的一门课程。

雨嘉同样很喜欢并且很挣扎的课程是医学伦理课（Ethics），各种问题挑战着她从中国建立起来的道德底线：堕胎问题，胚胎到底是不是生命，多大的胚胎算生命？器官移植和捐献是否应该有偿？医疗设备紧急缺乏的情况下，救死扶伤是不是就有了先后顺序？先救小孩还是先救老人，先救杀人犯还是先救平常人，该不该有顺序？干细胞（Stem Cell）研究是否应该提倡，人类克隆是否有伦理问题？一个酗酒吸毒的孕妇是否应该被强制收留戒酒戒毒，直到孩子出生为止，母亲的权利和胚胎的权利如何平衡？为什么提倡强制孕妇戒毒戒酒的人（貌似关心胎儿权益）却往往支持自由堕胎？用精子库的捐献精子人工授精而生出来的孩子，是否应该进入数据库，以防成人后在不知情的情况下和自己同父异母兄弟姐妹结婚？如何看待安乐死？主动安乐死，被动安乐死，家属要求安乐死，如何处理？一个一个复杂的伦理主题让雨嘉重新认识自己的伦理道德系统，重新认识自己和造物主之间的关系。

雨嘉非常庆幸自己选择了护理医学这个专业，这不仅仅是一个知识性的专业，还是人文、社会、道德、伦理、心理、医学、药学融合在一起的学科，是让她谦卑敬仰的学科，也是让她迅速成长的学科。

从大三开始，雨嘉和同学们一人胸前挂一个小牌子，到大学医院去实习了。这所大学的附属大医院是全美最受尊敬的医疗中心之一，有两千个病房，两千多位医护人员，囊括各个主要医科，一年接待将近45万人次的患者，在器官移植、骨髓移植等领域享有盛望。

护理专业的两年实习是以三个月为单位，各个科室的住院处和外诊部流动实习，一科三个月，其中包括内科、外科、儿科、妇产科、手术室、心理治疗中心、特护中心、老年中心和社区医疗中心。

雨嘉被分在早班实习，早晨六点半要穿戴整齐，到医院报道，听病例，读夜间的医护记录，然后七点进病房，直到中午十二点，中间有一刻钟休息。下午是专业课，一般到下午四点半，紧接着写报告，做作业。然后晚上八点到夜里十二点在医院前台工作。雨嘉累得早晨实习像踩棉花一样，实习带队老师看她那个样子，一直盯着她，帮她核对药物剂量，生怕出差错。

　　让雨嘉印象最深的实习是第一次进手术室。刚刚上来的学生什么也不能做，就是旁观。那天是心脏搭桥手术，雨嘉真是一辈子也忘不了患者胸腔被打开的那一幕，她险些晕倒！主刀医生竟然一边大力把胸骨打开，一边和麻醉师笑谈昨晚的球赛！患者心脏在麻醉情况下还是跳动的，而手术必须在心脏静止的情况下进行，所以需要用降温的方法使心脏停搏，雨嘉还没有反应过来，主刀医生就对一个男护士点了一下头，那个男护士哗啦一下就把一桶无菌冰块倒进了患者的胸腔。主刀医生一边用手拨拉拨拉冰块，一边说："玛莎，能不能换个音乐，这个曲子听太多遍了。"外围护士玛莎就去换 CD 了。

　　雨嘉目瞪口呆！这是大活人，是一条人命在他们手里啊！但是她很快就明白了，这样的医生才是高手，一个皱着眉头无暇旁顾的医生反倒让人担心。后来护士告诉雨嘉，这位医生对手术室的音乐有严格要求，不能太平缓，让他犯困，不能太激烈，给他分神，不能节奏太强，让他的手术动作不流畅，所有音乐都是他自己精心选出来的。雨嘉看着手术室医生和护士们明确的分工，严格的无菌操作，无言的默契，紧凑的节奏，对他们真是佩服不已！

　　在儿科，大部分孩子都是父母的心肝宝贝，但雨嘉也遇到了被遗弃的儿童和受虐待的儿童，作为护士，对这样的儿童不但要医务护理，还要在警方、社工（social worker）、医生和院方之间起到桥梁和协调的作用。

在妇产科，没有生过孩子的雨嘉第一次目睹新生命诞生的奇妙，她和新爸爸妈妈一起落泪了。雨嘉想，还是妇产科好，都是欣喜，没有别的科那么伤心。谁想到，立刻就来了一个无家可归的孕妇，她是一个卖淫者、酗酒者和吸毒者，她不知道自己怀了孕，更不知道孩子的父亲是谁，她的血液酒精量是 0.23，临近休克边缘，她的尿检里还验出毒品。那个可怜的胎儿，很可能生下来就会有残疾。雨嘉真佩服美国护士们对这个孕妇的爱心和耐心，她们没有对她显示任何的不尊重和不耐烦。

在老年中心，雨嘉看到人生尽头的凄凉和许多美国老人内心的强大。他们佝偻的身躯和苍老的面容不能掩盖他们的智慧、独立、豁达和爱心。他们不顾影自怜，不怨天尤人，他们面对一切，接受一切。雨嘉有时坐下和他们聊聊天，他们问中国是什么样的，告诉雨嘉永远要以自己的中国血统为自豪，告诉她要爱人爱神，要信上帝，要爱孩子，不要只顾事业。往往几分钟的谈话，他们就要把自己一生的智慧都告诉她。

在重症监护中心，雨嘉看到美国的医护人员是如何尊重和照顾全无知觉的病人的。领班护士告诉雨嘉，即使是植物人，你进门一定要问好，做每一项护理前一定要和病人讲你即将做什么，要和他们聊天，要告诉他们今天天气如何，告诉他们今天是几月几日，对待他们，要像对待自己躺在他们的位置上一样。雨嘉留心观察，真的是每一个特护护士都是这样做的，无一例外！

在社区中心，雨嘉接触到一些艾滋病患者，并和领班护士一起，为他们提供家庭护理服务。雨嘉基本没有一个人离开过校园，这回第一次开车进入贫民区，看着街上吓人的膀大腰圆的壮汉木然地盯着她。雨嘉胆战心惊敲开一家门铃都不响的破房子的门,一股霉烂的味道扑鼻而来,一张黝黑的脸敌意地看着她:"What do you want?!"雨嘉真想扭头就跑。但她没有跑,她说我是护士,来看你。那人一句话不说扭头进了屋。雨嘉不知下了多大的决心才迈进门槛,她不敢关门,不敢坐在靠里边的椅子上,就在门边坐下了。后来雨嘉熟悉了这个患者,他是一个退役军人,靠微薄的津贴生活,不幸染上艾滋病,已经是晚期了。雨嘉每次来给他带一些甜点,和他说一会儿话,而不是放下药就走,后来他总说:"Chinese people are so nice.(中国人真好。)"

护理实习是雨嘉终生难忘的经历,她看到病痛,看到医治,看到医护人员的敬业,看到患者的需求,也看到了人在神面前的渺小。雨嘉从害怕和艾滋病人同桌而坐,到能够握着他们的手体会他们的孤独和绝望;从不理解受虐待而不离开虐待者的妇女,到和她们拥抱落泪;从嫌老人味道不好闻,到能够在他们生命最后一刻为他们清洁身体;这样的经历和成长是雨嘉一生的财富。

这些经历和感触,雨嘉总是一到家就想和钟铭说。但是钟铭的反应总是很担心和无奈。他总说:"宝贝啊,你怎么选了这么个专业?你出危险怎么办啊?传染病怎么办?你不怕脏不怕累吗?我真是再也不想让你去那些鬼地方了,我想起来都睡不着觉,你知道吗?"

钟铭在这两年里,除了修课,做博士论文之外,越来越多地在研究股票。美国信息革命的巨大潜力在他心里种下了淘金梦的种子,他敏锐地感觉到,这一波浪潮,将把美国的财富重新洗牌,将创造出一批年轻的新富阶层。而能够在这个时候乘风破浪的人,将是新的赢家。

凭着他对市场的敏锐感觉和科学的评估，钟铭在去年用自己的奖学金积蓄在美国股票市场试水成功，正准备今年稳扎稳打再接再厉的时候，他发现股票市场突然好像疯了。他学的金融理论完全不能解释一路狂飙的股票市场，他的理性思维也不能解释为什么有些要资金没资金要营业额没营业额的小公司一上市就涨爆了，而且完全停不下来。就他的分析，有些公司完全处于泡沫状态，随时会崩破，但是他们的泡泡却越来越大。钟铭的胆子逐渐大了起来，瞅准机会快进快出，资金快速周转。钟铭发现，投资股票市场对他来说，实在是太对路了。他喜欢这种心跳，这种挑战，这种中原逐鹿，瞬间输赢的感觉。

雨嘉完全不管家里的财务，全交在钟铭手里，她问都不问。有时钟铭看着熟睡的雨嘉，想着如果她知道自己赚了多少钱，会是个什么惊诧的可爱的表情，钟铭忍不住笑起来。雨嘉对自己完全的信任、依靠和交托，让他每当看到她不谙世事却又无比上进努力的小样子，心里就温柔得像一汪水。可是一想起自己捧在手心，年仅二十一岁的妻子，每天心甘情愿地早出晚归，在医院里给人端屎端尿，打点滴处理伤口，钟铭就觉得无比抓狂。

在护理学院上学，不但开阔了雨嘉的视野和心胸，培养了她的爱心和包容，也让她第一次近距离地体会了美国版的人间烟火。刚刚二十一岁的雨嘉，感情经历简单，几乎是还未成年，直接撞上钟铭就结婚了，对感情和婚姻的认识简直就是一张白纸，但是护理学院的同学们，很快就开始在这张白纸上涂鸦了。

先是冒大不韪嫁了黑人丈夫的白人同学戴安娜，生了一个混血儿之后，黑人丈夫终究因为心里过不了种族这个坎儿，无论戴安娜怎么对他好，都无可挽回地跟一个黑人女孩走了。然后是被丈夫打得满脸是伤的朱迪，在经过长时间的医治和调解之后，竟然决定原谅丈夫，继续跟他生活下去。还有好友 Jason 在同性恋圈子里无数的感情挫折。再加上雨嘉眼看着燕妮在家里受的气，真是目不暇接。

然而，这些都比不过雨嘉的犹太裔闺蜜 Nina 的故事。雨嘉觉得，自己就像一个刚刚拿了驾照什么都不怕的年轻人接连在高速公路上看到几起交通事故一样，婚姻这一潭她小小年纪就闭着眼睛跳进去的水，真的好深好深。

Nina 是一个美貌超群、聪明绝顶却没有任何逻辑思维的犹太女孩，奇怪的是，痛恨数学的她，竟然嫁给了年龄是她两倍，大学数学系最年轻的正教授 Rene。雨嘉一直以为 Rene 一定是玉树临风的无敌才俊，才得以俘获了 Nina 的芳心。但是有一次雨嘉和 Nina 碰到马化鹏跟一个个子中等、头发半秃、身材微胖的人走过来，那个人过来亲吻了 Nina，还热情地嘱咐她早点回家。Nina 不好意思地跟雨嘉说："那是我丈夫。"雨嘉实在忍不住了，问道："你这么痛恨数学，为什么嫁给一个数学教授？"

然后，雨嘉就认识了一个奇异的 Nina。Nina 出生于乌兹别克斯坦，父亲在她很小的时候就抛弃了她们母女三人。母亲并没有多少收入。Nina 和妹妹经常没有好衣服穿，没有肉吃，唯一的肉食是在牛骨头减价时，妈妈把牛骨买回来煮汤。

十六岁的 Nina 已经美丽超群，然而她的美丽带来的竟然是麻烦。当地不良青年不断骚扰她，全家不能安心生活，整夜担心安全。妈妈决定带两个女儿离开那个社会环境，移民以色列。在以色列，Nina 读完了高中，就失学了。妈妈没有力量送她上大学。受过高等教育的妈妈以泪洗面,她多么希望自己的女儿能上大学啊!

这时,有一个以色列富人盯上了十八岁美丽的 Nina,以资助她上大学来引诱她做他的情妇。Nina 高中的小男朋友也莫明其妙受到不认识的人的威胁和骚扰。正在不可开交之际,她在报纸上看到了一则征婚广告——"美国数学教授,犹太裔,三十六岁,征犹太女郎为妻……"Nina 说:"比给人做情妇强,起码是合法结婚的,还能去美国,说不定能给妈妈和妹妹闯条路。"就这样,Nina 嫁给了年龄是她两倍的 Rene。

Nina 问雨嘉:"你觉得我是个很俗气很坏的人吗?"

雨嘉说:"我觉得你是很勇敢很聪明的人。我希望你和 Rene 是幸福的。"

一天晚上,钟铭和雨嘉正在家里看书,敲门声响起,钟铭开了门一看,竟然是 Nina 背着一个大包站在门口。雨嘉赶紧迎上来,把脸色不对劲的她拉进来。

Nina 一下坐到沙发上,沉顿了一会儿说:"Rene 要跟我离婚。他把我赶出来了,我今天是没有地方去了,才来你这儿。"

雨嘉简直不能相信自己的耳朵。大老远娶了这么一位年轻漂亮的太太,要离婚也应该是女方想离啊,怎么男方先折腾啊?原来是 Rene 年龄大了,一结婚就想要孩子,也想用孩子把年轻太太的心拴住。但毕竟是搞数学的,不会先俘虏芳心,再提出要求,于是一结婚就直接说——咱们立刻生孩子,否则我在你绿卡转成永久绿卡之前跟你离婚,让你回以色列去!

那时 Nina 年龄小,只有十九岁,并不想要孩子,而且跟 Rene 过下去的决心不大,更不敢要孩子,于是就用尽各种软硬兼施的手段,让 Rene 同意第一年先二人世界，第二年再要小孩。Rene 想，反正永久绿卡需要两年，料你也跑不了，就同意缓期一年。

第二年初，护理学院打乙肝疫苗。其实是自愿打的，而且学院声明凡是有可能怀孕和期待半年内怀孕的人都不要打。Nina 一听，第一个跳起来打了疫苗。Rene 听说打了疫苗半年不宜怀孕，大为光火，Nina 佯装不知情，哭哭啼啼，楚楚可怜。Rene 也没了脾气，只好又等了半年。

结婚第二年下半年，Rene 说什么也不等了，要 Nina 立刻怀孕。Nina 没办法，只好偷偷到妇科医生那里要避孕药，自己偷偷吃。Rene 也不是傻子，人家是数学家，什么东西研究得透透的，怎么算排卵期，什么时候最佳受孕都门儿清。几个月 Nina 没怀孕，Rene 自己到诊所做了精子检查，结果一切正常，就怀疑到 Nina 头上。把 Nina 的抽屉柜子包包都搜查一清，幸亏她平时把避孕药放在学校的壁橱里，周末只带两片回家，而且 Rene 搜查的时候是周日晚上，她已经把两片避孕药都吃完了。

什么也没搜着，Rene 要求 Nina 去看妇科医生，并且他自己要跟着去。Nina 今天推明天，明天推后天，终于推不过了，自己先找医生哭了一番，说明情况，然后带 Rene 来到诊所。那医生胡编乱造满嘴跑火车说你们没怀孕是正常的，应该再试半年再说。Rene 咬牙切齿拉着 Nina 回了家。回家后自己查医典，查资料，又把那医生骂个狗血喷头。

终于熬到了两年头上，Nina 软磨硬泡，让 Rene 给自己换永久绿卡。Rene 不是吃素的，说 Nina 要答应做全面深入的妇科检查，才给换永久绿卡。Nina 只好答应，Rene 亲自给选了医生，定了时间，才带她去了绿卡面试。Nina 发动自己在以色列的妈妈来电说突发重病,急需 Nina 回以色列。Rene 无计可施,只好放行。

从以色列回来,Nina 的永久绿卡拿到了,也摊牌了,说自己怕疼,不想做侵入性的检查。Rene 一会儿暴跳如雷,一会儿软磨硬泡,Nina 就是不同意。僵持一周,Rene 终于把身无分文的 Nina 赶出家门。

雨嘉和钟铭目瞪口呆看着沙发上的 Nina,雨嘉说:"那你怎么办呢?"

Nina 哭着说:"我也不知道。"

钟铭说:"即使离婚 Rene 也不能让你身无分文啊。你需要找律师吗?要不要我帮你找个律师?"

Nina 说:"他是数学家,你以为他会留下什么模棱两可的事吗?他跟我结婚前签了协议,如果没有孩子离婚,他只给我 6000 美元,多一分都没有。"

天哪!6000 美元?Nina 要生活,要交后面的学费,6000 够干什么的?接下来的几天,雨嘉和钟铭带着 Nina 跑遍了校园和周围地区,给 Nina 找了最便宜的房子,又跑遍了学校各个办公室给 Nina 申请经济资助。每到一个办公室,人家看看电脑后都说:"她是教授配偶,免学费的,为什么要资助?"Nina 不得不一个一个办公室解释说她要离婚了。几栋楼解释下来,Nina 简直要崩溃了。当时她们正好在数学系楼对面,Nina 抱着雨嘉大哭起来。

Nina 搬家的那天,雨嘉又一次见到了 Rene。三十八岁的 Rene,显得很苍老,很无奈,他像一个犹太老头一样,默默地看着 Nina,也没有一句话。搬家的车走了之后,Nina 要坐雨嘉和钟铭的车走,Rene 追出来,手里拿着 Nina 落下的一双鞋,Nina 也不接,雨嘉替她接下来说："谢谢你 Rene，保重。"他说："谢谢你帮 Nina。"他们刚要走，Rene 又追出来，说你们回来一下，还有东西，你们进来坐吧。雨嘉第一次进了 Rene 的家，真是个数学家的家，整面墙都是硕大精致的书架，放满精装的像砖头一样的书。家具简洁高档，没有任何装饰。Rene 从卧室出来，手里拿白纸托着几个螺丝，对雨嘉说："Nina 带走一个柜子，这几个螺丝忘了，没有它们柜子装不起来的。"说完就仔仔细细把那几个螺丝包好，交给雨嘉。

雨嘉简直想喊出来，为什么你不能直接和 Nina 说，交给她？她说："Nina，Rene，你们可能需要几分钟，我在车里等。"雨嘉站起来走，Nina 站起来紧跟在她后边，雨嘉无奈回头，看到 Nina 的泪水和 Rene 无助的眼神。

夜晚，雨嘉心事重重地蜷缩在钟铭怀里。她说："我怎么觉得婚姻好复杂好复杂啊。"钟铭说："老外婚姻复杂，咱中国人没那么多事儿，你看咱周围，不都好好的？"

是啊，周围的这些中国留学生们，虽然燕妮和陆克俭矛盾重重，但至少还没有谁打老婆、离婚的。可是雨嘉突然想起来了：黎姐！不知道黎姐怎么样了，她的宝宝有多大了？她还和那个打过她、欺骗过她的周文轩在一起吗？

12 毕业季

马化鹏的新婚太太许月莹和住在新枫园的李可欣很快成了好朋友,她俩有共同的厨艺爱好,也同是在任何境况下都能把生活过得精致的女人。留学生微薄的奖学金,到了她们手里都变成了有滋有味的日子。每到长周末或者大考结束,到马化鹏许月莹家,或者到杨劲松李可欣家大吃一顿,已经成了北月枫园所有人的固定节目。

圣诞季节,美国中西部白雪覆盖,苍茫的白雪中,错落有致地点缀着一家家闪着晶莹的圣诞灯的房子,如同童话世界一般。在大学城,也到处是圣诞装饰,送匆匆忙忙结束考试的学子们离校回家。而中国留学生们,没有父母亲人的家可以回,在这样的季节,他们只有彼此。今年圣诞夜的节目是到马化鹏许月莹家吃饭,并且大家商量好要通宵打牌。

可欣早就到了许月莹家帮厨,她带来的四川冷拼盘里有麻辣牛筋、夫妻肺片、五香牛肉和泡椒凤爪。四样凉菜中间有漂亮的萝卜花掩映在翠绿的生菜里。那一大盘真是让人看了就心情大好,食欲大开。可是马化鹏说:"中间放这么多菜叶子干什么?还不如多装点肉呢,刻这花多可惜,都是好的脆萝卜,刻下来的边角料是不是就扔了?一个大萝卜就剩这么两朵花?浪费!"

许月莹说:"化鹏你去看会儿书吧,我俩忙活就行了。"

月莹的父母是湖南人,她从小学得一手好湘菜。今天准备做大盘花菜、辣椒炒肉、湘味小茄子、红烧肉和粉蒸排骨,可欣也准备做麻辣香锅和蒜蓉豆苗。马化鹏一边往里屋走,一边嘱咐:"多放肉,大宽粉条子多做点。用大碗,别摆那些花里胡哨的盘子,看着我就吃不饱。"

可欣偷偷直笑,月莹也冲她挤挤眼:"他就这样,特别实惠,恨不得每天都用长征时期的粗瓷大海碗。上次我在旧货摊上买了个风铃,回来简直把他气死了,说没用,吵得慌。特别好听特别漂亮的风铃!可他就说我乱花钱。"

可欣说:"这点钱算什么?马化鹏数学系助教挣得不少啊。"

"他弟弟盖房娶媳妇,他把积蓄都给弟弟寄去了。"月莹说。

杨劲松、姜同凯一起进了门,俩人冲到桌前就抓吃的,被可欣和月莹轰到里屋跟马化鹏待着去了。钟铭和雨嘉端着两大盘菜也走了进来,思聪和 Mark 也到了。大家都说,就差燕妮和陆克俭一家,就可以开饭啦!

可是怎么等燕妮都不到,打电话过去,燕妮说:"你们先开吃,我过一会儿就到。"大家都有点面面相觑,知道燕妮家老老小小,其实是请他们一家六口都过来的,但是燕妮不好意思让人家请自己一个就等于请了六口人。

雨嘉到底有点沉不住气,问可欣:"可欣你跟她邻居,你看着陆克俭最近怎么样啊?"可欣叹口气说:"唉,还能怎么样?燕妮左右都得哄着他呗。"钟铭从鼻子里哼了一声,大家都不说话了。

这时敲门声响了,大家一齐说:"燕妮来了!"可欣跳起来去开门。门外站的却是一个金发碧眼的美国姑娘,她用柔和的声音问:"非常抱歉,请问 Kevin 在这里吗?"可欣没反应过来她找谁,以为是找错门的,就说:"抱歉没这个人。"那女孩往屋里看了一下,对着屋里叫:"Kevin..."

姜同凯猛一回头,傻在那里,然后一步冲到门口:"Kate, what are you doing here?(Kate,你怎么来了?)"

那个叫 Kate 的女孩碧蓝的眼睛突然充满泪水:"I don't know. I don't know why I'm here. I left the Christmas dinner at my house. I couldn't take it anymore. I came to find you.(我不知道,我也不知道我怎么来了。我离开了我家的圣诞餐桌,我实在受不了了,我来找你。)"

姜同凯伸出手臂似乎要抱住那个女孩,但是他突然反应过来身后有那么多双眼睛在看着他,他犹豫了。思聪赶紧走过去把那个女孩请进屋:"Come in, please. Come have dinner with us. Kevin, get her a comfortable chair next to you.(进来吧,跟我们一起吃饭吧,Kevin,在你旁边给她放一把舒服的椅子。)"

姜同凯介绍,这个叫 Kate 的女孩是跟姜同凯在一个楼上课的本科生。大家都招呼 Kate。雨嘉把桌上的菜一样一样给她讲解,许月莹用公筷精心地挑了一盘不太辣的菜,放在 Kate 面前。姜同凯给 Kate 递上刀叉餐巾纸和饮料。Kate 笑着说:"Thank you, Kevin, Thank you, everyone. Sorry to crash your party like this.(谢谢 Kevin,谢谢你们,抱歉我不请自到。)"

"I'm glad you are here.（我很高兴你来了。）"姜同凯说着，轻轻把 Kate 垂下来的一缕金发帮她放到耳后。

钟铭雨嘉和所有其他人都意味深长地面面相觑，掩饰不住的笑意。姜同凯是在两个月前认识 Kate 的。开始的时候就是姜同凯在机房偶然帮 Kate 解决了一个小问题，Kate 说："Kevin，你真是天才。"后来两个人就出去吃汉堡，吃过之后聊得投机，就一起去打保龄球，一来二去两人就开始频繁约会了。Kate 的父亲有一次来学校，正撞上她和姜同凯勾肩搭背地在校园里走路，Kate 爸爸当场就急了，把她捉回了家。两人在 Kate 父亲的反对和监视下，见面少了很多。谁知道今天 Kate 竟然在家里圣诞夜晚餐时，因为提起姜同凯，跟父亲闹翻了，摔门而去，在圣诞夜找到这里来！

本来大家还担心来了一个生人，还不会中文，她会拘束。但是 Kate 竟然十分随和，吃着笑着听着，连鸡爪子都啃了几只。Mark 简直像找到了同类，紧着跟 Kate 聊天，嘚瑟着他的半吊子中餐知识介绍桌上的菜，赞美中国美食。思聪跟可欣说："你瞧，他又犯二了，人家姜同凯都插不上话了。"

这时，燕妮带着儿子鹏鹏来了。燕妮对大家说："圣诞快乐！今天克俭他妈肚子不舒服，又怕冻着佳佳，所以他们都不过来了，就我和鹏鹏来凑热闹。"雨嘉看得出来燕妮的笑有点勉强，鹏鹏也沉着脸。这个孩子大概五六岁的年纪，穿着鼓鼓囊囊的奇怪的棉袄，外边罩着一层说不上男孩还是女孩样式的带金边儿的褂子，胸前还用曲别针别着一条粉底翠花的手绢，打扮十分滑稽。

大家赶紧热热闹闹地招呼他们入座。鹏鹏在上次雨嘉和钟铭婚宴的时候见过大家，当时大大方方的孩子，不知是现在不记得大家了还是怎么的，谁都不理，就一头扎在妈妈怀里，不说话不吃东西，也不把脸转过来看看别人。燕妮越叫他跟大家打招呼他的头埋得越深。

Kate 和 Mark 不懂中文，加入不了这边的聊天，一看来了个小孩，如获至宝，纷纷问他叫什么名字，是否给圣诞老人写信了，希望今晚圣诞老人给他带来什么礼物？鹏鹏只是摇头，一言不发。燕妮吃了些东西，也没怎么跟大家聊天，就匆匆地说要走了。

雨嘉和另外几个女生都跟她走到门外楼道里，大家围着她问："燕妮，你还好吗？"

"好啊，好啊，有什么不好的？你们赶紧进去吧，不是还要打牌呢吗？"燕妮说，然后匆匆就走了。几个女生看着她消失在楼梯口，思聪说："咱一块儿给鹏鹏买几身衣服吧，燕妮该不会让鹏鹏穿成这样上学前班吧？"

牌桌上，马化鹏、钟铭、姜同凯、杨劲松这四个人，简直就是闪电速度的思维和逆天的记忆力，人说打牌最高境界不是算牌算得准，而是根本不用算牌，全盘都在脑子里。他们四个人，经常是刚刚把牌抓好了，亮了主牌，然后才出了两三圈，就一齐把牌扔下，输赢已经达成共识。他们打牌，简直就是一个抓牌和扔牌的过程。他们嘴里说的话，跳跃性之强，脑筋急转弯之快，谁也听不懂他们说的是什么。Mark 和 Kate 在观战，早都看晕了，不住地问："你们打的是什么牌？什么规则啊？怎么抓起来就扔，就能知道输赢呢？"

女生们加进来参战，开始的时候男女混合两队对垒。后来发现这样不行，每一局打下来，家家的老公都在教训太太出牌出得不对，破了好局。然后干脆四个男生一队,四个女生一队,Mark 和 Kate 观战。这下倒是夫妻互相不抱怨了,可是这四个男生把几个女生给耍得滴溜转,经常是一个女生一张牌出来,四个男人就拍着桌子大笑。女生们也不知道他们笑什么呢,每人狠搡自己的老公。

最后这四个坏蛋简直就不是在打牌了,而是相声里说的"逗,你,玩儿",故意出偏牌怪牌,时而让女生们挣些分数但是将将不够升级,时而又让她们一分不挣拿零蛋,专门看她们气急败坏的表情。

杨劲松笑得上不来气:"你们几个今天出错的牌,能编一本幽默集,还都是一般人想不到的千古绝唱!"

钟铭接茬道:"咱哥几个娶的都是 genius(天才)啊!"

Kate 说:"I don't know about anyone else, but I know Kevin is a genius.(我不知道别人,反正我知道 Kevin 是个天才。)"

那个圣诞夜,Kate 跟姜同凯来到了北月。姜同凯说:"我不想成为你和父母之间的矛盾,他们毕竟是你的父母啊。我还是送你回家吧。"Kate 却伏在姜同凯怀里说:"他们是我的父母,我爱他们,他们也爱我。但是我现在是成年人了,他们不能干涉我。我爱你,你是我不能想象的天才,我要和你在一起。"这一对异国情侣就这样走到一起了。

寒假一过,北月和枫园几乎所有人都进入了毕业季节,几年的苦读和穷学生生活,让他们增长了知识,开阔了眼界,适应了美国,也磨炼了坚忍不拔的意志。雨嘉在护理学院有着傲人的全 A 成绩,她现在在只有五个学生的荣誉毕业生小组,准备荣誉毕业论文。

美国大学本科阶段,有很多荣誉毕业生奖项,各个学校为了鼓励本科毕业生,也都立很多名目,设立五花八门的荣誉。但是所有大学通用和公认的是 Greek Honors（希腊荣誉级别），分 cum laude（荣誉毕业）, magna cum laude（高等荣誉毕业）和 summa cum laude（最高荣誉毕业）三种，这是走到哪里都通用都被认可的荣誉。在这所大学护理学院的历史上，summa cum laude 最高荣誉从来没有被国际学生拿到过。而雨嘉，正在填补这个空白。

雨嘉和另外四位学生组成的荣誉毕业生小组有两位导师，英格尔教授和本森教授。这两位都是护理学博士，也各自都是令人敬佩的好妈妈好妻子。雨嘉佩服她们事业家庭双精彩，而且谦逊平和，睿智慈爱。她们不为医院的高薪所动，安心教职，生活简单喜乐，雨嘉特别爱戴她们。

英格尔教授和雨嘉一起，就这所大学庞大的亚裔学生数量，做了一个亚裔育龄妇女健康方面的研究项目，这将成为雨嘉的荣誉毕业论文。当论文的介绍刚刚写出来的时候，英格尔教授指导雨嘉把这篇论文的介绍投稿给了国际护理荣誉学会 Sigma Theta Tau。雨嘉其实都不想去投稿，Sigma Theta Tau 怎么会看一个小本科生的论文？

投稿之后，英格尔教授紧盯着雨嘉，让她把项目模型一稿一稿地完善，把论文一稿一稿地改进，雨嘉这两个月连做梦都在写论文，背都背下来了。终于改到英格尔教授满意了，这时 Sigma Theta Tau 来信要看雨嘉论文的全文。雨嘉做梦也想不到的是，她的论文全文交上去之后，Sigma Theta Tau 竟然授予了她当年新设置的护理学大奖。雨嘉成为这所护理学院历史上唯一的一位拿到 Sigma Theta Tau 大奖的本科生，又是唯一的一位拿到 Summa Cum Laude 最高荣誉毕业生称号的国际学生。在护理学院院长室的前厅里，护理学院历史陈列墙上挂起了印有刘雨嘉这个名字的闪闪发亮的陈列牌，她用自己四年的艰辛和拼搏，在这所护理学院的历史上写下了中国人的辉煌一笔！

然而雨嘉不知道的是，英格尔教授是一位乳腺癌晚期患者，她在雨嘉毕业典礼临近的时候与世长辞了！雨嘉不能相信，也不能想象英格尔教授的丈夫和两个儿子如何面对这样的悲痛！英格尔教授葬礼的那一天，也正是 Sigma Theta Tau 的年会和颁奖仪式。

那天，雨嘉和钟铭都穿着一身黑色，来到英格尔教授的教堂，这是雨嘉第一次迈入一家教堂，也是雨嘉第一次参加葬礼。和雨嘉想象得不一样的是，这个葬礼并没有呼天抢地的号啕，也没有痛不欲生的哭泣，所有的人在肃穆中有一种平和安详。鲜花围绕着英格尔教授的棺木，牧师致悼词。牧师在台上说的话雨嘉完全不能理解，她只是看着英格尔教授的丈夫和两个儿子，他们平静地坐在那里，面容中有悲痛也有平安。牧师讲话之后，英格尔教授的丈夫走上台去，短暂的沉默之后，他讲述了爱妻的一生，并说，爱妻在癌症病魔折磨中，在弥留之际最后说的一句话是一句圣经经文。那是《圣经》诗经第 46 章第十节："Be still and know that I am God.（你们要安静，要知道我是神。）"雨嘉完全不理解他所说的这些到底是什么意思，到底是怎么一回事，但是不知为什么，她泪如雨下。钟铭搂住雨嘉的肩膀，帮她擦去眼泪。钟铭实在是看不得雨嘉伤心，但是，钟铭觉得有些不确定，他看不出来雨嘉的眼泪是不是仅仅因为伤心，似乎也有感动的成分。雨嘉感动于英格尔一家在神面前的平安和盼望，也感动于他们在如此悲伤的时刻对上帝的依靠和仰望。

教堂的仪式和安葬仪式都结束后，钟铭和雨嘉迅速找到卫生间，换了晚装。他们要赶去 Sigma Theta Tau 年会晚宴。雨嘉穿的是她和钟铭三年前婚宴时那件玫瑰红长裙。钟铭看着雨嘉，仿佛看到自己新婚的妻子穿过三年的时光走了过来。

年会晚宴上，雨嘉几乎是最年轻的一个。钟铭从没有在正式社交场合或者学术场合观察过雨嘉，他饶有兴致地端着一杯酒，歪着头看着雨嘉穿梭在来自美国、欧洲、日本、澳大利亚、南美洲的护理学教授、医护人员、科研人员和晚宴组织者中间。他发现，他的小雨伞，在外边竟然是一个大方周到，出口不凡，偶尔还有点冷幽默的人物。

当雨嘉走到台上领奖，并在麦克风前说获奖感言的时候，钟铭入神地看着二十三岁的雨嘉。他第一次觉得，这个比自己小七岁的，当初不谙世事的小女孩长大了。她再也不是那个因为怕花钱而不敢去看病的，那个雨夜吓得大哭的，那个在他怀里惊惶失措的小雨嘉了。她站在台上侃侃而谈，面对几百听众镇定自若，她柔和的微笑中有一股说不出的镇定和力量，她少女一般的面容中平添了一股女人的成熟和妩媚。

回家的路上，钟铭小声问雨嘉："如果重来一次，你还会穿起这件裙子嫁给我吗？"

雨嘉说："不会。"

钟铭下巴差点掉到地上！雨嘉笑着说："我要穿白色的婚纱！"

"吓我一身冷汗，你这小坏蛋！"钟铭说，"你不是喜欢枫叶红了的时候吗？咱们现在毕业了，我工作也找好了，等过了这个夏天，枫叶红了，咱们就办一个婚礼，鲜花、蛋糕、花童、钻戒、婚纱，什么都有，怎么样？"

"我才不办呢。"雨嘉说，"别跟我嘚瑟你的工作。"

"我……怎么嘚瑟了？"

钟铭找的工作，的确是一个值得嘚瑟的工作。当时的留学生在上学期间一般拿着一年一万到两万美元的奖学金，可以保证基本生活，但是别的就别想了。这一批留学生，其实是非常幸运的。由于几年前仲夏国内发生的一场风波，美国实行了一个针对中国留学生的绿卡普惠政策，凡是1991年之前已经在美国读书的中国留学生都可以直接申请绿卡。本来毕业后，找工作、办工作签证、找律师、打广告、交申请、等劳工卡、等485等一系列申请绿卡的环节需要好几年的时间，这个消息无疑是把在美的中国留学生的生活完全改变了，他们成了那一批在临近毕业之际，绿卡瞬间到手的幸运儿。

大家都有了绿卡，找工作就方便很多，大家找到的基本都是一年五万到七万美元的工作，比起穷学生的收入来，一下翻了几倍，生活条件一下就改善很多。唯独钟铭和马化鹏两个人破了纪录，马化鹏以过人的数学天才，被华尔街的一家公司请去做数据模型，起薪就是令人咋舌的一年二十五万美元。消息传来，钟铭还有点不服气："人家不怕他那山东英语啊？"

没过一个星期，钟铭的工作也来了，是一家专门做上市咨询的金融咨询公司，给钟铭开出了一年二十六万美元的年薪，在九十年代的中国留学生里真的是闻所未闻，钟铭立刻就接受了这个工作。雨嘉却有点不高兴："这个工作好是好，可是它在纽约呢。你也不跟我商量一下就接受，我到纽约做什么呀？"

钟铭话都到嘴边了："你到了纽约就在家当太太，生两个孩子。"可是他没敢把这话说出来。

今晚，从护理学年会晚宴出来，雨嘉说他又在嘚瑟自己找的新工作,钟铭一边开着车一边想:"幸亏那天把在家当太太生两个孩子的话咽回去了。"

钟铭不知为什么沉默下来,默默地开车回家。

那一夜,钟铭不知疲倦地忘我地和雨嘉做爱。至少,在他的床上,雨嘉仍然是他的宝贝小雨伞,仍然是那个把一切主动权都交给他的小妻子,他也仍然能够让一切都从她的脑海里消失,只留下他。

13 牵手异国情

毕业季大家都在找工作的时候，姜同凯却把自己的电话线拔了，他完全不理那些猎头公司的狂轰滥炸，既然绿卡已经有了，不必非得找个工作申请工作签证了，姜同凯觉得非常自由，自己的积蓄可以过一年简单的学生生活没有问题，那还着什么急呢？就好好把自己投入无数精力的网络安全系统彻底完善起来再说吧。姜同凯不知道这个系统会不会有所发展，但是他知道，突飞猛进的互联网和网商浪潮里，披荆斩棘往前冲的人多，静下心来做系统安全的人少，他要做这样的人。这就好比大家都在忙着盖拔地而起的高楼，可他，却偏要精细严密地研制最佳防盗门。

彻夜写程序的姜同凯喝掉最后一杯咖啡，正要拉上窗帘挡住早晨强烈的阳光，稍微休息一下，突然有门铃声。一定是Kate！姜同凯跳起来往楼下跑。

他已经向Kate求婚成功，Kate现在是他的未婚妻了。姜同凯一穷二白，给Kate的订婚戒指是一枚小得像一颗小米粒一样的微型钻石做成的戒指。Kate高高兴兴地戴起来，还见人就给人家看，姜同凯心想，以后挣了钱，一定先给 Kate 买一颗璀璨的硕大的钻石戒指！

这两天他昏天黑地地写程序，他设计的网络安全系统已经到了关键时刻，只要一钻进程序里，他就不分白天黑夜，什么都不想，好像变成了一台机器。听到门铃，他才想起来，有三五天没有见到 Kate 了。

一拉开北月的大门，姜同凯就愣了，一个西装革履，领带笔挺，头发梳得一丝不苟的白人，拎着一个一看就价格不菲的公文包站在门口，说："Good morning. I'm looking for Kevin Jiang, please.（早上好，我找 Kevin Jiang。）"姜同凯一边说我就是，一边把那人请进屋来，在桌边坐下。

来人自我介绍说是律师，I'm here to represent Katherine McMillan on a prenuptual agreement.（我是代表凯瑟琳·麦克米兰来和你签订婚前协议的。）凯瑟琳·麦克米兰是 Kate 的全名，姜同凯听到这个正式的名字从一个陌生人嘴里说出来，着实反应了几秒钟，才明白他指的是 Kate。

"婚前协议？什么意思？"姜同凯问。

律师拿出一份文件："请看一下，如果有什么条款不清楚，或者在哪一条上有什么异议请现在提出。"

姜同凯从没有听说过婚前协议这么一回事儿，也不知道婚前协议是干什么的。他以为美国结婚就这个程序，Kate 办事非常细致认真，可能是她找来给他俩办结婚手续的律师吧？姜同凯赶紧道谢，双手接过那份文件。

一条一条读下来，姜同凯的脸色变了，他脑子嗡嗡作响，把那份文件推回到律师面前说："我不知道是谁让你来的，可是肯定不是 Kate，你根本就不代表她。如果是她拿着这份文件让我签字，我会眼睛都不眨一下立刻签字。但是你凭空拿来这个，我不签。你请出去吧，我见到 Kate 自然会搞清楚这件事。"

"你不签字，麦克米兰先生不会再让你见到 Kate 的。你该不会不知道吧，麦克米兰家的资产？他们家的女儿结婚，无论嫁给谁都要签协议，并不是专对你一个人。这里说明了如果婚姻破裂，你可以得到的数额是二十五万美元。这你还有什么不满意的吗？你该不会忍心看着 Kate 跟她的亲生父母决裂吧？"律师说。

姜同凯坐下想了片刻，他说："要我签字可以，但是那个二十五万的数字我需要改动。"

律师露出了一丝不易察觉的轻蔑的笑："你觉得什么数字合适？"

"零！"姜同凯说，"请你把它改成，如果婚姻破裂，我一分钱都不拿。但是我需要双方对等，如果婚姻破裂的话，不但我一分钱不从女方和女方家庭拿，而且女方和女方家庭也不可以从我手里拿走一分钱。"

律师哈哈地笑了："真是个让人出其不意的小伙子！我马上给麦克米兰先生打电话，如果他同意的话，我会马上修改协议，然后回来找你。"

电话里，Kate 的父亲阿瑟·麦克米兰听到律师的汇报也是哈哈大笑："还要跟我的女儿对等？我女儿从他那里本来就是什么都拿不到的！不过给他二十五万不要，这个小子倒是有点骨气。我同意了，你写好协议让他签字吧。"

Kate 家的大厅里，父亲把姜同凯签好字的婚前协议放到 Kate 面前："女儿，不管你是不是恨我，请你在这个协议上签字，这是对家庭，对我们企业，对你的妹妹负责任的做法。你以后会理解爸爸的。"

Kate 冷静地签了字，把文件还给父亲说："你放心了吧？你的财产到底有多少？五百万？七百万？一千万美元？这跟我们完全没有关系。"

"你还是我的女儿，你是有继承权的。"

"I'm Kevin's wife. Goodbye, Arthur.（我是 Kevin 的妻子，再见，阿瑟。）"这是 Kate 第一次不称父亲为父亲，而是直呼其名。说罢，Kate 头也不回地走出了大门。

姜同凯跑出北月，Kate 提着一只箱子，从出租车上下来。两人紧紧抱在一起，Kate 说："Just you and me now（现在就剩你和我了）。"姜同凯加上一句："And the whole world（还有全世界）。"

姜同凯想请于思聪和 Mark 做他和 Kate 的证婚人。谁知给于思聪一打电话，思聪竟然说："正好！我还想请你和 Kate 做我和 Mark 的证婚人呢！"

姜同凯吓了一跳："你俩要结婚？你不是高冷女神，Mark 一辈子够不着的吗？"

"结婚就不能当高冷女神啦？"思聪说，"本来也没有现在就嫁给他的打算，可是他父母不同意我俩在一起，还拿了金发美女画报整天跟 Mark 说应该找这样的。我就急了，不让我干的事儿我偏干！这下 Mark 高兴了，还感谢他父母呢！"

"那你俩不搞教堂婚礼？"

"不搞。"思聪说，"发扬咱北月和枫园的传统，市政厅登记，然后大家一起吃饭。"

在市政厅，当 Mark、姜同凯各自对着自己的妻子说出结婚誓言的时候，他们各自落泪了："I take you, to be my lawfully wedded wife, to have and to hold, from this day forward, for better, for worse, for richer, for poorer, in sickness and in health, to love and to cherish, till death do us part, according to God's holy ordinance; and thereto I pledge myself to you.（我认定你为我合法的妻子，从今天起，互相拥有，无论是顺境还是逆境，是贫穷还是富足，是疾病还是健康，永远爱你珍惜你，直到死亡将我们分开。根据上帝圣洁的条例，我将我的保证放在你的手里。）"

没有婚礼，没有宾客，没有家人，只有他们自己，这两对异国情侣在同一时刻携手一世。

姜同凯和 Kate、于思聪和 Mark 的婚宴，也是北月枫园的毕业告别宴。这一批来自八十年代清贫的中国，才华横溢的学子们，将要告别他们在美国的母校，带着他们的美国梦，进入另一个他们未知的，却又充满向往和期盼的世界。

大家把这四五年来一起的时光都化在欢声笑语里。从姜同凯那辆叮当乱响的破车，到杨劲松这几年为了剪折扣券翻阅的足能摞到房顶那么高的报纸画报；从马化鹏猪窝似的房间，到李可欣和许月莹精致的让人瞠目的厨艺；从钟铭以雷霆之势出手拿下年仅二十岁的小雨嘉，到 Mark 对思聪多年痴情终成正果……然后，一桌人一起打着拍子，一字一顿地模仿马化鹏初到美国教课时的山东英语："来，特，咪，英，戳，丢，死……"在一片大笑中，在姜同凯和于思聪的讲解下，Kate 和 Mark 终于明白了那句实际上是 let me introduce，笑得恨不得滚到桌子底下。

Kate 举杯说："我笑是因为这句实在太逗笑，也是因为我实在太感动了。你们每一个人，都没有任何家庭财富，没有语言背景，你们都经历了土生土长的美国人不能想象的艰难，你们却比百分之九十九的土生土长的美国人都要成功，我敬佩你们每一个人，你们都像我的 Kevin 一样，是出类拔萃的精英！"然后 Kate 转头看着姜同凯说："当然了，在我眼里，Kevin 比你们还更英俊可爱。"姜同凯一把拉过 Kate 就是一个热吻。大家一声尖叫，拍桌子举杯欢呼。

Mark 提议大家玩"扔鸡丁"（catch the chicken）的游戏，就是每人隔着桌子往坐在对面的自己的妻子或丈夫的方向抛出一块鸡丁，让对方接住，但不能用手接，接不住的罚酒。这一下小包间里可炸了锅，满屋顷刻间鸡丁乱飞，大家伸着脖子，张着大嘴，左扑右闪接鸡丁。轮到 Kate 了，她说："你们太老实了！"说着，双手把自己的领口扯出去一尺远，一下把姜同凯扔过来的鸡丁兜进了自己胸里。大家正在一声欢呼赞叹美国妞火辣，正在笑得背过气去的时候，Mark 站起来一扯自己的裤腰，把思聪扔过来的鸡丁一把兜进了自己裤裆里。大家简直疯了，怪叫大笑得涕泪横流。钟铭拍着大腿说："这就是他妈的为什么咱们死也拼不过这帮老美！"

大闹大笑之后，离别的气氛瞬间来临，钟铭提议大家每个人说说自己未来的打算。可欣说："你们也都知道，劲松找到波士顿附近一家电力公司的工作。我嘛，好办，幸亏当时从社会学转了电脑专业，电脑的工作到处都有，我先跟劲松到波士顿，把家安顿好了，然后再工作吧。"杨劲松说："其实，可欣不工作也行，我们也都不那么年轻了，该要孩子了。当学生的时候不敢要孩子，现在去波士顿，那可是个养孩子的好地方。应该生个加强连！"可欣妩媚地笑着，拍了他一下说："想得美！波士顿那么贵的房子，那么多孩子住哪儿?"

思聪找的工作是得克萨斯州一所大学的教职,是一个 tenure track(通往终身教授资格)的助理教授职位。Mark 说:"我做梦都想不到能娶思聪这样又美丽又聪明,天才一样的妻子。我脱离家族银行企业了,我要跟思聪去得克萨斯,到了那边,我就找工作,从银行职员干起,一步一步来。以后,我和思聪会在我们得克萨斯州带游泳池的大房子里招待你们,还会有两条狗,和一群跟思聪一样聪明一样漂亮的孩子!"思聪说:"哎?我发现这男的怎么都是孩子迷啊?这都怎么啦?"

"我不是孩子迷!"姜同凯赶紧接过话来,"我是代码迷,我跟 Kate 已经租好了一个小公寓,就在学校附近,我俩也没钱,我也不打算找工作,我们就简简单单过基本生活,反正不会饿着 Kate。我就把我的安全系统先做好再说。"

Kate 说:"谁说我家 Kevin 没有工作? Kevin 是创业公司老板呢。"然后她转向 Kevin 说:"我帮你注册了一个公司,你上次偶然说起,如果自己有公司就要叫它 NetSecure,我把 NetSecure 这个公司名注册下来了,不会有第二个 NetSecure 了,你有自己的公司啦。"姜同凯有点懵了:"在中国注册公司需要大笔资金,在美国不需要吗?"Kate 说:"咱们这个地区,149 美元就可以注册哦。"姜同凯对大家笑道:"我这回知道皮包公司是什么意思了,149 美元,正好够买个皮包的。""一个皮包再加一个秘书,也就是我喽。"Kate 笑着说。

马化鹏说:"我和月莹就去纽约了,跟钟铭雨嘉一块,到纽约混去。"大家问月莹有什么打算,马化鹏抢过话来说:"咳,她能干什么，在家待着生孩子吧。"月莹笑了笑说："我想写小说，学画画呢。"马化鹏小声嘟囔："净干那没用的。"即使马化鹏这样说，许月莹的脸上仍然是雅致的微笑。

钟铭说："我们俩跟马化鹏两口子一块儿去纽约了。上个月陪雨嘉看纽约的工作机会，刚飞了一趟纽约，我们还挺喜欢的。雨嘉已经找好工作了，在纽约大学附属医院当护士，然后要申请纽约大学的护理学研究生，毕业后我们小雨嘉要当有处方权的儿科护理医师呢。"钟铭微笑着用手指蹭了蹭雨嘉的脸颊。雨嘉说："我们到了纽约还要找王留存，现在跟他也失去联系了，但是我们一定要找到他。"

燕妮是一个人来的这个告别宴，她也没有说多少话，这会儿说："你们都毕业了，咱们北月和枫园的人们都学业有成，工作优秀，而且都成家了，太棒了。我还有一年才毕业，就继续住在新枫园楼里吧。我们鹏鹏现在也上学了，佳佳也上幼儿园了，孩子刚适应，我们也不想搬家，我毕业后可能就在市里教育局找个工作。"大家都问："克俭还好吗？"燕妮说："他挺好的，他这几年做餐馆也做惯了，而且孩子大了，他父母也比较闲了，三个人都说想自己买个餐馆，自己经营。等我工作了吧，想攒钱给克俭买个餐馆，让他自己当老板，也省得他到处受气了。"

雨嘉说："买一个餐馆怎么也得十万美元吧？燕妮你哪里弄那么多钱啊？"

燕妮说："克俭打工的钱我一分都没花，都给他存着呢，有几万了。等我工作了再帮他攒点儿，实在不行就到银行贷些款吧。"

许月莹说："要不然咱们大家给燕妮凑点钱，以后克俭餐馆赚钱了再还咱们。"

还没等大家说话，燕妮就抢着说："那可不行。月莹你是好心，我谢谢你，可是你不了解美国情况，在美国个人之间是互相不借钱的，即使亲兄弟也互相不借钱，要借找银行借。现在股市这么好，即使管别人借几百美元也耽误人家赚钱呀，人家的损失根本算不清的。"这么一说，月莹不说话了，大家也都知道燕妮说的是对的，在美国真的没听说谁跟谁互相借钱的。

思聪问："上次我们给鹏鹏买的衣服他喜欢吗？"

燕妮说："我婆婆不让穿，说颜色浅不禁脏，而且她非得说孩子冷。其实孩子每天放学回来一身汗，他们小朋友都穿短裤，就我儿子穿两层秋裤，弄得他都没法参加球类运动。我婆婆从国内给孩子买了好多衣服，不把那些衣服都穿完，她不让穿别的。"

大家都沉默了。雨嘉又想起上次见面时，鹏鹏胸前别的那块擦鼻涕的粉底翠花手绢，可怜的鹏鹏整天穿着男女不分、不伦不类的衣服，捂得那么厚，一个男孩子，让他不能跑不能踢球，能跟小朋友合群吗？怪不得鹏鹏整天不爱搭理人不爱说话呢。

燕妮本来今天不想来的，她一出门，公公婆婆就说她不管孩子，她要带着两个孩子出门，公公婆婆又不让，说怕孩子吃坏肚子，怕孩子感冒。燕妮不明白大夏天的，人家孩子都在外边疯跑，怎么自己家孩子出个门就怕感冒？可是她稍微一说，公公婆婆就说他们累死累活来给带孩子还不落好，跟燕妮大发脾气。陆克俭本来就心情不好，整天沉着脸，自己老妈一埋怨燕妮，陆克俭就想息事宁人，不能说老妈，只好说燕妮："你非得去和人家聚会干什么？人家都没孩子，又个个找的那么高薪水的工作，要钱有钱，要时间有时间，想怎么玩怎么玩，咱们能跟人家比吗？"燕妮每次出个门家里就大闹一场，但是思聪 Mark 和姜同凯 Kate 的婚宴，北月枫园的告别宴，她怎么能不去呢？燕妮到底堵着气出来了，回家还不知道要面对什么样的战争呢。她觉得好累好累，这个家，真的把她的青春都抽干了。最让她伤心的是，家里陆克俭阴郁的性格，暴躁的脾气，公公婆婆的冷言冷语，让鹏鹏和佳佳在家里感受不到快乐，两个孩子现在越来越易怒，不跟人说话，动不动就哭。孩子一哭，公公婆婆不管三七二十一就埋怨燕妮这个当妈的，没给孩子穿够衣服，没给孩子做对晚餐，没给孩子哄睡觉，没给孩子吃够水果……他们埋怨燕妮也不避讳孩子，让孩子经常看到自己的母亲挨骂。

不管怎样，燕妮现在来了，跟大家坐在一起，她不想把大家高高兴兴的气氛搞坏了，就转了话题："小雨嘉，你可是咱们这届毕业生的大明星啊，好家伙，你获的那什么奖，我们都没听说过！钟铭你上辈子做了什么善事了，找到雨嘉这么年轻漂亮又有才的太太。"钟铭赶紧从桌上的花瓶里抽出一枝花，单腿跪地捧到雨嘉面前，大家哄地一笑，才又热热闹闹地说笑起来。

散去的脚步让雨嘉无比伤感，男生们互相拥抱告别，雨嘉也轮流抱着思聪、燕妮、可欣这三个姐姐，久久不肯松手。她们一起租下枫园的情景仿佛就在昨天，在枫园朝夕相处的日子还历历在目，可是现在，她们要分散到天南海北美国四个不同的州，以后见面都难了。

雨嘉的另外一个告别派对是护理学院一起朝夕相处四年的同学们。护理学院的一百位同学，每一个都有自己的故事，每一个都那么可爱。他们曾笨拙地互相用针头扎过同学的胳膊，用听诊器听过同学的心脏和肺叶,他们一起跑医院,一起写护理报告,一起在寒冬里搭车,一起面对让人发疯的考试,他们各有报负,各有梦想,却在这四年中志同道合,患难与共。

Jason 走过来给了雨嘉一个长长的拥抱:"Jasmine,我要谢谢你,如果不是你,我不知道这四年怎么能够过来。你是我见到的最聪明最善良的姑娘,我祝你永远幸福!"雨嘉也热泪盈眶:"Jason,谢谢你四年给我的陪伴和鼓励,你帮我太多太多了,我会永远记住你,我也希望你早日找到自己的幸福。"Jason 说:"我到现在还不相信根号一就是一。"两个人含着眼泪一起笑起来。

Nina 抱住雨嘉,说不出别的话,就反复地说:"Thank you!Thank you!I will always remember you。"犹太民族的坚强和韧性在 Nina 身上体现无疑,在和 Rene 离婚之后,Nina 不但自己解决了学费和生活费,而且成了护理学院的优秀毕业生。Nina 高大英俊的男友和他的全家都来参加了毕业典礼。而且 Nina 已经成了美国公民,又帮助妹妹也申请到了美国的大学,还准备把在以色列的妈妈也移民到美国来团聚。Nina 曾经说过:"我觉得犹太人和中国人有着同样的灵魂。"

是啊,这样的奋斗拼搏,披荆斩棘,绝处逢生,不正是这两个伟大民族共同的精华吗?

在离开的前一天,雨嘉去拜访了黎姐。黎姐住的那条街道还是那么美丽,雨嘉仿佛又回到自己初到美国见到这条街道时的震撼,时过境迁,这条街仍然是她脑子里抹不去的画面。黎姐的房子还是那么整齐温馨,黎姐的儿子也非常可爱。年近四十的黎姐,并不显得有多少中年女人的痕迹,她的脸上有一种平静和安详。周文轩不在家，雨嘉问："周先生呢？"

"他回国去接他儿子了，以后他儿子会来跟我们一起生活。"

"黎姐，你还好吗？"雨嘉担心地说。

"没有什么好与不好，都是那样过吧。"黎姐说，"你呢？钟铭对你好吗？"

"他对我很好，什么事都让着我，我觉得很幸运。"雨嘉说。

黎姐笑了笑，眼睛似乎看着面前什么地方，又似乎什么也没看："钟铭是个有英雄情结的人，你正好满足了他的英雄情结。可我看你也不是永远当小女人的，以后钟铭可能需要重新适应你。"

雨嘉晕头转向似懂非懂地点了点头："黎姐，你以后如果来纽约，千万来找我。"

飞机起飞的一刻，雨嘉看着窗外美国中西部的大地，好像看到了她四年前离开的中国华北大地，也是这样的机窗，也是这样的高空，她却从一个在飞机上连要一杯可乐都不敢的小女孩，变成了学业初成事业起步的已婚少妇。在这片土地上，她挣扎过，奋斗过，跌倒过，也站起过，而且她遇到了她的爱人钟铭，雨嘉第一次觉得，就像热爱生她养她的华北大地一样，她也深深地爱上了美国。雨嘉把头靠在钟铭的肩上，钟铭轻轻在她嘴唇上吻了一下："小雨伞，咱们这就去纽约啦。"

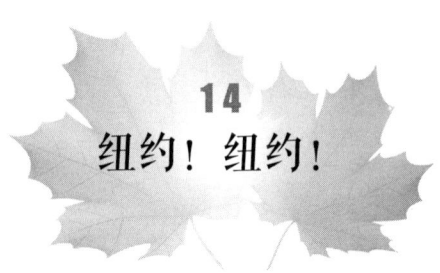

14
纽约！纽约！

从拉瓜迪亚机场（LaGuardia Airport）出来，纽约已经是华灯初上，正是下班高峰，钟铭说现在进曼哈顿非常堵车，不如到只有三四英里距离的法拉盛（Flushing）中国城去吃饭，等高峰过了再进曼哈顿。雨嘉对地理位置完全没有概念，全凭钟铭安排："你说去哪儿就去哪儿吧，可是有一样，我饿死了，我要吃好多好多的，特别特别香的好吃的！"钟铭拉起箱子："那走吧，小丫头！"

一辆出租车把他们带往法拉盛。一路上，雨嘉看着拥挤破旧的楼房，简直不能相信，这是纽约吗？怎么这么挤这么破啊？他问钟铭："咱们是住这附近吗？"钟铭一下就笑了："这儿怎么住啊？咱们的住处在曼哈顿，待会儿吃完饭咱就去。"雨嘉心想：但愿曼哈顿比这里好一些，这个地方太吓人了，肯定都不敢一个人上街啊。

法拉盛让雨嘉目不暇接，她觉得简直是回到了中国，回到了北京的农贸市场！周围人挨人人挤人的全是中国面孔，没有人对面走过来冲你微笑点头，也没有人让路，大家也不自动靠右走，没有人保持距离，完全是在人堆里见缝就钻。路边叫卖的，招揽生意的，发广告印刷品的，都会跳出来拦住你的去路。钟铭手里拉着两只大箱子，肩上还背着一个大挎包，也腾不出手来拉着雨嘉。雨嘉拉着一只小箱子，跟着大步如飞的钟铭一路小跑。

终于到一家餐馆坐下，雨嘉已经饿得肚子都瘪了。钟铭叫了蟹粉小笼包、红烧狮子头、五香牛肉和清炒豆苗。雨嘉从来没有吃过这么好吃的东西！在中国的时候，八十年代的生活非常清苦，雨嘉从小到大，也就是在她考上大学的时候，爸爸妈妈带着她和妹妹出去到饭店吃了一次饭，除此以外，雨嘉一直是吃爸爸妈妈做的饭，或者学校食堂的大锅饭。到了美国，在中西部大农村，即使钟铭带雨嘉出去吃饭，也找不到正经的中餐。今晚在法拉盛中国城的这顿饭，是雨嘉二十三岁以来吃过的最美的美味。

钟铭看着嘴里塞满小笼包的雨嘉，笑着说："慢点吃，别噎着，我再给你叫两屉。"

"嗯……贵不贵？"雨嘉含着包子说。

"你就吃你的吧！"钟铭说着就招呼服务员。

可能因为吃得太多了，在去往曼哈顿的出租车上，雨嘉靠在钟铭身上睡着了。醒来的时候，钟铭已经在给出租车司机付钱。两个人下了车，钟铭说："还是年轻好啊，吃饱了就睡，我怎么觉得我是带了一头小猪来纽约啊？"

雨嘉凑到钟铭面前，扬起头，嘟着嘴说："哪有这么漂亮的小猪？"

钟铭刚刚俯下来要亲她，雨嘉突然指着前面大叫一声："啊……"钟铭吓得一激灵。

"那是世界贸易中心双子座吗？"雨嘉兴奋地喊。

"是！你小点声，警察还以为我拐卖妇女呢。"钟铭笑着转身拉起箱子往旁边的一幢楼里走。

这幢楼有穿着制服的门卫，钟铭从门卫那里拿了钥匙和门卡，带着雨嘉上到十五楼。钟铭用钥匙开了一扇门，一个精巧高档的一室一厅的小公寓展现在雨嘉面前。雨嘉跑进去，像个芭蕾舞演员一样在屋子里直转圈："咱们住这儿吗？这是咱们的家吗？"

"这是个临时住处，公司的房子，给咱们住一个月过渡过渡，咱们一个月内得自己找到房子。"钟铭说。

"我喜欢这个房子。"雨嘉一边在床上蹦高一边说。

钟铭巡视着四周说："宝贝儿，以后咱们买比这个更好的房子。"

第二天，钟铭到一家西服店，一下订购了九身西服、一打衬衫、一打领带、六双皮鞋，又出去买了皮带、西袜、公文包、手表、发胶，又给雨嘉买了很多衣服。雨嘉简直晕了："天哪，这花多少钱啊？为什么要买这么多？"

钟铭说："干什么都得有行头啊，公司给了我一笔置装费，专门是干这个用的。你别担心啊！"说着，钟铭又神秘地从包里掏出一个漂亮的盒子，拿到雨嘉面前，笑着示意雨嘉打开。

雨嘉轻轻打开盒子，一下子眼睛就瞪大了，是一颗璀璨的大钻石戒指和一枚镶了小钻的男式结婚戒指！雨嘉不敢相信自己的眼睛："这是，这是钻石吗？"

钟铭把戒指给雨嘉戴上说："我早说了会给你钻戒。咱们结婚三年多了，我一直到今年股票才真的赚了钱，所以拖到现在才给你买戒指，委屈你了。来，把我的戒指也给我戴上。"钟铭用自己戴了结婚戒指的手握着雨嘉戴着钻戒的手说："这才算真结婚了呢。"

来纽约的第三天,钟铭去公司上班了。雨嘉在纽约大学附属医院的护士职位还有一个多星期才开始,那一个星期,雨嘉过得像做梦一样。她没有学习压力,没有考试,不用担心房租,这一个月内,一日三餐她和钟铭可以在任何餐馆就餐,公司全部报销,钟铭给她准备好了地铁月票,又给她钱包里塞满钱,每天钟铭上班去了,雨嘉就在曼哈顿泡咖啡店、蛋糕店,逛中央公园,参观大都会博物馆,在时代广场和第五大道看街景,到百老汇看歌舞剧。雨嘉不能相信,三年前,她还在餐馆里受老板的训斥,用自己的手去收地上酸臭的垃圾,一个硬币一个硬币地挣小费,短短的几年,她就戴着几万美元的钻戒,听着卡内基大厅的音乐会,又在纽约洛克菲勒中心吃晚餐了,一道菜的费用,就超过她当时辛辛苦苦工作十二小时的收入。

可是这样的生活,也让雨嘉心里发慌。如果不是下星期有医院的工作等着她,她真不知道自己一旦玩够了逛够了吃够了之后该怎么办。

纽约大学附属医院是坐落在曼哈顿下城的庞大的建筑群,雨嘉一走进来,就深深地吸了一口气,比起在纽约街头逛吃逛喝看街景,她发现她更喜欢医院的气氛,她喜欢这里的节奏和活力,喜欢那种自己紧张地在医护队伍中救助患者的感觉。

"唉,真是忙惯了,闲下来一段就受不了,享不了清福。"雨嘉想。

雨嘉的职位是在术后康复(post-surg)病区做临床护理,上班第一天,由护士长Connor亲自带雨嘉工作。Connor是罕见的男护士,护理界的男护士是熊猫国宝级的稀有物种,一般男护士做一段时间之后,就会去做医院管理层的工作。像Connor这样人到中年还在第一线当护士长的很难得。"Can't get away from patients, that's why I got into nursing.（离不开患者，这是我学护理的原因）。"Connor 说，"著名的护理学院出来的 summa cum laude 最高荣誉毕业生，show me what you've got（露一手吧）！"雨嘉的压力立刻就来了，不过她同时觉得这是她到纽约以来最兴奋的时刻！

听病历和听夜班护理报告的时候，雨嘉一言不发，直到所有人都讲完。Connor 说："没关系，第一次听不全也是正常的，你就把你能记住的说一下吧。"雨嘉一张口，流利完整地把她当班的五位术后患者的病历、护理现状、过敏史和下边八小时的医嘱有条不紊一点不差地说了出来。Connor 一晃脑袋吹了一声口哨："你吃什么长大的？"

一进入临床，雨嘉就发现，自己学生气的那点小聪明在患者面前真的是不值一提。患者需要的，是像护士长 Connor 这样，既有知识又有实践动手能力，还能当机立断的决策者和执行者。值班医生和实习医生一般一天只来两次查房，二十四小时其余的时间，执行医嘱、观察患者、医患交流和其他任何紧急应变，全部要靠护士。往往，Connor 检查一下患者，然后给医生打电话建议今天的治疗方案，医生会立刻采纳他的建议，电话上发医嘱。在处理伤口、插管、吸痰等这些操作上，Connor 的精准和高效让雨嘉佩服得五体投地。雨嘉也有一个绝活，就是找静脉，那真是一针见血，即使是已经严重脱水，静脉已经收缩的患者，她也一针解决问题，绝不让患者挨第二针。Connor 直竖大拇指。

雨嘉在学校练就的写护理报告的功夫，此时也派上了用场，雨嘉的第一份护理报告写出来，Connor 立刻说："这个应该贴墙上，大家都照着这个写！"可是雨嘉也知道，现在有 Connor 带着她，她相对轻松，可以坐下来写护理报告。其他值班护士的护理报告都是从一个病房走到另一个病房的路上一边走一边写一句，过一会儿再走路的时候再掏出来写一句，这样凑起来的，字迹潦草，语言简缩，代码连篇，也都是没办法的事情。

现实中医院里的护士，并不像电视上那样穿着短裙，带着俏皮的小白帽，穿着高跟鞋扭来扭去的护士。他们穿着宽大的护士服和走步鞋，头发一律梳在脑后。医院里禁止用香水或者有香味的化妆品，以避免刺激患者，所以大部分护士素面朝天。他们脖子上挂着听诊器，口袋里装着胶布、绷带和许多顺手需要用的护理物品，大步如飞，同时处理多个紧急情况。每天八小时下来，他们平均要走两万到三万步，没有强健的体魄真的无法担当。

Connor 带了她三天之后，雨嘉就独立当班了。每一天，雨嘉拖着疲惫的步伐从医院下班出来，曼哈顿的车流人流和高楼大厦，在雨嘉眼中就增添了一份亲切感，因为她不再只是这个城市的观光者和消费者，她是一个参与者，她的双手帮助了病人康复，她觉得是这个城市的一员，这让她觉得纽约也许可以是她的第二故乡。

一个月后，雨嘉和钟铭在公司附近租了一套漂亮的公寓房，到钟铭的公司走路只有七八分钟，离雨嘉的医院是四站地铁的路程，雨嘉二十分钟就可以到达，非常方便。他们在纽约终于有了一个小家。

有一天，雨嘉刚刚回到家洗了澡，钟铭的电话就来了："小雨伞，今天晚上我们公司有个临时的晚餐会，晚餐之后还要一起去喝酒，好像同事们都带太太来，你要不要换个衣服也过来？我到街口去接你？"

雨嘉说："嗯……很重要吗？我真的好累了，明早六点半就又要到医院上班，今晚我想好好休息一下。"

钟铭说："那好吧，现在都下午四点了，他们才说要出去，太太有事来不了大家也能理解，那你就好好休息吧，我跟他们吃饭去了啊？晚上可能又去喝酒，会回来很晚，你自己吃点好吃的，然后晚上早点睡吧。"

钟铭在事业上是个有野心的人。他一到公司，正好赶上一个大客户在做上市 IPO 的准备。现在股市这样火爆，新公司又层出不穷，风投金主们好像钱都是大风刮来的一样，逮着谁往谁头上砸。钟铭所在的公司简直是门槛都被人踏破，不管那些客户是否真的 IPO，就光是给找上门来的这些公司做 IPO 可行性评估，就让钟铭所在的公司赚得脑满肠肥。像钟铭这样新来的博士们，都是从最初级的分析员工作做起，全靠脑子好使，手快，嘴皮子利索和能主动承担工作。钟铭在这几方面都有过人的本领，他不怕苦不怕累，而且能够在一团乱糟糟中，准确地一下抓住要点，把时间花在刀刃上，快速解决问题。他敏锐地看到，做 IPO 可行性评估虽然能够引人入门，但是必须进入真正的 IPO 项目，才能成为核心团队的一员。

可是新来的博士，哪有那么容易进核心团队？钟铭相信事在人为，他到公司的第二天，在咖啡机前边跟人聊天的时候，偶尔听到核心团队的一个人要离职，而且钟铭打听到那个人做的那一块模型正好是他毕业论文的类似题目。钟铭就在一次楼道里走路的时候，不显山不露水地把自己论文题目说给了项目负责人，那人一听，果然说："到我办公室来一下。"这就像一个怎么也拧不开的瓶子盖，突然透进了一丝丝空气，下边的事情就顺利了。钟铭进入了公司最大的 IPO 项目。

钟铭还有一个过人之处，就是他给自己定了一个铁律：不在工作上说任何负面语言。即使完全无望的项目，上司需要的不是一个来告诉他这个项目多么没有希望的下属，因为上司早已经知道了这个项目没希望，他把它交给你，就是让你起死回生的。钟铭发现，往往不抱怨，不负面，在别人都放弃的时候，那个还在积极寻找解决方法的人，最后就是赢家。但他也不会用蛮力钻牛角尖，他如果想告诉上司"这件事根本是不可能做成的，赶紧给推了"，他的方法是告诉上司他想到了多少种途径试图解决，并且把每个途径怎么做的，花了多少精力都讲出来，然后再说下边还有两个点子我准备尝试，虽然希望十分渺茫，但也会试一下。在谈话中经过几轮上上下下，上司会主动放弃的，上司也不傻，不会做太多无用功，但是上司需要的是，在他说放弃之前，你能坚持到最后一秒钟。而钟铭，就往往是那个在上司身边唯一能站到最后的人。这使钟铭在这个弱肉强食的行业很快就站住了脚。

然而钟铭不满足于这份工作，他自己还在股票市场投资。现在他的工作性质决定了他的股票买卖会受很多条条框框的限制，但是他也能够在投资法允许的范围内游刃有余，在九十年代中期的股票大潮里，分得一杯羹。

雨嘉发现，她和钟铭实际上比上学的时候还忙。上学的时候有考试有论文，但是什么都有个结束的日子，有个头，考完了就完全放松，整天玩了。但是现在，日复一日，钟铭白天上班，晚上看金融报告研究股票，有时晚上还要出去应酬，回来很晚。雨嘉是每天早晨六点半需要到医院，所以睡得比较早，往往是钟铭回家时她已经睡了,然后她早晨出门时钟铭还没有醒来。不出去应酬的日子,有时钟铭一看雨嘉又要早早睡觉,就赶紧上床来和雨嘉亲热,然后自己再爬起来看资料看股票。可是这一番翻云覆雨让他上下眼皮直打架,怎么也看不下去资料了。钟铭只好再爬上床,把睡梦中的雨嘉抱在怀里,轻轻地叹口气说:"你这小丫头,就折腾我吧。"

在金融圈里混,钟铭也发现,表面上的光鲜和黄金滚滚,实际上背后也有很多不能提的东西。无论是同事,还是他遇到的华尔街的人,喝酒都非常严重,抽大麻和用毒品的也不在少数,就连钟铭自己的上司,也抽大麻。大家一周工作六十到八十小时,每天过手的都是天文数字的财富,人的承受力到底有多大?他们每次见客户的时候,满嘴说的都是非常绅士风度非常礼貌得体的语言,但是只要客户不在,大家满口的 F-word, A-word,什么粗鲁说什么,谁不这么说话都好像是假正经。钟铭来美国后在学校环境学的英语,还真是都是正经的好英文,这下倒好,添了一组粗俗骂人语言,还得要运用自如,随口就来,也真是一个锻炼!

有一次在酒吧,大家散去的时候,钟铭手里的酒还剩半杯没喝完,他不想浪费,想喝完了再走,就说,你们先走吧,我把这杯喝完。大家一起"唔……"的一声,都笑着转身走了。钟铭奇怪他们"唔"什么呢?正在自己慢慢喝那半杯酒,一个穿着暴露、金发垂肩、嘴唇火红、身材热辣的女人走到钟铭身边:"Need company(需要人陪吗)?"钟铭反应过来了:"奶奶的,这帮孙子,是'唔'这个呢!"

钟铭放下酒杯说:"I was just going to leave. Have a good night.(我该走了,晚安。)"那个女人迅速把一张纸片塞到钟铭手里,说:

"Call me." 钟铭一看，上边写了一个名字 Angela 和一个电话号码。他笑了一下转身走了，出了门口，把那张纸扔进了垃圾箱。看来，自己这帮同事也不是什么好鸟，恐怕是经常招妓，对这些把戏都熟悉了。钟铭真后悔不应该留下喝那半杯酒，这让同事们怎么想自己啊，还怎么在办公室混啊？

可是第二天，同事们像没事人一样，谁也没提这事儿，连跟钟铭拿昨晚开句玩笑都没有。这让钟铭有点窝火，连个让他解释正名的机会都不给！

每天晚上回家见到雨嘉，钟铭都有耳目一新的感觉，雨嘉会喋喋不休地给他讲医院的事情，哪位病人今天给了她一块巧克力，哪位病人肾脏移植后肌酸酐降到了 0.9，哪位病人今天可以下床走路了，钟铭无论听得懂听不懂都眯着眼睛听着，雨嘉的医院故事让钟铭的脑子暂时离开金融界的压力、铜臭和肮脏，雨嘉就像一股清泉，让钟铭的心里又欢快起来。

可是有一次，钟铭不淡定了。雨嘉自豪地跟钟铭说起今天她救了一个病人的膀胱。雨嘉一上班，就发现一个病人在静脉点滴的情况下竟然长时间没有排尿，雨嘉摸着他肿胀的小腹，立刻给医生打电话请求医嘱插尿管，但是医嘱迟迟不来，雨嘉没有医嘱不能下手，她已经把插尿管的无菌包准备好，给病人皮肤消了毒，尿管也上了无菌润滑液，立等医嘱，这时医生电话来了，记录医嘱的秘书从玻璃窗里向雨嘉点了一下头，医嘱正在记录，雨嘉这边的尿管已经插进去，病人的尿液喷涌而出，再晚一点点后果不堪设想。

"想不到我的小雨伞还这么有本事，救死扶伤呢，"话音未落，钟铭突然想起来,"哎,等会儿,病人是男的女的?"

"男的呀。"雨嘉说。

"男的?你给,插,插,尿管?"钟铭眼睛瞪得贼大。

雨嘉"切"了一声:"怎么啦?医护人员和患者之间不分男女的,知道不知道?还有男妇产科医生呢。我还实话告诉你,我当班的男病人多着呢,我什么没见过?"

钟铭一拍自己的额头,直挺挺地倒在沙发上,满脸痛苦的表情:"你非得干护士这一行吗?"

感恩节的时候,雨嘉钟铭和马化鹏许月莹聚在了一起,这是他们来纽约几个月之后的第一次相聚,虽然都在曼哈顿这个弹丸之地,但是大家各自忙碌,竟然几个月都没见面。许月莹烤的火鸡金灿灿油亮亮,非常诱人,一桌感恩节大餐真是色香味俱全。她和马化鹏的公寓简洁素雅,窗纱飘逸,雨嘉非常喜欢。

马化鹏看起来跟以前的农民样子大相径庭了,头发整整齐齐,脸刮得干干净净,衣服也非常整洁,到底是华尔街工作的人了。钟铭见到马化鹏就一通笑:"人模狗样了?"许月莹还像原来一样清丽高雅,让人见之忘俗。

饭后,马化鹏和钟铭把酒感叹这几个月的金融界生活。马化鹏说:"我算看出来了,这帮人,哪有一个好人啊?能赚他妈的这么多钱,他们一家人的钱能养咱们一个省的老百姓,他们凭什么呀?谁不比他们聪明?谁不比他们辛苦?"

"起点不一样,人比人气死人啊。咱们怎么说还是没有根基,比起那些祖祖辈辈混华尔街的人,咱们也就是个小鱼小虾,高级苦力罢了。"钟铭说,"可是你说,你不还得干吗?咱除了自己能干,还能靠什么？你这么想吧，以后咱们的儿子们，就不会是咱们现在这样了，咱们下一代，天高任鸟飞，有多高飞多高啦。"

在厨房里，雨嘉和月莹也在聊女人的事情。月莹对雨嘉说："我真羡慕你，有自己的工作，自己的天地，我就整天在家锅碗瓢盆。我也想去上个学，找个工作，可是马化鹏不让。"

雨嘉说："他是怕你辛苦。其实上学找工作倒不见得是唯一的路，如果你就是想有点自己的空间、自己的生活的话，可以做很多事情的。比如你以前不是说想学画画吗？还有想写小说？以前咱们都是穷学生，没有条件，现在好了，马化鹏收入这么高，你到附近的艺术学院选一些美术课，自己在家写写小说，也很充实啊。"

"化鹏说那些都是没用的，又花钱，说有那钱还不如帮帮他们村里的穷亲戚呢。说与其干那些，还不如在家生孩子。"

"你怀上啦？"雨嘉问。

"没有呢，这也试了几个月了，不知怎么的还没怀上。你们呢？什么时候要孩子？"

雨嘉说："我想都没想过，钟铭也没提过要孩子的事儿，再说吧。"

钟铭告诉马化鹏他准备在曼哈顿买房子，不准备继续租房了。"曼哈顿的房价只会涨不会跌，越早买越好，你们是不是也考虑考虑买一个吧？"

马化鹏叹口气："哪儿来的钱呢？"

"你小子，二十五万的工资呢？"

"唉,我挣得多了,那些个亲戚朋友们胃口也就大了。"马化鹏说，"我当初上大学，出国，是各家凑的钱，现在人家找到我爹妈，我爹妈抹不开面子，左右都答应，最后都是我掏钱。不瞒你说，我们来了纽约几个月了,月月光,一块钱没存下,我想自己投点股票都没有本金。我这样也觉得对不起月莹,可是你说我能怎么办?我父母就指望我呢。"

"你父母指望你,不能一村子人都指望你吧?你养你父母没问题,天经地义,可是老头老太太能花几个钱啊,就怕别人都借着你父母的口找你要钱,你就是把自己卖了也不够。你得学会该拒绝的就拒绝,要不然人家月莹现在不说什么,时间长了不得有意见啊?对你自己也不好啊,现在股票市场多好,傻子进去都能赚钱,你愣没本金进,你说你亏不亏?"钟铭给他分析。

是啊,马化鹏也不想这样,电话里也跟父母争吵过,可是给父母打一次电话极不容易,村里根本没有电话,打一次电话要跟父母先写信约好,然后父母坐着马车在约定时间到公社里,才能接到马化鹏的电话。这种情况下,马化鹏根本就赢不了跟父母的任何争执,话还没说完,父母就说:"我们一大早就求人套车上公社,到现在饭都没吃,就是为了听你教训我们?"马化鹏只好不说了。

写信跟父母交流也不行,父母不识字,要找人给念,找的人断章取义,歪曲马化鹏的意思,有选择地给马化鹏父母念,然后以马化鹏父母的名义写要钱的信。每次老家一来信,马化鹏就心里发凉,不知道又要多少钱。他怕许月莹看见自己老家来信,岳父岳母每次来信都是好言好语鼓励赞扬他们,从来没有提出过一点点哪怕最小最小的要求,这一点让马化鹏在许月莹面前非常自卑,好像自己总是拖着那么一个羞于见人的大尾巴。许月莹又永远是面带典雅的微笑,马化鹏说什么,或者给家里寄多少钱,许月莹从来一个不字都没说过,这让马化鹏更加有压力、更加自卑。

他爱月莹，他至今不能相信自己能够娶到月莹这样的好女子，可是他也怕月莹，怕她的镇定，怕她的平和，怕她的典雅，怕她的高贵。有时候，马化鹏甚至觉得，如果自己娶了个俗不可耐，整天为了是不是给婆婆寄钱而跟他打架闹气的媳妇，他可能会很生气，但是至少会很轻松，因为他在农村见多了那样的人，他知道怎么处理那样的人，可是月莹，偏偏就不那样，她偏偏就像一个不食人间烟火的仙女。马化鹏不怕泼妇，但他怕仙女。

15
橡胶的噩梦

转眼又到了圣诞季节,曼哈顿的圣诞是最美丽的圣诞,琳琅满目的橱窗、别具匠心的装饰、灯火通明的高楼,在圣诞音乐中川流不息的人群,都给这个节日增加了喜庆和活力。雨嘉尤其喜欢雪中的中央公园和戴着火红的圣诞帽、摇着大红的铃铛征集募捐的人们,每次走过,雨嘉都会给他们塞钱,他们也会说:"上帝保佑你,美丽的姑娘!"

钟铭穿着黑呢大衣,围着浅驼色的毛绒围巾,搂着雨嘉,在中央公园里踏雪。雨嘉侧过脸来看着自己的丈夫,她爱钟铭在雪中的侧影。三十一岁的钟铭,高大挺拔,英气逼人,目光中又透着过人的聪慧和力量。钟铭发现雨嘉在笑着看他,就一把搂紧她要亲吻,雨嘉笑着挣脱开钟铭,在雪地上跑起来,并拿雪球向钟铭投去,钟铭追过去,俩人打起了雪仗。然后,钟铭抱住雨嘉,仰头看着中央公园周围的建筑,说:"这个圣诞节,我有一个好礼物给你。"

"是什么?"

"你等着吧,到时候你就知道了。"钟铭笑着说。

钟铭公司的圣诞晚会,是在纽约港口的一个大游轮上举行的。一对一对身着燕尾服的男人和珠光宝气的女人们,挽着手臂登上游轮。雨嘉穿着一套淡蓝色的晚礼服,配上一套蓝宝石项链耳环戒指和手链,还有她硕大的结婚钻戒,看起来像一个贵妇,站在一身黑色燕尾服的钟铭身边。钟铭的上司,伸开双臂迎上来:"You two look good enough to eat(你俩漂亮得让人想把你们吃掉)!"上司的太太也过来跟他们拥抱。

在这样的场合,雨嘉不需要说太多的话,只需要把自己挂在钟铭的胳膊上,保证自己是美丽的、优雅的、微笑的,就可以了。锦上添花的是,雨嘉往往能在谈话中巧妙地用地道的英文、幽默的语言偶尔插上一句,既不抢钟铭的风头,又给他增光添彩。

在这个晚会上,雨嘉认识了一个她所不熟悉的钟铭。钟铭跟同事、上司、合作伙伴的交流看似随意闲聊,但是雨嘉能够听出来,钟铭所说的话都是有套路的,往往在不显山不露水的嘻嘻哈哈之中,了解了内幕,推销了自己,联络了感情,又站对了山头。

就像在护理学年会上钟铭以新的视角观察雨嘉一样,在这个酒会上,雨嘉也看到了丈夫深藏不露的锋芒和事业上的野心。在觥筹交错中,雨嘉知道了钟铭价格不菲的燕尾服,和给她买的这身晚礼服、这套蓝宝石首饰、这个精致的手袋,实际上都是道具,是演好这台戏不可缺少的道具。恍惚间,雨嘉似乎觉得自己,一个年轻漂亮聪颖幽默的太太,是不是也是一个衬托钟铭光华的道具呢?

过了一会儿,钟铭带着雨嘉来到一个太太的圈子,钟铭给大家介绍了雨嘉,几位太太就热情地把雨嘉拉过来:"Come join us, let them have a man-talk.(来跟我们在一块吧,让他们男人谈他们的事去。）雨嘉看到，钟铭走到了这几位太太的老公们组成的一个圈子里，看来他们有男人们的事情要谈了。

雨嘉看着钟铭走远，回过头来面对那几位太太，突然发现她们四五个人的目光都在从头到脚地审视自己。其中一个棕色卷发盘得高高的太太，特意看了看雨嘉的结婚钻戒，然后下意识地把自己硕大的钻戒扶了一下正，这个小动作没有逃过雨嘉的眼睛。雨嘉突然觉得，如果钟铭没有给她买这个钻戒，她是不能从从容容地站到这个圈子里的。突然间，钟铭在进入新工作前一天送给自己的大钻戒，让雨嘉觉得变了味道。

"Jasmine，平时你先生上班了，你怎么打发时间？要不要出来和我们一起喝茶？"一个太太问。

雨嘉说："好啊，我很愿意，只要是我的休息日都可以。你们平时先生上班去了，都做什么呢？"

几个女人忽闪着精致的长睫毛互相看了一眼："我们主要是几个人一起喝喝茶、逛逛街、做做美容，当然，我们还在做慈善。Jasmine，你刚才说休息日，你是说你在工作是吗？"

"是的，我是纽约大学医院的护士。"雨嘉说。

几个女人沉默了两秒钟，忽然一位太太把带着大宝石戒指的纤纤玉手拍了一下："哦，我知道了，Jasmine 好有爱心啊，你是在支持医院的护理事业！其实，我们几个做的慈善里边，还缺乏医疗这一项，我们需要跟 Jasmine 商量，说不定能开辟新的慈善方向呢。"

另外一位太太说："是啊，医院里有很多有色人种的孩子，很可怜的。"

雨嘉听了"有色人种"这个说法很不舒服，但是人家毕竟是要做慈善,雨嘉就热情地说:"你们愿意帮助医院太好了,我们真的有很多需要,需要很多志愿者,我知道我当班的病区就需要志愿者。我可以把志愿者办公室的电话号码给你们。"

几个女人面面相觑:"Jasmine,你是说你真的到医院病区去过,是吗?"

"是啊,我是护士啊,我每天在病区上班,亲手照顾病人的。"

几个女人尴尬地笑笑说:"哦,我们说的慈善就是捐些钱,我们平时没有时间,去不了医院的。"

雨嘉心想,你不是刚说了你们平时就是喝喝茶,逛逛街,做做美容吗?而且还自我标榜做慈善,然后又不肯进病区,还把"有色人种"的孩子拿出来说事儿,这几个女人根本就不是做慈善,而是打着做慈善的幌子给自己脸上贴金,满足自己的圣母情结罢了。

接下来的谈话,更让雨嘉想吐,除了哪家店又来了什么宝石,就是谁的老公办公室里来了新的女秘书,需要小心,再不就是评论谁家的壁炉上边挂的画没有品位。另外,上次谁谁家办酒会,给客人发的酒杯下边的个性标签都不是gender-specific(男女不同颜色)的,几个女人一听谁家给客人的酒杯标签不是男女用不同颜色,都同时把修剪得珠圆玉润的手指尖放到嘴边,做出了夸张的、惊讶的、难以置信的表情。雨嘉实在受不了了,她礼貌地说:"抱歉,我先失陪一下。"

雨嘉走到钟铭背后,轻轻拉了一下他的燕尾服,钟铭从男人的圈子里回过头来说:"去跟太太们聊一下。"雨嘉悄悄说:"再跟她们聊我要疯了。"

这时有人叫钟铭,钟铭转头去应酬,雨嘉转身往卫生间走去。

从卫生间回来，雨嘉到吧台要了一杯苏打水，站到窗前，独自看着曼哈顿港夜晚美丽的灯光。

"Michael 怎么可以让这么美丽的太太一个人站着呢？"一个声音从后边传来，雨嘉一回头，看到是钟铭的上司带着钟铭走过来，雨嘉礼貌地笑了："谢谢，是我想透透风。"

钟铭把手放在雨嘉的背上，和上司举了一下酒杯，就带着雨嘉走开了，一边走一边高兴地说："我今天跟他们都聊得不错，往往一个晚上如果有一两分钟关键性的谈话谈好了就没白来，我今天晚上可是不止一两分钟的收获。"

这时，晚宴开始了，精美的食品、高档的美酒、醉人的音乐、旖旎的夜景，一切都似乎那么完美，可是雨嘉已经失去了应酬那些太太们的无聊对话的兴趣，她恢复到了当一个微笑的小太太的样子，全凭钟铭四面应酬。

回家的路上，雨嘉给钟铭讲那几位太太说的话。钟铭笑了一下说："这没什么奇怪的，好多白人，甚至有的自认为精英的亚洲人，都是以帮助少数民族，为少数民族争利益为荣，实际上他们并不在乎他们是不是真的帮到了这些人，他们做的是不是人家需要的，真为人家好的，他们只是为了满足自己的圣母情结，让自己觉得高尚了，就万事大吉了,实际上,很多少数民族被他们所谓的慈善帮助了之后，更惨。"

雨嘉说："我可能不会跟你们公司那些人的太太们有什么来往，她们请我去喝茶做美容我都说没时间。我真跟她们没什么共同语言，我不愿意见她们。我不跟她们来往，会不会影响你，你会怪我吗？"

钟铭说："我怎么会怪你呢，宝贝？我自己的事业我自己打拼，靠老婆，搞夫人外交不是本事。你跟我去酒会，已经很给我长脸了，别的不用你操心，你就做你喜欢的事就行了。"

圣诞夜临近，雨嘉想起去年圣诞夜大家聚在新北月楼马化鹏许月莹家吃饭打牌，那时的学生生活清贫快乐，那么令人怀念。今年圣诞季节，时过境迁，大家都四散各处了。有一天，钟铭说要带雨嘉出去。出租车把他们送到中央公园西侧的一幢楼前，钟铭和一个穿着正式的人打了招呼，雨嘉看钟铭跟那个人很熟络的样子，那人把雨嘉和钟铭带到十二层，他打开一扇门，对钟铭说："你们随便看吧。"钟铭说："小雨伞，我如果把这个给你当圣诞礼物，你喜欢吗？"雨嘉一看，是一个漂亮宽敞的有落地大窗户的公寓！

"这是，这是，我们，是要买这个房子吗？我们自己的房子吗？"雨嘉语无伦次地说。

钟铭骄傲地笑着说："是啊，带你来看一下，如果你喜欢，咱们立刻把它买下来。它就是我们在美国的家了，不是租别人的，是我们自己买的房子！"雨嘉"啊"的一声尖叫，跳起来在钟铭脸上亲了一下，就尖叫着一个房间一个房间看了起来。

"三个卧室呢，这说明什么？说明我们要生两个孩子才行啊。"钟铭说。

雨嘉噘起小嘴说："谁说要生孩子了？我还要上学呢！"

"那不是，早晚得生吗？"钟铭说，然后他笑着对那个带着看房的经纪人点了点头。

这个房子，钟铭交了三十万美元首付，又贷款一百万美元买下来。其实，这个价钱完全超出了他们现在的经济能力，但是钟铭对自己的股票投资和自己的工作收入有这个信心，他也完全有信心这个俯览中央公园的绝佳位置的房子，以后绝对不会只值一百三十万美元，说不定几年后就会翻番。钟铭是相信爱拼才会赢的人，他有这个胆魄。而且一想到雨嘉会多么高兴，钟铭觉得拼一下也值了。就这样，钟铭和雨嘉在纽约曼哈顿安家了。

他们收拾好新家，在春节的时候请马化鹏许月莹夫妇来做客，俩人来了一通赞叹，尤其马化鹏，非常受触动："你是有胆子的，这样的人才能发财，你这房子，以后肯定翻倍。"这么说着，马化鹏心里也不好受，自己的收入不比钟铭少多少，可是自己连进股市的本金都没有，而钟铭已经在前几年学生阶段就早早进了股市，又用赚得的第一桶金买了这间房子，而且现在还持有不少股市投资，用马化鹏的话说，是"你睡大觉的时候，你的钱和房都在给你赚更多的钱。"这样下去，他和钟铭的差距会越拉越大。可是他知道自己这样的寒门子弟，像老牛拉破车一样，只能接受一步赶不上步步赶不上的命运。

这样，一来二去，马化鹏也不愿意多跟钟铭来往了。许月莹虽然不说什么，但是马化鹏总觉得她会羡慕刘雨嘉，羡慕她小小年纪，嫁给钟铭，就什么都有了。他总担心许月莹会不会后悔嫁错了人。

可是雨嘉也不是嫁个好老公就高枕无忧尽情享乐的人。她早在十月份就考了GRE，国内考GRE都要上培训班，在美国雨嘉也找不到什么培训班，唯一找到的一个还是美国人开的，讲得非常简单。雨嘉也没有时间参加，也没有时间准备，就横下一条心，裸考！GRE满分是2400分，雨嘉竟然考了2330分的成绩。钟铭听说这个成绩之后，说："为了人类基因优化的伟大事业，咱们赶紧生七八个孩子吧！"

三月份，雨嘉收到了纽约大学护理学院的研究生项目的秋季入学录取通知。这个项目是两年学制，授予护理学硕士学位，毕业生可以考美国护理医师（Nurse Practitioner）执照，一旦拿到NP执照，雨嘉就是有处方权、可以独立处理和医治病人的护理医师了。

　　现在到了五月，雨嘉准备再好好工作一个夏天，然后就到纽约大学继续读书了。这样，雨嘉学成出来，将在二十六岁的年纪，成为有处方权的护理医师！纽约大学医院的同事们知道雨嘉要去读硕士学位，都非常为雨嘉高兴，护士长Connor说："GRE2330分，你们中国人都是特殊材料做的吗？以后我儿子说什么也要娶一个中国老婆，太聪明了！"

　　雨嘉每天上班都迈着欢快的步子，跑跑跳跳的，非常快乐。有一天，雨嘉发现自己的双手起了一片一片的小红疹子，奇痒无比。雨嘉抹了一些氢化可的松（hydrocortisone）软膏，于事无补，正好碰到一个熟悉的医生，雨嘉伸出双手给他看了看，他说："像是过敏症，身体其他地方有没有这样的红疹子？"雨嘉说："没有，只有在手上。"医生说那可能是接触过敏，最大的嫌疑是橡胶手套过敏。

　　雨嘉这才想起来，自己最近对橡胶的味道特别敏感，闻到橡胶味道就想吐。而九十年代的医院里到处是橡胶产品，尤其是手套，大部分都是橡胶手套。作为护士，她一天要戴十几二十副手套，有时忙起来一天三十副手套也不够用，很可能真的是接触橡胶过多，过敏了。那位医生说让雨嘉立刻换成非橡胶手套，而且尽量减少接触，皮肤反应还算轻的，如果发展到呼吸道反应，就会非常严重。

　　雨嘉跟护士长Connor说了，Connor立刻从库房拿来了二十盒无橡胶手套，在雨嘉经常工作的病房内到处都摆放了无橡胶手套，并开会嘱咐所有医护人员,在雨嘉周围严禁用橡胶产品,以确保雨嘉的安全。

即使有了这样的防范措施,雨嘉还是会接触到橡胶,九十年代,医院里橡胶产品无处不在,只要做一线临床护理,那真是没处躲没处藏。雨嘉的皮肤反应越来越厉害,闻到橡胶味道头晕呕吐现象越来越严重。

Connor 把雨嘉叫到办公室,关上门,对雨嘉说:"Jasmine,你是一个很好的护士,我也知道你非常热爱护理专业,但是我真的非常担心你的安全,看来你的橡胶过敏是渐进性的,而且发展速度很快,作为护士长,为了你的安全,我建议你离开岗位。"

雨嘉不能相信自己的耳朵:"Connor,你是要解雇我吗?"

Connor 简直顿足捶胸:"我怎么会解雇你?我很少见到你这么棒的护士。我是实在担心你的安全。"

雨嘉想了想说:"Connor,我理解你,谢谢你,我也知道,医院也不能为了我担这么大的责任,我万一出了问题,对医院也不好。这样吧,我把这周的班上完,下周一开始我就算辞职了。这样有两天的时间,你也好找人替我,我也跟同事们有两天时间告个别。"

Connor 点点头说:"这样最好了。"然后他犹豫了一下,问雨嘉:"你还准备去读护理硕士学位吗?"

雨嘉愣住了:"当然了,为什么这么问?"

Connor 说:"我是担心你的过敏症会让你不能继续做医护工作。"

"哪有那么严重!"雨嘉笑着说,"你想太多了,我干活去了。赶紧找人替我啊。"说着,雨嘉就走了。但是,雨嘉的脚步已经不那么欢快了,她下意识地想,万一 Connor 说的是对的,怎么办?

那天回家，雨嘉有点沉闷。钟铭奇怪地看着她："哟，怎么了？上班受气了？"

雨嘉说："我就干到这周五，我辞职了。"钟铭的眼睛一下子瞪得像铃铛一样。雨嘉说："你别大惊小怪的，我这不是该上学了吗？我想这个暑假不上班了，休息休息。"

"哎哟，我的小雨伞，你终于想通了！我就说早该这样，其实你这学上不上也无所谓，你就……"钟铭看着雨嘉瞪起来的眼睛，把下边"在家生孩子"的话憋回去了。

第二天，雨嘉一上班，发现一个小护士在等她。那个小护士名叫Jennifer，是来跟雨嘉跟班的，以后要接替雨嘉。雨嘉细心地给她讲解护理步骤和注意事项，可能因为说话说得有点多，雨嘉觉得有点喘不上气来，而且有点头晕恶心想呕吐的感觉。雨嘉突然反应过来，Jennifer戴的是橡胶手套！

雨嘉一着急，就更觉得喘不过气，她说："Jennifer，你的手套……"正在大口倒着气准备说下去，Jennifer说："嗯，我的手套戴好了。"说着，她拉起两只手套的腕部边缘，啪啪两下，把两只手套拉起又弹回到腕子上。雨嘉越着急越喘不上来气，而且当时她是和Jennifer在一个关着门的小空间里，Jennifer啪啪两下弹出来的橡胶手套粉尘，弥漫在空气里，雨嘉瞬间倒在了地上！

Jennifer大叫一声，扶起雨嘉的头，用手伸到雨嘉鼻子底下去试她的呼吸。她刚刚戴过橡胶手套的手，顷刻间让雨嘉本来还有的微弱呼吸完全停止了。Jennifer打开门跑出去："Help！Help！"Jennifer大喊。

Connor冲进来，一看雨嘉，立刻从兜里掏出一只肾上腺素笔，挥起手臂，冲着雨嘉的大腿猛扎下去。针头穿过雨嘉的护士裤，扎进她的肌肉，这一针肾上腺素打进去之后，雨嘉恢复了微弱的呼吸。

Jennifer 还不知道到底发生了什么，还戴着一只橡胶手套又跑进来。Connor 大喊："Get out！ Take off that fucking glove！（滚出去！把那该死的手套摘了！）"

Connor 拉响了紧急警报，开通了紧急通道，雨嘉被以最快的速度送入了急诊室。Connor 转回到自己的病区，直接去找已经被吓哭了的 Jennifer："Jennifer，对不起，我不该对你喊叫，完全是我的失误，我忘记跟你说 Jasmine 橡胶过敏，完全是我的责任，我的错误，我还对你出言不逊，我太惭愧了，我不想为我的错误找任何借口，只想向你真诚道歉！希望你能原谅我！"

在急诊室，当雨嘉终于醒来的时候，她第一眼看到的，是钟铭。钟铭流着眼泪说："你吓死我了！你吓死我了！你乖乖地跟我回家，以后咱再也不在医院工作了。你知道吗？刚才医生说，你已经怀孕两个月了。咱们有宝宝了，你知道吗？"

16
舒亚和莉亚

雨嘉从来没有见过钟铭落泪,在雨嘉眼里,她的丈夫就像一棵屹立的大树,就像一块坚定的磐石,只有她哭泣耍赖的时候,哪里有钟铭落泪的时候呢?雨嘉抬起手来,拂去他的泪水,说:"我没事了。"

"你听到了吗?你已经怀孕两个月了,咱们有宝宝了!"钟铭说。

雨嘉一下瞪大了眼睛,挣扎着要坐起来。钟铭按住她:"别起来,别起来,你要爱惜你自己的身体,也是爱惜咱们的孩子啊!咱们要当爸爸妈妈了。"雨嘉抚着自己的肚子说:"是真的吗?真的吗?"钟铭回答:"是真的!"

这时医生过来说送雨嘉去做一下B超,看一下怀孕的情况怎么样。雨嘉眼泪涌上来,不住地问:"真的吗?这是真的吗?"护工推起雨嘉的病床,往B超室走,钟铭握着雨嘉的一只手,一边跟着病床走,一遍一遍回答雨嘉:"是真的,宝贝,是真的!"

做B超的技工把屏幕放到一个雨嘉和钟铭都能看得到的角度,然后慢慢地搜寻,突然,屏幕上出现了一个跳动的小亮点,还有,另外一个跳动的小亮点!

钟铭说:"那是什么?"

技工说:"那是孩子的心脏在跳动。"

"为什么会是两个心脏?"钟铭问。

"你们还不知道啊?是双胞胎啊。"技工说。

钟铭和雨嘉都张着大嘴瞪着眼睛互相看着,傻在那里了!双胞胎!两个人兴奋地抱在一起,然后钟铭指指屏幕,对雨嘉说:"快看,快看看两个孩子!"

那两个小亮点闪啊,跳啊,闪啊,跳啊,雨嘉盯着屏幕,一边哭一边笑,一边跟钟铭说:"我简直都变成傻大姐了,是不是当了妈妈都这么傻呀?"

雨嘉过敏反应被处理之后,就一切正常了。要离开医院回家的时候,一位老医生过来跟雨嘉讲出院医嘱。他严肃地说:"我知道你是一名注册护士,这是一个非常伟大的职业,我也相信你是通过多年的努力才进入这个职业,但是我不得不说,你的过敏反应非常厉害,这种情况下,唯一的方法是杜绝接触。为了你的生命安全,你必须离开任何临床工作。"

"可是我马上要去读护理学硕士学位,我要当护理医师呢。"雨嘉说。

医生想了一下说:"我本来想说,读学位没问题,但读完了不能到医院工作。但是我反应过来了,读学位也不行,护理学硕士学位有大量的临床实习,你是不能做临床实习的。所以非常遗憾,这个学位似乎也不适合你。"

"那我以后还能回医护工作的队伍吗?"

"除非将来的医院完全杜绝橡胶产品。我不知道那将是什么时候,五年?十年?二十年之后?没有人能够预测。"老医生严肃地说,然后他拍拍雨嘉的手说:"孩子,非常抱歉带给你这样遗憾的消息。你还这么年轻,我相信你能找到最适合自己的道路。"

跟医生谈话的整个过程中,钟铭紧紧搂着雨嘉的肩膀,生怕她会哭出来。可是让他意外的是,雨嘉没有哭。从医生离开的时候,到回家的出租车上,到进了家门雨嘉在床上躺下,钟铭给她盖好被子,雨嘉一个字都没有说,也没有眼泪。这样一来,钟铭倒是怕了,他问也不敢问,说也不敢说,就连想抱抱雨嘉,都被她推开了。

钟铭心急如焚,一方面担心雨嘉,另一方面他跟上司说妻子进了急诊室,也就请了半天的假,现在已经过了中午,他必须回去上班了。钟铭给雨嘉摆好了午餐,又走到床边,雨嘉看钟铭还穿着上班的西服,没有换便装,就知道他必须要回办公室。雨嘉说:"你去上班吧,我没事了,下午我睡一会儿,晚上如果你能早回来就早一点回来,如果不能也没关系。我好了,你去吧。"

钟铭抱住雨嘉说:"我现在宁愿你跟我又哭又闹,拉住我不让我走。"

"走吧,"雨嘉推开他,"看把你西服都弄皱了。"钟铭拍了拍雨嘉的头,站起来,他觉得他的宝贝小雨伞今天有点陌生,有点让他拿不准,雨嘉眼睛中的平静让钟铭不安,或许女人当了母亲真的会变得不一样了?

晚饭时间,钟铭买了外卖回到家,本来以为雨嘉还在床上躺着,谁知雨嘉在厨房,而且桌上已经摆好了四个菜。钟铭赶紧走过去:"你怎么起来了?还做饭!你等我回来啊!"

雨嘉说:"我感觉好多了,你换了衣服洗洗手,咱们吃饭吧。"

钟铭不可置信地看着雨嘉,慢吞吞地去换了衣服洗了手,坐在桌前,他不知为什么心里发慌,似乎觉得什么事情要发生一样。雨嘉一边吃饭一边跟钟铭说:"我下午其实也没睡,我给纽约大学打了一下午的电话。"

"你跟他们说不去上护理学院研究生了?"钟铭小心地问。

"不去了。"

钟铭大松一口气,刚要抱雨嘉。雨嘉说:"但是我找他们研究生院了,他们看了我的成绩,也鉴于护理学院已经面试过我,同意录取我。"

"你,还要去上研究生院?学什么啊?"

"我跟可欣打电话问过了,我想学计算机专业的硕士学位。研究生院说让我先暑期选课,如果成绩通过,计算机系的硕士班就会在九月份开学的时候录取我。"

钟铭简直傻了:"你这跨度也太大了,纽约大学的计算机系出了名的难读啊!你本科没学多少数学,到了那儿不得受罪啊?而且编程多辛苦,你看姜同凯,机器人一样!你不是跟机器打交道的人,干这个你喜欢吗?"

"学电脑不见得就一定跟机器打交道。可欣文科出身,她能学,我也能。电脑运用面很广,也是未来大趋势,我相信我会找到我喜欢的位置。"雨嘉说。

"我的宝贝,你急死我了!你怀着两个孩子呢!真的不用你出去挣钱,你就相信我吧。你就在家,照顾好孩子们,然后你就像许月莹那样,做点自己喜欢的,弹琴、画画、看小说,你喜欢什么别的就去玩玩……"

不等钟铭说完,雨嘉说:"你看我像许月莹吗?"

"不像不像,你比她有本事万倍!可是你得想想俩孩子啊,而且咱们真的不用你出去挣钱。"钟铭说着说着有点急了,他打开文件柜,左翻右找抽出来一些文件,拿过来一样一样给雨嘉看:"你从来不问咱们家的财务,也怪我,老觉得你是什么都不应该操心的小丫头,从来也没跟你讲过。你看,我从学生的时候就每年投资股票,这些年下来,你看看这数字,再加上咱们买房的这大半年,这个房子已经疯涨上去了,我来公司一年,做了两个 IPO 项目,两个项目奖金就是四十万美元,扣了税之后我又投进股票市场,现在也翻倍了。你说你学出来当电脑工程师,累死累活还不够我一个季度的奖金呢。你何苦呢?"

钟铭说着,又把每个文件的第一页给雨嘉看:"你看,咱们所有的账户,我都是写的咱们两个人的名字,我的一切都是你的,你怎么就不明白啊?"

说实话,雨嘉也被那些数字吓了一跳,她没想到,短短的几年时间,钟铭已经让百万富翁这个只在小说里见过的头衔落到了自己头上。可是她把这些文件都收起来放回到钟铭手里:"我知道你是个好丈夫,以后也会是个好爸爸。可我真的不是在家里待得住的人,许月莹是很有福气的,她的性格适合在家相夫教子,可我偏偏就没生人家那么个性格,你不让我出去上学工作我会疯掉的,这跟钱没有关系。"

"而且,"雨嘉说,"我想给你一个快乐的妻子,给孩子一个快乐的母亲,这样你们才能也快乐。如果我整天愁眉苦脸,你们也不会幸福。"

　　钟铭第一次觉得,他竟然拿这个小雨嘉没有办法,无论他怎么说,怎么做,都不能让她改变主意。他沉默地吃完了那顿饭,晚上上床的时候,他一般是习惯抱一抱雨嘉再睡觉的,可是今天他发现这个床好大,雨嘉在床的那一头,让他伸手都够不到,而且他发现,自己的手,也并没有伸出去。

　　文科出身的雨嘉,在大学期间只学过一些简单的微积分和统计学入门,现在,她忍受着初孕的呕吐反应和疲惫嗜睡,到纽约大学选修离散数学和概率论。雨嘉甚至摘下了自己巨大的钻石戒指,因为那让她不像一个学生。雨嘉也拒绝钟铭过多的呵护,坚持说孕期其实是一个健康的、正常的生理时期,没有什么特别的,雨嘉又回到了学生的装束,每天抱着数学课本挤地铁,回来就啃数学书到深夜。

　　钟铭拿雨嘉一点办法都没有,"你怀着两个孩子呢,小心点,别挤地铁,坐出租吧,多吃点,早点睡……"这些话钟铭说得都不爱说了,他甚至觉得自己变成了碎嘴女人,而雨嘉似乎倔强有主意得像个男人。钟铭有时候也跟雨嘉赌气,不理她,可是过不了一会儿,又心疼她,忍不住凑过来给雨嘉讲解离散数学、集合论和概率论。钟铭真不明白,这些理工男学的东西,雨嘉一个文科出身的小姑娘,跟这些东西较什么劲啊?钟铭第一次对雨嘉有了有理说不清,干脆就不爱跟她说话的挫败感。

　　孕期前三个月过去后,雨嘉的晨起呕吐反应轻了许多,进入了平缓的孕期第二阶段,这个阶段妊娠反应不那么严重,而且身体也还没有那么笨重,雨嘉感觉很好,就更是健步如飞地奔走在纽约大学的校园里。九月份,雨嘉正式被计算机系硕士班录取,开始选修进一步的课程。

钟铭觉得自己都不认识雨嘉了,这个看似柔弱的,自己一直当小姑娘呵护着的小雨嘉,竟然有这样的倔强和毅力。钟铭早就知道雨嘉聪明,但是让钟铭百思不解的是,文科出身的雨嘉竟然解微分方程和积分方程比他还快!这让钟铭觉得很有压力,以前雨嘉的护理专业知识钟铭一窍不通,那没关系,术业有专攻,隔行如隔山,一个金融公司的大男人,当然不懂护士的那一套。可是解积分方程解不过她这么个小丫头,这就让钟铭不舒服了。

钟铭说:"人说怀孕傻三年,你倒是越怀孕越成精了?"

雨嘉回答:"我怀的是双胞胎,负负得正,所以脑洞大开了。"

"那还是我儿子们的功劳。"钟铭笑了。

"你怎么知道是儿子?我要两个女儿!"

"最好一男一女,龙凤胎!"钟铭越想越美,也就暂时把积分方程的事儿给忘了。

纽约的初秋落叶缤纷,色彩斑斓,一个周末,钟铭一早要带雨嘉去中央公园散步,散步是孕妇最好的运动。可是雨嘉却要到学校去编程序,而且不知道几点才能回来。钟铭一脸不高兴把雨嘉送到学校,自己只好也回到办公室闷闷不乐地加班。下午的时候,雨嘉打电话来了,程序写好了,要钟铭来接她去吃饭。

钟铭赶来的时候,雨嘉已经饿得不行了,她现在怀揣俩娃,真的是经不住饿,只要一饿了就立刻两腿发软,路都走不动了。钟铭本来要带雨嘉到曼哈顿中国城去吃饭,可是雨嘉就指着路边一个不起眼的冷冷清清的小餐馆说:"就它吧,多一步路我也走不了了。"

这家小餐馆装潢简单,桌椅都有点陈旧,前台连领坐的人都没有,一张一张的桌子都空着，雨嘉和钟铭是唯一的客人。钟铭看菜单都摆在桌上，就领着雨嘉挑一个靠窗户的桌子坐下，翻着菜单说："这地儿能行吗？我怎么看着这么悬啊？"

"你们吃点什么？"一个上海口音的人站到桌边问。

钟铭猛地一抬头，瞪大眼睛，大叫一声："溜子！"雨嘉和钟铭都站了起来，面前这个人，正是王留存，那个当年挂科被学校劝退后独自到纽约闯世界的王溜子！

王溜子一脸惊诧地来回看着钟铭和雨嘉："你们，你们，怎么……从哪里冒出来的？！"三个人一阵惊叹问好之后，王溜子对着厨房叫："Christine，关门了，关门了，今天不营业了。"然后他转向雨嘉和钟铭："我下厨给你们露一手，你们先坐。"

钟铭拉住他："有什么吃的先给雨嘉来点儿，她怀着孩子，饿得不行了。"王溜子立刻招呼："Christine，先来一盘虾仁炒饭，然后你可以下班了。"

一会儿工夫，那个名叫 Christine 的女孩从后厨走出来，她把一盘虾仁炒饭放到雨嘉面前，然后对王溜子说："那我先走了。"王溜子说："我把这周工钱给你。"说着就打开了收款机，然后抬头问："怎么就剩这么一点点钱？"

Christine 说："中午你太太来拿走了。"

王溜子一边把 Christine 的工钱数给她，一边说："已经不是太太了，晓不晓得？还太太，太太地喊！"

雨嘉和钟铭互相看了一眼，都跟要出门的 Christine 挥了一下手。王溜子做好了几个菜，拎着一瓶酒坐下："你们也来纽约混了？要生宝宝啦？"

钟铭直截了当:"溜子,这些年怎么样?结婚了?"

"结了,又离了。"王溜子痛快地说。

当年,王溜子连续四个学期门门不及格,被学校劝退,丢了学生签证,丢了助研奖学金,没有合法身份没有钱,只身来到纽约找出路。这种情况下,他唯一的办法就是非法打黑工。王溜子什么都干过——洗碗,送外卖,去装修工地卖苦力,送货,当清洁工……在法拉盛和曼哈顿中国城里,能干的都干遍了。纽约的繁华,第五大道的奢侈,中央公园的美丽,华尔街的辉煌,都跟他没有关系,他就是干活,吃饭,睡觉,然后再干活,吃饭,睡觉。

他想做生意,没有绿卡,想找合法工作,没有绿卡,想堂堂正正出去到美国人的圈子里去应聘,没有绿卡,想申请政府的资助,没有绿卡,想申请州里的医疗,没有绿卡,想回国找个女朋友,没有绿卡!人说一个大子儿憋死个英雄汉,在王溜子这里就是一张绿卡就死死地把他卡在了独自打黑工这个圈子里。

终于,王溜子赶上了百年不遇的那一波针对中国留学生的普惠绿卡,算是把老大难问题解决了。赶紧找了一个正式的厨师工作,然后跑回上海,在介绍给他的众多姑娘中千挑万选,娶了一个漂亮的上海太太,带回纽约。

谁知太太来了板凳还没有坐热,就被王溜子发现不断给国内的一个男人打电话。王溜子想,毕竟是介绍认识然后闪婚的太太,可能跟原来的男友旧情未断,说不定过一段时间就把前男友忘了,就会好好跟他过。于是就百般哄太太高兴,想用自己的心来感化她。可是过了一段时间,王溜子太太频繁出门,有时深夜不归。原来是那个国内的男人短期来纽约开会,王溜子的太太整天泡在那个男人的酒店里，回来就神不守舍，对王溜子歇斯底里。终于闹够了，这个女人承认自己心有所属，就是想让王留存带她来纽约，给她办绿卡，才跟王留存结婚的。

两个人很快就办理了离婚手续，但是这个女人不能吃苦去打工，她爱的那个男人也回国了，一时半会儿出不来。她在纽约没法生存，还是隔三差五地来找王留存。这个餐馆，是王留存花了全部家当买来的，苦心经营，生意惨淡，前妻又经常来拿钱。王留存觉得毕竟一日夫妻百日恩，不管怎么样，不能让跟过自己的女人挨饿，所以就稀里糊涂地养着她到现在。

钟铭和雨嘉互相看了看，也不好说什么，钟铭就问："溜子你下边怎么打算？继续经营这个餐馆吗？得想想办法，好像不太景气啊。"

"纽约餐馆业太饱和了，没有独到之处根本不能生存，即使有独到之处，今天还是香饽饽，明天就是老生常谈了，要不断出新点子才可以。我想换个地方，到宾夕法尼亚州那边看了个地方，地皮便宜，贷款也相对容易，我打算做一个特别的餐馆，不是这种靠死拼薄利多销，装潢简单，除了做菜之外什么脏乱差都不顾的餐馆。"王溜子说。

"我们刚找到你，你又要走啊？"钟铭问。

"纽约是我的伤心地，我也不愿意待了。何处不江湖。以后宾州见吧。"

从王留存的餐馆出来，雨嘉说："王溜子太可怜了，要是认识什么好姑娘，给她介绍一个吧。"钟铭说："我看那个 Christine 跟他挺合适。"

那个周末，钟铭和雨嘉约了马化鹏和许月莹，又来到王留存的餐馆。王留存已经在跟别人谈卖餐馆的手续了，钟铭和马化鹏都想给王留存出点钱，算是王留存在宾州新餐馆的份子钱，王留存死活不要。

雨嘉和许月莹趁他们几个男人聊天的时候，跟打工的Christine聊了起来："这个餐馆卖了你打算怎么办？继续找下一家餐馆吗？"

Christine是一个身材瘦小，一看就精明能干的女孩，她说："咳，天下餐馆还不是一样？我也见多了。说实在的，在老王这个餐馆，生意比别人淡，赚钱比别处少，可我愿意跟着老王干，他人好、仗义，你看他对他前妻，真是个好人啊。我也不找别的餐馆了，我想好了，跟他到宾州去，帮他干新餐馆。我有经验，真能帮到他呢。"

雨嘉和月莹互相看了看，雨嘉心想："难道钟铭会算命？"

又一个冬天来临的时候，雨嘉完成了计算机系第一学期的全部考试和编程项目，安静待产。钟铭本来提议把雨嘉的父母接来纽约，照顾雨嘉和两个孩子，但是雨嘉没有同意。钟铭试探地说："要不然让我父母来？"雨嘉说："咱们自己的孩子自己养吧，请个阿姨帮忙，不要劳动父母了，他们年纪都大了，带孩子太辛苦，不要麻烦他们了。"

其实雨嘉是惧怕跟父母或者公公婆婆住在一起。燕妮的例子让她不寒而栗，虽然她相信钟铭的父母不会那样，她和钟铭也没有陆克俭那样的情况，但是一想到陆克俭父母也是受过教育的知识分子，还那么对待儿媳妇，雨嘉就不敢笃定公公婆婆跟自己住在一起会怎么样。钟铭虽然对自己千疼百爱，但是雨嘉还是不敢让两个人的生活复杂化，尤其自己读学位非常繁忙，整天不着家，她实在不知道公公婆婆会怎么看她。

至于雨嘉自己的父母，雨嘉虽然爱他们，但她不想请他们来带小孩。雨嘉从小到大一直有一个想法：我以后一定要当和我妈妈不一样的母亲。雨嘉从小目睹父母间战争不断，粗暴交流，她实在不愿意把这样的硝烟战火带入自己温馨的小家，实在不愿意自己的孩子也跟自己小时候一样生活在硝烟战火中。

经过几轮的广告和面试，钟铭和雨嘉选定了一个名叫柳嫂的中年妇女来家里当住家保姆。柳嫂是法拉盛中国城的一个来探亲的女人，丈夫不幸去世了，自己又不会英文，无法独自生存，只好出来当住家保姆，这样，离雨嘉预产期还有一个月的时候，柳嫂就住到雨嘉和钟铭家里来了。

柳嫂四十五岁，天津人，说话办事都利利索索的，一来了就先出去买了菜，回来给雨嘉炖鸡汤烧排骨，包芥菜馄饨，又蒸了红枣年糕。钟铭下班回来一看，立刻把一摞钱放到柳嫂手里："柳嫂，以后我们家吃什么您说了算，您多费心，我把雨嘉和孩子的营养都交给您了。"柳嫂笑着说："你放心，交给我！"

离预产期只有十七天了，雨嘉的肚子已经大得走路都有点困难，偶尔还会有宫缩，医生说让雨嘉卧床三天，这样就到了怀孕三十八周，鉴于是双胞胎，三十八周就可以引产了。钟铭已经申请了在家里工作，这几天都不去上班。

深夜，雨嘉突然觉得下腹"轰"的一声，一股热流从下身流出来，她知道是羊水破了！雨嘉赶紧叫醒钟铭，钟铭飞快地给雨嘉穿了厚厚的衣服，拎起早就准备好放在门边的备产包，叫了一辆出租，带着雨嘉直奔纽约大学医院。

路上，雨嘉的宫缩一阵紧似一阵，她拉着钟铭的手，在宫缩的阵痛中喘息着说："如果我生孩子出危险，一定要先保孩子们！然后你一定好好把孩子们养大！"钟铭抱紧雨嘉："你想什么呢！我不许你这么说！你别怕，没事的，肯定都好好的。"

胎儿是横位，雨嘉被送进了手术室进行剖宫产。钟铭也穿上无菌服，戴着口罩在雨嘉的头边坐下，握住雨嘉的手，他紧张得上下牙直打战，用颤抖的手把雨嘉浸透汗水的头发轻轻从脸上拨开，一边说："宝贝，没事的，没事的，你挺住，一会儿就好了。"

手术室里突然间充满了婴儿响亮的哭声，两个孩子齐声大哭。医生说："是一个男孩和一个女孩！"说着，就把裹了大方巾的两个婴儿放到钟铭怀里。钟铭流着泪抱着两个孩子给同样流着泪的雨嘉看："你看多漂亮！是龙凤胎，是一个儿子一个女儿！"

哥哥取名Joshua Zhong，中文名字是钟舒亚，妹妹取名叫Julia Zhong，中文名字是钟莉亚。

来到产后恢复室，舒亚和莉亚像天使一样安静地睡在雨嘉身边的婴儿车里，钟铭看着他们母子三人，觉得自己有了他们才得以完全，他的生命有了他们才有意义。他第一次觉得，无论他以后在金融界做得多么成功，丈夫和父亲这两个头衔才是他最重要的使命。

初为父母的日子，充满甜蜜欣喜，也在奶瓶尿布交响曲中把人累得晕头转向。幸亏有柳嫂帮忙，钟铭也请了两个星期的假，雨嘉的剖宫产伤口才得以恢复，能够下床走动了。可是雨嘉还没有出月子，纽约大学计算机的课程就又开始了。钟铭简直不敢相信雨嘉还想去上课："你就空一个学期吧，等秋季再去上，这几个月你好好恢复恢复，也好好陪陪舒亚和莉亚，孩子还在吃奶，你怎么也等他们断了奶再出去上课啊。这大冬天的,你还在月子里呢,怎么去上课啊?"

可是不管钟铭怎么说,雨嘉坚持要一周至少三天到学校去,并且另外几天自己在家里写程序准备考试。钟铭无论如何想不明白,雨嘉怎么自从橡胶过敏退出护理专业之后,就像变了个人,这么犟,这么有主意,这么不可理喻!她再也不是原来那个听话的、温顺的小雨嘉了。现在她让钟铭浑身是嘴也不能说服她任何事情,明明不合常理的事情,雨嘉也要一意孤行。钟铭觉得自从雨嘉倒在医院被送到急诊室开始,他就一直那么愁,那么累,那么跟雨嘉较劲。

远方的于思聪、沈燕妮和李可欣都寄来了贺卡和婴儿礼物,马化鹏和许月莹也带着礼物来看雨嘉和孩子们。许月莹羡慕地说:"真有福气啊,一生就生两个,还一样一个!"许月莹至今没有怀孕,她太羡慕雨嘉了。

在柳嫂的帮助下,雨嘉历经千辛万苦,在两个孩子一岁半的时候,终于顺利地拿到了纽约大学计算机系的硕士学位,并找到了一家金融公司IT部门的工作。这其中的艰辛,只有学业、事业、家庭、孩子一把抓的女人才能体会得到,但其中的收获,也只有如此拼过的女人才能拥有。

在钟铭办公室里,大家的太太们没有在外边工作的,即使有做事的,也是在做慈善,或者在非营利组织挂个虚名。以前,他们没有孩子,雨嘉在外边工作,大家理解为雨嘉年轻,精力旺盛,需要事情做,而且毕竟护士的工作挣不了多少钱听起来还救死扶伤非常高尚,非常女性化,这样说起来,同事们上司们也都觉得:哦,Michael真是娶了个有爱心有奉献精神的太太,按照他们金融男人的理论,这还算解释得通。

现在就不一样了，钟铭的工资和奖金已经远远超过了他当年进公司的水平，这样的收入，还让自己刚刚生了两个孩子的太太去做男人占领的IT行业，大家看钟铭的眼神就有点怪怪的，觉得他有点另类，似乎又有点贪婪。在金融界混，天文数字的财富在你手里玩着，你必须坚如磐石，稳若泰山，进退有据，行动有章，别人才会觉得你安全可靠，"另类""贪婪"是万万要不得的。而且如果钟铭连自己太太都不爱惜，那他还能在乎别人，在乎客户吗？钟铭虽然没有直接听到什么，但他知道同事和上司们在谈论他。

但是无论怎么一肚子不高兴，钟铭现在已经学会在家里和在外边，都对雨嘉工作这个话题避而不谈了，因为他知道雨嘉在这件事情上不听他的，谈也是白谈，反而惹更多的不快。钟铭想，说不定过一段时间雨嘉就会厌烦IT，而且舒亚和莉亚现在快两岁了，也需要妈妈来做早期教育，不能整天跟着英文都不会的保姆了，说不定雨嘉会自己辞职吧。

每天回家，雨嘉和钟铭都尽量和两个孩子多在一起玩耍，他们白天都见不到孩子，晚上孩子又睡得早，只有晚饭时间和晚饭后一点点宝贵的时间，两个粉雕玉琢的小宝贝在客厅里跑来跑去，在爸爸妈妈身上爬上爬下，钟铭和雨嘉觉得再累都值得了。

往往这时，柳嫂会很懂事地回到自己的小屋里，把这样的时光留给他们一家四口，从来不在这个时候打扰他们。只有听到孩子们困了累了哭闹了，柳嫂才开门出来，安顿孩子们睡觉。而这时雨嘉和钟铭已经精疲力竭了，晚上还要看资料写程序，很晚才能入睡。钟铭突然想起，他和雨嘉已经好久没有亲热过了。

17
几家欢喜几家愁

在接下来的一个大型 IPO 项目中,钟铭已经成了团队的核心人物,在最关键的这一周,核心团队和远程飞来的客户一起吃住在酒店,夜以继日共同工作。

一天,大家临近午夜才从会议室出来,同事们和客户们都回房间了,钟铭自己到吧台要了一杯酒,想拿回房间去喝,一转身看见了马化鹏,钟铭刚要招呼他,突然愣住了,马化鹏跟一个金发女人坐在一桌,两个人站起来一前一后往电梯走,在站起来的一瞬间,马化鹏顺势在那个女人腰上捏了一把,女人回头对马化鹏笑了,这个小动作正好被钟铭看到!这个女人看起来有点眼熟,钟铭仔细想了想,原来就是上次在酒吧接近钟铭,又塞给钟铭一个电话号码的那个叫 Angela 的风尘女子!天哪,这该死的马化鹏怎么跟这种女人在一起!他看着马化鹏和那个女人一起上楼了。钟铭不便上前,自己闷闷地回了房间。他拨通了雨嘉的电话,但是犹豫了一下,没有把看到马化鹏和那个女人的事告诉雨嘉,只问了问舒亚和莉亚今天怎么样,就挂掉了。

财富这个东西，过多过少都会让人失了心性，像马化鹏这样，从祖祖辈辈赤贫的农民家庭出来，几年之间跻身于华尔街，每天看到的是黄金滚滚，他心里所受的考验和诱惑非常人可比。钟铭想着这些，似乎可以理解马化鹏，但是一想到许月莹，那样冰清玉洁一尘不染的女子，钟铭真觉得马化鹏是个混蛋。

　　马化鹏和许月莹的婚姻，波澜不惊，日子像流水一样过着。他每天下班回来，月莹已经做好了晚饭，摆在精致的盘子里，家里也是一尘不染，整整洁洁，色调协和的墙壁、窗纱、床罩、沙发，让马化鹏觉得是进了酒店而不是回了家。月莹总是那么轻声轻语，恬淡温和，让马化鹏觉得是在跟酒店服务员交谈，而不是和自己的老婆在说话。

　　有时，马化鹏故意把他保留的粗瓷大碗砰的一下放在晚餐桌上："用这个吃！"月莹就笑一下，继续用自己精巧的白瓷小碗和尖尖的象牙白的筷子，把几个米粒送进嘴里。

　　看着月莹，马化鹏有时会怀疑结婚这么多年来，自己是不是真的干过这个女人？有时，马化鹏会在床上故意把月莹的头发揉得乱七八糟，让她的头发整个糊在脸上，把那个整齐清爽的床故意弄得一片凌乱，把她的枕头也甩到地上，然后粗暴地一遍一遍进入她的身体。可是，不管怎么折腾，第二天早晨的阳光下，月莹往窗纱前一站，还是一副从来没有男人碰过她一指头的处女样子，马化鹏简直绝望了。

　　有时候，马化鹏觉得自己还不如娶个农村媳妇，俩人该吃就大碗吃，该睡就痛快睡，该笑就大声笑，该骂就祖宗八辈地骂，即使大打出手，过后一扭头看着一窝的娃，没办法，还骂骂咧咧地一起过。

那样的话,他吃饭吧嗒嘴不用担心人家的目光,想放屁随时可以放屁,进门也不用换鞋,几天不洗澡都没人说啥,多痛快!可他就偏偏放牛娃爱上了个仙女,当把仙女捧到手里才发现,仙女不是那么好搞的。

马化鹏变得不爱回家了,经常一个人在外边喝酒吃饭。有一天正在一边喝酒一边吃一盘虾,他嚼下一只虾之后,肆无忌惮地把虾尾巴吐在了洁白的桌布上。这要是许月莹在,肯定会不动声色地立刻把那个虾尾巴收走,然后放一个小盘子在他手边,轻声说:"吐在这里。"这会儿马化鹏看着那只虾尾巴躺在桌布上一动不动,突然觉得心里很痛快。他一抬头,正看见对面一个金发女子看着他,他心想:"他妈的,招人笑话了!"可是转念一想,老子花钱吃饭,理直气壮!就连叉子都不用,直接用手抓起一只虾放到嘴里,嚼了两下,啪的一口把又一个虾尾巴吐在桌布上。

对面的女人笑了,她面前正好也有一盘虾,她也学着马化鹏的样子,放下叉子,用手抓了一只虾扔进嘴里,嚼一嚼,啪的一口吐在桌布上!然后笑着看着马化鹏。

马化鹏瞪大眼睛愣了一下,然后笑着对那个女人一举杯,那个女人就端着自己的盘子到马化鹏这桌来了:"你好,我叫 Angela,你叫什么名字?"说着就打了一个很响的饱嗝。马化鹏笑得上不来气儿:"你好,我叫 Henry Ma。"Angela 在他对面坐下。

没聊两句,马化鹏就明白了,这个 Angela 是妓女。马化鹏正在低着头琢磨要不要站起来离开,突然觉得两腿间有什么东西伸了过来。原来 Angela 在桌子对面脱了鞋,把一只脚从桌子下边伸到了马化鹏的椅子上,脚尖在他大腿根之间画圈。马化鹏立刻就傻眼了,他下身已经有了剧烈的反应,他现在就是想站起来走也不行啊,那不丢死人了？

Angela 艳笑着斜着眼睛看着马化鹏，把自己的大衣拿过来说："Would you please hold my coat and walk me upstairs（你能不能拿着我的大衣，带我去楼上）？"说罢拉着马化鹏站起来，马化鹏窘迫地拿起 Angela 的大衣挡在自己前边，胡乱在桌上扔了些钱，被 Angela 拽着去开房了。

那天他回到家，巨大的罪恶感让他不能面对妻子许月莹，可是在这巨大的罪恶感背后，他又有巨大的满足和释放感。每一次跟 Angela 有性交易，马化鹏就觉得自己在妻子面前更加污秽，越这样，月莹就好像越遥不可及，他心里的压力也就越大，然后就更促使他又给 Angela 打电话。马化鹏像一个吸毒的瘾君子，想戒也戒不了，直到这一次，让钟铭碰上了。

钟铭跟雨嘉挂了电话后，他决定到前厅去等马化鹏。深夜两点，坐在吧台的钟铭终于看见 Angela 从电梯里出来了。Angela 也看到了钟铭，走过来："Hey, I've seen you before.（嗨，我们见过面。）"钟铭放下酒杯，转过头来，盯着 Angela 的眼睛说："Get the fuck out of my face（滚你娘的）！"Angela 皱了皱眉头，扭扭搭搭地走了。

过了一会儿，马化鹏匆匆忙忙从电梯里出来，目不斜视地往大门口走。经过钟铭身边的时候，钟铭说："老马。"马化鹏"啊"的一声叫，惊恐地转过身来瞪着钟铭。钟铭招呼服务员，要了一杯威士忌，往左手一推，指了指自己旁边的座位。马化鹏犹豫着坐在钟铭旁边。

钟铭侧过头来看着马化鹏，马化鹏低头不看他。俩人一言不发，一口一口地喝着酒。都喝完了，钟铭一字一顿地说："老马，许月莹等着你呢，回家吧。"马化鹏垂着脑袋点点头，站起来拍了拍钟铭肩膀，出了门。

那些天，马化鹏再也没有给 Angela 打过电话，他全心全意地陪伴自己的妻子，用实际行动来洗刷自己的罪过。月莹对一切全然无感，她仍然是安静祥和，仍然是对马化鹏尊敬呵护。

过了两周，马化鹏发现自己的阴部出现了两个又痛又痒的斑点。他吓坏了，又不敢去看医生，惶惶不可终日。让他庆幸的是，这几个斑点在一段时间之后消失了。马化鹏这才大松一口气，真是谢天谢地，发誓以后再不胡闹了！谁知高兴得太早了，又过了一些日子，更多的斑点在他的阴部和身体其他部位皮肤上相继出现。马化鹏这下彻底慌了。

他不敢去看医生，生怕有了医疗记录，这样的事情进了数据库，以后一辈子抹不掉。他偷偷地找到钟铭，让他私下问问雨嘉这到底严重不严重。钟铭一听就急了："我×，你他妈的这叫什么事儿啊！月莹知道不知道？"

"我没敢告诉她。"马化鹏说。

当天晚上，马化鹏手机响了，马化鹏接起来刚 Hello 了一声，雨嘉连珠炮似的声音就传了过来："马化鹏你赶紧去急诊室，带月莹一块去！你这是二期梅毒知道不知道？再不治就晚了，症状如果再消失再复发，进入第三期你就完蛋了。月莹很可能也被传染了，赶紧带她看医生，要不她会失去生育能力的！马化鹏你混蛋！"雨嘉恶狠狠地把电话挂了！

马化鹏和许月莹离婚的消息，是两个月以后传来的。马化鹏的二期梅毒经过静脉盘尼西林治疗已经治愈了，许月莹由于发现得早，只需口服药就治好了。之后，无论马化鹏怎么跪在月莹面前哭求，月莹还是坚决跟他离婚。

钟铭和雨嘉都劝月莹："马化鹏经过这么一次教训，以后肯定不会再这样了，你就给他一次机会吧。"可是月莹和马化鹏的问题，远远超过了这一次事情，月莹说："我们俩本来就不合适，出这事儿其实是必然的，不是这个女人也会有别的。我也不怪他，好说好散吧。"

雨嘉很伤感："本来以为燕妮和陆克俭会离婚，结果他们没离，马化鹏和月莹倒离了。"

钟铭说："其实咱们都不了解许月莹，她表面上平缓温和，从来不抱怨不哭不闹，可她眼里容不得一点沙子，她是个完美主义者，真不知道什么人能配得上许月莹。"

不管是多么令人唏嘘的事，总会过去，尤其在曼哈顿这个地方，在这群忙碌得无暇旁顾的人群中。钟铭很快又全心投入到了工作和股票交易中，他的财富已经和一年前不可同日而语，但他有更高更远的目标，那就是千万美元，他想，一旦自己的财产到了一千万美元，他就离开金融界，离开曼哈顿，找一个山清水秀，教育质量上乘的地方，和雨嘉过安静的生活，好好抚养和教育舒亚和莉亚。钟铭坚信，如果有一千万的本金，以他的投资手段，他和雨嘉还有两个孩子一辈子不会为金钱发愁。

一天，钟铭在随便翻看办公室内部的简报，一行小字进入他的视线：微软公司以一千五百万的价格收并了 NetSecure 公司。NetSecure！那不是 Kate 当年帮姜同凯注册的公司吗？钟铭赶紧到电脑上查找，果然，姜同凯的 NetSecure 公司和软件卖出了一千五百万美元的价格！钟铭高兴地抓起电话拨通雨嘉的办公室，雨嘉拿起听筒还没等钟铭说话，上来就说："我正要给你打电话，你知道吗？姜同凯的公司卖了一千五百万！我刚在我们公司内部简报上看的！"

钟铭摇摇头笑了，是啊，雨嘉现在也是在金融公司工作的人了，自己已经不再是唯一的金融信息来源，自己知道的东西，雨嘉很可能已经知道了。钟铭说："咱们晚上给Kate和姜同凯打个电话吧。"

上一次跟姜同凯两口子联系，还是雨嘉刚刚生了双胞胎，钟铭把雨嘉和孩子们的照片给姜同凯电邮过去。当时正好Kate小产，姜同凯心情也不好，钟铭也不好在人家小产的情况下，嘚瑟自己的两个孩子，而且姜同凯当时跟Kate还是住在学校附近的一个破旧的小公寓里，过的也是开破车穿旧衣服住破房子吃最便宜的食品的学生生活，跟钟铭雨嘉的生活大相径庭，所以两个人简单互相问候一下之后就没有多聊。现在两年多过去了，姜同凯竟然以这样的方式又出现了！

钟铭想起姜同凯的美国岳父，家里不过七八百万美元的资产，就急着跟姜同凯签婚前协议，生怕这个穷小子惦记他家财产，这下倒好，姜同凯一个公司就值岳父一辈子积累的财富的两倍，老头子还怎么面对这个女婿啊？

在中西部的大学城，Kate和姜同凯仍然住在他们毕业时租的小公寓里。姜同凯一直没有正式工作，Kate在一家小公司做文秘的工作，两人毕业以来一直就靠Kate的微薄工资生活。其间，Kate怀孕两次，但都不幸小产了。现在，Kate又一次怀孕了，这次姜同凯却更没时间陪Kate。

随着公司被收购，各种繁杂的手续、项目收尾、设计改进计划一股脑涌进来，每天姜同凯要应付各个猎头公司对他的狂轰滥炸，还有许多风投公司来约谈要投资他的下一个公司。Kate 怀着四个月的身孕，把财务、税务和法律这几大块事情全部顶下来，姜同凯说："以后再也不办公司了，这一个就够了，简直是在玩儿两个人的命啊！"

一千五百万美元的财富，如果有效避税的话，需要非常妥善的计划和安排。在律师和税收专家的建议下，Kate 和姜同凯为未出世的孩子设立了基金，同时设立了家庭基金和几个慈善基金。等第一笔钱拿到他们自己手里的时候，Kate 的身孕已经七个月了。

姜同凯其实是希望搬到加州硅谷地区去，一方面那边气候好，华人多，另一方面，那边的高科技氛围不是美国中西部能比的。但是，Kate 的家人们七大姑八大姨祖祖辈辈生活在美国中西部，Kate 为了嫁给自己，跟父母家族决裂了，这是姜同凯心底的痛，他不能再在 Kate 和她父母之间横加任何阻挡了，如果把 Kate 带去加州，无异于是彻底断了 Kate 和她亲生父母之间的关系，姜同凯不能这么做。而且，姜同凯早就理解原谅了岳父，也希望有朝一日能够跟他们融洽相处，尽享天伦。他在郊区离岳父非常近的地方买了一幢房子，并给 Kate 和自己都买了新车。Kate 说："这样就可以了，不要再买任何其他东西了。咱们把房子布置起来，婴儿室布置好，然后咱们就过普通的日子，不要买任何奢侈品。"姜同凯很高兴有 Kate 这样的妻子，既能一起创业打拼，又见过大世面，能够妥善处理财富。真是耐得住贫困，守得住富贵，能进能退的好妻子。

不管姜同凯怎么说，Kate 就是不肯回家见父母。姜同凯发现，美国人要是认起死理来，那真是八头牛都拉不回来。在 Kate 临产之际，姜同凯偷偷给岳母打了一个电话，告诉老人家她要当外祖母了。Kate 母亲在电话里一边哭一边说："Thank you！You don't know how much this means to me, to my whole family！Please forgive Arthur。He loves Kate. And I believe he loves you too, in his own way.（谢谢！你不知道这对我对我们全家意味着什么！请原谅阿瑟。他爱 Kate，而且我相信，他也是爱你的，以他自己的方式。）"

姜同凯和 Kate 的儿子小威廉是在火鸡飘香万家团圆的感恩节出生的，那天，姜同凯订了四十人份的火鸡大餐送到医院，向整个妇产科住院处在节日中辛勤工作的医护人员表示感谢。他本来以为 Kate 刚刚生产，消化不了这么厚重的食品，特意给 Kate 煮鸡汤挂面。Kate 说："I don't want soup for Thanksgiving. Give me the real thing！（我才不要感恩节喝汤，给我货真价实的东西！）"

姜同凯目瞪口呆看着刚刚生完孩子的 Kate 啃火鸡腿，喝冰牛奶，吃厚重奶油拌的土豆泥，又吃一大块齁甜的南瓜派！

"到底是吃牛肉长大的美国妞啊！"姜同凯感叹道。

Kate 吃完就躺下休息了。姜同凯把托盘送到走廊的食物车上，然后一看喂奶的时间到了，就走到婴儿室推起儿子小威廉的婴儿车，一边嘎嘎咕咕地逗着孩子，一边往 Kate 的病房走。走廊转弯处，Kate 的父亲 Arthur 和母亲 Mary 远远地看着姜同凯推着孩子走过来，他们张望着、犹豫着，姜同凯走过面前时，Arthur 几乎要叫住他了，但他的喉咙不听使唤，出不来声音。

走过几步之后，姜同凯突然意识到了刚才余光看到的老人正是自己的岳父和岳母！他转过头来："Arthur, Mary."按照美国的习俗，女婿对岳父岳母直呼其名，姜同凯也入乡随俗。

Kate 父亲看着姜同凯犹豫着没说话。姜同凯推着婴儿车走过来，张开双臂，拥抱了岳父，并拍着他的后背说："I'm so glad you are here.（我好高兴你来了。）"说着，姜同凯抱起儿子，把这个奶香四溢的小肉团放在了岳父怀里。老泪纵横的 Arthur 对姜同凯说："I'm so sorry, Kevin."岳母 Mary 也上来拥抱姜同凯。姜同凯把大家都带到 Kate 的房间："Grandma and Grandpa are here（姥姥姥爷来了）！"姜同凯高兴地大声说。

小威廉满月的时候，正是圣诞节，Kate 父母家张灯结彩，亲戚们全都来了，巨大的客厅站满了人。Kate 给小威廉穿上了一身可爱的红色圣诞服，戴上了一顶带铃铛的圣诞帽。漂亮的小威廉是麦克米兰家第三代第一个孩子，成了整个晚会的中心。

姜同凯把岳父叫到书房："Arthur，我想跟你说一下婚前协议的事。"

"Kevin，今天是圣诞节，不要提这样的事吧。"Arthur 说。

姜同凯掏出自己的那份协议书："正因为是圣诞节，是小威廉满月，我才要说。我要把这个从我们中间去掉，再不让它横在我们中间了。"说着，姜同凯把自己的那份协议书一下填进壁炉的火焰中。"Arthur，你那份协议书随你怎么办，我这份已经烧了，从此，在我这里，你我之间从来没有过这个协议。"

Arthur 愣了一下，然后拿出自己保存的那份协议，也扔进了壁炉。他含泪握住姜同凯的双手，说："Kevin, you've proven to me what kind of a man you are. I entrust my beloved daughter Kate to you. In God's name, I give you her hand in holy matrimony！（Kevin，你向我证明了你是怎样的一个男人。我把我挚爱的女儿 Kate 交托给你，

藉上帝的名义，让她和你牵手在圣洁的婚姻中！）"

Kate 拒绝了父亲要给她和姜同凯举办盛大婚礼的想法，她提议，父亲捐一笔钱给母校的计算机系，每年为两位优秀的中国大陆学生颁发全额奖学金。"这比什么样的婚礼都让我高兴。"

在一家人的欢笑中，姜同凯觉得他的生命完全了。

仍然住在大学城的沈燕妮和陆克俭夫妇，在这个圣诞节期间也非常忙碌。燕妮已经在三年前就拿到了教育学博士学位，并且一直在本市教育部门工作，两个孩子在妈妈工作的学区上学。

陆克俭这几年来，明显变老了，三十多岁的年纪，已经开始有点谢顶，肚腩也有点挺出来了。他们全家早已经拿到了绿卡，其实陆克俭可以不打黑工，自由在美国做任何工作，但是一个英文关就把他死死地卡在了中国人的圈子里。他也做过发财梦，参加过直销公司，还试图跟国内做贸易，可是说到底，一个是英文不行，一个是没有做生意的钻营心态，总是端着个知识分子的酸架子，说话办事还带着一股傲慢，在美国谁吃你这套？折腾来折腾去，陆克俭还是一事无成。

陆克俭父母更是越来越看着什么都不顺眼，儿子做生意父母吹冷风："你一点都没有知识分子的气节，就知道搞歪门邪道，投机倒把。咱家所有亲戚加一块儿，谁干这丢人的事？真是把我们老脸都丢尽了。我们这个年纪了，你们孩子也大了，我们早该回去过自己的退休生活了，可你不混出个人样来，我们回去怎么见人啊？院里老邻居老同事我们哪儿有脸见人家呀？真是让我们在美国，在你们这个家憋屈死算了！"

一方面两个老人嫌在美国憋屈，另一方面又动不动就跟自己还在国内的老同事老邻居们显摆:"我们克俭给我俩都办了美国绿卡啦,我们现在医疗全包,连看牙都不要钱,一切衣食住行有克俭养着,我们的退休金一分都不用花。孙子孙女受美国教育,英语说的噼里啪啦的,在学校都是拔尖的!"一到周末晚间,家里就回荡着陆克俭父母大嗓门夸张地笑着给国内老朋友打电话的声音。

燕妮已经习以为常了,就把自己和两个孩子关在屋里,辅导两个孩子功课。燕妮是学教育出身的,现在又在学区里工作,她其实非常担心鹏鹏和佳佳。她在学区里见得太多了,移民家庭的孩子,如果家庭生活习惯和气氛与美国社会反差太大,那么孩子心理上会有很多问题,从种族认同到自我定位,从亲子关系到融入社会都会有很大的挑战。这样家庭的孩子,要么就在挣扎中勇敢战胜这一切,成为破茧而出非常早熟的强者,要么就从心理上被完全打败,他们很难有天真快乐的童年。

在鹏鹏和佳佳的世界里,有一个摔摔打打满面阴郁,还坚决制止他们在家说英文的父亲,有两个在任何场合都大嗓门,用奇葩衣服把孩子捂得里三层外三层,还动不动就骂人的老人,还有一个不多言不多语,忍气吞声,面色蜡黄,动不动就挨骂的母亲。他们的家里从来没有庆祝过万圣节、感恩节、圣诞节,从来没有过基本生活杂物之外的任何一件优雅的装饰品,家里也不分餐厅、客厅、起居室,全家人端着碗,每人随便坐在沙发上窗台上钢琴凳上茶几上就可以吃饭,爷爷奶奶随便在哪个屋里,大白天摆开两个洗脚盆泡脚。陆克俭爸爸妈妈为了方便顺手,在门厅的墙上钉了两个大钉子,把笤帚和簸箕挂在显眼的地方,以便随时拿取。鹏鹏和佳佳从来不敢带小朋友来这样的家里玩。

有一次，佳佳的一个小朋友过生日，请佳佳去参加 party，说好是穿公主裙的化妆 party。燕妮到迪斯尼专卖店给佳佳买了漂亮的公主裙，陆克俭和他爸妈都急了："这浅蓝的泡泡纱裙子不禁脏，也不禁穿，一刮丝就坏了，也不暖和呀！这上边闪亮的是什么东西？直掉金粉，收到柜子里还得单给它装个塑料袋，要不然把别的衣服都弄上金粉了。这叫什么衣服啊？还这么贵！白给我都不要！你这当妈的，大冬天给孩子买这个，冻死孩子呀！"燕妮没办法只好把裙子退了。最后，佳佳就穿着爷爷奶奶给从国内买来的家常衣服去了小朋友的 party，燕妮用一个小纸牌子，写了"Cinderella（灰姑娘）"，别在佳佳的胸前。一进门，一群穿着迪斯尼公主裙的小女孩们就哈哈大笑："这才不是 Cinderella 呢！Cinderella 怎么会穿成这样？"女主人赶紧叫住孩子们："Cinderella 也有各种各样的衣服啊，并不是只有舞会上那一件裙子。只要心里有 Cinderella 的善良，就是 Cinderella。Gia（佳佳）看起来很美丽，我看她非常像 Cinderella！"佳佳含着眼泪参加完那个伤心的 party 之后，再也不去任何小朋友家了。

鹏鹏是一个非常沉默的孩子，他已经十一岁了，在学校里从来不参加任何体育活动，每天穿着奇怪的衣服，而且在陆克俭的拼命补习下，鹏鹏的数学超出同龄人三个年级，学区安排鹏鹏跟高中一年级一起上数学。有一帮高中的坏孩子见了这个戴着眼镜、衣着滑稽、个子不高，也不大爱说话的亚洲小男孩，简直像饿狼见了羊羔，动不动就欺负鹏鹏。鹏鹏就变得更加沉默怪异，独来独往。在家里，鹏鹏跟陆克俭明显不对劲，陆克俭叫他他不答应，陆克俭给他讲数学他就皱着眉头忍受着，平时，鹏鹏能躲爸爸多远就躲多远，对爷爷奶奶也置之不理。

陆克俭和他父母简直气死了，爷爷奶奶从小一把屎一把尿把鹏鹏带大，最疼这个大孙子，现在长大了怎么变成这样？陆克俭父母就归结为是美国把孙子变坏了，来美国，不但让儿子活得窝窝囊囊，而且孙子也变成了白眼狼，那不用说，罪魁祸首儿媳沈燕妮，当然是又罪加一等。

经过几年的积攒，燕妮终于凑够了钱，买下一家中餐馆，给丈夫陆克俭经营。新的生意给了全家新的希望，陆克俭和他父母好像一下子觉得有了奔头，对燕妮态度好了很多，对孩子也不那么指手画脚了。

餐馆经营，其实菜品只是一方面，最重要的是管理，就连最简单的厨房用品和服务员用品的摆放位置以及用品流量的储备等等杂事，都有可能是餐馆成败的关键。陆克俭的问题是不能跟他父母说一个不字，老头儿老太太主意大，什么东西放哪儿，怎么做才不浪费，都有自己的一套。往往，他们认为节省的方法实际上是非常费时间费事的方法，比如洗菜不能在水龙头下冲洗，要用盆接水洗菜，洗过之后盆里的水可以用来擦地。燕妮对陆克俭说："餐馆最珍贵的资源不是水，是时间和精力，你跟你父母说说，这样实际上不省更费啊。"为了节省装甜酸酱的小塑料盒，陆克俭父母非得或者把甜酸酱直接倒在春卷上，或者如果客人要春卷和甜酸酱分开，他们就在一个有隔断的盒子里把春卷放在一边，把甜酸酱倒在另一边，客人一歪盒子，两种食品就又混在一起了。为了省那不到一分钱一个的小塑料盒，丢了不少客人。

陆克俭什么都听他爸他妈的，燕妮更是不敢说一个不字。每天燕妮从学区下了班，就到自家的餐馆里帮厨端盘子。两个孩子也带到餐馆，或者在后边写作业，或者帮着摆桌子收拾东西，全家除了夜里回来睡个觉，全部时间精力都扑在这个餐馆上，简直都被拖垮了。

苦苦地惨淡经营一年之后，有一个开发商要买这一块地皮，给燕妮陆克俭出了一个跟他们买进餐馆一样的价钱，然后一周后看他们没反应，又给加了 5%。陆克俭对燕妮说："我一个读书人，不是做生意的料，卖了算了。我还是到别的餐馆找个工作吧，我也干惯了。"

就这样，餐馆卖掉了，陆克俭又愁眉苦脸地找个餐馆当起了大厨，陆克俭父母也更加唉声叹气，怨天怨地。

18
哭泣的曼哈顿

雨嘉已经在一家金融公司的 IT 部门做了两年的程序员工作,这两年的辛苦和收获真是一言难尽。每当早晨出门,和舒亚莉亚告别的时候,看着两个孩子可爱的小脸,看着钟铭沉默的样子,雨嘉也怀疑过自己的选择。就像钟铭说的,自己辛辛苦苦一年的收入真的赶不上钟铭半年的奖金,更不要说他工资的收入和股票的收入了。而且舒亚和莉亚已经快四岁了,马上就要上学前班(kindergarten)了,没有母亲全天的陪伴,就跟着保姆,是不是真的耽误孩子的教育?可是就是这么个万般说不通的事情,雨嘉也不知道为什么自己就坚持要这样。

经过这两年,雨嘉发现自己其实并不适合写程序,就像钟铭说的,她不适合完全跟机器打交道。而且雨嘉发现,自己的长项不是编程,一个编程特别牛的程序员曾经开玩笑说雨嘉的程序虽然运转完美,但是"臭长"。雨嘉的长项是分析和管理。以雨嘉超常的文字和语言能力,以及做了两年基础编程的技术知识,做分析和管理真是再合适不过了。很快雨嘉转行做分析员,继而升职为高级系统分析员,不久，雨嘉就开始接手管理大大小小的项目了。

做起分析和管理来，雨嘉发现，计划、交流、聆听、应变、演讲、汲取知识、灵活变通等软能力是成败的关键，而有了这些之后，技术知识又是一个点石成金，真正区分好坏分析员和管理者的点睛之笔。往往会遇到满嘴跑火车的能说会道的美国人，但是无论是开会的时候还是私下交谈的时候，雨嘉对系统的深入了解和技术知识总能让她一语中的，操控谈话的方向。久而久之，雨嘉在工作中的声望建立起来了。雨嘉无比欣慰自己当年跟 Russell 上了口音矫正的课，那些折磨人的咬球发音练习，现在让她信心满满，交流畅通。雨嘉发现自己是一个天生的演讲者，听众越多，她越进入状态，讲得也越精彩。她知道了自己为什么一定要工作，因为她喜欢这种建立声望，掌握技能，广泛交流，把握项目，人前做主的感觉，这是钟铭的财富不能给她的。

而且，雨嘉也在潜意识里担心钟铭。钟铭的沉稳和成熟中，有一股野心和狂热，雨嘉不喜欢。她担心他，因为雨嘉本能地感觉到，钟铭不会永远这么走运，股市也不会永远这么涨下去。雨嘉现在已经不是那个十指不沾阳春水，对家里的财务不闻不问，全凭丈夫做主的小太太了。她已经熟知钟铭的投资，并深深为他冒进的投资方法担心。

经过长时间的收集信息和分析，雨嘉觉得应该适当撤出股市，转投一部分资金在房地产上。但是她不能跟钟铭说这个想法，她如果一说，钟铭肯定会哈哈笑着说："哎哟我的小雨伞。"然后过来亲她一下，就当耳旁风了。雨嘉需要找一个更好的方法，来说服钟铭。

一个周六，雨嘉对钟铭说："今天特别想吃韩国烧烤，孩子也喜欢吃,我找到一家正宗的,咱们一起去吃吧。"钟铭就高高兴兴带着雨嘉和孩子们一起去了。吃饱了出来,雨嘉说逛街,钟铭让莉亚骑到自己脖子上,然后舒亚在雨嘉和钟铭中间拽着他俩的手打悠悠。四个人正在走着,雨嘉突然说:"咦?你看这栋楼好漂亮,挂着 Open House 的牌子,是在卖啊?咱们进去看看。"

这是一栋新翻修的公寓楼,每间公寓有敞亮的大窗户,内装修非常现代。两个孩子在里边左看右看,高兴得不得了。雨嘉说:"我好喜欢这儿的公寓啊!"然后她对舒亚和莉亚说:"你俩跟妈妈一样喜欢这里是吗?那你俩要乖乖的哦,好好哄爸爸高兴,说不定爸爸高兴了会买来给你俩做礼物,让你俩以后长大了可以住在这里呢。"说着,雨嘉甜甜地对钟铭笑了。

钟铭愣在那里了,他抱过舒亚和莉亚:"宝贝,你们喜欢这个地方吗?"舒亚和莉亚说:"喜欢!喜欢!爸爸买!"

雨嘉笑起来:"那如果爸爸给你们买了,你们要跟爸爸保证你们以后就在纽约上大学,就住在这里,每星期都来看爸爸,不要跑得远远的让爸爸见不到你们哦!"

舒亚和莉亚说:"我们看爸爸,跟爸爸吃烧烤!"

钟铭若有所思地站起来,问雨嘉:"小雨伞,你喜欢这个地方吗?"

雨嘉说:"我喜欢窗外的景色,如果舒亚和莉亚以后能住在这里,他们肯定很开心。咱们老了和他们离得近,也会很开心的。"

钟铭沉默了一会儿,到售房处拿了资料,自己坐在旁边看了半天,然后跟雨嘉说:"回家吧。"

雨嘉说:"是该回去了,舒亚和莉亚的生日快到了,我要回去好好给他们安排安排呢。"

过了两周,一天晚上孩子们睡了之后,钟铭把雨嘉拉到沙发上坐下,说:"明天跟我出去一下,我想给舒亚和莉亚买两套公寓,给他们做生日礼物。"

雨嘉惊讶地瞪大眼睛,摇头感叹着:"哎呀,到底是亲生的呀,过个生日就给买公寓!我嫁给你这些年,生两个孩子,不过也就买了一个钻戒,真不公平啊。"

钟铭笑了:"你这小没良心的,这个房子不是给你买的?"

"给我一个人的才算是给我的。"雨嘉噘起嘴凑到钟铭面前,"孩子过生日我也要礼物,我要你给我也买一套公寓。"

"我真惹不起你,"钟铭抱住雨嘉,"好,你容我想想。你真想要啊?不是说着玩的?你没事儿要个那玩意儿干什么?"雨嘉点点头:"真想要。不管干什么,就想要。"

钟铭知道,雨嘉不是个不管不顾乱花钱的人,这幢楼的公寓的确物超所值,而且这么多年来,这是雨嘉唯一一次张口跟自己要东西,怎么也要答应她。就这样,钟铭和雨嘉在同一个楼层买了三套公寓。由于是投资房,利率很高,贷款不值得,所以钟铭卖掉了许多股票,把三套公寓都全款付清了。而且,在雨嘉"无理取闹""小雨伞搅浑乾坤"的坚持下,钟铭卖掉了更多的股票,把自己家现在住的这套房子的贷款也付掉了很多。

这几套房子的钱,大大减少了钟铭在股市的投资,钟铭和雨嘉的财产从冒进型投资转型成了稳扎稳打的不动产投资。在钟铭看来,这不过是哄老婆孩子高兴,也是他长久以来第一次找回他在家里顶天立地,老婆孩子都因为他而无比幸福快乐的感觉,他已经很久没有过这种美好的感觉了,虽然这样大笔撤出股市他会损失很多赚钱机会,但是一看到雨嘉和两个孩子,看到他们这么高兴,听到雨嘉在孩子面前把他夸成神仙,钟铭就觉得一切都值得了。股票市场可以再进,老婆孩子这么仰望自己,这可是几年都没见到的事情。

三套新公寓很快都租出去了,而且全部由雨嘉操办。钟铭说:"你搞得明白吗?弄不懂我可以来弄,里边门道很多的。"

雨嘉说:"哎呀,你已经大笔一挥买下来了,我就是租一租,跟你比起来小意思啦。而且就算我不懂,家里不是坐着你这么个大专家呢吗?错不了。"

不久钟铭就发现,雨嘉绝对是做房地产的料。她租金定位精准,挑选租户严格,而且对突发事件处理及时到位,简直是天才房东。

一年后,雨嘉用这三套公寓升值的资金作为杠杆,说服钟铭买下了第四套公寓。钟铭其实正想把三套公寓升值的钱倒腾出来继续投资股市,可是雨嘉非得说她和孩子的公寓由她支配。这第四套公寓倒不是不能买,钟铭看了一下雨嘉挑的这个公寓,的确是好地段好价位,性价比非常高。但是钟铭不舒服的是,这么大的事雨嘉竟然这么有主意,不听自己的意见。

雨嘉说:"我怕错过机会,就像你投股票一样,要是每一单都跟我商量,那还怎么做呀。"钟铭一下噎在那里说不出话来了,是啊自己这么多年,哪一份投资跟雨嘉商量过?可是,钟铭怎么就这么说不出来的不舒服?不过,心里再怎么不舒服,钟铭还是和雨嘉一起签字买下了。

舒亚和莉亚该上学前班了,美国学前班是小学一年级的准备阶段,五岁入学。在曼哈顿入学前班,如果不想去破破烂烂的公立学校,那么众多的私立学校和教会学校就是天高任鸟飞了。这是一个拼爹又拼妈，砸钱都得有门道才能砸得进去的事情，很多名校，在父母刚刚查出怀孕的时候，就给孩子报名排队了，而且在孩子五岁之前家长不断大笔给学校捐款，才能保证孩子的名额。

钟铭有一些名校情结，想去拼那些百年老校著名小学。可是雨嘉就给孩子就近找了一个干净整洁、老师和蔼、教育方法灵活开放的私立小学。两个孩子去试课之后都非常喜欢，钟铭有点遗憾，但是雨嘉说："这比咱们小时候上的小学好多了，他们有本事就考有名的中学，小学时期不用那么拼。"钟铭一想，这个学校也有好处，他们跟世界顶级的朱莉娅音乐学院有合作项目，孩子们可以受很好的音乐教育，就随雨嘉去了。

在孩子上学的事情上，雨嘉全权负责，从孩子穿什么衣服，到跟老师学校的各项交流，从给学校捐款，到参加家长委员会，从孩子每天的作业，到跟小朋友们的派对安排，雨嘉全部一手抓。钟铭就奇怪了，雨嘉哪里来的那么多时间，她工作做得非常出色，每年拿本部门最高奖金，但她回家来，就是有时间做家里的不动产管理，陪伴孩子等各项事情。而且雨嘉还买来一架钢琴，每晚悠悠扬扬地给孩子们弹琴。有时候钟铭看着雨嘉弹琴的背影，恍惚又见到了在北月客厅里轻轻触动琴键的，那个瞬间让他万劫不复的十九岁的小雨嘉。现在她的背影仍然那么美丽，那么让钟铭着迷，可是她和当年又大相径庭了。她已经不再是那个独自到美国打拼，涉世未深，惶然四望的小女孩了，现在的雨嘉，是一个成熟、富有、智慧、沉稳的少妇。钟铭突然觉得，他的宝贝小雨伞似乎已经走远，一个新的雨嘉正在他的生命中弹奏让他目不暇接、不可掌控的乐章。

转眼又一个学年过去了，秋天一开学，舒亚和莉亚就成了正式的一年级小学生。孩子开学后的一个周二，钟铭仍然是早晨八点多到了办公室，他端着一杯自己做的摩卡，一边跟同事们问早上好，一边回到自己的座位处理早晨的邮件。突然，外边不知什么地方"轰"的一声巨响，大家都往窗外看去。只见窗外世界贸易中心双子座的北塔竟然有一架飞机撞在上边，一个硕大的火球正在像蘑菇云一样冒出来。

所有人立刻叫了起来，大家聚在窗前瞪圆了眼睛乱叫乱喊。越来越多的人聚到了窗户前，大楼另一侧的员工全都跑到这一侧的窗户来看到底发生了什么。一团团浓烟从北塔冒出来，所有人傻在那儿了！

这时，公司的广播喇叭响了："各位员工注意，世界贸易中心北塔被一架飞机撞击，请大家保持镇静，原地等待下一步的消息和安全措施。"大家都说，这不他妈的废话嘛！大家正在猜测是不是飞机驾驶员睡着了，或者飞机故障，操纵杆失控了吧？只见又一架飞机凌空飞来，直冲世贸南塔撞过去！所有人一下都大叫起来，什么脏话都出来了："Holy s…！""Son of a bi…！""What the f…！"

钟铭本能地冲回座位，把刚才脱下来挂在椅子背上的西服外套抓了起来，里边有他的钱包、证件和手机，刚刚把西服外套穿上，广播喇叭就响了："所有人请保持镇定即刻离开大楼。Everyone stay calm and evacuate the building。"

这个时候是不能用电梯的。钟铭随着人流往楼梯走去，全楼的人都涌向各个楼梯口，大家没有拥挤，没有推搡，秩序井然，一层一层往楼下走。所有男士都自动靠楼梯的左侧行走，把右侧的一边留给女士们。一个穿着高跟鞋的女士在慌乱中丢掉了一只鞋子,索性把另一只也扔了,穿着丝袜往下走,旁边一位正好背着健身包的男士拿出一双运动鞋塞到那位女士手里。那位女士感激地点点头,穿上硕大的运动鞋,继续往下走。

钟铭的办公室在二十四层,在秩序井然的人流中,走了快半个小时,才出了大楼来到街上。街上到处都是西服革履的人流,各个大楼的人都在撤离。钟铭刚刚掏出手机想给雨嘉打电话,突然好像天崩地裂一样一声巨响,钟铭一回头,看到身后巨浪一样的尘埃飞石钢筋水泥碎片呼啸而来,钟铭来不及反应就拼命往前冲去,幸好几步外就是大楼拐弯的地方,钟铭迅速拐了九十度,继续往前跑,到底被一个从背后飞来的水泥块砸在了肩上。

随着北塔和南塔的倒塌,曼哈顿就像笼罩在世界末日的灰暗中一样一片混乱。人们在睁不开眼的灰尘中寻找着路。到处是满身灰尘满脸是血的人,到处是无头苍蝇一样乱走乱撞,拼命想走出去的人。

钟铭左肩被砸得疼痛无比,他这时反应过来,原来握在左手里的手机已经不见了,左手空空地耷拉在那里。钟铭想给雨嘉打电话,想给舒亚和莉亚的学校打电话。他不知道发生了什么,不知道妻子和孩子所在的地方是否也发生了这样的事情,他们是否有危险。

钟铭捂着肩膀,试图辨别方向往自己在中央公园西侧的家里走。但是到处是人,到处是路障,到处是恐怖片一样的场景。钟铭几次试图用路边的电话亭联系雨嘉,但是没有一个电话是能打的。他试图问别人借用一下手机,但是没有一个人的手机是能拨通的。

一直到下午,钟铭才走回了家。进了家门一看,柳嫂已经接到学校的电话,把舒亚和莉亚接回家了。钟铭那一刻对柳嫂的感激,真的是无可描述。他抱了抱舒亚和莉亚,就赶紧抓起家里的座机电话拨雨嘉的手机,没有人接,再打雨嘉办公室座机,还是没有人接。钟铭又打雨嘉公司总机,也是自动留言。他又拨通了雨嘉的上司,也没有人接。钟铭嘱咐柳嫂带着孩子在家,千万别出门,然后自己冲出去找雨嘉。

打车是根本打不到的,公交车系统也完全瘫痪,路上的车开得比走路还慢,很多人干脆把车扔在路边,下车走路。钟铭没有别的办法,只有往雨嘉公司走。一直走了两个多小时,钟铭才到了雨嘉公司,可是哪里有人啊,雨嘉也不见踪影!

钟铭想到自己太傻了,这样的情况,雨嘉肯定离开公司往孩子学校或者往家走了呀。钟铭终于找到一个能打通电话的电话亭,打电话回家去,柳嫂竟然说雨嘉还没有回家!钟铭简直急疯了,从上午到现在,她走得再慢也该到家了呀!

此时的雨嘉,也正在找钟铭!上午一听说出事,雨嘉就先给孩子学校打电话,学校说柳嫂已经把舒亚和莉亚安全接走。雨嘉就赶忙打钟铭的手机和座机,怎么打都没有人接。雨嘉没有办法,只好一路急赶往曼哈顿下城金融区走,慌乱之中,竟然把自己的手机不知丢在了哪里。一路上看到的场景,让雨嘉一边走一边放声大哭,她不敢想象,她的钟铭,她的丈夫,她孩子的父亲,此时此刻在哪里?在哪里?

就这样,在 9·11 那天的曼哈顿,钟铭和雨嘉从白天走到黑夜在寻找对方,终于在临近午夜的时候,他俩在自己家楼前相遇了,俩人一起抱头痛哭!

雨嘉给钟铭做了一个肩部绷带,把他受伤的肩膀固定住,两个人简单吃了一点东西,去看了两个孩子,然后,让钟铭惊诧不已的是,雨嘉跟他说的下一句话竟然是:"赶紧把股票都抛了吧。"

钟铭大惑不解地看着雨嘉。她从来不过问钟铭的股票投资,一句评论都没有说过。今天,在这样一个生生死死的一天,在这样一个两个人都从身体到精神完全累垮了的时刻,雨嘉竟然说出这样一句话!

钟铭说:"我明天看看再说,现在先睡觉吧,今天太累了。"

"现在就抛!明天早晨肯定崩盘,你明天一早眼看着大盘往下掉,你下不去手抛。如果今晚不闭着眼把全抛的操作做了的话,明天你肯定舍不得抛。可是这不是一天两天能过去的一个危机,现在不抛,后边会更惨。"雨嘉话语中的逻辑、镇定和敏锐让钟铭简直不认识她了!

是的,亚洲市场已经一片红,明天纽约市场大崩盘已经是在所难免。但是钟铭自从进股市,一路顺风顺水,他还有侥幸心理,觉得不至于太差,至少明天早晨看看风头再说吧。

一切都被雨嘉不幸言中,第二天一早股市一泻千里,雨嘉又一次提醒钟铭现在不管赔多少也要闭着眼睛全部抛掉。钟铭舍不得啊,下不去手啊,他现在后悔昨晚没有听雨嘉的。如果昨夜下单全抛,今早一开盘他的股票就第一时间全部兑现了,虽然损失不少,但因为钟铭进得早,还是有很大赚头的,损失也是损失的盈利部分。但现在,股市还在继续泻,钟铭如果现在抛,就只能拿回本金,盈利那部分已经全部没有了。

雨嘉说:"拿回本金就是胜利,即使亏掉一部分本金也没有关系,赶紧撤下来!"

钟铭非常火大:"你又从来不做股票,怎么着了魔一样指挥我?你得有根据吧?就凭直觉哪行?这时候非让我撤,过会儿涨上来了不后悔啊?做股票最怕主意多,就得听一个人的,你就别管了。"

每一天,都重复这样的故事,每一天钟铭都后悔没有在前一天听雨嘉的。雨嘉现在已经不说了。她想,就任凭他吧,钱这个东西,生不带来死不带去。钟铭血本无归的时候,雨嘉就劝慰他:"好在咱们前一阵买了四套投资房,这套房子也基本付清了。不用着急,那些股票只是一个纸上的数字,不影响咱们的生活。"

钟铭认真地看着雨嘉,他明白了,雨嘉再也不是那个不懂得投资,一切都靠他的小雨伞了,她已经不显山不露水地把家里的投资转了型,而且用的是钟铭最吃的那套方式,雨嘉竟然对一切有这么大的掌控能力,而且她对股市的敏锐也已经不在自己之下了。让钟铭更加不安的是,雨嘉所走的每一步,实际上都是挽救了他,雨嘉所出的主意,事实证明也是能够进一步挽救他的主意。雨嘉在大笔财富大起大落中展示的冷静、精准和决断让钟铭感到害怕。

19
金融街的冬季

公司大规模裁员的消息,是钟铭在一个管理人员会议上听到的。公司决定,钟铭手下的所有人都要全部裁掉。钟铭为下属们据理力争,他建立这个团队不容易,没有两下子的人,不会招到自己旗下,一下子都遣散了,就成了光杆司令,什么都干不成了。可是钟铭说什么都没用,公司就让他执行。

钟铭只好让秘书把大家一个一个分别叫进他的办公室。都是自己招进来的,这几年并肩战斗的下属们,钟铭怎么张得开这个嘴啊。大家也都不傻,一被叫进来就知道是什么事,好几个人不用钟铭张口,就直接上来握手拥抱告别。

只有一个叫 Matthew 的,钟铭觉得跟他没什么不好说的。说实在的,在全体下属中,钟铭就后悔招了这个 Matthew,这个人特别能说,在面试时把钟铭聊晕了,钟铭以为碰到了什么大拿,结果他来了之后,钟铭发现他一门不门,还特别能往上钻营。钟铭早就有意把他开掉,但是他转眼跟上层打得火热,开他也不容易。钟铭这会儿倒是理直气壮地开他了:"Matthew,公司情况咱们都知道,不幸的是，我有一个非常遗憾的消息告诉你。"Matthew 说："我已经知道了，而且，我已经找好了下边的工作，以后说不定还能见面呢。"Matthew 笑着看看钟铭。

全体人员都谈过话之后，钟铭本来想让秘书安排个午餐，他以私人名义请大家吃个饭。可是上司打电话让钟铭去他办公室。钟铭一进去，上司就站起来，在钟铭背后把门关上了。钟铭预感有什么地方不对劲，狐疑地坐下。

上司也坐下，眼睛看着别处说："Michael，你是我招来的博士生，这些年我亲眼看着你从一个毕业生变成一个优秀的管理者和决策者。但是世界变幻太快了，这个公司已经今非昔比，就你的才华和能力来说，公司现在的情况，已经在限制你的成长，是时候了，你去寻找更大的空间吧，我相信你会更成功的。"

钟铭在椅子上凝固了。他不能相信，多年来呕心沥血为公司赚得数不清的财富，这个上司也在他的有力支持下连升几级，到头来竟然让自己走路！而且，让他走路之前还让他先当刽子手，开了自己所有的铁杆下属！很明显上司在让他开下属的时候已经知道了下一步就是要开钟铭，这样的情况下还是拿他当枪使。最让人恶心的是，平时跟自己恨不得称兄道弟的这个上司，竟然在开他的时候还面无愧色，明明知道现在到处裁员，纽约金融圈子就这么大，这个时候被开，谁也找不到工作，这种情况下他还能这么冠冕堂皇，说的比唱的都好听，钟铭真想拍桌子骂娘！

可是钟铭没有骂娘，他站起来对上司说："I hope this never happens to you. Goodbye Andrew.（我希望这样的事永远不发生在你身上，再见，安德鲁。）"风水轮流转，出来混总是要还的。钟铭宁得罪君子不得罪小人,不屑于理会他了。

抱着一个简单的纸盒子,钟铭走出了这家金碧辉煌的金融公司。当时他来的时候一切都那么新鲜,那么令人振奋,现在他已经看到了这栋楼里边的财富、肮脏和冷酷,是离开的时候了。回家的出租车上,钟铭看着曼哈顿,仿佛看到刚刚毕业的自己,从中西部小镇带着雨嘉第一次来到了这个花花世界,自己比那时怎么样呢?如果不是雨嘉把他的很大一部分资产转到了房地产上,他不是两袖空空而来,又两袖空空而去吗?

钟铭没有回家,他让出租车停在了一个酒吧前面。他把雨嘉和两个孩子的照片从自己抱着的这个纸盒子里抽出来放进西服口袋,然后把整个纸盒子,包括奖杯、笔记本、资料、文具,一股脑扔进路边的垃圾箱,走进酒吧。

钟铭的酒量不小,但从来不放纵自己喝酒,雨嘉滴酒不沾,所以钟铭和雨嘉在一起时从来不喝酒。和朋友同事在一起时,钟铭时刻要保持清醒的头脑和敏锐的思维,所以非常有节制。但是今天,没有关系了,没有人等他开会,没有人给他看案子,没有人给他发电邮,没有堆积如山的事情等他处理。钟铭漫无目的地一杯一杯喝着,百无聊赖地看着酒吧里的人。工作时间,像他这样穿着西服,大中午喝酒的人,除了他之外还有一个,那个人看了看钟铭,钟铭也看了看他,两人都突然笑了一下,互相看一眼,就知道同是天涯沦落人。

钟铭走过去:"Got sacked like I did(也是被解雇了吗)?""Story of the day(今天最大的新闻)!"那个人一举杯,钟铭笑着坐下。两个素不相识的男人碰了杯,面带苦涩微笑聊了起来。太阳偏西的时候,俩人的舌头都直了,而且谈话已经变成了把金融界上上下下都骂一溜够，钟铭最后根本不知道自己说的是什么，他的英文已经没有了语法、时态和 He She 区别，纯粹变成胡说八道了。

钟铭不知道自己怎么回的家，他从断片中恢复过来的第一个意识是家门的钥匙怎么死活插不进去？雨嘉听到声音，从里边把门打开，钟铭一头栽到雨嘉身上。雨嘉差点被他压倒，赶紧拼着力气扶住钟铭，喊柳嫂过来，两人把钟铭架到了床上。

看着面色潮红、不省人事、瘫在床上的钟铭，雨嘉突然说不出的烦躁、不安和气愤。她也不知道为什么，自己父亲的形象进入了脑海。雨嘉从小到大，父亲喝酒，喝醉了也是像钟铭现在这样，母亲因为父亲喝酒而跟他闹脾气，打也打过，骂也骂过，酒瓶子也砸过，雨嘉的童年和少年时期，家里多少硝烟战火都是因为父亲酗酒引起的。父亲酗酒后的可怕狰狞面目，现在还是雨嘉的噩梦。这样长大的雨嘉对酒有一种本能的抵触和反感，她自己滴酒不沾，钟铭也从来没有在雨嘉面前喝过酒，即使在外喝酒，也从来没有喝醉过。今天突然莫名其妙地醉成这样，雨嘉小时候一切不好的记忆都回来了，她真的看都不想看钟铭一眼，她好怕丈夫变成父亲的样子。她的钟铭，那个运筹帷幄，一切皆在掌中，万事都能应对的男人，怎么能这个样子呢？雨嘉突然觉得好怕啊。

那一夜，雨嘉睡在了客厅的沙发上。她不能忍受睡在这样的钟铭身边，她宁愿不看他，宁愿自己闭上眼睛睡到天明，她盼望着当她睁开眼睛的时候，屋里就走出一个精神抖擞，准备去上班的钟铭。

可是早晨，钟铭没有起床，雨嘉到床边摸摸他的额头，发现他并没有发烧，又轻轻试了一下他的脉搏，也没有问题。上班时间已经快到了，雨嘉没有办法，只好嘱咐柳嫂送孩子上学之后回来给钟铭煮一点果茶，就匆匆去上班了。

晚饭时间雨嘉一进家门，就看到钟铭坐在沙发上看电视，而且雨嘉发现钟铭显然是一天都没有出门，连脸都没有刮。雨嘉和钟铭平时除了偶尔看看新闻，一般都是不看电视的，看到钟铭胡子拉碴地穿着套头衫看着肥皂剧，雨嘉真不能相信自己的眼睛。她问："你今天没上班吗？"

"没班可上了，我被裁员了。"钟铭眼睛盯着电视说。

"真的吗？"雨嘉走到钟铭身边坐下，"怎么会呢？Andrew怎么会把你裁掉？他裁谁也不应该裁你啊。"

钟铭哼的一声冷笑，就不说话了。雨嘉坐在那里不知道说什么好，她想抱抱钟铭，可是，他俩之间的拥抱亲吻从来都是钟铭主动的，雨嘉没有这个习惯，她想做也做不出来。她犹豫了半天，只好说："没关系，好在我的工作还有，咱们生活应该没问题。"

可这却是钟铭最不想听到的一句话！他烦躁地站起来，在屋里走了一圈。舒亚和莉亚跑过来，舒亚爬到妈妈身上，莉亚冲过来一下抱住爸爸的腿。莉亚明眸皓齿，已经是一个俊俏的小美人，钟铭坐到雨嘉对面的沙发上，抱起女儿放在自己腿上，说："我莉亚都这么大了，爸爸是不是都老了？"说着，把舒亚也叫过来，抱到自己另外一条腿上。

看着钟铭搂着两个孩子，雨嘉突然觉得这个画面真美好，就说："正好趁这个时间你还可以多在家陪陪孩子，平时忙，孩子们都难有时间跟你在一起。"这句也不是什么钟铭爱听的话，钟铭把两个孩子放下，双手搓了搓脸，晚饭也不吃，自己进屋了。

其实，这样的时候，曼哈顿的金融公司没有一家好过的，雨嘉公司也在裁员。一天早晨，雨嘉也被老板叫到了办公室。雨嘉以为自己要被裁掉了，谁知老板说，公司现在让很多人走路了，但是剩下的活儿还不能耽误，雨嘉一直是他最得力的干将，希望雨嘉负责更大的项目，承担更多的责任，而且老板告诉雨嘉，他给雨嘉争取到了奖金和提薪。

虽然钱的数目不大，但是雨嘉非常高兴，这是对她工作和能力的认可，每一分钱都是她辛苦换来的。下班后雨嘉赶紧往家里赶，这几天钟铭情绪不好，做什么都提不起劲来，跟自己话也少了，雨嘉不知道怎么让他重新高兴起来，振作起来。也许自己提职加薪这个消息能给钟铭带来一些惊喜和快乐吧。

今天不幸的是舒亚和莉亚都有点感冒发烧，一早钟铭叫他们起床的时候就发现不对劲，但是当时雨嘉已经走了。柳嫂还正好有个新泽西州的亲戚出了车祸，昨晚就请了假，坐大巴去新泽西了。雨嘉回来的时候，钟铭已经独自对付两个生病的孩子一整天了。家里有个护士，往往会让其他人在照顾病人方面变成低能儿，钟铭白天打电话没有找到雨嘉，也不知道给孩子吃什么药，吃什么饭，穿多少衣服，怎么测体温，孩子儿科医生是谁，手忙脚乱心慌意乱地过了一天，头都大了。

雨嘉一进门，钟铭就说："一天打电话都找不到你，孩子病成这样，我都急死了，你怎么才回来？真有这么当妈的！"

说实在的，雨嘉真的从没有听到过钟铭以这种口气跟自己说话，孩子病了雨嘉也很惊讶，也很心痛。她今天一天都在会议室，忙得四脚朝天，手机也不敢开，没有接到钟铭的电话，回来他竟然用这种责备的口气跟自己说话。

雨嘉忍着气赶紧给孩子量了体温，检查了扁桃腺和淋巴结，用听诊器听了听肺部，又用耳镜看了一下两个孩子的耳膜，然后雨嘉问了症状，问孩子们一天都吃了什么喝了什么，上厕所几次。雨嘉断定这就是病毒性感染，几天就会好，没有什么大问题，就给孩子吃了退烧药，给他们喝了电解质补充液（pedialyte），又给孩子做了清淡的米粥哄他们吃下，就安排他们睡觉了。两个孩子每次生病，都是妈妈照顾，所以孩子一看妈妈回家，一给自己做检查，就觉得似乎病好了一半，爸爸给的药他们不吃，只有妈妈给的药才能治病，爸爸给做的病号饭也不吃，只有妈妈给做的他们才吃，因为妈妈是护士。

　　而且两个孩子不相信爸爸已经给他们学校打好了电话，请好了病假，他们非要妈妈再打一遍电话，因为老师和校长都认识妈妈，不认识爸爸，平时跟学校联系都是妈妈打电话，爸爸打电话他们不放心。雨嘉只好哄孩子说现在学校已经关门了，但妈妈会再给老师发电邮，保证没有问题。孩子们听到妈妈的话才放心睡了。

　　钟铭从来没有觉得自己这么没用！跟孩子在家一天，连个药都喂不进去，雨嘉一回来，孩子药也吃了，营养液也喝了，晚饭也搞定了，两个小祖宗也踏实了，乖乖睡了。弄完这一切，雨嘉已经没力气了，吃了一点孩子剩下的米粥，也不理钟铭，就自己进屋了。雨嘉有一个弱点，就是她对别人的话语非常敏感，她不是那种听到不好的话转眼就能忘记的人。她想起这些年来，不管自己多么无理取闹，钟铭在外边多么累，他都对自己娇惯呵护，今天雨嘉这么辛苦，做了这么多，他怎么竟然就是这个口气，而且到现在也不来哄哄我？他怎么好像突然不爱我了似的？雨嘉越想越气，拿一本书自己在床上躺下了。

钟铭心里也不舒服，他这几天都在四处联系找工作，但是在这样的环境下，金融公司出来的中级管理人员满大街都是，钟铭又不能从刚入行的小分析员干起，哪里去找管理阶层的工作啊？在外边不顺，在家里还什么都干不好。雨嘉工作做得好不说，回到家里也是手到病除，她一出现就解决了钟铭一天都解决不了的问题。

想到家里的财务情况，如今雨嘉已经是全盘掌握，几套房子的投资都被她玩得滴溜溜转，房租收入和雨嘉的工资现在是他们的日常开销来源。在这种情况下，雨嘉仍然在寻找下一个房地产的投资机会，雨嘉的胆魄真的不是钟铭预料得到的。

钟铭实在是不喜欢这种感觉，他不怕辛苦，就怕自己没用，就怕自己失去控制。他宁愿雨嘉还是他的宝贝小雨伞，他幻想着在他没有工作，股市也血本无归的时候，雨嘉比他还慌乱还害怕，哭着趴在他怀里等他想办法。可是那样的雨嘉已经不存在了。

他多么希望那个小雨伞能再回到他的怀里。他走进卧室，走到雨嘉的那一侧床边，拿走雨嘉正在看的书，掀开雨嘉的被子，把雨嘉压在身下，正在急切地扯开她的睡衣的时候，突然看见雨嘉睁着大眼睛在看着他。每次当钟铭和她亲密的时候，雨嘉都是半闭着眼睛，从来没有直视过钟铭，可是现在，她的目光镇静严肃，带着一点愠怒，就那么直直地看着他。钟铭一下子败下阵来，沮丧地从雨嘉身上滚下来，仰面躺在床的另一侧。雨嘉平静地扣上自己的睡衣，拉回自己的被子，拿起刚才的那本书，说："你先睡吧。"钟铭只觉得透心凉。

钟铭每天都在努力找工作，但是现在僧多粥少，哪里都不景气，钟铭申请的工作没有一个有结果的。终于有一家金融咨询公司给钟铭发了面试邀请，钟铭大喜过望，他对自己的面试能力非常自信，他相信只要有见面机会，就一定能够胜出。

面试的那天早上，雨嘉仿佛看到原来的钟铭又回来了，他还是那么整洁帅气。钟铭正是年富力强，经验丰富，锐不可当的年纪，雨嘉发现钟铭的鬓角出现了几根白发，她走上去想帮他拔掉，钟铭却摇摇头，出门了。

一般这样公司的面试都会事先为应试者提供面试人员名单和面试流程，以便应试者准备。但很奇怪的是，这次公司竟然什么都没有提供，钟铭等于是闭着眼睛进去，完全没有知己知彼。钟铭比约定时间提前十分钟到达公司前台，前台的秘书说："你好，钟先生，York 先生正在等你。"

钟铭脑子里飞快地转 York 这个名字，纽约金融圈很多人钟铭都认识，但是他只能想起来原来自己的下属，那个满嘴跑火车的草包 Matthew 姓 York，其他的还真想不起来了。当然面试自己的肯定不是那个当年自己开掉的 Matthew，那就肯定是自己不认识的一个 York 先生了。

秘书小姐客气地把钟铭带进面试房间，并为他冲好了咖啡，点点头走了。钟铭迅速拿出手机，输入了这家公司的名字和 York 这个名字，正在低头查找，听到门开了，一个人满面笑容地出现："Michael, so good to see you again（Michael，很高兴又见面了）！"钟铭抬头一看，正是自己原来的那个讨厌的下属 Matthew！

Matthew 笑着伸出一只手，居高临下地看着愣在那里的钟铭。钟铭象征性地碰了碰 Matthew 的手，说："Hi Matthew。"他没有站起来，也没有任何其他的表示。

Matthew满不在乎地坐下："这一段你怎么样？在家休息得不错吧？想出来继续干吗？"说着，Matthew把这个公司描述了一番，重点讲了自己现在的位置，以及钟铭应聘的这个位置将如何在自己的领导下发挥大作用。然后Matthew转过来把原来公司的Andrew等几层上司，那些他当时像哈巴狗一样巴结的上司们，全部贬损了一番，对钟铭说："我就看你能干，原来那个公司真是委屈你啦，怎么样，出来跟我干吧。"

钟铭说："除了你之外，今天还有别人面试我吗？"一般这样的金融公司面试会有五六个面试者，从各个不同角度了解和观察应聘者。

Matthew说："这个职位我说了算，没别人了。"

这算什么事儿？从第一天面试就不把钟铭展示在团队面前，而是他自己一个人独自拍板，这就表明，或者他就是想招来一条只跟自己不跟别人的干苦力的走狗，或者根本这个面试就是在耍钟铭，压根这个职位就没打算考虑他！而且Matthew不顾一般面试不谈头衔的惯例，以幸灾乐祸的语气把一个比钟铭职称低很多的头衔抛给钟铭，然后轻蔑地看钟铭的反应。

钟铭站起来，拎起自己的公文包，说："Fuck you, Matthew."然后头也不回就走了。

钟铭是一个心里有一股劲儿的人，什么人什么事情顺着他那股劲儿，他就会把自己才华横溢、精明能干、慷慨大度、绅士风度、体贴入微的方面展示出来，而且那样的时候，他自己也是快乐的，亲和的，能照顾别人的，满心是爱的。可是如果什么人什么事逆着钟铭心里的那股劲头，踩错了哪根筋，那他可就像变了个人，恕不奉陪，沉默不语，一副冷冰冰拒人千里的样子。而且这时，钟铭自己也非常挫败，非常痛苦。今天，就是这样一个日子。

晚上，是马化鹏把喝醉了的钟铭架回家的。雨嘉在公司累了一天，下班后又弄两个孩子，给钟铭打电话也没人接，也不知道他今天面试怎么样了。结果他竟然喝得醉醺醺地回来，还跟马化鹏在一起！自从上次马化鹏出了那事跟许月莹离婚之后，雨嘉就再也没见过他。雨嘉一股气顶上来，说："你把他放沙发上，你走吧。"

马化鹏尴尬地说："他，他下午来找我，我们就去酒吧坐了坐。"

"你们男人除了酒吧就没地方去吗？"雨嘉没好气地说。

马化鹏只好尴尬地走了。

柳嫂过来说："我把饭给他热热吧，再给他烧点茶，醒醒酒。"

雨嘉说："柳嫂你也忙了一天了，你安顿孩子睡觉吧，让钟铭睡吧，明天再说。"说着，雨嘉抱了抱两个孩子，把钟铭的枕头和一个毯子扔到沙发上，自己进屋，把门关上了。

20 峰回路转

从十九岁遇到钟铭，到现在三十多岁了，十几年来雨嘉对钟铭的感知是他从来都是那么胸有成竹，对什么都有把握，而且对自己永远那么热情、那么呵护、那么宠爱，可是雨嘉不知道的是，钟铭也会累，也会有能量耗尽，想给也给不出来的时候。钟铭不可能永远给雨嘉当父亲，他在人生路上累了的时候，也需要角色对换，需要别人来安慰他、呵护他。这个角色对换的钟铭，雨嘉没有见过，她不知道有这样一个钟铭存在，见到一个她似乎不认识的钟铭，她感觉挫败、怄气，也不知道如何应对。

第二天，钟铭简单跟雨嘉说了一下面试情况。雨嘉说："没关系，工作再找吧。其实你就是不找工作，自己在家做做投资也挺好的，我有工作，咱们有几处房子收房租，真的没有问题。"雨嘉把钟铭最不爱听的话又说了一遍。

雨嘉现在非常辛苦，工作上她力争做得最好最出色，投资上她在找各种机会把收益最大化；育儿上，她基本是在柳嫂的帮助下把两个孩子各项事务全部包揽下来。她每天没有一分钟空闲，她觉得这样做,是对钟铭最大的支持,最大的爱,在他困难的时候帮他分担,让他从财务到孩子都放心。

雨嘉苦恼的是,钟铭似乎不如以前爱她了。以前钟铭每天对雨嘉亲亲抱抱的,都成习惯了,现在钟铭很少碰她。雨嘉有时候想主动去抱一抱钟铭,或者主动跟他亲热一下,可是她做不出来。雨嘉所有跟男人在一起的经验都是从钟铭这儿学的,其他男人真是连手都没有拉过,而且钟铭是在雨嘉年仅二十岁的时候以迅雷不及掩耳之势闪婚把雨嘉拿下的,所以这么多年来,他俩之间的亲热永远是钟铭主动,雨嘉推脱,钟铭总要"求"着她亲热。其实钟铭倒是高兴这样,也乐于周旋雨嘉的躲避和半推半就。雨嘉真的不知道世界上男女之间还有什么别的方式,真的想象不出自己主动会是什么样的尴尬情况,钟铭会不会笑她。那么现在钟铭心情不好,不"求"着她亲近了,雨嘉就束手无策了。

其实雨嘉所做的和钟铭的需要是完全相反的。钟铭不要妻子千辛万苦,不要妻子承担那么多,因为那样他很痛苦,觉得自己很没用,心理压力非常大。在他虎落平阳的时候,他需要的是雨嘉爱他,还像他叱咤风云的时候一样爱他。他渴望雨嘉在他没有心情伸出手来搂搂抱抱的时候,能够主动过来给他一些温存。他不希望每一次亲热雨嘉只是在顺从他,尤其在不顺心的日子里,他迫切需要知道除了他想要雨嘉之外,雨嘉也有想要他的欲望。他渴望雨嘉的爱,他害怕雨嘉的忙。可是雨嘉偏偏就是忙,偏偏就是给不出他想要的爱。

有时候他会说:"宝贝,过来陪我坐会儿。"

雨嘉就过来,一动不动坐在他旁边,两只眼睛看着他,好像在等他说事情,他如果不说话,雨嘉就问:"有事吗?"钟铭如果把雨嘉拉到怀里,雨嘉就安安静静在他怀里趴着。过一会儿看钟铭没动静,就起来说:"我还有加班的事儿没干完呢。"两人就这样又各自坐到自己电脑前了。

杨劲松和李可欣突然要带着孩子从波士顿来纽约!雨嘉和钟铭接到这个电话都高兴极了。劲松和可欣要在曼哈顿订酒店,被钟铭坚决制止了:"订什么酒店,来了还不住家里!"

劲松和可欣毕业后搬到了波士顿,去的时候,可欣其实已经怀孕了,当时他们并不知道,到了波士顿才查出来。杨劲松立刻就说不让可欣找工作了,就在家安静养胎待产,他去电力公司做高级工程师的工作,完全可以养家养孩子。

可是在当时互联网时代的大潮中,可欣不找工作,工作却来找她。几个星期以后,一个公司给可欣开出了一大笔原始股票,让她加盟,可欣看着实在太诱人了,就顾不上怀孕这事,到那个公司上班去了。

然后他们就过着波士顿周围中国人典型的生活:买个带草坪的大房子,买两辆车,两个人朝九晚五,生了一个儿子,紧接着又生一个女儿,公公婆婆、岳父岳母轮番来波士顿帮他们带孩子,一家老人来住一年,一年到了就"换岗",另一家老人来了再住一年,从来没有间断过,一直帮他们把两个孩子养大。现在他们儿子 Brian Yang 已经八岁了,女儿 Brianna Yang 也有六岁了。

这一下家里可热闹得炸了锅。舒亚和莉亚兴奋地带着 Brian 和 Brianna 上蹿下跳,雨嘉和可欣在厨房做菜,钟铭和劲松在客厅聊天,柳嫂一趟一趟出去买东西,回来帮着洗菜做饭收拾屋子。

几年不见,可欣清秀的脸庞上已经有了少妇的雍容和母亲的安详。雨嘉问起她和杨劲松的生活,可欣说:"我们都是胸无大志的,两个人上班下班,平时就是接送孩子课外活动,种花种菜,周末买菜做饭,跟朋友聚会,放假了约朋友一起出去露营度假,日子就这么过呗。"雨嘉能看出来,可欣是满足的,她有一种慵懒中的幸福。雨嘉又问她杨劲松怎么样,可欣说:"他挺好的,他管孩子管家是一把好手,给孩子讲功课,陪孩子打球,家里修车修房修院子铲雪,都是他干,也挺辛苦的。可是家家丈夫都这样,都得干啊。你们这住公寓,没有大院子大草坪,也没有车的日子真是太简单了,你俩省了大事儿了。"

丰盛的晚餐摆好了,可欣带来的自制四川腊肉最受欢迎。雨嘉说:"可欣还是个厨神,腊肉都会自己做!"可欣说:"想吃就得自己学着做,别说腊肉了,我家劲松现在,自己做芝麻火烧、炸油条、豆腐脑,还有他做的灌汤小笼包,别提多好吃了。他连酸奶都自己做!"

"自己家做的酸奶,加点蜂蜜,跟老北京酸奶一个味儿。"杨劲松笑着说。

雨嘉和钟铭都说:"你们小日子过得真有滋有味,我俩就挣命了,饭菜都是柳嫂帮我们。"

劲松和可欣的儿子 Brian 别看只有八岁的年纪,但是高尔夫球打得已经非常好了。杨劲松喜欢高尔夫,平时打球都带着儿子,给儿子也租一副小球杆一起练习。谁知小 Brian 展示了非凡的高尔夫天赋,杨劲松准备好好培养儿子的高尔夫项目。他们的女儿 Brianna 从小喜欢滑冰和跳舞,现在只有六岁,但是滑冰已经滑得非常好了,她的滑冰教练就她的身材、身体比例、舞蹈素质等方面综合考虑,推荐小 Brianna 以后学习花样滑冰,已经开始最初的形体训练了。

可欣说:"俩孩子还小呢,看不出来什么,以后要是他们真是这块料,我和劲松得一个人把工作辞了,全职陪他们。"

钟铭说:"高尔夫和花滑,这两项可都是贼船啊,上去就下不来!孩子干了这个,你们时间精力金钱上的付出可是不得了的!"

杨劲松说:"是啊,我们也知道,可是你说,我和可欣,书也念完了,学位也拿了,美国公民身份也有了,房子车子都齐了,工作嘛,也就那样了,我俩不就忙这俩孩子吗?我们还能干什么呀?要说花钱花精力,我们的钱和精力不花给他们花给谁?我们认了。"

"波士顿真是个神奇的地方,把劲松培养成居家适用男了。"钟铭笑道。

"我这算什么?"杨劲松说,"我们小区中国人多,你看那各家的爸爸,上班能挣钱,下厨能做饭,进了院子能割草,哪个不是上天入地?就说开车接送孩子各种培训班,我们邻居爸爸每天平均开五个小时的车,你能想象吗?咱们这拨人是吃过苦的,什么都靠自己,我国内的同学说,我们这边男人干的事儿,都是民工、保姆、司机干的事儿,他们在国内都多少年没干过这些事儿了。"

可欣说:"我表姐从四川来美国看我们,就感叹说,怎么好男人都跑到美国来了?也给我们国内剩几个呀?"说着,可欣亲热地在杨劲松肩膀上拍了拍,"不过,亲手给孩子当民工、保姆、司机就是不一样,孩子就是跟你亲。"一提起孩子跟自己亲,杨劲松脸上笑开了花,那个笑,真是从心眼里往外美得冒泡泡!

杨劲松给钟铭介绍了一个自己多年的朋友,那个朋友现在是在国内金融界做事,下周要到纽约来一下,劲松说:"介绍你们见面聊一下吧,多认识个金融界的人,交个朋友。"钟铭痛快答应了。

杨劲松一说这个人的名字，钟铭就想起来了，这是一个在国内证券交易所里叫得非常响的名字。

一个看似无意的介绍，却成了改变生活轨迹的契机。在美国金融危机的时候，国内的金融证券机构正在出大价钱到华尔街捞人。像钟铭这样，有十年纽约金融界的经验和人脉，有过丰富的实战经验的，正是国内金融界在寻找的人才。其实，即使是在金融危机大幅度裁员的时候，纽约金融界的华人雇员们对回国也持一种观望态度，一个是工资待遇毕竟相差甚远，一个是自己的家人孩子都在美国安居乐业，很难连根拔起，再有也担心对国内的工作环境、人际关系和交流环境会不适应。这些钟铭也都知道，但是这个夏总是个高手，句句话戳中钟铭的要害。

实际上钟铭现在最想要的，一个是事业上的发展空间，一个是财富上巨大的潜力，至于眼前工资待遇是高是低，是其次的事情。夏总抓住钟铭这个心理，巧妙地触动了钟铭心灵深处的那份躁动不安和寻求契机的野心。

钟铭也知道，雨嘉和孩子是不可能挪动的，纽约十年的生活，雨嘉的工作，在纽约的房地产投资，孩子的学校和课外活动的老师们，都已经成了紧紧把他们固定在这里的根茎，可是钟铭心里却有另外一股力量，让他没有跟夏总说回绝的话。

钟铭想到雨嘉，他的小雨伞，如果听到他在谈国内的机会，会怎样担忧、伤心，怎样哭着不让他走，怎样告诉他孩子们离不开他，她也离不开他。钟铭一想到这些，自己也很心酸，他也舍不得离开雨嘉和舒亚莉亚。或许这个机会，虽然契机无限，但是真的是不适合自己，不适合自己的家庭吧。

晚上回到家，钟铭犹豫了一下，还是跟雨嘉把这个事情说了。他本来想，跟她说一下看看她怎么反应，她如果真的哭起来，那一定好好哄她，告诉她只不过说一下，并没有要去。

谁知雨嘉平静地把这件事听完，眼睛里有惊讶和担忧，但更多的是考量和思索。她详细询问了细节，询问了那边的管理方式、事业前景、投资风险，甚至连夏总的资料都上网查了一下。钟铭不可置信地看着雨嘉："你真的想让我考虑这个机会吗？"

雨嘉说："我当然不想！从我和孩子的角度，我当然不想让你去。可这毕竟是你的事业，我总不能当你的绊脚石吧。"

钟铭说不上来是失望是惊讶是佩服还是感动，心里像打翻了五味瓶一样，他说："先放放吧，以后再说。"接连几天，只要钟铭提起这件事，雨嘉就是帮他客观分析利弊，查找相关信息，并让他自己做决定。钟铭心里想：这个女人！能不能别像机器一样这么冷静理智？那个在他面前撒娇耍赖，离了他连瓶子盖都拧不开的小雨嘉到哪里去了？钟铭只觉得一口气堵在胸口。

夏总看钟铭一周都没有回复，给钟铭开出了一个月在北京上海一个月在纽约的工作安排，而且约了其他公司高层，把这家公司的五年计划和十年远景具体到了钟铭的个人收益上，详细地绘了一幅诱人的蓝图。

钟铭觉得自己心里的天平无可控制地倾斜了，这样说来，他五年至十年间完全可以达到退休的目标，可以给雨嘉和孩子们提供即使他在纽约金融界也达不到的经济条件，然后他就可以带着雨嘉和孩子们找一个山清水秀的地方，过安静优越的生活，过完全属于自己的日子。

其实，钟铭潜意识里希望雨嘉阻止他，不让他走，那样的话他真的不会走。可是雨嘉偏偏就说不出不让他走的话来，每次雨嘉说"我当然不想让你走"的时候，都加上一个"可是"，可是如果你觉得特别想要这个机会，可是如果真的对你的事业很重要，可是如果你心里已经决定了，可是如果你不去会后悔……钟铭不知道她哪里来的那么多可是啊。这样一来，钟铭有点真的跟雨嘉赌气了。

雨嘉也不是什么圣母，她再爱钟铭，也没有那么大的奉献精神，也不能想象独自撑起一个家，让他去追梦。可是让雨嘉说什么也不能去阻止钟铭的，是对未来两人关系的担心。雨嘉想，如果自己说出不让他去的话，他势必不会去，而自己也就成了那个亲手改变钟铭生活轨迹的人。以后一辈子，钟铭事业顺心便罢，稍有不顺心，就会想当时如果去了中国会怎么怎么样。这个"what if（如果当初……）"的想法会在他脑子里转一辈子，也会变得越来越理想化，以后将是他俩婚姻关系里的一枚定时炸弹。雨嘉不能过那样的日子，不能给他们的婚姻留下这样一个甩不掉的尾巴。她非常痛苦，她甚至心里在怨恨杨劲松多事，跟钟铭介绍什么劳什子夏总，把自己的小家翻个底朝天。可是这样的痛苦，她不愿意让钟铭知道，雨嘉现在最想要的，是钟铭说："这个机会不好，我不想去。"但是钟铭目光中的闪亮让雨嘉知道，如果不是因为老婆孩子，他会毫不犹豫地去。这种情况下，雨嘉不能阻止他，她再痛苦，也会让他去尝试。雨嘉唯一的指望，是钟铭稍微试一试之后，会自己选择回家。

最后，雨嘉和钟铭商量好先让钟铭去北京上海工作一段时间试试，如果在那边不好的话，或者如果雨嘉和孩子们不能适应，他就辞职回来。钟铭宁愿自己辛苦些，也不想一下跟雨嘉分开一个月。

他跟夏总说，把自己的工作日程调成两周北京上海，两周纽约。"你来回折腾，还不够倒时差的呢。"夏总说。但是钟铭坚持这样，夏总也就答应了。

分别的日子就这样开始了。第一次钟铭离家，雨嘉六神无主，心里像被掏空了一样。钟铭两周后回到纽约家里的时候，雨嘉抱住他哭了半夜，哭得钟铭要跳起来跟中国那边辞职。可是雨嘉却拉住他："坚持一下吧，我习惯了就好了。"

就这样两周两周地过去，开始的时候，每次钟铭出门，雨嘉都像丢了魂一样，渐渐的，她没有那么难受了，后来她似乎看淡了，对钟铭迎来送往都是波澜不惊，家里大事小事自己都处理得顺手从容。直到最后，雨嘉发现自己竟然有点盼着钟铭走，盼着他走后自己的那份空间、自由和简单。两个孩子也习惯了爸爸不在家，只跟妈妈生活的日子，偶尔爸爸回来，问东问西，又不了解自己学校的情况，问也问不到点子上，孩子们就摇摇头走开了。钟铭除了花很多钱给孩子买很多东西，一回家就带雨嘉和孩子们到各大餐馆到处吃饭之外，真的不知道怎么讨好这两个孩子了。

两周两周来回跑毕竟太辛苦，雨嘉让钟铭改成了一个月才回纽约一次，而且渐渐的，中国那边的业务繁忙了起来，钟铭有时两三个月也回来不了一趟。

在北京，钟铭住在公司附近的一个公寓里。北京这个城市让他目不暇接，晕头转向，大学期间认识的地方和街道早已经面目全非。在繁华、美食、娱乐、商机无限中，钟铭也经历着拥挤、脏乱差和工作方式和交流方式的差异。雨嘉在自己年假的时候，带舒亚和莉亚来北京看钟铭，钟铭高兴地带他们到处游玩，到处吃好吃的。可是让他失望的是，孩子们不喜欢北京，他们习惯了排队，习惯了人与人之间保持礼貌的距离，习惯了公共场合大家都不大声说话，习惯了太多美国的东西，到了中国拥挤的环境非常不适应，两个孩子甚至在街上忙着捡起别人扔的垃圾，送到垃圾桶。北京各个大饭店的厕所也让孩子们不敢进去，他们从来没有见过蹲式厕所，也从来没有闻过那样的厕所味儿，两个孩子闹着非要回纽约。在机场送他们母子三人的时候，钟铭搂着两个孩子，真的是非常无奈。雨嘉倒是非常平静，似乎一切都再正常不过了。

　　在这样的两地生活中，钟铭发现，雨嘉的本性并不是他原来想象的伊人小鸟，雨嘉的灵魂其实是倔强的、独立的、柔中带刚的，她也非常有才华有智慧，其实并不是他想象的离了他就不行。而且钟铭也发现，雨嘉的弱点是不太会主动表达感情，总是在等他往感情的火焰里边添柴，一旦他顾不上来，或者心里有烦恼有压力没心情甜言蜜语的时候，他俩的感情交流就会迅速降温。钟铭也在想，是不是这样两人在不同轨道上渐行渐远，对婚姻是不好的，可是巨大的金钱诱惑和事业野心让他不能回头，"五年吧，五年后我一定回来天天和雨嘉和孩子们在一起。"钟铭暗下决心。

21
鹏鹏

沈燕妮和陆克俭的儿子鹏鹏已经是十七岁的小伙子了,女儿佳佳也长成了十三岁的大姑娘。近年来,鹏鹏的性格越来越孤僻,在学校里基本不和同学老师讲话。就连课堂上必需的交流和小组合作项目,鹏鹏也拒绝参加。每次成绩单下来,鹏鹏考试没有问题,但是 participation(课堂参与)总是拿零分。鹏鹏在家也不怎么跟父母爷爷奶奶说话,对妹妹也不理睬,他唯一喜欢做的事情就是画画。

鹏鹏的画非常抽象非常怪异,没有人能看得懂。他的房间里堆满了自己的画,根本没有地方下脚。陆克俭爸爸妈妈曾经进孙子的房间帮他收拾,结果鹏鹏回家一看,一反平时沉默木讷的样子,大吼大叫,把家里的二楼和爷爷奶奶房间的很多东西都砸烂了,爷爷奶奶差点吓出心脏病来。陆克俭气得抄起棒球棍就要揍儿子,被燕妮和克俭爸妈死活拉住。陆克俭举着棒球棍,喘着粗气,瞪着那个怒目跟他对视的、个头已经超过他半个脑袋的儿子。

克俭妈哭着说:"别打我孙子,我们以后不碰他东西了!我们这是做的什么孽呀,还不如让我一口气上不来死了算了!"

陆克俭一听这话,又要往鹏鹏头上挥棒球棍,燕妮哭着死死抱住陆克俭的胳膊:"克俭,我求你了!这是你亲儿子呀,这是在美国,你打他的后果你想过吗?看在咱们二十年夫妻的份上,你要是不想毁了这个家,你就别打他!"

陆鹏转身进了自己房间,砰的一下把门锁上了。他的脑子里只有一片混沌和黑暗,这个世界根本就不 make sense,没有条理没有逻辑没有因果没有道理可循,陆鹏就这样一直坐在自己房间里没有丝毫动静。

入夜,燕妮把一个三明治和一杯牛奶放到儿子门口,轻轻地用指甲挠了挠门框,她知道儿子在这样的时候不要被打扰,不要见人,她把食物放下之后,转身离开。经过女儿房间的时候,燕妮轻轻敲了一下门:"佳佳。"女儿半天没有反应。燕妮轻轻把门打开,看到女儿耳朵里塞着耳塞,膝盖上放着电脑,看也不看妈妈,一动不动盯着屏幕。燕妮走过去:"佳佳,你还好吗?"

"I'm fine(我没事)。"佳佳简单地回答。佳佳每当爸爸和爷爷奶奶不在,她只跟妈妈一人说话的时候,总是会用英文讲话。燕妮不知道白天发生的这一切对女儿是一个什么样的打击,佳佳的脸像铁板一块,根本看不出表情,佳佳的话语像一个一个的蹦豆,一次不会蹦出来超过两颗。而且当她不愿意说话的时候,燕妮说什么都是没有用的。燕妮只好抱抱佳佳,说晚安。

回到主卧室,陆克俭开始骂骂咧咧,还把枕头摔到燕妮头上。燕妮知道他又要把自己从远古到今天,从头到脚数落一遍。这样的数落和摔打,燕妮已经麻木了。她的心真的已经死了,她现在唯一等待的,是把两个孩子送进大学。燕妮父母已经过世,又没有兄弟姐妹，她只有这个暗无天日的家。她不止一次想过结束自己这个苦海无边的生命，可是她可怜的鹏鹏和佳佳还没有长大成人。燕妮已经想好了，一旦鹏鹏和佳佳都十八岁成人，上大学离家，她就自己找一个僻静的山林，一个人在那里安息，永远不再醒来。她只需要再支撑三年半，为了鹏鹏，为了佳佳。

第二天，陆鹏照样坐着校车来到学校，但是他趁着校门口迎接学生的校长一转身的时候，闪进路边的灌木丛，然后跑到了学校后边的树林里。他吃了妈妈早晨塞进他书包的鸡蛋和香肠三明治，拿出他书包里唯一的东西：速写本和画笔盒子。他打算这样过一天，他不能忍受到那个到处都是人的教学楼里边去，他需要安静，需要独处。

陆鹏正在聚精会神画着一层又一层密不透风的枝叶的时候，一个声音从他背后响起："A spear would be nice（有个长矛就好了）。"陆鹏猛一回头，原来是一个叫 Trisha 的女孩。Trisha 是一个白人女孩，跟陆鹏一个年级，功课门门不及格，头发染成蓝色，嘴唇和眼圈画得漆黑，鼻子上和嘴唇上还钉了好几颗银钉。Trisha 和陆鹏从来没有说过话，但是陆鹏知道，全体同学都把他俩归为一类 wierdos（怪人）。

陆鹏没理她，继续自己画自己的。Trisha 在陆鹏身边靠着一棵树干坐在地上，掏出自己的本子也画起来。他俩互相一句话都不说，就各自画啊画啊，偶尔互相瞟一眼对方的画页，然后自己飞快地翻到空白页再画！和陆鹏的层层压抑，一步一重围的风格不一样的是，Trisha 的画是发散型的，长长的戳透云端的长矛，摩天大楼里破窗而出傲视曼哈顿的玫瑰花，女孩的泪滴中飘逸如烟绽放出来的芭蕾舞者，深深的枯井里蓬勃生长出的参天藤蔓……陆鹏停止了自己的画，聚精会神地看着 Trisha 的画笔。

当学校午餐铃声响起的时候，陆鹏看着自己的脚尖说："Will you be my girlfriend（你愿意当我女朋友吗）？"

"Thought you'd never ask（还以为你永远不问我呢）！"Trisha 回答。

然后两个人又是一言不发，继续拿起画笔。他们不需要语言，不需要声音，不需要对视，他们的心在交流。在 Trisha 的画笔下，陆鹏第一次感受到了活力、希望和释放，而从陆鹏的画中，Trisha 第一次觉得有人理解她的孤独、煎熬和束缚。放学铃声响了的时候，两个人都站起来，Trisha 把自己的画本伸到陆鹏面前，陆鹏小心地接过来，也把自己的画本递给了 Trisha。Trisha 没有看陆鹏一眼，接了本子就走了。陆鹏看着手里 Trisha 的画本，突然哭了！

陆鹏逃学的事情，学校报备给了正在学区办公室上班的燕妮。燕妮一听儿子今天没在学校出现，简直急疯了，站起来就要往学校跑。学区心理辅导员贝克拦住她说："学校已经在找了，不如先等一下，要不然你在路上，有消息也联系不到你。"

心理辅导专家贝克先生是一个从事临床心理研究多年的专业人士，到这个学区做心理咨询已经有十年时间了。他早就关注陆鹏和陆佳，也深深地为自己的学区同事沈燕妮担心。这个家庭似乎总是沉浸在抑郁和矛盾中，第一代移民和第二代美国出生的孩子之间的冲突似乎也非常严重。陆鹏已经有明显的心理疾病，陆佳也非常孤僻，难以接近。然而贝克最担心的还是燕妮，这个工作上非常能干的同事，在近半年里明显地从思维上到交流上都出现了消极、抑郁和躲避的情绪，非常令人担忧。

学校打电话给燕妮说有学生看见陆鹏和一个同学在学校后边的树林里，没有进教学楼。燕妮想到昨晚家里发生的一幕，心想鹏鹏可能就是没有心思上课，想自己安静一下。她问贝克："你说这样的情况我应该怎么办？是不是应该立刻到学校后边树林把他抓出来去上课？"

贝克想了想说："我不建议这样，我也不便打听你家昨晚是不是发生了什么突发情况。如果是这样的话，我建议你让陆鹏在树林里待到放学。我们知道他现在是安全的，只不过是不想上学。这个时候最重要的不是逼他进入他根本不能专心的课堂，而是在保证他安全的情况下，保留跟他沟通渠道的畅通。我建议你等到放学时间，如果他一直在树林，而且放学时上校车回家，那么你今晚跟他好好谈谈，具体解决这件事情。你现在冲过去不是好办法，一旦交流渠道断掉，后边很难做他的工作。"

燕妮知道贝克说得对，而且这件事情千万不能告诉陆克俭，否则家里又是一场大战。当天晚上，燕妮找机会跟陆鹏单独谈话，陆鹏一言不发，燕妮说："我知道你心里不好受，在这个时候不想上课。即使是成年人，在心情不好的时候也不想上班，妈妈理解你。可是学校毕竟是有纪律的，你不出现，会让很多人担心你的安全。你以后如果遇到不想上学的情况就跟妈妈说，妈妈看情况帮你解决，或者帮你请假，不要自己逃学了好吗？"

陆鹏微微点了点头。燕妮知道，陆鹏答应自己的事情一定会做的，就放心了。她拍了拍儿子的肩膀，转身往外走。刚刚拉开门要出去，陆鹏突然说："Why don't you leave him（你怎么不离开他）？"

燕妮惊诧地回头看着儿子,她嘴唇动了动,但是说不出话来。最后,她含着眼泪说:"He is your father.(他是你的父亲。)"

儿子的这句话,给了燕妮很大触动,燕妮知道一般孩子的本能都是害怕自己的父亲和母亲分开,不到经受了苦痛,目睹了悲剧,万不得已的时候,没有孩子会希望自己的父母分手。今天鹏鹏能问出这句话,说明孩子已经受伤至深!燕妮心里想:"孩子,你还有一年就长大成人,离开这个家了。这些年,妈妈为了给你守住一个完整的家,所经受的痛苦你不能想象,可是也不知道我这样的死守对你和妹妹来说是福是祸呢。"

第二天,贝克在学区办公室叫住了燕妮。他问了问昨晚燕妮和陆鹏谈得怎么样,听说一切还算平静,陆鹏也答应以后不逃学了。贝克说:"感谢上帝。燕妮,我和我的太太每天在祷告的时候,会时时把你的家庭放在我们的祷告里,神永远与你同在。"燕妮非常诧异,在学区工作场合,一般人是不会谈及宗教的。贝克这样说,实际上是违背了工作惯例。

贝克看着燕妮诧异的表情,说:"我们全家都是基督徒。我想介绍一位朋友给你认识,是一位中国大陆来的,非常好的人。"

燕妮哪里有心情认识什么新朋友,她说:"贝克,谢谢你,可是我太忙了,真的压力很大,家庭工作孩子,所有一切都压在我的肩上,我实在没有时间也没有心情。"

贝克说:"燕妮,你的重担神都知道。如果你愿意,我可以让这位朋友拜访你和你的家人,我相信他能够帮助你们。我知道你的丈夫不会英文,在这里难免非常孤独,让他认识这位朋友也是非常好的事情。"

燕妮想，也好吧，陆克俭多认识个朋友，分散一下注意力，省得整天跟两个孩子较劲找麻烦。就对贝克点了点头。

过几天，一对头发花白的中国夫妇来到燕妮家，他们是当地华人教会的孙牧师和孙师母。燕妮和陆克俭对基督教一无所知，也不耐烦听什么宗教的东西，就简单跟他们聊了聊家常。最让陆克俭不明白的是，孙牧师原来是一个资深会计师，有非常好的事业，竟然放下事业去当没有多少收入的牧师，还乐在其中。孙牧师和孙师母也没有坐太长时间，就留下联系方式，说如果有什么事情可以随时找他们，并邀请燕妮全家去参加教会复活节的礼拜，就告辞了。陆克俭跟燕妮说："以后别让他们来家里了，咱也别去他们教会，更不能让孩子去，省得像他们一样走火入魔。"燕妮也觉得没有必要去教会。而且他们从来没有庆祝过什么复活节，以为就是一个春天大地复苏的节日，根本就没理会。孙牧师和孙师母隔一段时间就打电话来问候一下，燕妮和陆克俭都给敷衍过去了。

美国中西部的严冬终于过去了，明黄的迎春花和洁白的玉兰花开过之后，郁金香就冒出了尖尖角，又是一年春暖花开。燕妮心里却觉得更清冷，这花一开，就说明离自己解脱的时刻又近了一步。她仿佛在看着生活像一部电影一样，渐渐到了尾声，曲终人散的时候，她就可以彻底休息了。

她想着孩子们失去她会不会悲痛欲绝，他们肯定会伤心吧，但是没有不散的筵席，即使是母子，也有散的一天。人生路上真正能陪你从始至终走全程的，只有自己。燕妮有时也会想到陆克俭会不会因自己的逝去而悲痛、反思？陆克俭的父母会怎么想？可是燕妮不愿意按这个思路想下去，他们怎样想跟自己有什么关系呢？

燕妮已经找律师立了遗嘱，并为两个孩子建立了信托基金，用自己生命保险的金额、退休基金和社保金来保证他们大学学费和刚刚毕业时的生活费。或许还可以有剩余的钱，给他们买房、结婚的时候搭把手吧，燕妮想。她把孩子平时喜欢吃的菜都详细地用英文写成了一个一个的卡片菜谱，放在厨房的一个盒子里，或许他们哪天想起妈妈的味道，可以自己尝试着做来吃。她收集了一本影集，里边按时间顺序摆放了她和孩子们这十几年以来的照片，每张照片都注明日期和地点，这样也许他们以后可以给自己的孩子们讲讲他们的奶奶（外婆）。燕妮现在不再讨好陆克俭，也不再讨好公公婆婆，她只是平静地做着离世的准备。

接连好几天，陆鹏都是放学不回家，在外边待到好晚。回来之后谁也不理，就吃点东西然后把门一关，一直到第二天早晨才露面。陆克俭爸妈唉声叹气，每天在孙子门口叫："鹏鹏，鹏鹏。"陆鹏根本不理他们。陆克俭憋着一肚子火，不能跟孩子爆发，也不能跟老爹老妈发，只剩下了一个燕妮，可是不管他怎么跟燕妮发火，燕妮就好像没听见似的，也不跟他吵了，也不哭不闹了，满脸的平静，陆克俭火气就更大。

周末早晨，陆克俭听到大门吱扭响了一声，他从二楼卧室窗户看出去，看见一个穿着奇装异服、脸上画得跟鬼画符一样的白人女孩站在街上，鹏鹏从家门走出去，正在跟那个女孩说着什么。突然鹏鹏和那个女孩拥抱了，而且那个女孩轻轻地在鹏鹏的嘴唇上亲了一下，就转身走了。陆克俭脑袋嗡的一下就炸了！鹏鹏整天不着家，原来是在搞早恋！夏天一过就要申请大学了，这个节骨眼上，搞什么早恋！而且这个女孩一看就不是什么好货，是个白人，这本来就死活不能找，然后在白人里她还是个异类！陆克俭想起来前些天有一个邻居跟他说："你家鹏鹏怎么跟一个门门不及格的女生在一块，你管管，别给带坏了。"陆克俭还不相信，当了耳旁风，现在看来是真的！

陆克俭冲到床边插着腰对还在睡觉的燕妮喊："你还睡得着！看看你的好儿子，干的什么事！"燕妮被惊醒了，陆克俭爸妈也闻声进了主卧室，他们俩从来都是随便闯主卧室的，燕妮从来都是穿着衣服睡觉，因为公公婆婆随时有可能闯进来。

燕妮说："怎么啦？"

"要考大学了，他早恋你知道不知道？你这当妈的，不管管啊？他勾搭那不三不四的女孩，那女孩一看就是该进监狱的料。你说你这好儿子！"

陆克俭爸妈一听，也急了："我孙子被坏女孩盯上了？那你不是在他们学校旁边上班吗？你一个当妈的，怎么不看着点儿呀？随便让坏女孩勾搭你儿子？"

燕妮不紧不慢地掀开被子从床上下来，洗洗脸，上个厕所，然后到楼下做早饭去了。鹏鹏交女朋友这事儿燕妮早就知道，开始的时候她也有点担心，但是小孩十七八岁这个年龄，谈个朋友也正常，燕妮在学区里见多了。她不喜欢早恋这个词，存在的就是有道理的，什么叫早啊？最重要的是，鹏鹏明显开朗了一些，陆克俭和他父母可能感觉不到，鹏鹏还是不理他们，但是燕妮感觉得到，鹏鹏跟燕妮的交流畅通了很多。其实燕妮心里是感激 Trisha 这个女孩的。但所有这些跟陆克俭都说不通，他只会更加埋怨自己。他有什么事情在别处说不清说不赢，就来跟燕妮发邪火，什么事情都怪燕妮，然后他爸他妈跟着一起骂燕妮，这已经是多年的习惯了，燕妮已经见怪不怪。

陆克俭一看燕妮像没事人一样，该干什么干什么，更是火冒三丈！他冲到厨房，把燕妮手里的盘子抢过来往地下一摔："还吃吃吃！就知道吃！儿子不管管！"燕妮看了看他，转身又拿了一个盘子，继续做饭。

陆克俭疯了一样把那个盘子也抢过来摔了，然后双手把着燕妮的双肩前后摇晃："我跟你说话呢，你听见没有？"

燕妮说："这是你说话呢？我还以为狗叫呢。"

陆克俭一推燕妮，燕妮一个趔趄摔到地上，手正好撑在摔碎了的盘子碴上，立刻血流如注。她挣扎着站起来捂住自己流血的手掌，陆克俭一见血也吓傻了，他说："燕妮……"刚要过来扶燕妮，突然陆鹏从后边冲过来，一把揪住陆克俭的领子，把他转了一百八十度，然后用拳头和膝盖痛殴他的胸部和腹部！

鹏鹏满脸是疯狂和扭曲，满眼是绝望和暴怒，一边痛打自己的父亲，一边哭着大喊："Don't you dare hurt her！ You coward！You bastard！ Why don't you go back to China！ You make all of us miserable！ You are a sick loser！（你敢碰她一下！你个懦夫！混蛋！你怎么不滚回中国去？你把我们都逼惨了！你这个变态的蠢货！）"

燕妮顾不上手上汩汩流出的血，扑过去抱住儿子："鹏鹏！你住手，他是你爸呀！他是你亲爸呀！"

陆克俭被儿子打趴在地上，陆克俭爸妈一边捶胸大哭，一边试图扶起陆克俭："老天爷呀，你怎么不让我们死啊？我们怎么不死啊？俩腿一蹬就省心了，老天爷啊，让我们这就死吧！"

陆鹏住了手,他看看母亲,看看趴在地上的父亲,看看自己的拳头,他全身乱颤,涕泪横流,目光散乱,面部抽搐,一步一步往后退着。燕妮简直心疼死了,她大哭着说:"鹏鹏,爸爸他不怪你,妈妈也不怪你,我知道你心里苦,你也不想打爸爸,没关系,爸爸他还爱你,妈妈也爱你,一切都会好起来的,鹏鹏,没关系,你别伤心,都会好的!"

陆鹏呆若木鸡地回到自己房间,锁上了门。楼下厨房里陆克俭父母还在哭天抢地,要死要活。燕妮走过去:"你们两个给我闭嘴!"燕妮从来在公婆面前忍气吞声,第一次这么跟他们说话,"你们俩给我听好了,你们要是想让你们儿子死,或者想让你们孙子死,那你们现在就使劲儿号丧,要是不想出人命就给我闭嘴!"陆克俭父母傻在那里了!

燕妮也不看趴在地上的陆克俭,转身直奔楼上鹏鹏的房间。燕妮怎么叫,怎么敲门,鹏鹏都不开门。燕妮其实有一把鹏鹏房间的钥匙,但是多少年不用,燕妮怎么也找不到了。她没有办法,只能一遍一遍跟鹏鹏说:"你不要太自责了,爸爸他不恨你,他还爱你,妈妈也爱你,出来吧,鹏鹏,你还是我们的好儿子。"燕妮从早晨说到中午,鹏鹏就是一点动静都没有。燕妮实在没办法了,她拨通了贝克的电话:"贝克,我实在抱歉在周六非工作时间打扰你,我家里出了点事情。"

贝克一听燕妮描述的情况,马上说:"砸门进去,立刻砸门进去!而且马上要打911,陆鹏现在非常危险!你砸门,我打911,我立刻开车过来!"

燕妮一听,跳起来抓起了主卧室壁橱里的电熨斗,手持电线,抡圆了把电熨斗往陆鹏的门上砸过去！抡了几下之后，门把手旁边门板比较薄的地方被砸出了一个洞。燕妮一边大叫鹏鹏，一边伸手进去从里边开了门锁。门一打开，燕妮就尖叫一声！鹏鹏仰面朝天躺在地上，口吐白沫！

"鹏鹏！"燕妮歇斯底里地大喊着捧起鹏鹏的头，鹏鹏眼睛半闭，燕妮感觉不到他的脉搏和呼吸，燕妮扒开他的眼皮，看到瞳孔已经散开。燕妮止不住一声接一声地尖叫！陆克俭爸妈听到声音跑上楼来，见状大哭："我孙子怎么啦？你把我孙子怎么啦？"陆克俭也捂住肚子艰难地爬上楼来，燕妮把电熨斗冲他们三人抡过去："滚！都给我滚！"

警笛声起，警察和贝克同时赶到了，燕妮握住鹏鹏的手，跟他一起上了救护车，陆克俭也要上救护车，燕妮一脚跺在他扒在救护车边沿的手上，陆克俭大叫一声，把手缩了回去，救护车呼啸而去。

22
佳佳

陆克俭从精神上到身体上完全垮掉了！他不能相信今天这一早晨发生的事情，他不能想象鹏鹏现在怎么样了，如果鹏鹏有个三长两短，他也真的不想活了！陆克俭的父母坐在大门口号啕大哭，陆克俭把他们拉进家里，关了门。老两口一边哭一边喊："你说你娶的这恶魔媳妇！活活把我大孙子害死呀！"陆克俭头痛欲裂，忍不住跟父母大喊："够了！你们俩让我安静会儿！"老头老太太刚受了儿媳妇的叫喊，这会儿亲儿子竟然也跟自己喊，俩人没了命地大哭大闹，寻死觅活。

正在闹得不可开交，陆克俭突然想起来，女儿佳佳怎么一早晨都没动静？他挣扎着又爬上楼去敲佳佳的门，怎么敲都没反应，陆克俭急了，猛地一撞门，一头栽进了佳佳的房间！原来门并没有锁，而且佳佳也不在屋里！陆克俭发疯地把每个房间每个厕所每个壁橱都找了一遍："佳佳！佳佳！"陆克俭父母一看孙女没了，也慌忙跳起来大喊着佳佳的名字到处找。

最后陆克俭看到一张纸条，上边用英文写着："I'm sick of this

family（这个家让我恶心）！"陆克俭看不懂这英文是什么意思，但是他知道那张纸，那个彩笔，是佳佳的！他双腿打战，双手发抖，跟跟跄跄跑下楼，哭着喊："佳佳！佳佳！你在哪儿啊？爸爸在找你！你回来啊！"陆克俭妈妈说："赶紧报警吧！"陆克俭刚拿起电话要打911，可是突然想起自己不会英文，离了燕妮，他连报警都报不了！

正在急疯了的时候，门铃响了，陆克俭冲过去拉开门，原来是贝克通知了孙牧师和孙师母，他们带着几个教友过来了。陆克俭一把抓住他们："孙牧师！你帮帮我，我们家要家破人亡了！"说着就哭晕在地上。

几个人赶紧把陆克俭扶到沙发上。孙师母看了佳佳留的条子，立刻打了911报警，并让陆克俭详细写下佳佳的特征——身高、体重、发型、今早穿的什么颜色的衣服，而且要几张佳佳最近的正面照片。陆克俭才发现，别说佳佳的身高体重发型衣服照片，就连佳佳的出生日期，他都不记得了！他拼命拍打着自己的头："我怎么当的爸爸！怎么当的爸爸！我这个没用的爸爸！"

最后陆克俭想起燕妮有个文件柜，孙牧师和陆克俭一起把文件柜打开，看到里边整整齐齐、分门别类的文件，一栏一栏都有标签。佳佳的文件档里，有佳佳的出生证明、体检证明、预防针记录，所有这些年来每一张成绩单和学期评语，有佳佳历年的学校标准照，还有佳佳所有获得的奖状，以及所有参加过的钢琴演出的节目单。鹏鹏的文件档里，也是分门别类，所有的文件井井有条。陆克俭从来没有碰过这个文件柜，这样一打开，他才知道，比起他这个连孩子生日都忘记的没用的爸爸来，燕妮在孩子身上花了多少心血！

教会的三个弟兄、三个姐妹还有孙牧师孙师母立刻分工,一个姐妹把精神极度崩溃的陆克俭爸爸妈妈接到自己家去住,让自己的爸爸妈妈陪伴他们,这样解决陆克俭后顾之忧,让他全身心处理两个孩子的事情。一个姐妹立刻赶赴医院陪伴燕妮,帮助她处理医院事务,另一个姐妹给全教会的姐妹们发信息,组织大家每天轮流给陆克俭和燕妮家里和医院送饭,这样保证他们在处理事务的时候至少有基本的体力。三个弟兄立刻去复印佳佳的照片和基本信息,然后发动大家,配合警方,在周围张贴寻人启事,在周围的公园、公交系统和任何可能的地方寻找佳佳,并在佳佳年级的家长中广泛发邮件询问信息。孙牧师和孙师母在联系警方,协调一切帮助他们的工作的同时,号召全教会为沈燕妮陆克俭全家迫切祷告,求神保守这一家人。

儿子生死不知,女儿下落不明,父母濒临崩溃,妻子恨他入骨,陆克俭简直是掉进了万丈深渊。如果不是教会的牧师师母和兄弟姐妹们及时站出来全面帮助,陆克俭真的想一了百了,一头碰死算了!孙牧师郑重地拉住陆克俭:"克俭,不管你信不信上帝,人危难的时候总是向天呼求,向头上的三尺神灵呼求,那你愿意来求一求这位全能的上帝吗?愿意和我一起,为了你的家人向这位真神呼求祷告吗?"

陆克俭这时候什么都愿意,求谁都可以,只要他的鹏鹏佳佳和燕妮能够回来!孙牧师孙师母和陆克俭手拉手,一起低头祷告:"全能的天父,我们今天把克俭燕妮和他们的全家交托在你大能的手上,求你亲自触摸鹏鹏和佳佳两个孩子,让他们在伤痛中感受到你的爱,让他们回转,在我们父母家人力不能及的地方保护他们看顾他们,带他们平安归来。也求你亲自安慰和保守克俭和燕妮夫妇,触摸他们,带领他们,在这艰难的时刻,天父,我们仰望你。我们的祷告是奉耶稣基督的圣名,阿门!"

陆克俭泪流满面,泣不成声:"谢谢!谢谢!我跟你们素不相识,你们真是,在我都不想活的时候,你们比我的亲人还要亲,我不知道上帝是谁,我以前也觉得都是骗人的。可是看了你们,听了你刚才的话,我信!咱中国人遇事都求老天保佑,这老天是谁?不就是你们说的上帝吗?我信!"

祷告后,孙牧师和孙师母开车带着陆克俭去佳佳有可能去的地方寻找,社区公园、电影院、麦当劳、星巴克、佳佳唯一的好朋友家……陆克俭知道这样没头苍蝇一样地找,希望非常渺茫,但是他只有出去找,才能一分钟一分钟地挨下去,活下去。

教会的弟兄们轮流陪伴陆克俭,也有姐妹轮流陪伴医院里的燕妮。大家商量,暂时不把佳佳失踪的消息告诉燕妮,她那边要照顾还在昏迷的鹏鹏,告诉她佳佳的事无异于给她火上浇油。漫长的二十四小时过去了,到处都找遍了,就是没有佳佳的消息。突然,警方说不远处州立公园有人说昨夜看到一个跟佳佳相似的女孩在湖边坐着,然后一转眼又没有了。陆克俭听到消息双腿发软,话都说不出来了,警车到了湖边寻找蛛丝马迹,如果有任何迹象,就会派潜水员潜入湖中寻找。这边正在寻找,突然又有人说在去往外州的公交车上看到一个女孩很像佳佳,警方又赶紧调出公交车的监控来看。结果两个线索都扑了空,佳佳还是音讯全无。

医院里,燕妮不眠不休守着昏迷的鹏鹏,教会的姐妹轮流来陪伴、送饭、祷告,燕妮非常感激。她觉得自己在那个家苦熬这么多年来,这是第一次有一群姐妹跟她在一起，支持她、帮助她、安慰她，燕妮见到她们就像见到亲人一样，不住地落泪。燕妮出去打冰水的时候，在走廊的电视上突然看到了佳佳的照片，播音员在说一个女孩失踪的消息，她看着照片都不相信那就是佳佳，直到 Gia Lu 这个名字出现在了屏幕上。燕妮手里的冰水桶一下落在了地上，燕妮大叫起来！教会的姐妹闻声跑过来，几个护士也跑过来，大家围住精神崩溃歇斯底里的燕妮，把她安顿到休息室的沙发上，告诉她警方已经在全面寻找，大家也在夜以继日地寻找，告诉她她现在要做的就是保持自己的体力，照顾好鹏鹏。经医生处方和燕妮本人同意，护士给二十四小时没合眼的燕妮打了一针镇静剂，燕妮才睡去了。

"燕妮！燕妮！鹏鹏醒了！"教会的姐妹摇醒燕妮。燕妮一骨碌爬起来撒腿就往病房跑。鹏鹏气息微弱地对燕妮说："Mom，I'm so sorry（妈妈，对不起）！"燕妮哭着摸着儿子的脸说："鹏鹏，你是妈妈的好孩子，是妈妈对不起你！你知道吗？妈妈也想过放弃自己的生命，我甚至把一切都准备好了，就等你和妹妹上大学。妈妈理解你，妈妈知道，太痛苦了，受不了了，多一分钟都受不了了是不是？妈妈知道！"

鹏鹏说："Mom，don't do it. Please don't do it.（妈妈，不要死，求你不要死。）"

燕妮哭着说："妈妈现在想明白了，我不要死，你也不要死，咱们都要好好活着！你好好活着，妈妈才能好好活着！教会的姐妹们不停给我们祷告呢，妈妈知道你不信上帝，妈妈本来也不信，可是说不定就有呢？你说是不是？说不定上帝是用这样的方式来拯救我们母子呢，你说是不是？"

没想到鹏鹏说:"妈妈,是有上帝的。我昏迷的时候看到了天使,是上帝派来的,然后我就醒来了。"燕妮和教会的几个姐妹一起失声痛哭!

佳佳那天不知道要去哪里,只知道要离开那个可怕的家,那个永远阴郁、永远争吵、永远指责、永远叫骂,那个爸爸动不动就暴跳如雷、总是对什么都不满意的家。佳佳唯一舍不得的就是妈妈,可怜的妈妈!还有哥哥!她知道哥哥在这个家里承受了多少,她知道哥哥在学校的处境,她自己在学校比哥哥的处境好不了多少,她甚至非常难以置信她和哥哥至今都没有自杀,也没有吸毒,真是个奇迹。但是她不再相信奇迹了,她要摆脱这个家,要跑出去!佳佳觉得她一方面是为了自己,一方面是为了妈妈和哥哥,因为妈妈哥哥没有离开这个家的勇气,佳佳要替他们做到!而且佳佳盼望他们看到了她的勇气,然后他们也能够摆脱这个家!

佳佳搜集了自己所有的零花钱,在背包里放了几件衣服,趁着妈妈坐在哥哥门口的地板上絮絮叨叨让他开门,爷爷奶奶还在厨房照看被哥哥打趴下的爸爸的时候,佳佳偷偷溜出了偏门。她到街上拦了一辆过路的车,把自己带到了一个地铁站。她漫无目地地买了一张地铁票,在离家最远的那一站走出地铁。她以前见过无家可归的人就睡在公园里,白天到处游荡,到餐馆或者咖啡店要剩饭吃。佳佳想她也可以先这样生活,然后再找一个她可以做的工作。

从地铁站出来,佳佳找到了一个比较大的公园,公园周围的街上有很多餐馆。佳佳一家一家地走过去,问他们:"可以尝尝你们的食物吗?"一般的烘焙店或者咖啡店都会高兴地给她品尝一小块蛋糕,一片面包,或者一小杯果汁。佳佳吃饱了以后就在周围闲逛,路过餐馆就问人家：我能来当服务生吗？人家问她多大了？佳佳说十五岁，比实际年龄多说了两岁。"不行不行，我们要至少十六岁的，而且所有十八岁以下来工作的都需要家长签字同意，才能工作。"佳佳想：这么麻烦！那怎么办啊？

晚上，佳佳找了一个公园长椅，和衣躺下，竟然一下睡到大天亮，被冻醒了。这回她不能去昨天那些食品店要品尝食物了，需要换一条街。佳佳走啊走啊，肚子饿得咕咕叫，终于走到了另外一条繁华的街道，故伎重演，又用甜美的微笑来问人家能不能品尝一下他们的样品。一圈走下来又吃饱了，一天又在闲逛中度过。可是那个晚上，佳佳被吓坏了。佳佳昨晚睡觉的那个长椅被别人占了，她只好换了一个地方，这个地方可不得了，总是有人经过，而且是非常怪异的人。其中一个男人走过来："嗨，漂亮的亚洲女孩，你在这里做什么？我带你去好玩的地方吧？"佳佳说："我爸爸在路口等我呢。"说罢赶紧走开了。来到公园另外一个角落，那里有几个用奇怪的管子抽烟的人，他们的烟味儿很特别，不是一般香烟的味道，而是一股有点呛人的非常强劲的味道。佳佳反应过来了，他们是在抽大麻。佳佳就又往前走。就这样走了半夜，也没有找到一个合适的地方睡觉。最后佳佳没有办法，只好走出公园，到那个白天非常繁华能要到免费食品的街上，她已经很累很困了，想看看这个街上有没有安全的地方睡觉。但是这条白天漂亮的大街，晚上突然变了样子，几个穿着暴露戴着假发的女人在晃来晃去，她们奇怪地看着佳佳，吹着口哨跟佳佳打招呼。竟然还有一个男人穿着女人的衣服和一双高跟鞋，过来跟佳佳说："中国女孩，是我的最爱啊！"把佳佳吓得撒腿就跑了。那一夜，佳佳不停地走啊、跑啊，一直到天明，街道又繁华起来，佳佳累极了，在大街旁边的一个长椅上睡着了。她醒来的时候，已经是中午，是一个警察把她叫醒的。

"你叫什么名字？"警察问。

"Gia Lu."佳佳回答。

警察看了看佳佳，对了一下照片，然后向脖子里的麦克说："Gia Lu located（找到 Gia Lu 了）。"

佳佳被送回了家，家门一开，形容枯槁的陆克俭看着女儿，流着泪愣了半天说不出话来，佳佳看到两天间老了十岁的爸爸，眼泪也涌了上来，陆克俭紧紧把女儿抱在了怀里。

不久，燕妮带着刚刚出院的陆鹏也回家了。陆克俭小心翼翼地给他们做了饭，鹏鹏和佳佳吃了几口就各自上楼。燕妮对陆克俭说："我想好了，咱们离婚吧。"

陆克俭着急地说："燕妮，我这些天也想明白了，是我对不起你，我对不起孩子，我以后一定改，一定当个好爸爸好丈夫，咱们这么多年了，风风雨雨走过来多不容易，别说离就离啊，咱们还是过吧。"

燕妮说："你爸你妈呢？"

"他们去教会一个姐妹家住一段，现在咱们没事了，我正打算把他们接回来呢。"陆克俭说。

燕妮站起来："离婚！而且你今天晚上就必须搬走，我不管你去哪儿，我就给你一下午时间收拾东西找住处。你要是不走，我就叫警察，就鹏鹏的自杀事件、佳佳的出走事件起诉你，这两件事都是因你而起，我手上的伤疤还在，而且医院有我伤疤的医疗记录和照片，我告你家暴，一告一个准，家暴还引发孩子自杀和出走，我只要一上法庭，你就会永远失去孩子的抚养权，你打官司可打不过我。

我说告就告，除非你今天晚上就搬走。"

陆克俭简直傻了，燕妮从来没有这样过，他简直不认识燕妮了！是啊，他英文都不会，打官司怎么能打得过燕妮呢？而且陆克俭也的确非常自责，即使燕妮起诉他，他也会认罪的，他觉得即使坐牢自己也罪有应得。他沮丧地站起来说："我走。"

可是他哪有地方去啊？只好给孙牧师打电话，问问知道不知道哪里有便宜的住处。孙牧师跟孙师母商量了一下，然后说："便宜的住处我不知道，但是不收费的住处我倒是知道一个，就是我家的客房。你如果需要，随时可以过来住。可是有一样，你来了，我要好好跟你探讨探讨婚姻这话题。男人和男人的探讨，同是当丈夫的，同是经过多年婚姻的人，一起探讨。你要是愿意跟我聊聊，那欢迎来我家住。"

陆克俭求之不得。他想过，开个车都要考执照，婚姻这件事，比开车复杂多了，竟然没有培训班也没有上岗考试，谁想领证谁领证，这里边的学问到哪儿学去呀？陆克俭憋在心里的话太多了，孙牧师愿意聊婚姻这事儿，那太好了！就这样陆克俭搬到了孙牧师家。

23
爱是恒久忍耐

有教育学博士学位，又一直在教育部门工作的燕妮，面对自己的两个孩子，深深感到自己作为母亲的失败。人说为母则刚，可是自己不但这么多年没有保护好孩子，而且还想要以死逃避一切。难道孩子到了十八岁自己作为母亲就万事大吉了吗？燕妮深深为自己的懦弱、糊涂和逃避而自责。自己不建立面对人生一切艰难的信念，怎么能够支撑孩子，怎么能够让他们扬起生命的风帆？

燕妮觉得这次事件是一个神来之笔，让她有惊无险地认清了自己需要做什么，彻底打消了她厌世求死的念头，彻底改变了她！她不但要活下去，而且要精彩地活下去，为了鹏鹏，为了佳佳，更是为了自己！

陆克俭走后，燕妮在学区请了长假，她专心在家里为两个孩子做饭、开车，在他们愿意说话的时候跟他们交流，不愿意说话的时候默默陪伴他们。同时，燕妮也在孩子上学时间自己出去跟曾经帮助过她的那些教会姐妹们相聚，出去踏青，喝茶，参加社区服务，种花种菜。燕妮自从十几年前搬出枫园，离开可欣、雨嘉和思聪之后，这是第一次有了自己的朋友圈子，有了一群叽叽喳喳、说说笑笑的姐妹。这个春天，如此美好。

住在孙牧师家的陆克俭，完全是一副落魄的样子。他每天到餐馆工作，坚持给孙牧师付房租和饭费，给收留他父母的教会姐妹付房租和饭费。他也想给燕妮和孩子们一些钱，但是他这点收入，打发了自己的生活和老人的生活之后，就所剩无几了。

孙牧师和孙师母每天忙教会的事情，开会，探访，读圣经，祷告，准备讲道稿子，处理教会各项事务，马不停蹄。但是不管怎么忙，每天晚上孙牧师总是坐下来跟陆克俭聊聊天。

"孙牧师你说我应该怎么办？燕妮铁了心要离婚，我不想跟她离，我知道我对不起她，我这么多年太压抑了，我没处说，都发在燕妮身上了。现在离了她，我才发现，这么多年，家、孩子、我自己、我父母，实际上都是燕妮在撑着，我还整天跟她发脾气，我真是太混了！"

"克俭，"孙牧师说，"婚姻不容易啊，年轻时候再怎么死去活来地爱，真到一块儿过一辈子，那学问可大啦。"

"我们当时也是特别相爱才结婚的。"陆克俭叹口气说。

孙牧师说："我给你看一段话。"

陆克俭顺着他的指点看到："爱是恒久忍耐，又有恩慈；爱是不嫉妒；爱是不自夸，不张狂，不做害羞的事，不求自己的益处，不轻易发怒，不计算人的恶，不喜欢不义，只喜欢真理；凡事包容，凡事相信，凡事盼望，凡事忍耐。"这段话陆克俭在歌曲里听到过，他并不知道这来自圣经哥林多前书。

"你不觉得奇怪吗？这是上帝给爱的定义。咱们想象的爱，花前月下，卿卿我我，海誓山盟，一日不见如隔三秋，一点都没有在神对爱的定义里。而是上来就说恒久忍耐，忍耐这个词出现两次，不但忍耐，还要恒久忍耐，这哪里是爱情，这简直是无期徒刑嘛。这样的定义你不觉得奇怪吗？可是上帝给爱的定义就是这样的！我问你，你对你的妻子，做到忍耐了吗？"

陆克俭说："她忍耐我，我没有忍耐她。"

"那么恩慈呢？"

"她对我有恩慈，我对她没有恩慈。"陆克俭声音已经很小了。

"包容呢？"

"我……"陆克俭说，"这里说的不该做的，我都做遍了。该做的我都没做到！可是太难了，孙牧师，你能都做到吗？"

"我当然做不到。"孙牧师说，"但我知道我该朝什么方向努力。我知道这是神要我做的，爱我的妻子，这是神给我的旨意。我爱我的孩子们，那么我能为他们做的最好的事情就是好好爱他们的母亲！"

陆克俭简直无地自容。他说："我们家人多，我夹在我爸妈和燕妮之间也不好办，有时候我也是没办法。"

"你爸爸妈妈肯定爱你，希望你婚姻幸福、家庭美满是不是？你也想孝顺他们，可是你把自己的小家搞成这样，伤害妻子伤害孩子，差点家破人亡，你爸爸妈妈就幸福了吗？你这是孝敬吗？"孙牧师说，"上帝对婚姻也是有旨意的，你知道，神曾经跟亚当说：人要离开父母，和妻子连合，二人成为一体。你没有离开你的父母，也没有跟妻子连合成为一体。"

"你们基督教怎么教人不孝敬父母啊？"陆克俭诧异地说。

"没有啊！这里说的离开不是不管父母，而是让男人从心理上独立于父母，把自己的妻子作为自己最亲近的，融为一体的人，完全独立担负起自己的小家，让自己的小家独立于父母的操控之外。这才是真正的男人，真正的担当。你这样做，你的父母才能真正放心，看着你幸福，他们才能幸福。而且这样的话，你的妻子会加倍爱戴你的父母，和你一起孝敬他们。"

然后，孙牧师又说："不管你有没有工作，挣不挣钱，有没有高学历，会不会英文，你作为丈夫，在家里就是一家之主。圣经说男人是女人的头，你知道吗？"

"可是燕妮她不听我的，我也好多事都不懂，她也没法听我的。我在家，哪有一点点受到做头的尊重啊。"陆克俭无奈地说。

"要人家尊重，自己先做出来。学历和金钱换不来尊重，真正在家当领袖才能换来尊重。"孙牧师说，"你什么事情都听你父母的，自己把一家之主的位置拱手让给对美国生活不了解的老人，你还是这个家的头吗？你还能指望妻子拿你当头来尊重吗？什么是一家之主？想想一个家族的族长，他吃苦在前，享乐在后，出了不好的事自己担责任，族里发生什么事故都是他的错，有了好事大家高兴，他笑在最后边。别人做错什么，他私下谈话，别人做对什么或者有一点点进步，他人前大加赞扬。这样的才是领袖，才是一家之主！你对燕妮做到了吗？你每一次家里出事就指责她的时候，实际上你就是在说，我不是个男子汉，我把我的领导地位交给你！你什么时候见到真正的领袖怨天怨地，有事就怪别人了？真正的领袖都是什么事情自己负责任，别人走不动的时候他还在鼓励着大家往前走，那才是领袖，才能赢得尊重！"

陆克俭无话可说了。而且孙牧师又说:"你以为这个头是好当的?圣经不但说男人是女人的头,而且说男人要能够为妻子舍己。什么是舍己,就是舍命啊。命都能舍,那自己的那点骄傲,脾气,舍不下吗?"

陆克俭说:"以前我听说过有一对夫妻快离婚了,结果到了教会俩人又好了。我还不信呢,照你这么说,如果都按照圣经上说的做,那什么不好的夫妻都好了。孙牧师,我现在觉得我的婚姻有救了。"

接下来的一段时间,陆克俭找人帮忙为父母申请了一处老年公寓,坚决地把父母安置在那里了。陆克俭爸妈还在说:"你跟燕妮离婚了?那咱们还有俩孩子都得一块过呀,就让她走就行了。"

陆克俭严肃地对他父母说:"爸,妈,燕妮是我的妻子,你们以后不要这么说她。她和我永远是一家人,永远在一起,她在哪儿我就在哪儿。你们如果对燕妮有什么意见,请你们自己保留,你们记住,在我面前不要说燕妮一个字的不是。你们说她就是在说我,我不会听的。"

陆克俭父母简直气死了:"你娶了媳妇忘了娘!我们白养了你了?到现在你说这大逆不道不孝顺的话,你这是为个女人逼你爹妈早死啊?"说罢就放声大哭。

陆克俭等着父母哭声过去,安静下来后,说:"爸妈,我以后会好好照顾你们的生活,但是我们的小家不适合跟你们在一起住。你们就住在这儿吧,我会常来看你们的。"说完,陆克俭走了。

燕妮的家里,晚餐桌上,佳佳沉着脸,燕妮问她怎么了,她说:"I miss Dad. Mom, can you forgive him?(我想爸爸,妈妈你能原谅他吗?)"燕妮低了一下眼皮,说:"快吃饭吧。现在你爸爸每周日都在教会的厨房帮忙安排午餐，你们要是想他了，周日我把你们送到教会去看他吧。"

"Dad should come home（爸爸应该回家）。"鹏鹏说。燕妮瞪大眼睛惊诧地看着鹏鹏，要说女儿想爸爸也就算了，鹏鹏不是跟他爸死对头吗？不是劝妈妈离开他吗？燕妮说："鹏鹏，Are you kidding me（你是在开玩笑吧）？"

鹏鹏说："我在教会认识的Michael，他说他爸爸妈妈几乎要离婚，可是后来他爸爸变了。我觉得爸爸现在去教会，他也会变。妈妈你知道吗，我昏迷的时候真的见到了天使，而且天使告诉我神赦免了我殴打爸爸的罪过。这么大的罪都能赦免，那我们也该给爸爸一个改过的机会。"

燕妮不可置信地放下筷子，真是血浓于水啊，再怎么混蛋的爸爸，也是孩子心里放不下的亲人。可是孩子没两年都去上大学了，让陆克俭回家，孩子都走了，不还是自己留下来受气？这两个月刚过了点安生日子，难道又要暗无天日把自己往死里逼吗？燕妮咣当一下把饭碗蹲在桌子上，上楼了。

周末，门铃响了，燕妮打开门一看，是陆克俭。她冷淡地说："有事吗？"陆克俭说："我来看看你，看看两个孩子。燕妮，我能进屋吗？"

"我把鹏鹏和佳佳叫出来，你有什么话跟他们在院子里说吧。或者你带他们出去也行。"

"燕妮！你真的不让我进这个家门一步吗？以前都是我不好，我已经把我父母安置在老年公寓了，以后他们不会打扰我们的生活了，我保证以后……"

"滚！"燕妮关上了房门。

从窗纱里看着陆克俭耷拉着肩膀走远的背影，燕妮蹲在地上哭了起来。这个她在大学时代的恋人，这个曾经聪慧风趣、儒雅友善的男生，这个为了能在校园晨跑的小径上遇到她，早晨四点就等在那里的人，这个在清汤寡水的大学食堂里把自己饭盒里的火腿肠都一片一片挑到她饭盒里的人，像一个半老的老头一样，垂头丧气地走远了。到底怎么了？到底发生了什么，让他们变成这个样子？

燕妮只顾得把头埋在两个膝盖间哭，没看到佳佳和鹏鹏已经走下楼来："妈妈，刚才是爸爸吗？你为什么不让他进来？你把他赶走了吗？"说着两个孩子就把燕妮扶了起来。

陆克俭沮丧地回到孙牧师家，孙师母看他的样子，说："你别怪燕妮，她需要时间，她不是不爱你，而是伤痛太深了。我和教会的姐妹们帮你想想办法吧。"

不久，燕妮就回学区办公室上班了。日复一日，朝九晚五，又打理两个上学的孩子，帮助鹏鹏选大学，把自己埋进了无休止的忙碌中。

一天下班接了孩子回来，家里饭菜飘香，饭桌上已经有丰盛的晚餐摆在那里。厨房台面上，有一封陆克俭写的信：

我最爱的燕妮：

我知道你不想见我，但是我还是把这里当作我的家，在你上班的时候，我来照顾一下你和孩子们，来尽一点点丈夫和父亲的义务。以后，你每天上班，我都会来给你们做饭，而且，我每天会给你写一封信。每一封信里，我都会附上一张照片，是我们过去美好的日子。每一封信里，我也会向你认罪。

"罪"这个字似乎太沉重,但是我现在知道了不光杀人放火才算罪。骄傲,自我,暴戾,自私,伤害自己的妻子和孩子,这些都是人的原罪。我向你认的第一条罪,就是我没有把你当作我的第一亲人,没有把你放在我心里最重要的位置,没有真正跟你合一。你是超越我的父母,我的孩子,我的姐妹,超越一切人的,你是神赐给我的伴侣,是我最亲最亲的亲人。我以前把所有人放在你前边,把神亲自赐给我的你放在了最后的位置,这对你的伤害和不公我唯愿在我有生之年穷尽我的一切来补偿你。

　　这张照片,是我前几天请咱们大学同学帮我照的。咱们大学已经完全变样子了,但是这条小路还在,你记得这条小路吗?记不记得咱们那时候特别想吃冰激凌,可又买不起,好不容易买了一个,你捧在手里却不小心掉在地上了,就是掉在这条小路上,你记得吗?我看着你当时难过得快哭了的样子,就发誓以后挣好多好多钱,让你天天吃冰激凌,吃到你不爱吃了为止。现在那条小路还在,我相信当时那个冰激凌也还躺在这条小路下边。你我也还在,咱们当时的情意,我相信就像那个冰激凌一样,虽然岁月久远,虽然看似无影无踪,但是,它永远都在。

爱你的克俭

　　"天哪,这是陆克俭吗?这简直不是他!他从哪里学的这些?"燕妮流着眼泪想。

　　陆克俭的确不会这些,但是教会的师母和姐妹们都是他的高参。她们先是围着陆克俭开了一个"声讨会",从女人的角度,帮他把这些年燕妮所受的伤害一条一条列出来,一条一条让陆克俭写到纸上。陆克俭也认识到了在神的眼里,他这些年来对燕妮的抱怨、发泄、指责和不满,实际上都是自己的骄傲、自大、自私和偏执这些罪性的反映。教会的姐妹告诉他,神会赦免你的一切罪过,只要你求他的赦免,那么妻子也是一样的,只要你真心检讨,求她的原谅,她一定会原谅你。

一天一封信认一个罪,一张照片唤起一个美好回忆,一顿饭尽一点点责任义务,这个水滴石穿的方法是教会姐妹们建议的。后边的日子里,陆克俭就这样默默地做着,而且他也开始每天给两个孩子写信,从一个父亲的心灵深处呼唤他们,祈求他们的原谅。

燕妮受教会姐妹的邀请,开始每周日参加教会的礼拜,午餐时间她来到餐厅,一眼就看到了厨房窗口里正在忙碌的陆克俭。燕妮不能相信自己的眼睛,这是陆克俭吗?他什么时候开始有这样开心的样子,这样满足的笑在脸上?他什么时候这么开朗过?他跟排队打饭的人说说笑笑,手里飞快地把鸡腿、青菜和米饭装到一个一个盘子里,关切地问人要不要米饭上浇些鸡汤?陆克俭这样的喜乐、平安,这样的亲和、开朗,是燕妮多少年没有见到的了。

她随着人流走到窗口,陆克俭愣住了:"燕,燕妮,你来了?好,来了好,我……今天鸡腿是我做的,佳佳刚才来了,她说她爱吃。你尝尝。"说着,陆克俭慢慢地把一个盘子递到燕妮手里。

燕妮转身,看到鹏鹏和佳佳在和教会的一群高中生一起吃午饭,她突然好高兴孩子坐在这样一群朝气蓬勃、阳光帅气的年轻人当中。这时,教会的青少年辅导员 Steve 走到燕妮旁边:"请问你是陆鹏和陆佳的母亲吗?"

Steve 是一个二十五岁的美籍华人,大学毕业初入职场,用自己的业余时间来带领教会的青少年。燕妮听鹏鹏和佳佳说过，教会的青少年都愿意跟 Steve 这个大哥哥在一起聊天、打球、出游、做义工。在 Steve 的组织下，全教会十几岁的孩子们形成了一个亲密的团体，他们互相吐露心声，互相安慰支持，互相鼓励加油，像一个大家庭一样。Steve 跟燕妮详细谈了鹏鹏和佳佳来教会参加青少年团契以来他观察到的他们的情况和心理变化，燕妮特别感恩能有 Steve 这样理解青少年，对青少年有号召力和领导力，又正直亲和的辅导员带领鹏鹏和佳佳。燕妮说："Steve，你真是神派来的天使。"在学区心理辅导员、教会青少年辅导员、燕妮和陆克俭的共同努力下，鹏鹏和佳佳走出了阴影，终于有了这个年龄孩子该有的笑容。

当又一个大雪纷飞的圣诞季节来临的时候，华人教会举行了一场洗礼仪式。陆克俭、沈燕妮、陆鹏和陆佳一起受洗归主，接受耶稣基督为自己生命的救主。

晚上，陆克俭把燕妮和两个孩子带到一个他们最喜欢的意大利餐厅，在温暖的壁炉旁、摇曳的烛光下，陆克俭对两个孩子说："今天是我们一家四口人的新生，今天爸爸也要有一件事情请你们两个做见证人。"说着，他拿出一个精巧的盒子，打开送到燕妮面前说："燕妮，我今天重新向你求婚，以一个耶稣基督里新造的人的身份，来向你求婚，求你原谅我以前的过犯，重新接受我。我愿意一生一世爱你珍惜你，就像圣经所说，你是我骨中的骨，肉中的肉，是神赐给我的伴侣！"

看着面前的钻石戒指，燕妮泪眼蒙眬，她抬头看看两个孩子，两个孩子都拼命向她点头，她也慢慢地点了点头。

24
青花瓷丝巾

转眼间,钟铭已经在中国工作了四年。雨嘉虽然早已习惯丈夫不在家的生活,但是让雨嘉受不了的是,时间长了,朋友中就会有议论。每次雨嘉带孩子去朋友聚会的时候,大家一看钟铭又不在,就会问:"你老公什么时候回来啊?"如果雨嘉说:"现在还没有回来的打算,过几年再说吧。"那么大家嘴上不说什么,但是目光中就会透出一股怜悯,仿佛在面对一个弃妇。这样的目光,让雨嘉如芒刺在背。

有一次,几个好心的太太们围住雨嘉,一人一句地说:"你家钟铭在国内那么长时间,现在国内的小姑娘们,知道吧,专门找你家钟铭这样四十多岁、事业有成的男人,生贴啊,躲都躲不开!你不担心吗?夫妻分开这么长时间,本来从生理上就是不人道的。你老公那么高那么帅,我都替你担心死了。"

另一个人说:"咳,其实呢,想开了也没什么,你老公只要把钱给你,然后他回来,只要不跟你说离婚,你就一张笑脸跟他好好过。男人嘛,这么长时间分开,你还想让他一身干净,那是不可能的。"

雨嘉说:"抱歉我去一下卫生间。"几个女人面面相觑,大家对那个说钟铭不可能一身干净的女人说:"你说话也太不好听了。"那个女人说:"本来嘛,就是这样的,还怕人说啊?早明白早解脱。我这是在帮她。"

雨嘉在卫生间里完全能听到她们的谈话,雨嘉几年来的辛劳、压力、孤独、思念一齐涌上来,她实在受不了了,泪水喷涌而出。她在心里呼唤:"亲爱的,你在哪里?你知道我被人这样议论吗?你快回来吧!"哭过之后,雨嘉用冷水洗洗脸,补上一层淡妆,面带微笑出来了。几个女人都齐刷刷地盯着她的脸,一声不吭。雨嘉在自己再一次哭出来之前,礼貌地告辞了。

这些讨厌的女人们,难道不知道她们所谓的关心、提醒、叮嘱,对于雨嘉来说是多么残忍吗?难道她们说的这些雨嘉心里不明白吗?为什么非得要往人家伤口上撒盐?雨嘉带着舒亚和莉亚坐在回家的出租车里,面向窗外,流着泪看着曼哈顿的华灯闪过。

在感情上,雨嘉对钟铭有完全的、百分之百的信任,钟铭绝对不会背叛她,这一点雨嘉坚信不疑。但是她伤心的是几年以来自己的辛劳支撑和感情孤寂似乎还远远没有到头,钟铭还是归期渺茫,没有要回来的意思。

雨嘉想起每次圣诞节的时候,她和两个孩子费尽力气竖起圣诞树,那时她多么需要丈夫的臂膀,每次当她生病,一个人躺在冰冷的大床上的时候,她多么需要丈夫温暖的怀抱。她也会深夜梦到和丈夫缠绵,醒来忍受着身体内汹涌波涛的折磨,那样的时候她多么需要他!

雨嘉的性格盲点是,她从来没有把自己的这些软弱这些需求告诉钟铭，她从来都是嘴硬，逞强。这个性格从雨嘉的原生家庭而来，她从小就没有学会呼求别人，什么事情再苦再难也咬着牙靠自己。久而久之，大家都以为她无所不能，都忘记了她也是血肉之躯，也会软弱孤寂。

不管雨嘉多么想让钟铭回来，她从来都没有说过："亲爱的，你回来吧，我受不了了，你再不回来我坚持不住了。"她想让钟铭自己选择回来，不是因为家庭责任，照顾妻子，陪伴孩子，完全是他自己自愿地选择回纽约，那才是雨嘉想要的，才是能够让雨嘉在日后的生活中心安的。但是，舒亚和莉亚已经上了中学，这个自愿，还是遥遥无期。雨嘉心里积压的苦闷和怨气越来越大。

钟铭那边，国内的事业已经经过几年的积累，渐入佳境。但是这是一辆疾驰的列车，不是你说哪站下车就能哪站下车的，一旦上来了，有时候是想下下不去，有时候是能下舍不得下，就一直在这趟列车上飞奔。

钟铭已经能感觉到每次和雨嘉通电话都有点鸡同鸭讲。时差问题也非常麻烦，雨嘉和孩子们能通话的时间是纽约晚上时间，也就是北京上海上午工作时间，钟铭能静下心来讲话的时间也是晚上十点以后，就是纽约上班上学的时间。搞来搞去，静下心来好好说说话都成了奢侈，真的说起话来，发现钟铭这边的挑战、苦恼、难关、生活习惯、交流习惯跟雨嘉那边的完全没有办法沟通，而雨嘉生活中需要倾诉的事情，钟铭也丈二和尚摸不着头脑。

终于有一次，上中学的舒亚和莉亚联合说谎骗雨嘉，两个人一起逃学去游戏厅打游戏去了。学校打电话过来，雨嘉正在一个重要会议上，一看是学校的号码，雨嘉跟三十多人的听众说了一下对不起，接起了电话，一听俩孩子从学校跑了，雨嘉急疯了，顾不上老板的目光，就要停止会议。老板赶紧站起来说："给大家三分钟休息，三分钟后回到会议室。"然后把雨嘉叫到一边问怎么回事。一听说孩子没上学，老板就笑了："这算什么事？常有的！我的孩子逃学逃多了，现在不是好好的？回去开会吧。"

雨嘉也知道今天这个会是自己主讲，已经准备了三个月，说什么也不能最后时刻把老板挂在那里不管。就硬着头皮把两个小时的会议讲完，然后直奔学校。下楼的时候竟然把脚扭了，疼得雨嘉眼泪都下来了。

雨嘉坐在楼梯上，身心俱疲，她什么都不管了，什么都不在乎了，拨通了钟铭的手机就是一通喊："钟铭！你混蛋，你自私！你让我一个女人承担一个家，孩子逃学了你知道不知道？你管不管？！"可是那边竟然没有声音，雨嘉才反应过来，那边钟铭是晚上十一点，可能睡觉了吧，并没有接电话，她喊了半天原来是在给钟铭留言，雨嘉气得狠狠地按了挂断键！

雨嘉晚饭的时间，钟铭电话来了："昨晚没看手机，怎么了，孩子还好吗？"

"就孩子是你亲生的，你怎么不问我好不好？"

钟铭吓了一跳，雨嘉怎么这么说话？"你，你没事儿吧？怎么了？"

"我跟你说怎么了有什么用？浪费我的时间！"雨嘉把电话挂了。钟铭再打过来她也不接。

雨嘉从来没有跟钟铭这么说过话，但是现在她真的累了，烦了，气了，恼了，不在乎了。这是一个钟铭不认识的雨嘉，一个不知道怎么表达情绪，不知道怎么表达感情的雨嘉，一个用言语发泄自己的压抑的雨嘉。这个雨嘉来自她的母亲，多少年来，雨嘉在家里目睹的就是这样的交流方式，她也曾经发誓以后自己的家庭绝对不要这样，但是现在，她身心俱疲，感情耗尽的时候，却恰恰回到了她最不喜欢的方式，恰恰变成了她母亲的样子。

后来，每一次电话就是这样的争吵，钟铭会说我在这里工作也是为了你和孩子，为了能给你们好生活。

雨嘉说："算了吧，我们生活根本不用你去挣那么多钱，我早就说过你不工作我们也过得很好，你不是不愿意吗？你不是大男人的自尊得不到满足吗？那就不要说是为了我们！其实，你和陆克俭有什么区别？"

钟铭说："那好，你给一句话，我就辞职回纽约。"

"哼！"雨嘉一声笑，"我不敢给你任何话，你回来如果是我的话给说回来的，我不成千古罪人了？你回来不顺心都算在我头上，我还过不过了？你自己愿意高高兴兴回来我才敢让你回来，要不然我还真伺候不起！"雨嘉把电话挂了。

钟铭咣当一下把电话摔在桌子上。

"钟总，您没事吧？"钟铭助理探进头来问。钟铭这才想起来自己是在办公室，这么大声音摔电话实在不合适。

"没事。"钟铭抬头看了看助理。

这个助理名字叫宋玫，是一个大学毕业滞留北京找工作的北漂。钟铭有一次跟客户喝酒的时候，这个女孩在做服务生。当时她一看就是新手，酒杯没放稳，不小心把红酒洒在那个客户的袖子上。那个客户当场就急了，要把老板叫来。宋玫吓得小脸儿都白了。钟铭一看就说:"算了算了,曹总,一个小丫头,跟她生什么气,不值当的,回头我弄身好西服给您送去。"

后来,钟铭把这个曹总从客户名单上划掉了,这样跟一个弱势小女孩不依不饶的人,能有什么心胸格局?钟铭看不上这样的人,不会跟他打交道的。这个女孩却记住了钟铭,每次钟铭来酒吧她都过来跟钟铭说话。钟铭后来知道了她大学毕业正在北京找工作,说:"怎么端盘子啊?"

宋玫说:"端盘子很好啊,很多非常成功的人年轻的时候都端过盘子。"

钟铭突然很感动,他在自己的一张名片背面写了几个字,交给了宋玫:"明天到我们公司招聘处看看有什么合适的职位,就说我让你去的。"

"很多成功的人都端过盘子",这句话让钟铭想起了十九岁时的雨嘉,那个自立自强、让人怜惜的小雨嘉。就是端盘子这一句话,让钟铭愿意在自己力所能及的范围内稍微给宋玫一些方便。不知是不是钟铭那张名片的作用,这个叫宋玫的女孩竟然被安排到钟铭办公室当临时工助理。

和雨嘉越洋电话的争执,钟铭长久独自一人的孤寂,逆天的工作压力和市场起伏,都在钟铭的心里慢慢积压下来。而宋玫,这个温婉的,楚楚可怜的,让钟铭看到当年的小雨嘉的影子,又深深地唤起了钟铭心底的英雄情结的女孩,就这样进入了钟铭的生活。

他自己也难以置信,他本来觉得自己跟别的金融圈男人不一样,他仍然深深地爱着雨嘉,思念着纽约的妻子和孩子们,但是宋玫就是发生了。钟铭有时候觉得男人真是个混蛋的动物,真的可以有两个心，还可以互不影响，因为他和宋玫的关系一点点也没有减少他对雨嘉的爱。

　　开始的时候，钟铭从来不带宋玫回自己的住处，总是在外边跟她相会，好像这样能够稍微减轻一点他的罪恶感。但是后来，钟铭渐渐觉得这样更伪君子，就连这个戒备也放松了。他从来没有想过跟宋玫有什么未来，聪明的宋玫也从来没有问过以后会怎么样。不止一次，钟铭想跟宋玫了断，但是一旦偷尝了禁果，他就再也抵不住情欲的诱惑。他自己也对男人这个物种非常失望，但他没办法，没办法做一个不一样的男人，他真的努力了，但还是没做到。

　　终于盼到了回纽约的日子，钟铭提前几天就开始给雨嘉和孩子们买东西。宋玫跑前跑后帮着出主意，挑颜色，挑尺码，细致周到，比钟铭还用心，而且还帮钟铭装箱，告诉钟铭怎么折叠才不会弄皱给雨嘉买的衣服。

　　钟铭有时候真的不明白宋玫，到现在为止，钟铭除了当时给她的一张写了字的名片之外，没有为宋玫做过任何事情，也没有为她花过什么钱，宋玫至今还是个临时工，还拿着刚进公司的那点可怜的工资，一块钱都没有涨过。她连一件衣服都没有让钟铭给她买过，而且钟铭很少带她出去吃饭，怕被熟人看见。有时候钟铭真的不知道宋玫大好青春为什么高高兴兴地跟着自己这么个年龄是她两倍，而且明显跟她没有未来的男人。

　　进了纽约的家门，钟铭叫着："雨嘉，舒亚，莉亚，我回来了！"雨嘉走出来接过钟铭的风衣，柳嫂从厨房探出头来打个招呼，又回厨房去了，舒亚和莉亚却各自憋在自己的房间不出来。钟铭只好敲开他们的门："爸爸回来了，看看给你们带什么好东西了？"

柳嫂把晚饭摆好,就要回自己的住处了。现在舒亚和莉亚已经大了,不需要住家全职保姆了,而且原来柳嫂跟莉亚睡一个房间,现在莉亚也大了,需要自己的空间,所以两年前雨嘉就给了柳嫂一笔钱,让她自己出去租房住,白天还来家里上班。

钟铭一看柳嫂要出门,赶紧说:"柳嫂,我给你带了点东西。"说着就拿出一套真丝的衣裙,柳嫂惊讶地说:"哎哟,还给我带什么东西!这么好的衣服,留着给雨嘉穿吧。"钟铭说:"我是按照你的尺码买的,你拿着吧。"柳嫂把衣服往身上比了比:"还真合适!谢谢,你费心了!"然后就高高兴兴走了。

钟铭转过头来,看到雨嘉在若有所思地看着他。他赶紧说:"宝贝,我给你买了好多好东西呢。"说着就打开箱子,正要往外拿,雨嘉按住了他的手:"这箱子打得真整齐,衣服都卷得这么好,长本事了。"说着就一件一件拿出来。钟铭一件一件地说哪个是雨嘉的,哪个是舒亚的,哪个是莉亚的,有衣服,有一条青花瓷丝巾,有首饰,有小电子产品,还有一个精巧的小音乐盒给莉亚。雨嘉拿起那条典雅的青花瓷丝巾,轻轻地围在肩上,钟铭笑了:"真好看,特别适合你。"

几天的假期很快就过去了,钟铭又飞回了北京。这次回纽约的时间比较短,钟铭并没有倒时差,是尽量按照北京的作息时间的,所以飞回来也不用倒时差,直接从机场就去上班了。长时间的飞行,加上好几个小时的工作,让钟铭累得睁不开眼了。

宋玫说:"你回来之前,我买了食材,要给你煮安神汤呢,可以帮助睡眠。要不然我现在去你住处煮了,然后我走了你正好下班,你回家喝了就可以休息了。"

宋玫这个女孩总是那么懂事那么贴心，钟铭突然觉得有点对不起她，他说："现在时间也不早了，你跟我一块回家吧。"钟铭可能是真的太累了，也可能是安神汤起了作用，那一夜他拥着宋玫睡得好深好沉。

凌晨四点的静谧里，钟铭住处的门被轻轻地打开了，雨嘉把鞋子脱在门口，赤着脚悄无声息地走进来，她走到卧室，看着熟睡的钟铭和宋玫。

良久，她轻轻地从自己肩上拿下那条青花瓷丝巾，搭在了那张大床的床尾，转身轻轻走了出去。

25 如花散落

北京的初秋凌晨非常清冷。雨嘉裹紧了自己的风衣，在街道上漫无目的地走着。她的面前出现了那个按照最新的流行打理方法打理的箱子，那一卷一卷排列整齐的衣服，钟铭带来的所有色调和谐、尺码精确、品位清雅的衣服和首饰，还有那条青花瓷的丝巾，钟铭说什么也不会想到买这样的东西的，就连给柳嫂的礼物都是经过精心挑选的，雨嘉想知道到底是谁花了这么多心思。还有，钟铭西服衬衫领子上的一抹口红，他西服口袋里的一只纤细的耳坠，都似乎在静静地对雨嘉说话。

钟铭回家第一夜，和雨嘉的亲密中，似乎没有久旱逢甘露一饮而尽的饥渴，而是品酒师见到一杯好酒，慢饮细品的陶醉。雨嘉说不清为什么，但是女人在床上的感觉，永远是最真切的，就像女人的第六感总是那么精确。人说为什么男人不喜欢女人瞎猜？因为她们猜得真准！

那天，钟铭离开家后，雨嘉把柳嫂叫来，交代了孩子的事情，告诉她自己要出去两天。她看到自己护照上的中国多次入境签证还在有效期内,她简单打了一个小背包,披上那条美丽的青花瓷丝巾,给自己老板打电话请了假,然后去了机场。

奇怪的是,现在当她看到丈夫和另一个女人睡在一起之后,走在北京清冷的大街上,雨嘉并没有自己想象的那么伤心欲绝,她是麻木的,她的脑子似乎凝固了,她什么都不愿意想,就这样走,走,走。当街上开始出现洒水车和清洁工的时候,雨嘉想了一下要不要回家去看看父母。但是她决定这次不去,而是叫了一辆出租车,直奔首都机场。

当天飞纽约的班机是下午一点起飞,雨嘉买好票,就买了一份早餐。她一口一口把早餐全吃完,然后看着空碗和空盘子,竟然不记得吃的是什么。雨嘉漫无目的地在航站楼二楼一个椅子上坐着,眼睛看着一楼的大厅,脑子一片空白。雨嘉真是奇怪自己怎么就没有一滴眼泪?

突然,一楼大厅的自动玻璃门打开了,一个熟悉的身影急步跑进来,雨嘉一下子抓住了面前的栏杆,那个身影,那个满脸焦急、四处张望的人,正是她的丈夫,她的钟铭!看着他在人群中急走,伸长了脖子四处寻找,雨嘉紧紧捂住自己的嘴,才没有让自己的哭声响彻整个航站楼。

你这么焦急,这么顾盼,是在找我吗?是在找我吗?既然已经这样,为什么还要来找我?那个女人是谁?你爱她吗?你还爱我吗?你心里还有你的一双儿女吗?我如此信任你,笃定你跟所有的男人都不一样,你为什么?为什么?我全心信任你,可你,为什么?你跟马化鹏有什么区别?我四年的支撑和守望,就换来这个吗?

雨嘉哭得肝肠寸断,觉得自己就要晕倒了。然后她看到钟铭正在跑上楼梯,向二楼跑来,雨嘉迅速跳起来,在钟铭就要转过楼梯面对她的那一刹那,闪进了最近的一个女厕所。雨嘉把自己关进一个隔间,坐在马桶盖上,任凭泪水流淌,所有的酸涩伤心痛苦都撕扯着她的五脏六腑,雨嘉第一次体会到悲痛欲绝的滋味。

中午,雨嘉慢慢往登机口走去。远远的,她看见钟铭站在去往纽约的登机口,正在四处张望。雨嘉绕路走到离登机口最近的一个女厕。旅客们已经陆续开始登机了,雨嘉扒着厕所门口看钟铭还在那里。当所有旅客都登机了,起飞时间马上就要到了的时候,雨嘉把自己的登机牌握在手里,定睛看着钟铭。他似乎失去了等待雨嘉登机的希望,低着头慢慢地走开。趁着钟铭背对自己方向往远处走的时候,雨嘉冲到登机口,迅速把自己的登机牌和护照交给地勤小姐。地勤小姐一边扫描雨嘉的登机牌,一边笑着说:"好悬啊,马上就要关机舱门了。"说着把雨嘉的登机牌和护照还给了她,做了一个请登机的手势。

"雨嘉!雨嘉!"

雨嘉回头一看,钟铭正在向她跑来,雨嘉撒腿就跑进了登机甬道。钟铭在她身后大叫:"雨嘉你别走,你别走!"钟铭要往里冲,地勤小姐拦住他:"先生,请出示登机牌,没有登机牌不能登机。"

钟铭说:"你让我上飞机吧,我上了再补票。你让我进去。"说着又往里闯。两个地勤警卫过来,把钟铭架走了。

十三小时的飞行,十三小时的哭泣,到达纽约已是深夜两点,雨嘉挣扎着回了家,一头栽倒在沙发上。

早晨,舒亚和莉亚都去上学了,雨嘉给柳嫂放了假,又打电话给自己的老板,说家里出了一点急事,请了一周的假期。然后雨嘉在极度疲惫中昏昏沉沉睡过去。中午，两个孩子放学回来，雨嘉给他们做了饭吃，并帮他们打好了学校组织的秋令营的行囊。孩子今天下午就要随学校的大巴去为期四天的秋令营了，他们会和同学们一起到纽约上州爬山，露营，观察和体会大自然。雨嘉帮孩子们拎着行李，陪他们走到学校，送孩子们上了大巴，雨嘉慢慢走回家，正在用钥匙开门，楼道那边的电梯叮咚一响，钟铭快步走了出来，雨嘉急忙开了自己家门，闪进去就要锁门，钟铭一个健步冲过来，在雨嘉大力关门的一刹那，把一只穿着皮鞋的脚卡在了门缝里。

在钟铭"雨嘉，雨嘉"的叫声中，雨嘉放弃了拼命推门的动作，转身往卧室里走，钟铭冲上来一把从后边抱住雨嘉："雨嘉，宝贝，你别走，别把自己锁在卧室。我回来了，咱们好好谈谈。"雨嘉奋力推开钟铭："你别碰我！你要谈什么？有什么好谈的？你回来干什么？你还回来干什么！"

钟铭把雨嘉按到沙发上，跪在雨嘉面前："我错了，雨嘉，我真是昏了头了，你打我吧，你怎么惩罚我都行，我爱你，爱这个家，只要你能原谅我，你让我做什么都行！"

雨嘉目光迷茫，漫无目的地看着前方："你知道吗？我那么信任你，多少人都跟我说不能让丈夫一个人回国，我从来不信，我就觉得你跟别人不一样，我就对我们俩的感情有信心。结果，你的箱子打得那么新潮，那么整齐，你衬衫领子上有口红，你西服口袋里有女人的耳坠，你给我们带来你从来不可能想到买的礼物，就这样我都不信，我到北京就为了看你一眼，证明我对你的信任是对的。可是我看到什么？你跟马化鹏有什么区别？"

听着雨嘉的话，钟铭心里冰凉冰凉的！他的所有衬衫和西服都在回纽约之前刚刚送干洗店干洗过,不可能有口红印,口袋里也不可能有东西。干洗店的老李师傅每次干洗前会清空西服口袋,哪怕有一个小纸屑,老李也会精心地装在小塑料袋里保存,然后钟铭取衣服的时候把小塑料袋给他。一个耳坠在口袋里,老李怎么会错过?只有一个解释,就是这些蛛丝马迹是宋玫趁着帮他打箱子的机会,有意留下给雨嘉看的!而宋玫所有帮助他挑选的礼物,也都是埋藏着女人间心有灵犀的信号,她是有意让雨嘉知道!钟铭真是咬牙切齿,真是恨自己的愚蠢!

雨嘉继续自言自语地说:"你记得在枫园吗?那个暴风雨的夜里,楼下水龙头爆了,我吓得直哭,你来了,那是我们的初夜,是我的初夜,你说你以后再也不让我一个人过夜了。可是这四年,你走了,我一个人过了太多太多的夜,你想过我会害怕会孤独吗?想过我会哭会梦见你吗?你不知道我黑夜里一个人流了多少眼泪。"

钟铭爬到沙发上紧紧抱住雨嘉,他的眼泪也流了下来:"雨嘉,你怎么从来没跟我说过?为什么不告诉我?你如果说了我一定会回来的,一定会回来的,所有这些也就都不会发生了……"

"我不能用我的眼泪逼你回来,我要你自己选择回来,不是为我回来,是你自己决定回来。我不能成为你的累赘、绊脚石,我不能在你的事业中成为你的滑铁卢。我没有办法,只有等啊,等啊。每次需要搬东西,我就自己搬,需要做什么力气活,我就自己做,我搞房产,搞投资,我努力工作,我努力带好两个孩子,这样等你回来,我们一家四口不用为任何事情发愁。人家都说我是女强人,都奇怪我怎么能同时干那么多事情,我听到就是苦笑,谁不想无忧无虑?谁不想每天喝茶美容,看书画画?我也是女人啊,也是血肉之躯啊。可是,你说,我除了把自己变得什么都能干,我还能怎么办?"

"雨嘉……我真对不起你……"钟铭哭着说。

"黎姐说过,你是有英雄情结的人,我十九岁碰到你,正好满足了你的英雄情结。我在回来的飞机上想了一路,黎姐的话是对的。你不觉得很讽刺吗?你用离开的方法逼我变成一个女强人,然后你反应过来其实你不喜欢女强人,这个女孩才更能满足你的英雄情结,是吗?你是因为这个才跟她好的吗?可是她也会成长呀,她也会成熟,我看她的精密聪慧,也不是久居人下的人,到时候你怎么办?再找一个二十岁的小姑娘吗?"

钟铭抱紧雨嘉说:"雨嘉,你别说了,都是我的错,我太混蛋了,太自私了!我爱你,你是小女人还是女强人我都爱你。那个女孩真的是我一时糊涂,我以后不会再跟她有任何关系了,我跟你保证!我立刻就辞职,回纽约,跟你和舒亚莉亚在一起,再也不分开了。雨嘉,你就原谅我吧。"

雨嘉说:"你记得那时候许月莹跟马化鹏离婚,我劝她不要离,可是你理解她为什么离婚,你说咱们都不了解许月莹,她是个眼里不揉沙子的完美主义者。其实,你不觉得我也是这样的人吗?"

钟铭拼命摇着头:"不是,不是!你跟她不一样,咱们的情况跟马化鹏他们没有可比性,他们本来就不合适,咱们可是相亲相爱快二十年了!你不要提他们了,而且我求求你,千万不要有离婚的念头,真的千万不要,想想咱们的舒亚和莉亚,我求你了!"钟铭痛哭起来。

"那你和那个女孩在一起的时候,想过舒亚和莉亚吗?想过咱们相亲相爱快二十年了吗?"雨嘉平静地说。

雨嘉让钟铭睡在舒亚的房间，而且雨嘉说："我现在需要空间，需要时间来思考，你明天还是先回北京。你也别着急辞职，看看再说。"钟铭说什么也不肯回北京，到了第三天，雨嘉说："孩子们秋令营马上要回来了，我不知道当着他们我能不能跟你装得若无其事，你还是走吧，我不想让孩子看出什么，让你在孩子心中的父亲形象受损，我真是为你好，你先走吧。"她把钟铭轰走，真的是怕自己在孩子面前会绷不住，会说出什么来。那样不但伤害钟铭，更重要的是，那样会伤害孩子。

钟铭回到北京，第一件事就是把所有宋玫的东西都从自己的住处收集起来打了一个包，邮寄到了宋玫的住处。然后他请来小时工，把整个公寓都清理一遍，所有的床上用品，洗浴用品，厨房用品，凡是宋玫触摸过的东西，全部换了新的。

钟铭把宋玫调到了别的部门，给她转了正，并提了薪水提了职。他把调动文件给宋玫的时候，对她说："非常对不起，整件事情都是我的责任，我向你道歉。这个职位，是我能为你做的唯一的事情。从此之后，你我没必要再见面了。我也很快就会离开公司，回纽约，到我的妻子和孩子身边。你好自为之吧。"

宋玫凄然一笑，说："好，够绝，够狠。我以为你是良心还没有彻底泯灭的，以为你跟那些提起裤子就不认人的臭男人不一样。哼，我太傻了，你们男人，都是一路货色！你们早晚会付出代价！"宋玫一反平时温婉宜人楚楚可怜的样子，眼睛里闪着野心、算计、决绝和抱负的光，让钟铭不寒而栗。他意识到自己其实根本就不了解她，他和她之间，没有别的，只有情欲。钟铭深深后悔跟这个女孩有过牵扯。宋玫站起来走出门之际，突然转身，对钟铭说："你以为你这样就能像没事人一样回去过你的幸福日子吗？恐怕你高估了自己，也低估了你老婆。"说罢，宋玫关门而去。

钟铭处理好宋玫，转头又飞回纽约。但是雨嘉不让他回家，说怕跟孩子不好解释。钟铭没办法，只好住在一个酒店里，每天等到孩子上学的时候，他就来找雨嘉。各种忏悔、哀求、痛哭全都轮番来过，不止一次，钟铭要亲吻雨嘉，可是雨嘉把他一脚踹开，对他的哀求也不为所动。

雨嘉感情经历的单一，注定了她是一个有感情洁癖的人。她想过要原谅钟铭，为了孩子，为了他们二十年如泣如诉的美丽爱情，原谅他，接受他。其实，雨嘉心里已经原谅了他，理解了他一个男人独自在北京四年打拼的孤独和压力，但是她还是不能接受他。

钟铭北京那边的工作离了他出现紧急情况，钟铭对雨嘉说即使是辞职，也不能把自己的整个部门这么突然放下不管，总得有个善终。雨嘉说："那你回去吧。"钟铭就又开始频繁地两边跑。

一段时间以后，雨嘉已经从恨变得不恨了，已经从伤心变得不伤心了。但她不能过的一个坎儿，就是钟铭怀里抱着宋玫熟睡的画面。这个画面将永远在她的脑子里，无论她如何想忘记也不会忘记。有了这个画面，她再也不可能跟钟铭亲密，他俩的床上将永远有另外一个女人。有了这个画面，她再也不能完全信任他，即使她想完全信任。有了这个画面，她再也不可能跟钟铭一起开怀大笑，因为从那天之后，将来的每一次欢笑，每一次伤心，每一次亲密，每一次争执，这个画面都会在她脑海里出现，让她瞬间崩溃。雨嘉不能应对这样的婚姻。

让雨嘉下决心离婚的，是钟铭并没有从北京的公司辞职。钟铭总是说，你让我回纽约跟你一起生活，我就立刻辞职。但是辞职不辞职，回来的决心大不大，钟铭还是在观望，如果雨嘉最终还是要离婚，那么钟铭明显就是想避免鸡飞蛋打的局面，至少要保住北京的职位。这就像钟铭总说的：你给一句话，我就回来，结果四五年也没回来，因为雨嘉不会给那句话。现在又是，你让我回家，我就辞职。可见辞职的决心不大，到了这个关头，辞职仍然是一件让钟铭忍痛割爱的事，而且是不见兔子不撒鹰，能拖到什么时候拖到什么时候。雨嘉寒心了，男人毕竟是自私的。就这样，雨嘉下决心和钟铭离婚了。钟铭坚决不同意离婚，但是雨嘉这边法律程序已经启动，鉴于夫妻分居的情况，法院很快就判离了。

在以后的岁月里，雨嘉总会回想起，从她晕倒在密西西比河步行桥上，到她和钟铭结婚的那天，一共两个月的时间。这两个月，如同一道闪电，瞬间照亮的她的生命，美丽得让她炫目难忘，改变了她的人生。她为此感恩，为后来的二十年感恩，为美丽的舒亚和莉亚感恩，也为她曾经拥有钟铭这样优秀的男人感恩。

但这一切，就像那条青花瓷丝巾，就是再美丽，也有别的女人的印记。

26
两颗星星的轨道

离婚手续全部办好了,钟铭的心情随着北京的雾霾而一片昏黄,他一个人坐在窗前,握着一杯酒,茫然地看着窗外的昏天黑地的混沌。回国这些年,让他积累了财富,但却失去了雨嘉。钟铭把纽约的几百万美元的房产全部放到雨嘉名下,又给舒亚和莉亚每人建了一个教育基金,提供他们大学和研究生的学费。但是不管怎么做,他心里也是空空的,没有一点着落。他也不能相信,自己过两年也是奔五十岁的人了,折腾大半辈子,竟然落得孤家寡人,形单影只。

这时,多年不见的于思聪和 Mark Willis 突然来到北京。电话上寒暄问好之后,钟铭冒着雾霾,到他们在北京的酒店去跟他们见面,一走进餐厅,就看到清瘦的思聪和满面红光的 Mark 站起来迎接他。多年的大学生活,使中年的于思聪还带着一股书卷气和学生气,跟钟铭这样混过三教九流、染过金钱铜臭的人比起来,简直就像象牙塔里出来的人。钟铭走过去给于思聪一个大大的拥抱,又紧紧地拥抱了 Mark。

岁月荏苒,于思聪已经从一个年轻学生变成了一个中年学者,这么多年，她一直在德州的那所大学任教，现在已经是正教授。Mark Willis 当年追随新婚妻子思聪到了德州，在当地一家银行做一般职员，十几年过去了，他现在已经位居那家银行的德州执行副总裁。

"你们怎么来北京了？你们这么多年一切都好吗？"钟铭坐下，热情地问。

思聪说："我们俩挺好的，唉，说来话长，我们来中国是有一件特殊的事情，过一会儿告诉你。先说说你吧，咱们虽然好久没见，可都是北月枫园时期的故人，我不跟你兜圈子，你跟雨嘉怎么回事？你俩一对天上璧人，说离就离了？还有俩孩子呢！"

钟铭叹口气："都怪我，是我对不起她。她眼里不揉沙子，是个完美主义者，她即使心里原谅我，也不能再接受我了。我现在后悔也来不及了，就这样吧。人生总是无奈的。"

"唉！你们男人哪！一个个的，都怎么回事嘛！"思聪说。

正说着，一个女子走到桌前："思聪，Mark，钟铭。"钟铭抬头一看，竟然是多年不见的马化鹏前妻许月莹！

思聪和 Mark 站起来跟许月莹拥抱，然后跟钟铭说："忘了告诉你了，月莹也在北京，我把她也叫来了，咱们老熟人好好聚聚。"

许月莹一点都没变样，还是脸上带着柔和清雅的微笑："多少年没见了，思聪真有本事，硬是把我找出来了，我以为没什么人知道我在北京呢。思聪，钟铭，你们都怎么样？雨嘉好吗？"

钟铭一听，显然许月莹不知道他和雨嘉离婚的事，也不好说什么，就点点头，问："你怎么在北京呢？这些年怎么样？"

月莹说："我早就回国了，回来之后就在科大做个一般的文书工作，后来科大精简，我就办了提前退休，这不，才四十几岁，已经退休了。现在我在北京我姨妈家，她身体不好，我姨夫已经去世了，他们两个孩子都在国外，我来姨妈家住几个月，陪陪她。"

然后月莹转向思聪和Mark："你们怎么来北京了？在德州一切都好吗？"

思聪笑了笑："好啊，我们都好。我俩那年到德州，先是在学校租房子住，后来我当faculty工资不低，Mark慢慢在银行也一级一级升上去了，你们知道德州的房子又便宜，我们就买了一个五千平方英尺的带游泳池的大房子，六个卧室，我们想着生一堆孩子，养几条狗。我们房子后边还有自己的马场，Mark喜欢马，德州是养马的好地方，我们真养了几匹骏马。Mark经常带着我在自己家的马场跑马，真是美极了。"

钟铭和许月莹都听得入神了："你们真是过的神仙日子啊。"

"是啊，神仙日子，可也不是神仙一样快乐。咱们当时在北月枫园，生活那么清贫，住那么小那么旧的房子，还被学业和考试折磨得死去活来，可是那时候真快乐，真带劲。毕业后，博士帽子也有了，工作也有了，工资也高了，新车也换了几茬了，房子大得都可以闹鬼了，可是心里是空的，一眼望到头，没有盼望。"

"你们有孩子吗？"钟铭问。

思聪浅浅地笑了一下摇摇头："我们没有孩子，是我的身体不能受孕。我们什么都试过了，德州的医生我们看遍了，旧金山、芝加哥、波士顿的专家我们也看了好多。人工授精、试管婴儿我们都试过，全失败了，我们至今还是没有孩子，我已经四十八岁，不可能了。"

"这就是我们来中国的原因。"Mark笑着接过话来，并从口袋里掏出一张照片，"看，多可爱的小 baby，这是我们的女儿，我们来中国就是来领养她，带她回家！上帝给我们准备了最好的孩子！"

钟铭许月莹传看着这张照片，一个可爱的小婴儿在照片里瞪着眼睛，嘟嘟着小嘴儿看着他们。钟铭笑了："真可爱，跟我的莉亚小时候一样！"许月莹看得泪光直闪："思聪，这个孩子太可爱了，这就是你的孩子，命中注定的你的孩子！"

Mark 高兴地说："你们看，这两个眼睛像两颗早晨的露珠，多漂亮啊，谁见过这么漂亮的孩子！"

钟铭不禁感叹美国人的爱心和淳朴。Mark 对这个只见过照片的，跟自己没有任何血缘关系，而且跟自己不是同一种族的孩子的喜爱洋溢在他的眉目里，是一种发自内心的爱，一种纯纯粹粹的爱。而且明显能够看出来，他对思聪的爱慕、呵护、尊敬和亲密一点都不减当年，一点都没有被岁月磨掉，也一点都没有因为思聪不能生育而减少。钟铭扪心自问自己对雨嘉的爱能不能做到这样，他惭愧地承认，自己没有做到，也是不可能做到的。

许月莹此刻心里也是同样的感慨，Mark 这样一个异族人，为了思聪离开自己的家庭，用自己的一切来追随她，在她不能生育的情况下还这样爱她，支持她，并收养一个和她同族裔的孩子。许月莹想起当年在纽约，马化鹏着急要孩子，结果她几年都没有怀孕，那时马化鹏对她的冷言冷语，以及农村的公公婆婆曾经来信劝马化鹏跟月莹离婚的情景。那时月莹也看过医生，医生建议让马化鹏一起来做检查，马化鹏拒绝去做检查，说月莹："自己不下蛋还赖别人。"月莹想起这些往事，真是感慨万千，止不住流下泪来。

Mark 一看月莹落泪，以为月莹是为他们要领养的孩子感动，激动得拥抱了月莹，一个劲儿地说："谢谢！谢谢！"月莹也不明白他谢自己什么，看了看钟铭，钟铭心里完全明白月莹为什么落泪，他给了月莹一个理解的笑。

Mark 又说："明天我们就要去江西孤儿院抱我们的女儿了，她有先天性心脏病，我们已经在德州联系好了医院，到了美国就为她全面治疗。"钟铭和许月莹都瞪大了眼睛，嘴里不好说，但心里想：你们领养孩子怎么不领养一个健康孩子啊？

思聪看出了他们的诧异，她用中文说："我们当时拆信封的时候，先拿起了孩子照片看了，然后才看到信封里的文件中有一张纸上说孩子有先天性心脏病。我也问 Mark 要不要换一个孩子来领养，Mark 说，他看了孩子照片上的眼神，是天使的眼神，是女儿仰望父亲的眼神，就这一眼，他就认定了这是上帝给我们赐下的女儿，他认定了自己就是她的父亲。他问我：如果我们自己生的女儿有先天性心脏病，你会把她跟别的孩子换掉吗？那这个女儿有什么不一样呢？就这样我们就决定领养这个孩子。其实 Mark 说的是对的，这个孩子更需要我们。"

相聚的时间总是短暂的，Mark 和思聪明天一早还要飞去江西接女儿，餐后，钟铭和许月莹就站起来告辞了。钟铭久久地拥抱着 Mark 和于思聪："祝福你们，恭喜你们！好好享受做父母的时光，你们一定是最棒的父母。以后再见！"许月莹也含泪拥抱了思聪和 Mark，说了许多祝福的话。

思聪和 Mark 一直把他们送到门口，思聪偷偷把钟铭拉住，小声问："你和雨嘉，真的不可能了吗？"钟铭苦笑着摇了摇头。思聪脸上真是快哭出来的样子，拍了拍钟铭的胳膊，说："走吧。"

Mark 过来说:"你能不能送一下月莹?她打出租车过来的,现在太晚了,一个女人独自坐出租不安全。"真是骨子里的美国人啊,在北京,别说才晚上九点多,就是晚上十二点也有女人坐出租车啊。钟铭说:"没问题,我的车就在门口,我送月莹回去。"

坐进钟铭的车里,月莹好像有话要说,可是又犹豫了,过了一会儿,她才轻轻地问:"他还好吗?"钟铭知道,月莹问的是马化鹏。

"我上个月去纽约刚见过马化鹏,他工作还好,没什么升迁,就一直是做计算,正好他也喜欢这行。他,你可能还不知道,他,结婚了,是一个大陆来纽约上学的留学生。"

月莹点点头,过了一会儿说:"那挺好的。"

钟铭问:"你呢?也这么多年过去了,你没再找个人?"

月莹苦笑了一下,摇摇头说:"你看呢?"

扑面而来的雾霾中,钟铭艰难地开着车,月莹也不说话,过了一会儿,钟铭突然说:"我和雨嘉离婚了。"

"啊?!"月莹大惊失色,转脸望着钟铭。

"都怪我,是我对不起她。"钟铭说。

月莹转过头看着窗外,过了好久,才说:"看来雨嘉跟我是一类人,我理解她。"

离婚之后,雨嘉独自抚养舒亚和莉亚,好在两个孩子都大了,孩子到了这个年龄,其实不太需要父母过多地管,放手反而更好。雨嘉和柳嫂就每天一起做好孩子的后勤工作,保证他们营养,保证他们安全,其他的,比如大学申请和高中课程等事情,都不用大人操心了。

孩子假期的时候,钟铭从北京回美国,带着两个孩子在美国从东走到西，一所一所地看大学。舒亚从初中时期就展示了非常过人的计算机编程天赋，他决定要申请卡内基梅隆大学计算机系，而女儿莉亚则一直对国际政治国际关系非常感兴趣，要报考乔治城大学。终于在第二年春天，两个孩子都如愿以偿，拿到了梦想大学的录取通知。

孩子上大学之际，钟铭又飞来美国，和雨嘉一起，到匹兹堡和华盛顿送两个孩子上学。把两个孩子都送到学校安顿了之后，钟铭和雨嘉开着车返回纽约。一路车程，两人似乎也没有什么话好说，就这样一路开到了纽约。把雨嘉送到楼下，钟铭也从车上下来了。

雨嘉说：“你去机场路上小心点，早点去吧，还要还车呢，别赶不上回北京的飞机。”

钟铭看着雨嘉，他轻轻往前迈了两步走到雨嘉面前，把雨嘉抱在怀里。他说：“你这两年来过得还好吗？”

雨嘉也轻轻拥抱钟铭：“我很好，你呢？”

钟铭说：“你好好保重，孩子们都大了，你也不用那么辛苦工作了，自己好好放松放松，做点自己喜欢的事吧。你以后有什么打算？会回北京生活吗？”

雨嘉轻轻推开他说：“不会的。你呢？你在北京钱也挣够了，会回到纽约吗？”

钟铭叹口气说：“我还是在北京吧。雨嘉，我这一路都想告诉你，我两年前在北京碰到了许月莹，是思聪和 Mark 来北京的时候把她找出来的。后来，我一直在帮她照顾她姨妈，我也马上五十了，我想，以后，跟月莹成个家吧。然后还是在北京生活，在北京也习惯了。”

雨嘉很惊讶：“月莹？她在北京啊？她还好吗？”

"她处处让我想起你,这么多年下来,我发现她和你真的很像。"钟铭说。

雨嘉低头想了一下,然后笑着抬起头说:"什么话呀,月莹就是月莹,怎么会跟我像呢。我觉得你们俩真的挺合适的,你也该成个家了。月莹是好女人,你千万好好待她。"钟铭点了点头。

看着钟铭,她曾经的丈夫,已经是华发染鬓,雨嘉想:他还是恋旧的,最后的归宿还是一个北月枫园时期的故人。是啊,月莹高雅恬淡,柔和温顺,又懂得生活情调,能风花雪月也能柴米油盐,还一辈子不会跟钟铭争高低,对钟铭来说,再合适不过了。雨嘉说:"代我问月莹好,祝福你们。"

就这样,他俩互相笑一笑,告别了。他们就像两颗星星,在最璀璨的时候相遇在了同一条轨道,然后在他俩共同碰撞而生的小行星脱轨飞向浩瀚宇宙的时候,他俩也各自转向,平静地渐行渐远。

雨嘉用了几天时间,把家里收拾了一番。她把两个孩子的房间都整理好,他们的东西分门别类收入他们房间内的壁橱。然后把她和钟铭一起生活的点滴记忆全部打包,包括照片、纪念品、结婚戒指以及钟铭留下的几件衣服全都装进一个箱子,放进储藏室。家里原来常用的日用品一律换了新的。雨嘉又请来工人,把家里的墙壁都刷成了新的颜色,窗纱也换了跟墙壁相配的颜色,然后把家里摆满了鲜花和油画等各种装饰品,整个房子就焕然一新了。

雨嘉想好了,她准备辞掉工作。她完全不需要这份工资收入,她现在要享受自己的时间,自己的空间,四十三岁的雨嘉,要建造自己人到中年的新生活。雨嘉跟老板一说辞职的事,老板就极力劝说她再干几年,但是雨嘉还是坚持辞职。最后老板没有办法,说你能不能再做四周,我们有一个重要客户,这个月要来考察我们公司,可能需要 IT 部门支持,能不能把这个事情应对完了再走。雨嘉一想,这也是情理之中,就答应了。

听说这个客户是一家高科技公司,正在考量哪家金融公司适合接手他们的 401K 退休金管理业务。雨嘉所在的公司非常想拿到这个业务。过了两周,公司的气氛突然变得很正式,雨嘉知道是那条大鱼来了。雨嘉所在的 IT 部门其实不会在客户面前露面,只是处于待命状态,准备万一有什么一线谈判人员需要技术支持,他们就立刻提供支持。结果两天下来,也没有人要他们支持。雨嘉心想,这就算万事大吉了,没自己的事儿了,就跟两个平时要好的华裔女同事出去吃饭,她们跟雨嘉一样,也是九十年代初来美国的留学生,现在孩子都独立了,生活比较轻松了。

三个女人说笑着从外边回来,其中一个正在给雨嘉介绍她的声乐班:"我们那班里六个人都是妈妈,我还算最年轻的呢,我们都没有唱歌经验,零基础,现在学了两年了,我们那演出才叫棒呢!雨嘉你来听我们的音乐会吧。孩子都走了,咱们奋斗一辈子,也该搞点自己的追求了!你看咱们周围这些孩子长大了的中国妈妈们,跳舞的,画画的,摄影的,写书的,唱戏的,都各显神通呢。"

雨嘉说:"我也想啊,可是我真的没什么才华,这些年就挣命了,琴棋书画都不行,就原来弹过几年钢琴,现在也忘得差不多了,艺术方面没一样有细胞的。"

另一个女人说:"雨嘉或者你来跟我们跑步吧,我们现在跑步队有好几个达标波士顿马拉松呢,原来都是从来不跑步的人,跑一迈都要晕倒的人,现在都成精了!"

"你饶了我吧！"雨嘉笑起来，"我高中八百米不及格你知道吗？我那时候功课门门优秀，就八百米过不了关，差点儿高中都不让我毕业！你是想让我噩梦重温啊？"

正在哈哈笑着，一拐弯，迎面过来两个人。雨嘉她们三个赶紧止住了笑。因为他们认出，那两个人中，其中一个是公司的大老板 Scott！雨嘉只在公司全体大会上远远地见过 Scott，听过他讲话，这样在楼道里碰上，而且是跟几个叽叽喳喳的女同事咯咯笑着碰上大老板，雨嘉有点不好意思。

三个人都说："Hi，Scott。"然后一边互相做着鬼脸，一边快步逃之夭夭。没走几步，背后突然有一个男人的声音说："刘雨嘉。"

雨嘉愣住了："是大老板 Scott 叫我吗？他怎么知道我的名字？还说的是中文？！"

她瞪大眼睛转过头来，才看见 Scott 旁边的那个人，是一个华裔男人，正在看着自己！这个人好眼熟，雨嘉微皱着眉头歪着头看着这个一身西服的高个子男人。

那个人往雨嘉的方向走了几步："不认识了？我是肖兵。"

肖兵！这个名字在雨嘉的脑海里像一个久远的空谷里的一声回音，一下唤起了另一个世界的记忆。她从小长大的北京四排院，那些在尘土飞扬的小学校门口拍烟盒的男生们和跳皮筋的女孩们，中学时期课堂上望天儿走神，被物理老师叫起来问杠杆长度，身后轻轻一声解救她的声音："四点二五米。"是啊，是他，这是雨嘉的儿时伙伴，从小学一年级就是同学，一起长大的肖兵！雨嘉眼睛瞪得溜圆，嘴巴也张得好大。

肖兵笑了，调皮地伸手托起雨嘉的下巴："嘴张那么大干吗？"

雨嘉也笑着用自己的小包在肖兵胳膊上轻轻抢了一下。

大老板 Scott 在肖兵和雨嘉之间来回看着，终于问："You two know each other（你俩认识）？"

肖兵说："Childhood friends（发小）。"

Scott 伸出手来跟雨嘉握了握手，问了雨嘉是哪个部门的，叫什么名字。

然后肖兵问雨嘉："几点下班？"

"五点。"

肖兵说："我在公司门口等你宰我一顿呗？"

"饶不了你。"雨嘉说。

肖兵一挥手，跟 Scott 走了。Scott 好好看了雨嘉一眼。

下午，雨嘉也没有什么工作要做，自己随便在各个网站上看新闻。突然部门经理过来了："上边说今天的大客户需要了解我们的 IT 技术情况，让你给过去做个 IT demo 展示。"

"不是有专门 demo 人员吗？怎么让我去？"

"Scott 点名问你，问你做过没做过 demo，做得怎么样，我当然说好啦，然后 Scott 就点名让你去。"部门经理说。

做 demo 展示倒是没什么，雨嘉早就做熟了，可是奇怪了，一般技术人员在客户面前不露面的呀？雨嘉没办法只好去了。一进主会议室，才发现那个大鱼客户不是别人，正是肖兵！

当着一大屋子的人，雨嘉也不好说什么，只好镇定一下情绪，开始投影："很高兴有机会给大家展示一下我们的退休金系统，一般来讲是营销部门做展示，但是今天我想各位可能对技术层面更感兴趣，那么我也很高兴有机会和大家交流。"说着雨嘉看了看肖兵。

肖兵冲着 Scott 的方向微微一歪头，眼睛稍微往那边一转，雨嘉就知道这个馊主意是 Scott 出的。顷刻间，雨嘉觉得自己的辞职决定简直太对了，而且她想：Scott，你这个客户丢定了，这样下三滥的手法，你以为肖兵是傻子吗？

做完 demo，雨嘉回来收拾收拾，把电脑清空，正好到了下班时间，她对部门经理说："我不等到做满四周了，我明天就不来了。"然后走出了公司。

27 前世今生

肖兵已经叫了一辆出租车,等在公司楼前,看到雨嘉抱着个纸盒子出来,肖兵一边给她打开车后备厢,一边坏笑着说:"哟,美人计没成功,让美人儿走路啦?"

雨嘉把盒子往里边一扔,咣当一下盖上后备厢,说:"甭小看咱北京大妞儿,姐把丫炒了。"

说出这句话后,雨嘉和肖兵一起哈哈大笑。雨嘉突然觉得到美国二十五年以来,嘴上从来没这么痛快过!自从来了美国,工作上,生活上,朋友间,在孩子面前,在钟铭面前,雨嘉什么时候能把当年北京大杂院的话拿出来讲?今天一见肖兵,京片子脱口而出。肖兵也显然多年没有听过这样的话了,立刻一副神清气爽的样子:"上哪儿撮去?"

"哪儿带劲儿上哪儿。"雨嘉说。

"得嘞!"肖兵高兴地说。

肖兵带雨嘉去的地方,是一个新开的北京菜馆,他点了冰糖肘子、芥末堆儿、醋熘丸子、京酱西葫芦和丝瓜汤。雨嘉很久没有见过这么正宗的北京菜了，而且她是真饿了，大快朵颐。等实在吃不动了的时候，肖兵盛了一碗丝瓜汤放在她面前，说："拿这个溜溜缝儿。"

雨嘉把汤喝了，就真的一口也吃不下了，可是肖兵又把一个丸子放在她面前，说："再把这吃了，盖上盖儿，俗话说喝汤溜缝儿，丸子盖盖儿。"

"你怎么还这么贫啊？"雨嘉笑了。

肖兵当年从北京计算机学院毕业后，在国内的计算机行业工作了五年，然后一个偶然的机会在美国硅谷找到一个程序员的工作，拿H-1签证来了美国。经过美国信息革命的大潮，他现在已经是一家高科技公司的高管，经常往返于纽约和硅谷。

晚饭后，他俩找了个露天酒吧，也不坐在椅子上，就像北京街头的两个孩子，在路边齐腰高的砖墙上坐下，雨嘉手里一杯冰水，肖兵手里一瓶啤酒，一边喝一边看着曼哈顿的灯光。

"你记得强拐子吗？整天捣蛋，高中都没考上，嘿，现在可发大财了。他有残疾人优先证，承包山林，开始的时候种药材赚钱，然后他就把那片林子买下来，谁知道赶上盖房征地，他那片林子盖了一个三十栋楼的小区，整整给了他两栋楼的公寓。他现在可是北京郊区大业主。"

雨嘉难以置信地说："强拐子小时候为了省几分钱的水钱，到我们排来偷着打水，被老陈大妈骂得狗血喷头的。真是，谁想得到他发大财呢？"

说到老陈大妈家，雨嘉问："她家小胜，你记得吗？从小他爸天天照死里打他，他后来怎么样了？"

"唉，后来小胜跟人打群架，用板儿砖把人开了瓢儿，其实没他屁事儿,他就是哥们义气帮别人打,结果被开的那丫忒他妈瘘,嗝儿屁了(北京话,死了),小胜算是过失杀人,判了无期。"

雨嘉不胜嘘唏。肖兵又转身买了一瓶啤酒,递给雨嘉:"来,吹一瓶儿。"雨嘉笑了,她都快忘了,北京人说喝啤酒不说喝一瓶,都说吹一瓶。雨嘉接过来,说:"小胜他在家不得烟儿抽(北京话,就是没人在乎他的意思),出去人家给他半个好脸儿他就替人卖命,也是个可怜人啊。"

其他的小伙伴们,小月和伟良后来都到三厂当了工人,现在各自有家有孩子,但是四十三四岁的年纪,都下岗了,日子过得非常清苦。雨嘉和肖兵都感叹:咱们那帮孩子,太可怜了。

雨嘉突然想起来:"对了,小芮子呢?我们家隔壁那厉害丫头,动不动就说她妈反对毛主席,把她妈吓得不敢出门那个?她怎么样了?我知道她从小就喜欢你,喜欢就喜欢呗,你说跟我有什么关系?她就老以为我跟你有什么里格楞,整天恨不得打我,你说我冤不冤?!"雨嘉喝了一口啤酒。

肖兵突然沉默了,一口一口喝着酒。过了半天,他说:"我后来跟芮子结婚了。"

"啊?"雨嘉差点呛着。她连四分之一瓶啤酒都没喝完,可是她觉得头都晕了。

"我俩后来又离了,我们有个儿子,已经长大了,现在在北卡上大学呢,芮子现在也在北卡。"肖兵说。

雨嘉这下老实了,不敢跟肖兵瞎逗贫了:"你,你没事儿吧?我这人说话没心没肺,你别往心里去啊。"

肖兵笑了,斜着眼睛看着雨嘉:"还知道自己没心没肺啊?"

雨嘉也笑了："臭德行。"

那天晚上，雨嘉一共喝了半瓶啤酒，已经是晕头转向，胡说八道了。肖兵一手驾着雨嘉，一手抱着她的纸盒子，把她送到家："还好意思说自个儿是北京大妞儿，有你这样的京妞吗？吹半瓶儿就这德行？"他把雨嘉安顿在床上，给她盖好被子，在床头柜上给她放了一瓶水，雨嘉已经睡着了。

肖兵站在床边看着她，这个他从小学五年级就喜欢的，在他十九岁的时候离开他来美国的女孩，如今和他一样，已经四十多岁了。她的面容还是像机场送别时那样可爱，她的话语还是像儿时那样生动。她现在就这样静静地躺在自己面前，肖兵嘴角漾起一个微笑，轻轻地转身退出雨嘉的公寓。

曼哈顿的夜色里，肖兵慢慢地走着，这些年，他一直在找雨嘉。

很久以前，十九岁的肖兵在首都机场送别了十九岁的雨嘉，当时的朦胧、青涩、伤感和不知所云的感觉，他至今还记得。大学的日子里，雨嘉从来没有联系过他，他也不知道怎么能联系上雨嘉。有两次，他走到雨嘉在四排院的家门口，但不敢敲门进去。自己的母亲曾经多年前陷害过雨嘉的母亲，害她差点进了监狱，这件事情让雨嘉的家庭完全不能接受他。而且相隔万里，就是问到雨嘉的地址，又能怎么样呢？

小学和初中的时候，小芮子一直像个小黄毛丫头一样跟在肖兵后边，肖兵特别烦她，终于高中不跟她同学了，大学几年肖兵也没有见到过小芮子，听朋友们说，小芮子自己出去做生意，那份泼辣敏锐，不输男人，非常拉风。

肖兵大学毕业后，在中关村一带的公司里混，有一次倒腾一批电脑,这边货已经卖出去了,把人家的定金货金全收了,结果那边货来不了,水了!肖兵急得嘴里起大泡,那时候中关村的人根本不管什么商业法,大家把合同也是当擦屁股纸一样不当回事,唯一硬的就是拳头。要说打架,肖兵不怕,从小打架就没含糊过,可是让他打这拿了人钱不给人货的没理的架,肖兵有点搓火。

正在发愁呢,一个女的扭达着走进来:"要货吗?"肖兵以为是什么不三不四的女的,刚要往外轰,她一摘墨镜,说:"三百台电脑,跟你客户要的一模一样,今天下午到货,价钱比你给客户开的价低百分之二十。"肖兵才看出来她是谁:"小芮子!"

小芮子长成了大姑娘,双目顾盼生波,身材婀娜多姿,笑着看着肖兵。肖兵笑了,不可置信地摇着头眯着眼看着她说:"够萨的!像咱四排院儿出来的!"

小芮子说:"那是,要不是看着你是老街坊,谁折本儿救你?"

然后他俩每人两手各攥着一把羊肉串,坐在路边一边吃,一边看着中关村的车流。肖兵说:"其实我不愿意做生意,我就想编程。"小芮子说:"我就佩服能写外星代码的,我一看那些码儿就俩眼发直,我还就做生意行。这么的吧,你编你的程,我管生意,咱俩搭伙,我过来给你当老板娘呗。"肖兵看着她笑了。

一来二去,俩人就结婚了。然后肖兵来美国,小芮子带着儿子也跟着来了硅谷,然后肖兵父母也想来美国住一段时间,就也过来了。能量爆棚一会儿都不能闲着的小芮子,再加上同样能量爆棚一会儿都不能闲着的肖兵他妈,这婆媳俩到了美国简直是心里长了毛爪子一样,不会英文啊,寸步难行啊,两人都是性格又直又哼,针尖对麦芒,婆媳整天干仗,还大打出手,把警察都闹来了。最后肖兵,肖兵父母，小芮子，孩子，几方面全都受不了，以离婚告终。

经过这么一个闹剧一样的婚姻，肖兵变得有点玩世不恭了，离婚后频繁换了好多任女朋友，最后自己都烦了，再也不约会了。多少年过去，他忘不了的还是小时候那个略带忧郁的、沉静文秀的女同学刘雨嘉。她现在怎么样了？是不是早就结婚有孩子了？肖兵开始通过各种途径找她，但不管他怎么找，刘雨嘉这个名字竟然从未出现过。直到今天，她从天而降，站在他的面前。

雨嘉醒来后一下子坐起来，第一反应是：坏了，上班迟到了。然后才想起来，不用上班了。二十年的忙碌，一下子没有了。那些项目计划、技术细节、截止日期、电话会议，突然都跟自己没关系了，雨嘉感到释然，也感到突兀。简单的早餐之后，雨嘉换了衣服，到中央公园去散步。

初秋的阳光照在刚刚开始吐露斑斓色彩的树梢上，今天早晨，是她新生活的开始，婚姻已成过眼云烟，钟铭已有新的归宿，孩子已经小鸟放飞，职场已经安然放下，金钱已经不用担心。

雨嘉一边走，一边想起自己十九岁刚刚来美国的时候，也是这样的夏末秋初，也是这样的白云蓝天，那时候她有大把的青春，她一看到四十岁的女人，觉得她们简直太老了，天哪，四十岁！不会有活力也不会有爱情了吧？自己如果到了那个时候真的不知道会老成什么样子。但是今天，她发现，四十三岁的自己，仍然健康苗条，仍然优雅美丽，仍然渴望爱情。而且，跟十九岁的时候比起来，她更喜欢现在的生活，更喜欢现在的自己。没有了彷徨无助，没有了对前途的迷茫，没有了青涩，没有了盲目，没有了心里的不安和被动，现在的她成熟、笃定、遇事不惊。她感到从未有过的自由、独立、能量和活力。

雨嘉的手机响了。雨嘉一看,是一个叫 Edward 的同事。这个 Edward 带领雨嘉做过好几个项目,是个脑子快得吓人,又非常谦和有礼非常能照顾女同事的人。雨嘉曾经看到一个笑话说每一个职场打拼的女人,都有一个"work husband"(职场丈夫),这个"职场丈夫"可能会比自己生活中的丈夫跟自己的交流还要多,而且跟自己并肩战斗,在工作上为自己添砖加瓦,遮风挡雨。就好像我们中国人说的红颜知己和蓝颜知己,虽然必不可少,但总是控制在一个安全的距离以外。Edward 深谙此道,多年来一直对雨嘉照顾帮忙,偶尔也闲聊逗笑一下,但是从未越界。

自从两年前雨嘉把自己的结婚戒指摘掉,Edward 对雨嘉说话的语气就有了微妙的变化,他的声音更轻柔,用词更亲近,也更多地跟雨嘉聊工作以外的话题。但是,他毕竟是雨嘉的上司。在美国的公司里,办公室恋情本来就是公司不鼓励甚至不允许的,上司对下属有什么表示,如果传出去,就是让这个上司身败名裂、惹火烧身的事情。Edward 一直把他和雨嘉的交流紧紧地控制在工作关系和朋友关系的范畴。

但现在不一样了,雨嘉辞职了,没有了上下级从属关系,Edward 就完全可以自由追求雨嘉。

"我希望我没有打扰你第一天不用上班的悠闲早晨,整个办公室没有你感觉都不一样了。"Edward 用柔和、富有磁性的声音说。

"不是故意气你,我这个时间正在中央公园温暖的阳光下散步。办公室感觉不一样了是吗?我想那是因为终于没人拿着你不喜欢的文件和数据天天让你改项目方向了。"雨嘉笑道。

"I miss you, Jasmine. Can we get together for dinner tonight？（我想念你，今晚能一起吃饭吗？）"

"Edward，"雨嘉刚一开口，Edward 就赶紧加上一句："For old times' sake（为了以前的时光）！"

雨嘉本来想拒绝，他加上这么一句，雨嘉倒不好直接说不了。她说："Of course, for old times' sake. Let's get the gang together and meet for lunch sometime. I'm already missing everyone on our team.（那是当然的，为了这些年的时光，咱们什么时候把大家都召集起来一起吃个午饭吧，我已经开始想念团队的每一个人了。）"雨嘉相信，这样几次软拒绝之后，Edward 会知难而退的。

挂上 Edward 的电话之后，雨嘉拨通了肖兵的电话："把人灌醉，然后销声匿迹了？装没事儿人啊？"

"不是不是，这不是怕把你吵醒吗？要不然我早打电话了。你说你也真是，这么多年也没长点儿出息，半瓶儿就倒下，我都不好意思承认跟你是发小了。"肖兵说。

接下来的日子，他们就这样如故如友，云淡风轻。肖兵看雨嘉喜欢看画展，就鼓励她学画。雨嘉说："我是鬼画符，下笔好像有个钟馗在笔尖上打把式，画什么什么惨。"

肖兵说："没关系，我给你找的这老师，专门对付你这样的，她就好比是一缸卤水，就算你是个蔫儿菜头，扔进去也能把你腌入了味儿，出来就是嘎嘣脆的酱疙瘩丝。"

雨嘉说："你这是要找人教我画画吗？我还以为进了六必居了呢，什么乱七八糟的。"这么说着，雨嘉还是去见了肖兵介绍的画画老师，真的一点一点认真学起来了。

雨嘉也说不清楚肖兵到底哪一方面吸引她,一个晚上,坐在曼哈顿的大街上,雨嘉看着肖兵。他的侧影有中年男人的沉稳和刚健,也有青春少年的淳朴和简单,他轮廓分明的嘴唇微微张开碰到酒瓶口,然后抿着嘴把一口啤酒含在嘴里,若有所思,目光深邃地看着远处的灯光。那一时刻,雨嘉看得出神了,她突然觉得,如果她当时没出国,一定会嫁给他。也是在那一时刻,她知道,她想要这个男人,这个链接自己前世和今生的男人!

终于有一次,雨嘉打电话给肖兵:"我明天想去长岛(Long Island)玩。"

"那我给你当跟班儿呗,我先跟那边警察打个招呼,让他们警车开道?"

"赶紧着吧。"雨嘉说。

雨嘉也奇怪自己怎么会这么直截了当,别说她十九、二十岁的时候,就算是去年,雨嘉也绝对不会主动邀请一个男人出去玩的。她一直觉得女人就是应该坐等男人来邀请,任何约会,无论是吃饭,出游,看电影,都像跳舞一样,都应该是男人邀请女人,不可能女人主动伸出手来,即使在婚姻之中,雨嘉也从来没有对钟铭主动过。这个根深蒂固的观念,竟然在肖兵面前瓦解了,雨嘉不知道是因为肖兵是自己儿时的朋友,关系太铁了,还是因为自己中年危机,要break bad(变得疯狂)了。不过,雨嘉有一点是肯定的:这种主动出击的感觉还真是不错!

在钢筋水泥的曼哈顿生活惯了的雨嘉,到了长岛的海滩上高兴得又跑又跳又在沙滩上翻跟头。肖兵说:"你们纽约人太可怜了,什么时候到加州来,比这个好看好玩的海滩多的是。"中午太阳正当头的时候,肖兵找了一个凉亭,铺开桌布,买来午餐,和雨嘉并肩坐着一边吃一边看海。

肖兵突然问:"我都没问你,你这些年过得好吗?成家了?"那天把雨嘉送回家,肖兵迅速环顾了一下雨嘉的公寓,好像并没有男人跟雨嘉住在一起的痕迹,但是雨嘉如果一个人的话,也不太可能住那么大三个卧室的房子,毕竟曼哈顿的房价不是闹着玩的。

"我来美国第二年就结婚了,但是两年前离了。有一对双胞胎孩子,都上大学了。"雨嘉简单地说。

"你,还好吧?"

"我好着呢。我那时候太小,什么都不懂,碰到他,他比我大好几岁,我也不知道我当时是真的爱上他了,还是被他的强劲炮火攻陷了,反正是连北都没找着就稀里糊涂结婚了。他对我特别好,一直都特别好,什么事都宠着我。后来,他去北京工作,分开时间长了,他就有个女人,其实,我也理解他,不怪他也不恨他,可是我就是觉得没法继续这个婚姻了。就离了。"

肖兵点点头,说:"我和芮子也是当时什么都没想就结婚了,后来矛盾多了脑袋一热就离了。其实芮子对我也不错,可我俩就是不合适,都是命。"

俩人对着大海坐了好久,然后肖兵说:"你知道吗,高中的时候,我一门心思想娶你。"

"我当时就把你当个哥们儿,后来我临上飞机才猜出来你的心思。其实,当时如果我没出国,说不定真嫁给你了。"

"现在也不晚。"肖兵说。雨嘉看了看他,他竟然面色严肃,一点都没有开玩笑的意思。

雨嘉知道，对于四十多岁的人来说，爱情不再是你追我藏的游戏，也不再有兴趣玩朦胧，玩暧昧，一切就那么明明白白摆在那里，拿起放下都随心随缘。她想要他，不仅因为他承载着自己的过去，而且因为他不像钟铭当年追求自己那样有一股不可抵挡的霸气和锐气，肖兵对雨嘉没有围追堵截，没有铺天盖地的强攻，但是他的魅力就那样存在着，不急不火，不快不慢，不远不近，这样的空间，反倒让雨嘉发狂。

下午的时光，雨嘉和肖兵挽着手在海边散步，在沿海的画廊和小吃街闲逛，看似闲散恬淡，但他俩都能感觉到在两人之间有一股张力逐渐拉紧，有一股浪潮逐渐涌来。晚餐之后，雨嘉面对着夜色中的大海，肖兵轻轻走到她的身后，在她耳边说："要回曼哈顿吗？"

肖兵低沉的声音拨动着雨嘉的心弦，她转身仰头看着他，他的目光在夜色中闪亮，他微启的嘴唇就在她的面前，几乎碰到她的唇。雨嘉慢慢摇了摇头说："不回去。"他们互相注视着，同时紧紧抱住对方，热吻起来。

去酒店的出租车上，他们继续用唇舌急切地互相吸吮着，探寻着，仿佛这个时刻经过了三十年的时光，终于来到他们的面前。两人拥吻着进了酒店的房间，肖兵一手紧紧抱着雨嘉，一手在身后划拉着，想把自己滑落的风衣搭在椅背上，把手里的门卡放在桌面上。雨嘉一把抓过风衣和门卡，统统甩在地上，然后双手抱住肖兵的脖子，两个人就一起倒在床上。

雨嘉绽放过绚丽，承受过生命的身体，就像浓郁的熟透的果实，已经两年多没有被采摘过了。此刻的她，没有不谙世事的惊慌无措，也褪去了现代社会的沉重铠甲，她就是一个回到旷古洪荒时代，有血有肉，有情有欲的女人。她的心从未如此放空，她的灵从未如此自由地在海天间飞翔！

在今夜的交响乐中，雨嘉不是一个被动者，她有生以来第一次以一个演奏者和创造者的激情，和自己的爱人一起谱写这个狂热中有柔美，炙烈中有从容的美丽乐章。当一切平静下来，雨嘉和肖兵相拥而眠的时候，雨嘉突然想起二十几年前黎姐说过的一句话："一个女人，经过那样一个夜晚，是无论如何也放不下这个男人的。"此时此刻，四十三岁的雨嘉，第一次懂得了这句话，懂得了黎姐。

这一夜过后，肖兵第二天一早就打电话到公司，把自己一半硅谷一半纽约的工作日程改成了百分之八十的时间在纽约。雨嘉一直以为女人是不值得男人的事业的，男人为了事业，可以理所当然毫不犹豫地离开自己的女人。可是肖兵，一夜之情，就为她改变工作重心，不用她张口，不用她期盼，就理所当然地来到她身边相守，雨嘉非常感动。

28 双刃剑

在这个色彩斑斓的纽约的秋天和大雪纷飞的纽约冬日里,雨嘉享受着激情澎湃,却又从从容容的一场恋情,一场没有事业打拼、家庭琐碎、育儿压力,没有任何牵绊任何掺杂的恋情。他们在中央公园的浓浓秋色中漫步,到百老汇听歌剧,在林肯中心看芭蕾,去大都会博物馆看画展,到迈阿密海滩度假,即使是两个人在家一书一茗,安安静静的夜晚,也令人满足惬意。肖兵给雨嘉很多空间,在雨嘉需要独处的时候,他总是适时隐退,然后又热情风趣地出现。

肖兵有时会谈起在北京从小一起长大上学时期的事情,但是他发现,雨嘉并不深入这个话题。对于肖兵来说,从小一起长大的经历,是他爱慕雨嘉的开始,人到中年才与雨嘉相恋,是一个美好情愫的延伸和从小梦想的实现,他愿意说起过去,说起他当年的青涩,当年雨嘉那一双让他心痛的沉默忧伤的眼睛,他想解开这双眼睛背后的谜。

可是对于雨嘉来说,那仿佛是上一世一般的遥远,是她不愿触碰的痛。有一次,她和肖兵相拥在沙发上,肖兵突然说:"你知道我第一次喜欢上你是什么时候吗？是那次我听我妈说你姥姥去世，你想不开。正好我奶奶那时候也去世了，我也特别伤心，鬼使神差的，我就想去你家看你。那次你家院门锁着，你坐在院子里看天儿，我从院门缝里看着你，咱们小学毕业后我好久没见你了，那次突然看见你，你脸上那个样子，真的让我心都碎了，我觉得你和我的心是相通的，那是我第一次觉得女孩子不是都那么烦人，这个女孩子就这么让人怜爱。我就是从那时候开始喜欢你的。"

雨嘉听了竟然没有反应，过一会儿她说："下周有个新电影首映，咱们一起去看吧。"

那天夜里，雨嘉的梦中出现了姥姥的身影，她还是那样在灶台辛劳着，一双小脚在灶间走来走去，忙着一家人的饭，大蒸锅中，有一个小碗，是给雨嘉一个人蒸的肉糜鸡蛋。雨嘉梦中，面前是姥姥，背后是爸爸妈妈的叫喊打骂，是同学看到她胳膊上被妈妈打出的伤痕的嘲笑和起哄。梦境变得混沌起来，相继出现的是爸爸的咆哮："我也不想活了"，妈妈歇斯底里的大叫，药抽屉深处，一个小白纸袋，红红的两个小字："安定"，白白的十三片小药片，十一岁的小雨嘉在流泪查字典，想查出来安定是不是就是安眠药，十三片够不够离开这个暗无天日的世界。厨房的小刀，自己冰凉的手指，在脖子上找动脉，倾泻而下的泪水……姥姥的面容，是唯一留住她的牵挂。突然姥姥说："我走了。"然后转身消失在一片浓浓的迷雾之中，雨嘉撕心裂肺地大叫一声："姥姥！"

肖兵被惊醒了，赶紧抱住泪流满面的雨嘉："怎么了？做噩梦了吧？没事没事，梦都是反的，没事了，没事了。"

雨嘉痛哭不止，肖兵一边抱着雨嘉，一边拍着她的后背："怎么了?你梦见什么了?告诉我,跟我说说就好了。"

没想到雨嘉坐起来哭着说:"你走吧。"

"你,你这样我哪儿能走啊?"肖兵看了看表,是凌晨三点,"我不放心你,我还是陪你吧。"

"你走!"雨嘉一把推开他。肖兵看了雨嘉一会儿,犹豫地穿上了衣服,开门出去了。

辗转反侧的一夜之后,雨嘉随便披上一件睡袍,头发凌乱,满脸疲惫地拉开门拿报纸。门一开,雨嘉就愣了。肖兵坐在门口的地上,正在靠着门框打瞌睡。原来他没有走,一直在门口守着呢!雨嘉的眼泪一下就涌了上来,她蹲下身,轻轻捧起肖兵疲惫的胡子拉碴的脸。

肖兵醒了:"你怎么样?好点了吗?我不放心,没走。"

雨嘉把他拉进屋里:"你怎么那么傻,我叫你走你就走呗,在门口窝一夜,不是二十岁的小伙子了,楼道里那么冷,你折腾病了怎么办?"

肖兵说:"咱俩上高中的时候,有几天你情绪不对劲,我怕你出事儿,每天上下学我骑着自行车跟着你,在学校我一步不离盯着你,你上厕所我都在厕所门口等你。今天也一样啊,我不会离开你不管。"

听到这句话,雨嘉又愣住了。如果她的人生有任何时候她说什么也不愿意回去的话,那就是高中那段时间。那时候,雨嘉因为日记被父母截获,交给老师,继而日记内容被添油加醋全班公开,她就像一个胸前印了红字的女孩,度过了不堪回首的高中几年。当时,只有肖兵,默默地守护她,安慰她,支撑她。现在,高中时期的肖兵,穿过时空,又来到雨嘉的面前。可是雨嘉竟然说:"你一夜都没睡好,回去吧,好好休息休息。"

肖兵抚摸着雨嘉凌乱的头发，问："你没事了？夜里到底梦见什么了？"

雨嘉轻轻吻了他一下，说："我没事了，你回去吧。"

雨嘉是一个从硝烟弥漫的家庭出来的孩子，从小，她最大的愿望，最热切的幻想就是逃离，小的时候没有别的办法，她曾经想以死逃离，长大了她住在大学宿舍周末也不回家。然后她跑到遥远的美国，曾经十二年没有回家看一眼。可是在逃离的同时，她又那么渴望和自己的过去、自己的原生家庭链接、复合、融为一体。肖兵吸引雨嘉的，不仅是他成熟男人的魅力，更是他跟雨嘉一起长大的情分，是他理解和承载着雨嘉的过去的胸怀。

多年来，雨嘉不愿回望，也不愿意和任何人提起自己的童年，她羡慕那些热切思念父母的人，羡慕那些想家的人，她多么希望自己也是那样的，可是她不是。她学会了埋藏自己的过去，就连跟钟铭在一起，二十年的婚姻，雨嘉都没有跟他说起过，因为雨嘉觉得没有人会理解，而所有人，包括自己的丈夫，都会因此或多或少低看自己一眼，都会让雨嘉觉得一旦敞开过去就无法再面对面。她在美国的生活，在纽约的小家，是她彻底逃离过去的避风港。她的前世和今生，了无交集，直到遇到了肖兵。

雨嘉现在需要想明白的是，肖兵带给她的，到底是知根知底的默契和理解，还是揭开过去的伤痛和苦楚。或许二者都有，或许是不可分的双刃剑？

整整一周，雨嘉都没有见肖兵，每次他打电话来，雨嘉都搪塞过去了。肖兵非常着急，他不知道雨嘉到底怎么了，那一夜她到底梦到了什么。那夜惊醒他的，在他听来就是雨嘉"啊"的一声带着哭声的叫喊,他并没有听清楚雨嘉叫的是什么。雨嘉整整一周不见他,他忍不住想,她是不是梦到了前夫钟铭,是不是还有一些未了之情需要疏散。这也没什么奇怪的,毕竟他们是二十年的夫妻,又有两个孩子,还是给雨嘉足够的空间吧。

又过了两天,肖兵还是忍不住,给雨嘉发了一个短信:"想你,爱你。"然后雨嘉还是没有回复。

下一周,肖兵的儿子 Richard 要从北卡飞来纽约面试一个实习生的机会,肖兵没想到的是,前妻芮子也跟着来了。肖兵和芮子刚离婚的那几年,两个人简直没法见面,见面就吵,芮子脾气又暴躁,有一次急了把肖兵的脸都抓破了。现在离婚多年了,平静多了,芮子不打不闹,倒让肖兵想起她的种种好处和对自己多年来的情意。他把他们母子安排在自己的住处,然后亲自带儿子去面试。

芮子现在四十多岁的年纪,有点发福了,她在儿子学校附近住,这样见儿子比较方便。芮子不怎么会英文,但是她的活动能力和社交能力真是没得说。在北卡当地华人圈子里,芮子是个有名的房地产中介。她凭着有限的英文和庞大的华裔客户资源,把房地产买卖做得风生水起。自己过滋润了,也就不那么折腾肖兵了,这些年消停了很多。芮子想,自己一把年纪,也不再找人了,肖兵这么多年也一个人,说不定以后老了,两个人还有希望,毕竟有孩子,而且以前离婚的时候,也不是什么原则性的问题,就是婆婆搅和的。现在婆婆在北京,以后也不再来美国了,说不定跟肖兵还真的有希望。这么想着,芮子就买张机票跟儿子来纽约了。

看着肖兵带儿子去面试,芮子想怎么也给这爷儿俩做点好吃的,就出去买了菜,回来在厨房忙开了。算着他们有两三个小时也就该回来了，芮子赶紧把鱼炸上，把冬瓜和肉丸子准备好，又开始切别的菜。突然门铃响了，芮子在围裙上擦擦手，怎么这么快就回来了？芮子一边笑着说："来了来了"，一边把门打开。

芮子看着门外愣了，面前这个女人，似曾相识，她问："你找谁？"

雨嘉歪头看了看门牌号，然后奇怪地说："我找肖兵。你是……芮子？！"

芮子也认出了雨嘉："哟，是你呀，老街坊？你怎么在纽约呢？找我们家老肖什么事儿啊？"

雨嘉噎在那里："我，没什么事儿。你怎么来了？"

"哟，瞧你说的，我家呀，我不来？我还把儿子带来了呢，老肖带儿子出去了，一会儿爷儿俩就回来吃饭，你有什么事儿赶紧说啊，我这儿炸着鱼呢，我们家老肖爱吃鱼。"

雨嘉笑了笑："芮子，替我问你爸你妈好啊。没什么事儿，我先走了。"雨嘉转身走到街上，拿出手机，看着肖兵前两天发的短信："想你，爱你。"雨嘉哼了一声，转身就回家了。

这边芮子简直想把整个厨房都砸烂了："这个阴魂不散的妖精！肖兵从小就喜欢她那副没有笑脸的，不咸不淡的，一口吃不了仨米粒儿的，没事儿望天儿瞎琢磨的德行。这么多年过去了，她怎么还是一副妖精样？也没变老，也没变胖，怎么就像不吃人饭似的？还从纽约冒出来了，还找上门儿来了？苍蝇不叮无缝的蛋，肖兵要不是找过她，就她那副假不指着的酸样儿，能自己找上门儿来？怎么偏偏男人就喜欢这种酸不溜丢，风一吹就能倒，还不拿正眼瞧他们的女人？像我这样响当当的女人怎么就该倒霉？"芮子气得把锅铲邦邦地在锅边敲着，真恨不得把煤气炉踢翻，把这房子点了！

可是芮子也明白毕竟她和肖兵离婚多年，就算肖兵现在跟那个刘雨嘉睡，也不归自己管了。其实芮子倒不是生气肖兵找人，说实在的，离婚这么些年，肖兵也没少换女朋友。可是找谁都行，就是不许找刘雨嘉！芮子从小就为了肖兵跟雨嘉结了梁子，如果肖兵转一大圈最后又回刘雨嘉这儿了，那她堂堂的芮子，不是一辈子折在这个女人手里了？

芮子想起来了，刘雨嘉她妈跟肖兵他妈有仇啊，多少年了，从来不说话不来往。当年也怪自己这个闹事精婆婆，年轻的时候吃错药了，把雨嘉她妈陷害了，差点儿把雨嘉她妈送进监狱，现在肖兵想找刘雨嘉？芮子想："先问问你们两个老娘答应不答应！"

芮子关了煤气，不顾北京的时差，拿起电话就把自己的老妈叫起来了："您知道现在肖兵跟谁黏糊呢吗？咱街坊小名儿叫茉莉那丫头，肖兵喜欢她多少年了，要不是她，您闺女还离不了婚呢。肖兵也是，找谁不行，非找她，也不问问两边儿老家儿同意不同意。"

这一个电话就够了，芮子知道，母亲的心病就是肖兵跟自己闺女离了婚，一提起这事儿来，母亲就像着了魔，见谁埋怨谁，见谁骂谁。芮子这一个电话过去，母亲不闹得肖兵他妈和刘雨嘉她妈打起来不会善罢甘休。

挂了电话，芮子拍拍手，进厨房继续做饭去了。肖兵带着儿子回来的时候，屋里饭菜飘香，整洁敞亮，芮子笑着接他们父子俩进来："饿了吧？快洗手吃饭，儿子，今天你可高兴了，爸爸陪你去面试，爸爸妈妈俩人陪你吃饭，今天好好吃顿团圆饭。"肖兵看了看她，想说什么可是又说不出什么，芮子笑着说："快坐下呀？愣着干吗？"

第二天，雨嘉手机上一条微信冒了出来："给我打电话！！！"

雨嘉一看是自己的母亲，心想这又是中了什么邪了？就拿起电话打过去。雨嘉和母亲经常是话不投机，多少年来她们都是写信，或者最近用微信联系，避免打电话。雨嘉这个电话打过去，雨嘉母亲把多少年不练的骂街功夫全捡起来了，全用在雨嘉头上了。雨嘉简直就是全世界最混蛋最该死的女儿，竟然跟妈妈仇人的儿子鬼混，世上男人都死光了吗？死光了也不能找他！雨嘉母亲甚至说出了，"你想男人想疯了，什么臭男人你都要？"这样的话来。雨嘉一句话都插不上，一点辩解的时间都没有，最后雨嘉大叫一声："别说了！"趁着妈妈那边半秒钟短暂的停顿，雨嘉飞快地说："我四十三岁的人了，马上就四十四了，我找谁是我的自由，你管不着！你也用不着这么作践自己的女儿！"说完雨嘉就把电话挂掉了，把母亲的微信也拉黑了。

那天晚上，雨嘉没有吃饭，也做不下去任何事情，她坐在沙发里，双手直发抖,她想用微波炉热一杯牛奶，可是她不记得把牛奶放进去，微波炉就叮的一声响了，她打开一看，牛奶已经滚烫，这样的断片，一晚上发生了好几次。雨嘉真的受不了这样的刺激，她仿佛又回到了爸爸妈妈的控制下，回到了他们争吵叫骂和责打之中，雨嘉此刻的痛苦不可名状，她真想把自己灌醉，醉死过去，忘掉这一切！

肖兵那边的情况好不了多少，肖兵妈妈甚至以死相逼，说肖兵不彻底跟雨嘉分手，她就去跳护城河。肖兵气得笑了，他太了解自己的母亲了，她把水烧两遍才肯喝，所有保健品不管有用没用都吃个遍，没人比她更惜命，她是个能躲护城河多远就躲多远的人。肖兵赌气说："妈我喜欢谁就找谁，您想干什么您随便。"肖兵他妈再怎么叫怎么骂，肖兵也不听了，把电话挂掉。

肖兵送走了芮子和儿子 Richard，直奔雨嘉的住处。他知道，如果自己妈妈这么折腾的话，雨嘉妈妈肯定不会闲着，他完全可以对付自己妈妈，可是雨嘉，她肯定承受不了，肖兵明白雨嘉此时的痛苦。

失魂落魄的雨嘉一开门，肖兵就一步踏进来，紧紧地把雨嘉抱在了怀里。雨嘉使劲推开他，转身倒在沙发上。肖兵走过去抱住她说："我也不知道老人怎么知道咱俩的事儿了，甭管她们说什么，咱俩好就行了，别想太多。"

雨嘉说："我也不愿意想，可是就像回到小时候一样，你不知道，我简直是……"说着雨嘉就掉眼泪，"要不咱俩还是算了吧，我真折腾不起。"

"别别别，这可不行。咱们都四十多岁的人了，哪儿能还听老妈的。而且咱们这个年龄，碰到知心的多不容易？咱俩三十多年了，还能说算了就算了呀？"肖兵看雨嘉不说话，就接着说，"我懂你，你不是想跟我算了，你是想跟过去算了，是不是？"

"可是你就是带着过去，把我又拉回过去，我真受不了了。"雨嘉说。

"你其实也不是想和自己的过去算了，你就是想和过去的痛苦算了，其实从小长大的日子，父母亲人，你也舍不下，也想跟他们高高兴兴地在一块儿。你把这些事都择清楚了，别打老鼠砸了玉瓶儿，倒垃圾扔了整个厨房。你想过没有，我能帮你，我能帮你把这些事都弄清楚，把过去的痛苦忘了，把过去的快乐找回来。可能这个过程不是那么舒服，可你一旦过了这个坎儿，真的会幸福，比现在幸福。而且在这事儿上，只有我，只有我最知道你、最懂你。"肖兵说。

雨嘉擦擦眼泪说："你先走吧，我需要一个人安静安静。"

就像小时候逃离一切一样，最终，雨嘉又一次选择了逃离。无论肖兵再怎么来找她，再怎么亲近她，她都再也提不起精神来跟他亲密，没有兴趣跟他出游，谈心，或者哪怕一起安静相处。天气渐渐转暖，但两人的关系却一步步冷却下来。夏天到了的时候，雨嘉跟肖兵说："我的舒亚和莉亚马上要回来过暑假了，不方便再叫你过来，以后你不用过来了。"

很久以来，肖兵做了各种努力，也感觉到了这一天迟早会来。他无奈地拥抱了雨嘉说："你好好的，有什么事情随时可以找我。"

看着肖兵走远的背影，雨嘉泪流满面，这个链接自己前世今生的男人，终究是一把双刃剑，而自己的心里却有一个赶不走的心魔，她不够刚强，经不起这样的碰撞，承载不了这样的重量，只能看着他远去。

29
波士顿

那个夏天,舒亚和莉亚回了家,跟雨嘉在一起住了三个星期之后,就飞到北京找爸爸。在钟铭和月莹的安排下,两个孩子在北京、上海、南京玩得乐不思蜀,直到快开学了才回来。回到纽约跟原来的朋友们玩了几天,就又回学校去了。

雨嘉在孩子离家上大学之后,一直有肖兵,和肖兵一分手,孩子们就回家了,那么现在孩子们又去上学,这才是雨嘉真正的一个人的生活的开始,她突然觉得无所适从。把家里孩子散落的东西都收拾干净,自己休息了两天之后,雨嘉决定出去走走。

她和钟铭以前每次度假都喜欢往南走,加勒比海,夏威夷,澳大利亚,南美,这次雨嘉想往北走一走吧,她也不想走太远,突然想起,好久没有跟可欣联系了,不如去波士顿玩一玩,看看可欣!

李可欣和杨劲松的儿子去年就上大学了。他们的女儿比儿子小两岁,但是她早上学一年,所以今年也小鸟离巢,远走高飞。杨劲松和李可欣一下空了巢,正心里难受呢,一听雨嘉要来特别高兴!

这些年来,杨劲松和李可欣生活中最大的重心就是在忙两个孩子。儿子 Brian 打高尔夫球，女儿 Brianna 花样滑冰，这两项运动都需要从时间上、精力上、金钱上大量投入。

开始的时候，他俩都全职工作，下了班顾不上自己吃饭，就车轮滚滚接送孩子训练。他俩在网上做了一个大表格，每天两个孩子谁几点需要到哪里，有什么预约，有什么试装，每天是哪个教练，什么时候该交哪部分的费用，一律列在那个表格里。夫妻俩每天一早先看那个表格，一切信息都写在里边，一切行动都听这个表格的指挥。

两个人真是每天全负荷连轴转，才能应付这两份工作和两个孩子。他们都说自己不敢生病，一旦一个人病倒，另一个人根本无法对付这两个孩子的学习和训练日程。

杨劲松和可欣不止一次商量过让可欣辞掉工作，因为他们现在这样太辛苦了。可是女儿 Brianna 的花样滑冰项目，需要请五个教练，支付服装费用、冰场费用、比赛费用、训练费用等各类费用，加起来一年要五六万美元，儿子 Brian 的高尔夫训练和比赛一年下来也要五六万美元，这十二万美元的年花销，都是杨劲松和可欣税后的钱，也就是说他们一年要挣到十六万的收入，才将将有十二万应付两个孩子的体育项目。而全家的生活、住房，还有孩子大学学费以及他们自己以后的退休金还没有考虑进去。这样算下来，他俩没有三十万美元的年收入根本挺不住。这种情况下，可欣必须工作，两人才能勉强应付。

幸运的是，可欣所在的公司成功上市了，可欣是加入公司最早的人，手里的股票一下子价值四百万美元，虽然不能立刻提现，但是几年之内，可欣把这些股票都兑换出来了，终于可以把工作辞掉，专心在家陪伴孩子和杨劲松。

  杨劲松是一个尽职尽责的父亲和丈夫，家里大小事情事无巨细全都是亲力亲为。他按照教练和营养师的指导给孩子精心做营养餐，悉心研究孩子的训练录像，帮他们找问题，帮他们提高，在学业上也帮助他们、指导他们、鼓励他们。这样全身心扑在孩子和家庭上，使得他在事业上遇到了瓶颈。凭着年轻时的基础和自己的聪明才干，杨劲松担任一个高级工程师完全是手到擒来，但是再往上升迁，那就需要担负更多的责任，做更大的项目。杨劲松做不到，他经常需要迟到早退，需要请假带孩子到外州比赛，有时甚至需要到别的国家比赛，即使可欣不上班，就当全职太太，她也弄不过来两个需要满世界飞的孩子，还需要杨劲松花大量的时间。

  久而久之，杨劲松在公司被边缘化了，核心项目轮不到他了。他也心服口服，如果自己是老板，也不会把这么一个动不动就请假的人放到核心项目上去。看着自己两个出色的孩子，看着他们在绿茵球场和冰上的身影，杨劲松觉得全都值得，无怨无悔。

  杨劲松到洛根国际机场（Logan Airport）把雨嘉接到家，一进门，雨嘉就闻到川菜的香味。可欣从厨房跑过来一下抱住雨嘉，两个人笑着叫着，可欣那边锅都快糊了，杨劲松赶紧到厨房去翻炒。

  可欣的厨艺还是那么让人叫绝，晚餐精美得让雨嘉忘记了自己的瘦身大业，吃得忘乎所以。杨劲松说："雨嘉，我这是托了你的福，实话告诉你，自从上个月两个孩子都走了以后，可欣就没心情做菜了，这个月一直我下厨，要不然她得把自己饿死。"

  可欣说："雨嘉你来了太好了，我两个孩子一走，我真的觉得生活都没意义了，我现在真后悔让我的 Brianna 早上了一年学，要不然她还在家呢!有时候我真觉得自己活着都是多余的。"

"哎,怎么多余?还有我呢。"杨劲松说,"雨嘉你可好好劝劝她,孩子走了我也难受,可是日子还得过呀,把孩子养大只是第一个阶段,然后我们俩还要一起变老,好日子还在后头呢。"

雨嘉看得出来,劲松和可欣非常和美,非常相爱,雨嘉真为他们高兴。饭后,杨劲松给雨嘉和可欣沏上茶让她俩到起居室沙发上聊天:"你们俩什么都不用管,我来收拾。"雨嘉想起来她第一天来美国,杨劲松把面包烤糊,把鸡蛋扣在了地上的笨拙样子,然后看看他如今刷碗洗锅清理厨房的利索动作,对可欣说:"可欣,你家杨劲松真是个国宝级的好男人。"

"什么呀,"可欣凑近雨嘉,小声说,"你以为呢?他三四年前也闹过,有个什么电机工程的项目请他回国,说是国家重点项目,批的上亿元的资金,让他过去做技术咨询,又有钱又有名,他回去看了一个星期,好家伙,整天被人前呼后拥,走到哪儿都被当个人物,整天歌舞升平,喝酒唱歌。回来就坐不住了,要回国。"

"啊,那后来呢?没回去啊?"雨嘉问。

"我还跟你说,"可欣说,"我可不犯傻。我早就劝你吧,女人得把自己当回事儿,别老以为自己抵不过他那什么狗屁事业,你自己都觉得自己不值,他怎么觉得你值?我就跟劲松说了:你要不然留下来好好过日子,彻底断了回国的念想;要不然你就走,把婚离了你再走,想去哪儿去哪儿。"

"啊?你这么跟劲松说啊?太不像话了你!"雨嘉说。

"我还不是说,我是做!我看他三天没给我回音儿,我二话不说,找了个律师,起草一份离婚协议,俩孩子归我。我就往他面前一放,让他签字。小样儿,立刻把国内那边给回绝了。"

雨嘉直吐舌头:"那你不怕他以后埋怨你啊?当时我死活不说让钟铭回纽约,就是怕他以后不高兴,有什么不顺心都埋怨我,那我多难受啊,所以我就等他自愿回来,唉,最终还是没等到这个自愿。"

"你就傻吧你!"可欣说,"还自愿?哪儿那么多自愿啊?你一个人撑着一个家,你是自愿吗?他怎么不怕你不自愿啊?噢,就男的应该自愿,女的都活该憋屈着?"

可欣说:"你早听我的,你俩也离不了,你从头就不应该放他走。劲松刚把国内回绝了那几个月,也是唉声叹气的,我怎么办?我又把离婚协议掏出来了!我说你留下是好,可是要是你愁眉苦脸地留下,那你还是走吧,我们娘仨儿别耽误你。闹了这么两次,他才自己想开了。其实我还不知道他,他离不开我们娘仨儿。不回去也是为他好,万一这个家散了,他自己也痛苦啊。男人啊,平时呢,你可以给他当女儿,可是关键时候,你得给他当妈,他跟个愣头小子似的不想后果一意孤行的时候,你该按住他就得按住他,不能一味纵着他。"

雨嘉不得不承认,可欣说得对,可欣在保护家庭上,确实比自己有智慧。

杨劲松收拾好了餐厅和厨房,端了一杯茶,过来跟可欣和雨嘉一起聊天。他其实想问钟铭现在怎么样了,可是琢磨了一下还是没问,就跟雨嘉聊起了孩子。

一说起孩子来,杨劲松没完没了,眉飞色舞。Brian 和 Brianna 虽然都没有达到他们梦想的高度,但是他们在青少年运动员里边也算是很有成就的了。遗憾的是 Brianna 韧带拉伤久久没有恢复,脚腕关节也做了手术，花样滑冰的生涯就结束了。Brian 也在高中最后一年的忙碌中痛失了几场大赛，排名掉下来很多，经过深思熟虑，还是决定放弃高尔夫训练了。即使是这样，可欣和杨劲松一点都不后悔，他们的两个孩子在多年的艰苦训练中，锻炼得坚忍不拔，百折不挠，顽强上进，这才是两个孩子最大的财富。

杨劲松说："我们家孩子比赛训练，平时 party 聚会的各种录像有好几百小时，各种照片不知道有多少。我和可欣老了不怕没事干，人家不是说坐着摇椅慢慢聊吗？我俩以后坐着摇椅，那可有的聊了。"

雨嘉说："我发现波士顿是风水宝地，早知道我们当时也应该来波士顿，说不定也像你们这样家庭幸福呢。"

可欣说："你还别说，我们周围的华裔朋友们，一家一家的，还真是都过得挺好的。"

"雨嘉，你听说姜同凯了吗？"杨劲松问。

"姜同凯怎么了？他不是公司卖了一千五百万，跟 Kate 还住在咱们大学城附近呢吗？听说他们有个混血儿子，现在也该上高中了吧？"雨嘉说。

"唉，姜同凯和 Kate 命苦啊，他们儿子没了。"可欣苦着脸告诉雨嘉。雨嘉差点跳起来："怎么回事？"

"我们也是他们带儿子来波士顿看病的时候，才知道他们儿子七岁得了白血病。孩子可怜啊，欧亚混血，去哪儿找合适的骨髓配样去呀？姜同凯和 Kate，再加上 Kate 父母，满世界找，全球配样，到底还是没找到，孩子去世了。"杨劲松说。

雨嘉知道骨髓配样是一个让人崩溃的艰难过程。一般是兄弟姐妹骨髓匹配的可能性最大，父母家人其次。小威廉没有兄弟姐妹，父母又都跟他有族裔差异。小威廉母亲 Kate 是爱尔兰和意大利混血后裔，父亲姜同凯是汉族和蒙古族血统，这样的情况，要想找到相匹配的骨髓配样，简直比中六合彩还要难。首先要找到和小威廉相同或者类似的种族构成的人群，这个本身就是难上加难，然后在这个人群中寻找骨髓匹配者，找到之后，人家还要愿意捐献，很多在骨髓库注册的人，到真的捐献的时刻，大部分因为这样那样的原因不能或者不愿捐献，只有少数的注册者真正可以捐献。这样低的概率，几乎是不可能的事情。而且骨髓配样并没有达到实时联网、全球配样的程度，就算有合适的人，也不知在哪个没有跟美国链接的数据库里存着，一时半会儿根本找不出来。这样的情况下，就算姜同凯和 Kate 父亲有再大的财力，也不可能短时间内找到匹配的捐献者。

雨嘉难过地说："Kate 和姜同凯就这么一个儿子，他们怎么能受得了这样的打击啊？"

可欣说："是啊，姜同凯有一段时间真的都不想活了。到底是 Kate，他们全家是有信仰的人，她说上帝允许这个悲剧的发生，一定是有目的有使命在里边的。她和姜同凯建立了威廉基金会，专门帮白血病患者全球骨髓配样。姜同凯自己写骨髓配样系统，夜以继日疯了一样地设计编程。他们现在的基金会、网站和数据库，每年帮助好多患者，尤其跨种族患者配样，救了好多人，真是功德不浅呢。"

雨嘉感叹姜同凯娶了 Kate 这样的妻子，像结婚誓言里说的，无论是贫贱富贵，无论是健康病痛，在任何时候永远爱你支持你，Kate 真的做到了，在生活的大起大落中，她就像一枚定海神针，能够支持姜同凯安然走过任何惊涛骇浪，这样的妻子，真的是来自上帝的恩赐。

第二天,雨嘉说想去看波士顿艺术博物馆。雨嘉对美术有特别的喜爱,小时候,她曾经很喜欢画画,但是当时没有条件。经过肖兵的鼓励和介绍,雨嘉跟随着一个非常好的美术老师,从最基本的铅笔素描开始,一步一步学起,现在已经入门,开始下笔有神了。以前看画展,雨嘉其实是外行看热闹,现在虽然也不太懂,但至少开始看一些门道了。

杨劲松上班去了,可欣也不想一个人在家发愣,就跟雨嘉一起来到波士顿的艺术博物馆(MFA)。她们一个展厅一个展厅地走着,聊着,突然可欣像想起什么似的说:"你记得李黎,黎姐吗?就是那个你刚来美国住了两天她房子的?她现在在这个博物馆做义工呢,上次我陪孩子来参观的时候看到她了,咱们要不要去找找看她今天在不在?"

"谁?黎姐?就是李黎吗?"雨嘉不敢相信。记得她刚来美国第二天,租李黎家的一间房,正好目睹李黎被骗婚,被打,然后还不离开周文轩的事情。后来李黎跟周文轩生了一个儿子,又要把周文轩在国内的儿子接来美国一起生活,雨嘉之后就再也没有黎姐的消息了。谁想到她竟然在波士顿!

雨嘉和可欣问了几个咨询台,终于问出来李黎正在一个展厅后边的教室里。这时可欣的电话响了,可欣接了一下,对雨嘉说:"劲松的车不知道怎么死在外边了,我过去帮他 jump 一下,你先去找李黎吧,我去去就来。"

雨嘉赶紧说:"你忙你的,不用回来找我了,我和李黎晚上出去吃饭吧,你不用等我。"

雨嘉走到服务员说的那间教室,从玻璃门看进去,一个穿着白色衬衫、黑色阔腿裤和高跟鞋,肩上围着一条淡紫色丝巾的女人正在背对着门收拾东西。雨嘉轻轻地敲了敲门,那个女人拉开门看着雨嘉:"May I help you?"

她不到六十岁的年纪,一头利索的短发,身材苗条,面色从容,妆容得体,往那里一站,有一股高雅的艺术气息。雨嘉说:"黎姐,你记得我吗?我是刘雨嘉,原来上学的时候租过你的房子。"

"雨嘉?"李黎瞪大眼睛高兴地说,"你一点都没变样啊!你怎么在这儿呢?"

"我来波士顿看可欣和杨劲松,可欣告诉我你在这儿,我就来找你了。"

李黎正好刚刚帮忙收拾完课后的东西,这会儿可以离开了,就高兴地拉着雨嘉到博物馆一楼的新美咖啡厅,在高高的落地窗边坐下。两个女人笑着看着对方,都一时不知道说什么好。

"黎姐你怎么在波士顿呢?"

"说来话长,我五年前搬过来的。你呢?你怎么样?我记得你毕业后去纽约了,现在还在纽约生活吗?"

"我还在纽约,习惯了曼哈顿,离不开了。黎姐你这些年过得好吗?真不能相信我离开咱们大学城都二十年了!"雨嘉说。

"还行吧,好不好都是相对的,看怎么说了。反正我现在过得特别好。"李黎笑了,"你呢?这些年过得怎么样?"

雨嘉想了一下,说:"我也是现在过得还不错。"两人一起笑起来。

"你记得那个周文轩吗?"李黎说。

雨嘉本来想问不敢问,可是李黎竟然主动提起来了。

"我记得。"雨嘉小心地说。

李黎笑了笑:"哼,他可是个人物呢。"李黎眯着眼睛看着窗外。

周文轩跟李黎结婚三年,拿到美国公民了,正想跟李黎离婚,把国内老婆儿子办过来的时候,突然发现李黎怀孕了。这下周文轩犹豫了,虽然他不在乎李黎,但是孩子是自己的!他想要不然等李黎先把孩子生了再说吧。

周文轩国内的老婆名叫闫爱乔,跟周文轩是大学和研究生的同学。两人毕业后,各自分在了不同的大学任教,后来周文轩的大学公派他来美。周文轩在美国一方面是寂寞,一方面是想弄个美国公民身份,就说服闫爱乔,同意自己先跟这边的一个美国公民假结婚,然后拿到公民身份就把这假婚姻离掉,把她们娘俩办出来。

闫爱乔一直以为假结婚就是假的,周文轩跟她说美国这边专门有女的收钱跟人办结婚手续,然后两个人都不见面,几年后办好了身份就离婚,人钱两清。闫爱乔觉得这样也可以接受,相当于花点钱花点时间买个美国公民身份,愿打愿挨的事儿,既然有专门做这个生意的,那就可以试试。谁知苦等了几年,周文轩竟然搞出怀孕的事情,看来他跟一个女人假戏真做了!听说这事之后她又哭又闹寻死觅活,把周文轩搞得晕头转向。实在没有办法,他只好答应先把儿子办出来。

李黎孩子出生之后,周文轩儿子周翔的移民身份批下来了。李黎觉得不管怎么样,周翔是周文轩的亲生儿子,是自己儿子同父异母的亲哥哥,就同意把周翔接到自己家生活。这也就是雨嘉毕业离开大学城的时候,最后一次见到李黎的情况。

"后来呢?周翔来了怎么样?"雨嘉问。

"我要是跟你说不是每一个孩子都是可爱的,你信吗?"李黎问,

"周翔那孩子,来美国的时候七岁,也不知道他妈在国内怎么带的这个孩子,无法无天,大喊大叫,连基本的礼节和道理都不讲,说话声音大得隔几间屋都能听见,还谁都一句不能说他,整个就是一个混球。他用削尖的铅笔把同学胳膊扎出血,还能干出打老师的事来,你能相信吗?在校车上,他站起来捅司机后背,司机让他坐下,他跟人家喊:Shut up! You are not my dad!(闭嘴!你又不是我爸!)校车一到学校门口,直接就给送到校长室去了。"

雨嘉知道,在美国,中小学对学习不好的孩子都春天般的温暖,有无限的耐心和包容,但是对调皮捣蛋的混球熊孩子,那是毫不留情的。在美国小孩干什么都行,就是不能犯浑,要是犯浑的话,学校有的是办法整治你。雨嘉说:"那学校不得整天请家长啊?"

"是啊,"黎姐说,"周文轩不管,学校请家长就让我去,那孩子连对我都是拳打脚踢的。回家周文轩还埋怨我是后妈,对他儿子不好。我那时候产后忧郁症就没怎么过去,自己孩子又小,周文轩整天又为了周翔跟我这么闹,有一段时间,我真的忧郁了。每天我连起床都是一个很大的挑战,在我眼里,什么都是灰蒙蒙的,对什么都不感兴趣,整天就想睡觉,就想逃避。"

"更热闹的在后头呢,他国内的老婆闫爱乔来了。"黎姐说。

"啊?她怎么来的?"雨嘉问。

"申请的语言学校,谁知怎么的,误打误撞的,竟然拿到了签证。来了也不上课,整天就来找周文轩,就跟我闹。周文轩说闫爱乔没身份可怜,说要跟我离婚,跟她结婚,给她办身份。我开始还想不开,毕竟是孩子亲爹,我也有忧郁症,害怕自己带孩子,不肯跟他离婚。结果你猜他说出什么恶心的话来?他说跟我离婚不离家,把闫爱乔接来,我们三人行。"

"他奶奶的!"雨嘉忍不住骂道。

"我当时真的想死的心都有啊,要不是想着我儿子,我真不活了。有一位心理科林医生,是咱们大学城华人教会的一个老姐妹,她特别关心我,找朋友帮我打了离婚官司,彻底跟周文轩断了。刚离婚那会儿,我试图自杀过,是林医生发现了,把我送到医院,又慢慢帮我治好了忧郁症。感谢神的恩典,我才没有走上绝路,慢慢建立了生活的信心。后来我儿子来波士顿上大学,我也想换个环境,就到波士顿找了个工作。我现在住在 Back Bay,还做会计师,一周只做三天工作,另外两天我就来 MFA 做义工。我儿子是学艺术的,我来这儿做义工,也是支持儿子学艺术的一个方式。我一星期七天排得满满的,过得很轻松、很充实,跟年轻的时候比起来,现在才是真正的快乐的日子。"

"黎姐我真替你高兴,你终于走出来了。"雨嘉拍拍李黎的手。然后雨嘉跟李黎讲述了她和钟铭的故事,还有她和肖兵的故事。

雨嘉感叹道:"黎姐,你说人间的爱都是不完全的,真的是这样,我现在四十四岁了,从十九岁一路走来,恋过,爱过,结过,离过,哭过,笑过,睡过,分过,怨过,恨过,淡过,忘过,最终,自己过。"

李黎说:"其实你是幸运的,你遇到的这两个男人,都是出类拔萃的好男人。你和钟铭,你和肖兵,都算得上是可歌可泣的爱情,即使这样也终究不尽人意。父母之爱,应该是人类最本能最无私最伟大的爱,可是没有完美的父母,我们不小心就会伤到孩子,你的父母,我相信也是全心爱你的,他们也是尽了自己最大的努力爱你,但是人性就是这么软弱,这么无奈。雨嘉你想过原谅你的父母吗?

这样对你也是一个解脱，也许当你真正做到原谅，做到放下过去的时候，你和肖兵还是可以在一起的。"

"我想，但是我做不到。"雨嘉说，"几年了，到现在也没做到。"

"只要你有信心，一定能做到的。"李黎说。

30 重逢

回到纽约之后,雨嘉开始悉心地安排自己的生活。每周一是她上美术课和作画的时间,天气好的时候,她会在中央公园画画,天气不好的时候,就在自己家里,有时也会自己开车去长岛海滩作画。周二,她需要处理房地产管理、资金管理、账单支付等家庭办公事务,一般会自己安静在家一天。周三和周四雨嘉到纽约大学医院做义工,现在的医院里,已经是完全无橡胶的环境,橡胶时代已经过去了,雨嘉的橡胶过敏不再是她在医院做事的障碍。多年来,雨嘉一直保持着自己的注册护士执照,在医院做义工非常受欢迎,雨嘉终于又可以回到她喜爱的纽约大学医院。周五,雨嘉给自己一天休息时间,看书作画,烹饪品茶,观星听雨,或者出去听一场歌剧。她又开始弹钢琴了,每周五晚上是她的钢琴时间。周六,雨嘉和朋友们小聚,享受纽约丰富的文化生活和林立的美食种类。周日,雨嘉会来到教堂,在优美的赞美诗和荡涤灵魂的管风琴声中寻找灵魂的归宿和生命的平安喜乐。

在这样的充实和节奏中,雨嘉习惯了一个人生活,喜欢上了这份宁静、自由和随性。偶尔舒亚和莉亚回家,雨嘉在高兴的同时,反倒有些不习惯年轻人的喧闹和他们不健康的作息时间,也不喜欢他们没时间就不吃饭,饿极了就大吃一顿垃圾食品的饮食习惯。每次孩子们在家里住一段时间走了以后,雨嘉都要自己吃两周的素食,把家里上上下下清理一番,然后自己好好补补觉,两周后才能缓过来。

钟铭有的时候也会来纽约出差或者过访,他和雨嘉一般会约在咖啡店见个面,聊聊孩子,聊聊两个人的生活,云淡风轻,就像老朋友一样。有一次钟铭来纽约,跟雨嘉相约见面的时候,竟然带来了多年不见的王溜子!雨嘉奔上前给了王溜子一个大大的拥抱,笑着说:"你从哪儿冒出来啦?"

王溜子已经是五十多岁的人了,身体越发发福,发迹也高到了头顶,就是那副标志性的眼镜和一副弥勒佛一样的慈眉善目没有变。他这次是来纽约见一个供货商,联系上了钟铭,一起来看雨嘉。

"怎么搞的嘛,你俩金童玉女还分道扬镳,我都不敢相信爱情了。"到底是多年的老朋友,见面第一句话就是这个。

"人生就是这个样子啊。"雨嘉笑道,"你在宾州怎么样?听说你做得好大的买卖啊。"

王留存当年门门不及格被学校劝退之后,在纽约打了两年黑工,终于幸运地赶上针对中国留学生的普惠绿卡,才回国娶了太太,在纽约买了一个小餐馆自己经营。谁知太太离他而去,纽约的小餐馆也经营不下去了,到宾州去另开天地。走的时候,纽约小餐馆的打工妹 Christine 跟他一起去了宾州开辟生意。

Christine 也是在曼哈顿和法拉盛打工多年的人,看王留存心地善良,为人忠厚,愿意跟这样的老板做工。但是 Christine 也知道王留存缺乏的是生意人的精明和决断，在这一点上，Christine 对自己有自信。她相信如果有她来帮王留存，一定能把新的生意做起来，这也许是她从打工妹到经营自己生意的转变契机。

到了宾州，Christine 不再以打工妹心态来工作。她在餐馆选址、市场调查、餐馆装潢、营销模式设计、贷款、法律业务上挑起大梁，以她多年的餐馆经验和女性的敏锐和品位，帮助王留存在匹斯堡附近开了一家高档的带酒吧的亚洲餐厅。当然 Christine 也不是像以前那样拿打工妹的工钱，而是实实在在的餐馆百分之五十的股东。

王留存和 Christine 的亚洲餐厅名叫蓝山（Blue Mountain），是一个融合亚洲口味和西方口味的特色餐厅，装潢高档，菜式精美，气氛典雅。这个餐厅，走的不是一般中餐馆"好吃不贵多给"的薄利多销套路，而是致力于给顾客一种高档的饮食享受，又满足顾客猎奇心理的餐厅。蓝山是当地人们婚礼晚宴，订婚晚宴，生日庆祝，母亲节父亲节晚餐，情人节烛光晚餐的首选去处。在高中生毕业舞会季节，更是一位难求，一群群盛装的年轻人，坐着加长 limo 车，成群结队来蓝山用餐。在橄榄球季节，蓝山的酒吧从早到晚都人声鼎沸。

Christine 做生意非常有魄力，她雇用的都是清一色英文纯正、交流得体的服务生，而且不像一般中国餐馆一样能少雇一个就少雇一个，Christine 把人数雇得足足的，让每个服务生都能够从容细致地服务顾客。Christine 开出来的服务生工资是当地最高的，这样的高工资，高小费，优雅环境，合理的各人客流量，使得蓝山的工作岗位非常抢手，保证了工作人员的质量和稳定性。Christine 也让自己和王留存完全脱离操大勺和端盘子这样的事务，两个人完全在管理层面经营餐厅。几年下来,这个风生水起的餐厅,成了当地一景。第二家蓝山餐厅的开辟和运营,在有了第一家的基础上,就非常得心应手了。不久他们又开了一家酒店名叫蓝月(Blue Moon)。现在,王溜子和 Christine 已经有五家蓝山连锁餐厅和两家蓝月酒店的生意。

在这样的并肩战斗,白手起家创业的过程中,王留存和 Christine 自然而然地爱上了对方,到了宾州一年后就结婚了,并在第二家餐厅准备开张之际,生下了儿子 Lucas。

雨嘉和钟铭兴致勃勃地听着王溜子讲述着自己这些年的经历。钟铭说:"溜子,我早就知道,你有你自己的路,一定会混出来的。真是太佩服你了。"

雨嘉说:"真是娶了万年修来的好太太,人说一个好女人能旺三代,真不是说着玩的呀!"

王溜子也感叹说:"Christine 跟了我二十年了,从颠勺子炒菜,擦地板洗碗做起,真是苦了她了。现在好了,我就雇几个经理管理这几家餐厅和酒店,分些股份给他们。我俩也上了年纪了,钱是赚不完的,够了就行了。她完全退休了,我还稍微管点事,大部分时间跟 Christine 一起种种花,种种菜,出去旅游一下,二十年来也没好好陪过她,现在好好陪陪她吧。"

"你儿子 Lucas 是不是该上大学了?"雨嘉问。

提起儿子,王溜子脸上笑成了一朵花:"我这儿子,没少让我们操心啊,把他妈差点逼疯了。"

原来,小 Lucas 是一个特殊的儿童,从小有轻微的多动症倾向,他唯一喜欢的就是画画。他的画风格迥异,大胆创新,不受任何条条框框的限制。王留存看到儿子喜欢画画,就给他找来很好的老师到家里教他，可是老师上了一堂课之后就跟王留存说："你儿子 Lucas 不适合跟老师学画，他的想象力和创造力太出色了，在这样的年龄，任何老师都会限制他的成长和发挥。你让他就自己画，多多带他去看画展，看博物馆。然后年龄大了，再找老师。"

Christine 自己没有上过多少学，她知道王留存也是念书不灵的主儿，所有指望都在这个儿子身上。可是儿子偏偏就不交作业，考场上画画，交白卷，老师提问就发愣，都上中学了，成绩还是惨不忍睹。Christine 有一段时间甚至因为太担心这个儿子，太焦虑了，而患了忧郁症。

王留存理解儿子，支持儿子，劝说 Christine："我们两个都不念书，有什么理由让孩子念书？孩子明显就是心思不在念书上。人各有命，我们两个现在也不比别人差嘛。我儿子，我看好他，我不嫌他！"

在高中第一年，也就是九年级的时候，Lucas 还是门门功课将将及格，满成绩单都是 C，或者 C-，Christine 看一次成绩单哭一场。王留存跟儿子说："以后学校成绩单签字找爸爸，不要给妈妈看了。"

可是十年级暑假的时候，Lucas 跟一群朋友一起起哄，报名考 SAT，一点都没准备，完全裸考，竟然考了 2330 的成绩。然后十一年级和十二年级课程也学顺利了，成绩单上不再是一水儿的 C，A 和 B 都开始出现。王留存无论在什么时候对儿子都是赞扬鼓励，从来没有因为学习成绩跟孩子发过火。

现在，Lucas 已经被罗德岛艺术设计学院录取，九月份就要去罗德岛上大学了。王留存说："他妈妈这才放心了，你看，抑郁症也好了，现在见到儿子就盯着他傻笑。你说说，有时候女人就是想不开。"

雨嘉说："老王你这些年真的太不容易了，我真为你高兴。咱们北月枫园出来的个个都是好样的。"

王溜子像想起什么似的，说："哎，对呀！咱们北月和枫园的这拨人二十多年没凑在一起了，咱们聚聚吧，我现在有酒店有餐厅的啦，都到我那里怎么样？"

一个阳光旖旎的八月初的周末，匹兹堡郁郁葱葱的夏日里，雨嘉带着舒亚和莉亚走进了王留存和 Christine 的蓝月酒店。雨嘉找到他们的房间之后，拿出手机，看到"北月枫园"微信群里，大家已经在报自己的行程：

雨嘉：我到了，1209、1211、1213 三个房间。
思聪：刚刚飞机落地，晚餐时间见！
燕妮：我们一家四口在大堂 check in。
马化鹏：我在吧台。
姜同凯：我和 Kate 两小时之后到。
王溜子：所有人四点半餐厅集合。
可欣：我们正在去往酒店的路上。
月莹：非常想念大家，祝大家吃好玩好。
钟铭：特别遗憾错过聚会，青山在人未老，祝大家再现北月枫园的辉煌。

钟铭和月莹其实非常想和大家相聚，但是为了避免尴尬，他俩决定不来参加这个聚会。正好也只有他俩是在中国，路程非常远，大家也理解他们的缺席。

下午四点半的餐厅里，雨嘉带着两个孩子一进去，就被迎面跑来的燕妮一把抱住了。

"雨嘉！"

"燕妮！"

两个人从当年北月枫园毕业告别宴分手后，就没有再见过面，一晃二十多年过去了。燕妮已经有了鱼尾纹，但是精神饱满，笑容灿烂。陆克俭微笑着过来跟雨嘉拥抱了一下，然后跟燕妮说："你先跟雨嘉聊，我去给你拿点水果和沙拉。"雨嘉看着英俊的陆鹏和漂亮的陆佳，想到燕妮这些年走过的风风雨雨，真是感慨万千。陆克俭端了一盘沙拉放在燕妮面前，然后对雨嘉说："燕妮胃不好，饭前吃点生菜，补充点消化酶，这样她过会儿能多吃点，她太瘦了。"燕妮说："人家雨嘉是护士，你用不着跟她讲消化酶。"陆克俭笑着说："对对对，人家比我懂。"

思聪和 Mark 领着一个四五岁的可爱的小女孩走了进来，大家一下都围上去拥抱问好。小 Rose 一看这么多不认识的人，还都这么大声音，吓哭了，抱住 Mark 的腿不放。Mark 赶紧把小 Rose 抱起来："It's OK, Sweetie. These are Mommy and Daddy's good friends. How about let's go see what food we have？（没关系，宝宝，这些都是妈妈和爸爸的朋友。咱们去看看有什么好吃的吧？）"思聪还是那么清瘦，利索，说话也是痛痛快快的："孩子都五岁了，见到 Mark 就不会走路了，走到哪儿抱到哪儿，也不怕闪了他那老腰！"

马化鹏突然出现在门口，他倒是没怎么变样，就是稍微胖了一点。大家一声大叫，把马化鹏围住："怎么一个人来了？太太呢？"马化鹏吞吞吐吐地说："没，没来。"然后就一个一个跟大家打招呼。马化鹏在和许月莹离婚多年之后，遇到了一个从中国来纽约的留学生，跟他年龄相差十几岁，当时那个学生因为成绩不好，把奖学金丢了，学费交不出来，身份也成了问题。正好偶然机会认识了马化鹏，两人就闪婚了。但是婚后各种矛盾不断，马化鹏的农村亲戚们无休无止的索取就是他们夫妻关系间的一个大挑战，还有生活习惯和交流习惯的巨大差异，这段婚姻也在几年之后结束了。马化鹏两个老婆都是差不多的原因离婚，连孩子也没留下，他非常心灰意冷，也对自己的无奈处境感到挫败和沮丧。马化鹏决定不再结婚了，他现在和一个曼哈顿服装店的店员生活在一起，两个人经济分开，互不过问，马化鹏负责一切生活费，两个人就是个伴儿，互相没有金钱和孩子之类的牵扯，倒也相安无事。马化鹏觉得，他可能就不适合结婚，顶多也就适合找这么个伴儿，互相照顾互相陪伴吧。

晚餐快要开始了，姜同凯和 Kate，杨劲松和李可欣才走进来。一片寒暄问好中，大家纷纷在两个大桌子周围坐下。靠窗的一桌，是主人王溜子和 Christine，雨嘉，马化鹏，杨劲松和可欣，思聪和 Mark，姜同凯和 Kate，燕妮和陆克俭。另外一桌是孩子们：陆鹏，陆佳，钟舒亚，钟莉亚，Brian 和 Brianna Yang，还有小主人 Lucas Wang。唯有五岁的小 Rose 不跟孩子们一起坐，而是坐在爸爸妈妈中间。

二十几年的时光好像从来就没有发生，所有的记忆还是那么鲜活。大家七嘴八舌地说起刚到美国时的生活，路边捡的破电视，二手买来的老爷车，在 Kinko's 复印教科书招来的白眼儿，一口臭英文闹的笑话，马化鹏的山东英语，姜同凯几天几夜连续编程的狼狈相……

当时的莘莘学子，谁不是从一穷二白的中国过五关斩六将层层考试才来到美国。这一批留学生，经历过清贫奋斗和生活巨变，有过绝处逢生和柳暗花明，也体验了异国爱情和异域教子，他们千帆过尽，如今已是知天命之年。让他们难忘的，还是当年北月枫园的时光，那是他们的青春，他们的芳华。

谈笑之间，孩子们那一桌的声浪突然超过了他们，原来，他们正在手机上热火朝天地玩一个游戏。这一辈的年轻人，已经是不折不扣的低头族，离了手机他们两分钟都过不了，朋友在一起交流必须用手机，就连吃饭也是不离手的。大家都出神地看着这些大孩子们。

年龄最大的陆鹏，已经大学毕业了，学的是心理学专业，现在一边申请心理学研究生，一边活跃在各个学校、社区、夏令营来帮助青少年和青少年父母建立交流渠道，增加相互理解，陆鹏办的家庭教育和青少年心理讲座备受欢迎，而且陆鹏已经出版了关于亚裔移民青少年心理问题的书籍，立志以后为亚裔移民青少年做心理辅导师。陆佳现在也是雨嘉当年就读的护理学院的学生，她走到雨嘉身边说："你的名字现在还挂在护理学院的陈列室里，现在教授们还会谈起你当年多么优秀。"

钟舒亚已经是卡内基梅隆计算机专业三年级的学生了，暑期到 Google 和 Apple 都做过实习，以后的志向是搞人工智能，尤其对无人驾驶技术非常热衷。钟莉亚在乔治城大学学国际关系，在暑期曾经到非洲和南美的国际机构做实习生，志向是进入美国外交部。

Brian Yang 在学体育管理专业，以后希望进入高尔夫球界做代理人。Brianna Yang 刚刚进入大学，还没有选定自己的方向。

Lucas Wang 即将进入顶尖的罗德岛艺术设计学院。他设计的有清朝宫廷元素的珠宝配饰已经在美国国家级大赛上获得了创新设计奖，现在还没有进入大学，已经有珠宝商约谈 Lucas，请他在假期到他们的珠宝设计室做实习。

这些生于斯长于斯的,美国土生土长的孩子们,他们的视野和起点都远远高过了他们当年拉着两只笨重大箱子,操着结结巴巴的英文,揣着五十美元闯美国的父母们。他们的天空更广阔,他们的挑战也更艰巨,但是他们不怕,因为他们继承的是来自留学生父辈的坚毅、勇敢、拼搏和智慧。这些无形的财富,会让他们成为风雨中的海燕,展翅翱翔。

突然间,大家都谈起了退休生活,王溜子开玩笑说:"孩子嘛,是指望不上的,咱们或者可以找个气候好的地方,买块地,集资建几栋房子,一家一栋,老了都在一起养老。"

思聪说:"是啊,然后还可以命名为北月枫园呢!"大家一起笑起来。

这样的夜晚,雨嘉心里充满了感恩。她感谢上帝给了自己如此的生命,如此的经历。她感谢可爱的北月枫园的人们,她感谢钟铭二十年的爱,感谢肖兵三十年的情,感谢两个天使一样的孩子投胎给自己,让她做一回母亲,感谢美国这个伟大的国家,以她的包容和宽广胸怀,接纳各国学子,使她有了这样的人生。

生活的长卷还未完全展开,明天有什么惊喜或者惊讶永远是一个谜。也许,就像她十九岁的时候化茧成蝶飞向美国的天空一样,四十五岁的她以后能够再次蜕变,在上帝的怀抱中获得灵魂的自由和安宁,也许那一天到来的时候,命中注定的人还会出现。

夜晚的星光中,雨嘉眺望远方,目光中充满期盼。